MARTIN R. DEAN

Warum wir zusammen sind

Roman

Martin R. Dean
Warum wir zusammen sind
ISBN 978-3-99027-228-2
Jung und Jung Verlag
€ 24,–

9 783990 272282

Post darf öffnen

JUNG
UND
JUNG

Für Silvie

Die Ehe ist der Repräsentant des Lebens,
mit dem du dich auseinandersetzen sollst.
Franz Kafka

I

1999

1

Wie eine große Träne, die aus dem Winterhimmel gefallen war, lag die Kunsteisbahn vor ihr. Es war der letzte Tag des Jahres. Als Irma eintraf, zogen gerade noch einige Jugendliche ihre Runden, während die Eisreinigungsmaschine am Rand des Feldes bereits wartete. Nur noch wenige Stunden trennte sie vom nächsten Jahrtausend. Seit Wochen waren die Zeitungen voll von Weltuntergangsängsten, verbreitet von Sektenanhängern im Schwarzwald und neurotischen Durchschnittsbürgern, von all den Bangen, Verzagten, Aufgeregten und Paranoikern, die sich Erlösung erhofften. Auch Geschäftemacher witterten ihre Stunde und boten Kreuze aus Plexiglas feil, Leuchtreklamen gegen die Angst vor der Apokalypse, und gerne wurde die Bibel zitiert: »Und da geschah ein großes Erdbeben, und die Sonne wurde finster wie ein schwarzer Sack, und der ganze Mond wurde wie Blut, und die Sterne des Himmels fielen auf die Erde.«

Die Spekulanten, Banker und Börsianer fürchteten sich dagegen vor dem weltweiten Ausfall der Computer. Auch Irmas Freundin Bea, die bei einem Lokalsender arbeitete, sagte einen Zusammenbruch der Kommunikationsnetze voraus, was Marc für unwahrscheinlich hielt. Die Nachbarn horteten Vorräte an stillem Wasser und Benzin, weil für den

Tag danach ein Zusammenbruch der Wasser- und Treibstoffversorgung vorausgesagt wurde. Hochschwangere gingen die Treppen rauf und runter, um ein Millenniumskind zu gebären.

Irma war allein. Sie bereute es, Marc nicht in seinem Büro abgeholt zu haben, denn er war noch immer nicht da. Es war nicht das erste Mal, dass sie auf ihn wartete. Sie setzte sich auf die Bande der Eisbahn und schaute der ruhig kreisenden Maschine zu. Welche Entschuldigung er wohl diesmal hatte? Sie ärgerte sich, aber sie wollte ihm keine Vorhaltungen machen, nicht hier und vor den Freunden, die bald eintreffen würden. Sie schnallte sich die Schlittschuhe um und glitt mit einem leichten Beinschwung aufs Eis. Wenn das Vorankommen doch immer so mühelos wäre! Aber hatte sie bis jetzt nicht die richtigen Entscheidungen getroffen? Den schüchternen Architekturstudenten Marc geheiratet, ein Kind bekommen, ihre Karriere als Romanistin an der Uni abgebrochen, um Übersetzerin zu werden. Und richtig war auch gewesen, dass sie sich die Idee zu dieser besonderen Silvesterfeier von Alice nicht hatte ausreden lassen.

In diesem Augenblick tauchte Matti, ihr achtjähriger Sohn, an der Hand seiner Großmutter am Rand des Eisfeldes auf und rief nach ihr.

2

Gerade als Marc das Büro hatte abschließen wollen, war sein Computer abgestürzt, noch bevor er das dringend notwendige Back-up hatte durchführen können. Auf einmal war der Bildschirm eingefroren, und die Daten stürzten lautlos in den Orkus, die Pläne für das neue Altersheim ebenso wie seine Notizen für die Mensa des Schulhauses. Seine Mitarbeiter Tim und Gaby waren herbeigeeilt, und zu dritt standen sie in stiller Trauer vor dem Apparat, der Zeichengerät, Schreibmaschine, Ersatzgedächtnis und Kommunikationszentrum in einem war und den großen Knall nicht mehr erleben würde. Auch die letzten, noch nicht abgesandten Mails mit den besten Wünschen an seine Kunden waren für immer weg. Hilflos harrten die zwei Angestellten von *Baumann & Partner, Architektur und Design* mit ihrem Chef vor dem toten Fenster aus. Und Marc war schon eine halbe Stunde verspätet.

In dem Augenblick, als sich alle vornahmen, kein dummes Wort zu sagen, schneite Urs herein. Sein Kollege aus Studienjahren tauchte immer zur falschen Zeit auf. Obwohl Urs nicht zum »harten Kern« gehörte, um einen Ausdruck von Alice zu zitieren, hatte Marc ihn auch zur Silvesterfeier eingeladen. Er wollte sich nicht vorwerfen, ausgerechnet Urs im alten Jahrhundert zurückgelassen zu haben.

Marc warf einen Blick auf die Uhr. Nun war bestimmt auch Matti mit seiner Mutter Rosa auf der Eisbahn eingetroffen; das würde Irma milde stimmen.

Stört es euch wirklich nicht, wenn Brigitta dabei ist?

Marc schüttelte den Kopf und sah, wie unsicher Urs war. Nicht nur, ob seine Freundin zu dem Freundeskreis passte, sondern auch, ob sie für ihn überhaupt die Richtige war.

Dann bin ich froh, sagte Urs, ich hoffe, sie fühlt sich wohl.

Marc verabschiedete sich von seinen beiden Mitarbeitern und schwang sich aufs Rad, während Urs mit dem Auto fuhr. Er war fast eine Stunde zu spät und trat mit furchtbar schlechtem Gewissen in die Pedale. Er freute sich auf das Fest. Auf die widerborstige Alice und ihren stummen Ehemann Fred, die mit ihren Telefonaten und ihrer Kochkunst den Freundeskreis zusammenhielten. Auf Bea und Finn, der bestimmt einige Songs von Bob Dylan mitgebracht hatte, auf Evelyne, Irmas beste Freundin, natürlich auch auf Axel, den Starchirurgen, und die beiden, die mit einer großzügigen Spende wieder einmal das Catering bezahlt hatten, auf Annette und Anatol Vogel. Ob Mila sich mit Moritz aufs Eis wagen würden, das war nicht sicher. Bestimmt aber zog Irma schon ihre Runden.

3

Irma liebte diese Stunde zwischen Tag und Nacht, in der von den Dingen ein geheimnisvolles Licht ausging. Matti war nach zwei Runden auf dem Eis mit der Schwiegermutter nach Hause gegangen, und in der Zwischenzeit war Evelyne eingetroffen. Im Eisprinzessinnenkleid stand sie neben ihr, die sich in ihrem eleganten Hosenanzug gerade etwas steif vorkam. Sie war es gewöhnt, dass die kokette Evelyne sie ausstach. Marc hatte einmal gesagt, dass man ihre Sinnlichkeit entdecken musste, während Evelyne die ihre verschwenderisch verströmte.

Bei den Vogels ist Feuer unterm Dach, sagte Evelyne und zündete sich eine Zigarette an. Vergnügt blies sie Wölkchen in die kalte Luft. Annette hat rausgekriegt, dass Anatol ein Verhältnis mit dem kroatischen Hausmädchen hat.

Kaum zu glauben, sagte Irma.

Manchmal ist er einfach am Nachmittag mit ihr im Schlafzimmer verschwunden, wenn Annette nicht da war.

Und wie hat Annette reagiert?

Annette hätte sich am liebsten in ihrem Atelier eingeschlossen und einfach weitergemalt. Es ist ja auch nicht das erste Mal, dass Anatol fremdgeht.

Die Frau ist mir ein Rätsel, sagte Irma.

Ich glaube, jetzt ist ihr doch der Kragen geplatzt. Aber es wäre schade, wenn sie heute Abend nicht dabei wären. Haben sonst alle zugesagt?

Finn kommt, sagte Irma. Mit Bea. Sie wusste, dass Evelyne einmal in den hageren Finn verliebt war, der seit Jahren an einer Dylan-Biografie arbeitete. Wahrscheinlich stieg ihr Puls noch immer, wenn sie ihn traf.

Und Axel bringt seine neue Flamme mit, ergänzte Irma.

Axel lässt nichts anbrennen, lachte Evelyne.

Selbst Moritz und Mila sind mit von der Partie.

Ich frage mich, ob bei denen immer noch alles so harmonisch ist, sagte Evelyne. Wenn's da mal kracht, möchte ich nicht dabei sein. Neulich habe ich Mila mit einem anderen Mann in einem Restaurant gesehen.

Alice und Fred haben zugesagt, fuhr Irma fort, ohne die Kinder.

Irma war froh um Alices Hilfe. Die Therapeutin hatte die Organisation dieses Abends übernommen, nachdem sie erste Anzeichen von Überforderung bei Irma entdeckt hatte. Alice hatte immer alles im Griff, nur an Fred, der als Medientheoretiker tätig war, hatte sie sich die Zähne ausgebissen; der ließ sich nicht so einfach aus seiner Zurückhaltung locken.

Irma und Evelyne stießen an.

Auf dein Übersetzerdiplom, sagte Evelyne.

Auf dein Shiatsudiplom, sagte Irma. Hoffentlich werden wir auch von diesen Brötchen satt.

Du wirst es schon schaffen, glaub mir. Spezialisiere dich auf lebende Autoren, die sind interessanter als die toten.

Evelyne zog Irma an sich und umarmte sie, einer ihrer Gefühlsausbrüche.

Sie kannten einander seit Urzeiten. In den letzten Monaten hatte sich Evelyne etwas von ihr entfernt, ihr Leben war ins Schlingern gekommen. Sie hatte sich gleich mehrere Liebhaber gehalten, aber eines Tages, – Irma hatte es zwar vorausgesehen, aber nicht verhindern können, – hatte sie einen Zusammenbruch. Annette hatte sich um sie gekümmert, Anatol hatte ihr einen Unterschlupf in seiner Villa auf dem Hügel angeboten. Mit großem Aufwand hatte er ihr ein Zimmer eingerichtet. Evelyne hatte sich wie ein Kind in die Obhut des Ehepaars begeben. Marc war die Sache nicht geheuer gewesen. Schließlich hatte Irma mit Annette geredet, worauf Evelyne wieder in ihre alte Zweizimmerwohnung gezogen war.

Nun drängte Evelyne aufs Eis. Sie drehte gekonnt ihre Runden, bis Finn, der gerade gekommen war, zu ihr aufschloss. Irma zerbrach ein Sektglas. Sie war wütend auf Marc, der sich noch immer nicht hatte blicken lassen.

4

Marc hatte Irma vom Absturz des Computers erzählt und sie leidlich versöhnen können. Nun stand er mit Bea an der Bande und staunte über Evelynes eisläuferisches Können. Sie fuhr rückwärts, plauderte mit Finn, als sie auf einmal stolperte und fiel. Noch im Sturz fing Finn sie geistesgegenwärtig auf und hielt sie unter den Armen.

Er hat die Kraft eines Ziegenbocks, sagte Bea.

Finn trug ein Westernkostüm: weißes Hemd mit Weste, ein dick gefüttertes Jackett und einen Hut, der zu seinem Spitzbart passte, dazu beinenge Jeans. Er und die Eisprinzessin wirkten wie Figuren aus einem Fantasyfilm. Finn hielt Evelyne eng umfangen, während sie ihre Arme um seinen Hals wand, was von weitem aussah, als würden sie einander küssen. Eine harmlose Szene unter Freunden, und doch, das musste Marc zugeben, dauerte die Umarmung etwas zu lang.

Scheiße, was macht er da?, rief Bea plötzlich, und Marc sah ihr erschrockenes Gesicht. Bea hatte die Fassung verloren und Tränen liefen ihr über die Wangen. Finn hielt die verführerische Evelyne um die Hüften und zog sie an sich.

Scheißkerl, flüsterte Bea und wandte sich ab.

Die beiden da draußen haben's gut, sagte Axel, der gerade gekommen war, und legte seinen Arm um Bea, die ihn wegschubste. Axel war der einzige in der Gruppe, der alle Frauen bei der Begrüßung umarmen musste.

Marc begab sich aufs Eis und schloss zu Evelyne und Finn auf. Finn verlangsamte seine Fahrt, löste sich von Evelyne, diese fuhr mit gerecktem Kinn allein weiter. Marc flüsterte Finn etwas ins Ohr, worauf dieser zur Bande zurückkehrte.

Danach saßen Bea und Finn abseits und rauchten, Bea hatte geweint. Wie viele Jahre hatte sie gebraucht, bis sie von der Seestadt zu Finn in die Rheinstadt gezogen war? Wie lange hatte sie Finn hingehalten, war schließlich in eine eigene Wohnung übersiedelt, wo sie nochmals zwei Jahre zugewartet hatte, bevor sie endlich mit ihm zusammengezogen war? In all der Zeit hatte Finn beharrlich um sie geworben. Doch in dem Augenblick, als ihre Zahnbürsten endlich im selben Becher standen, hatten sich die Rollen verkehrt. Nun war sie es, die mehr Liebe wollte.

Ona kommt in einer Viertelstunde, sagte Axel zu Marc. Er wirkte, wie meistens, ziemlich zufrieden mit sich. Seine dunkle Hornbrille flößte Vertrauen ein, er hätte auch Privatbanker sein können.

In drei Stunden geht die Welt unter, rief er gut gelaunt; als Norddeutscher verfügte er über einen wetterfesten Optimismus.

Wir hatten mit Julia gerechnet, sagte Marc.

Julia und ich sind in Scheidung, sie wollte nicht kommen. Ich hätte es mir auch nicht erlaubt, sie und Ona einzuladen. Ona ist eine außergewöhnliche Frau, sie arbeitet übrigens bei uns in der Klinik, als Anästhesistin.

Wie viel jünger als du?

Ich mache nicht noch mal denselben Fehler, Marc. Ona ist so alt wie ich. Geschieden und amerikanische Staatsbürgerin. Sie hat zwei Söhne in den Staaten.

Marcs suchender Blick entdeckte Irma draußen auf dem Eisfeld. Warum nahm sie seine kleine Verspätung so schwer? Er erkannte an ihrer leicht stockenden Bewegung, dass sie seine Blicke auf sich gespürt hatte, doch ließ sie sich nichts anmerken. Entschlossen begab er sich erneut aufs Eis. Das Flutlicht war angegangen und tauchte den Winterhimmel in tiefes Nachtblau, die kahlen Bäume bildeten eine scherenschnittartige Kulisse, und das Eisfeld verwandelte sich in einen glitzernden Spiegel. Irmas Haare flogen im Wind, langsam fuhr er ihr entgegen. Sie entfernte sich, als hätte sie ihn noch immer nicht bemerkt, und das ärgerte ihn, als wär's ein böses Omen. Mutlos gedachte er umzukehren, als ihm der Betreiber der Eisbahn zu Hilfe kam und den ersten Song von der Playlist spielte, die sie gemeinsam zusammengestellt hatten. Es war nicht Dylans »Blowin' in the Wind«, das sich Finn gewünscht hatte, auch nicht »Der Kommissar« von Falco für Axel, noch Marcs Favorit Lucio Dalla. Es war ausgerechnet Irmas »Sweet Nothings« von Brenda Lee. Bei den ersten Takten stockte sie plötzlich, drehte sich nach ihm um, als müsste sie noch immer auf ihn warten, wie sie die letzten Jahre auf ihn gewartet hatte. Er flog, mit scharf geschliffenen Kufen, in ihre Arme und küsste sie. »My baby whispers in my ear, he knows the things I like to hear (pst pst pst), mmh sweet nothings.«

5

Anatol und Annette wurden mit jener leicht knirschenden Herzlichkeit empfangen, mit der man jemandem den roten Teppich ausrollt. Irma reichte ihnen Champagnerkelche und küsste beide auf die Wangen. Nicht nur an ihrer Umständlichkeit, sondern auch an der flaumigen, beziehungsweise etwas ledernen Haut spürte sie, dass die beiden zehn Jahre älter waren als sie. Irma wehrte sich innerlich gegen das Gefühl, sich den Vogels gegenüber immer als Teenager zu fühlen.

Wir gehen nicht aufs Eis, sagte Anatol mit seiner hohen Kinderstimme. Sein Aufzug, karierte Hosen und eine dicke englische Weste bekräftigten seine Worte.

Eine Runde vor Mitternacht, flötete Evelyne.

Er ist ein Pferd, das nicht aufs Eis gehört. Wenn er sich das Bein bricht, hab ich ihn monatelang als Pflegefall, nein danke, sagte Annette. Sie trug einen teuren Nerz und ließ sich von Irma das Glas nachfüllen.

Wo ist meine Brille?, fragte Anatol. Die Brille, die du trägst, ist meine.

Es ist meine, nicht deine! Deine Brille ist so stark, dass mir übel wird.

Wenn sie ihre vergessen hat, zieht sie meine an, sagte Anatol.

So machen es doch alle: verlieren und anderswo klauen, sagte Annette zu Evelyne.

Urs kam hinzu und sagte, er müsse leider sofort wieder gehen, Brigitta weigere sich zu kommen, weil sie niemanden hier kenne. Sie wolle sich am letzten Tag des Jahres nicht fremd fühlen. Es tue ihm leid, er wünsche ihnen allen ein schönes Fest.

Das ist mein Lied!, rief Bea plötzlich aufgeregt, als

»Dreams« von den Cranberries aus den Lautsprechern kam. Sie eilte aufs Eis, gefolgt von Axel, der Finn zuvorkam. Umständlich packte Finn seine Zigaretten aus und wippte zum Takt der Musik, während die letzte Nacht des Jahrtausends mit funkelnden Sternen über dem Eisfeld aufzog.

Wir gehen instabilen Zeiten entgegen, sinnierte Anatol vor sich hin. Er sog nachdenklich an seiner Zigarre und blickte auf die Eisfläche, als wäre sie seine Erfindung. Irma widersprach ihm nicht, Hauptsache, er zankte nicht weiter mit Annette rum. Diese kümmerte sich ums Catering, wie sie es auch an den Lese- und Klassikerabenden, die die Vogels unterm Jahr zu veranstalten pflegten, für gewöhnlich tat. So aß man seit Jahren immer dieselben Lachsschnitten, dieselben Wurstsandwiches und rohes Gemüse mit indischem Dip. Zum Schluss gab es immer dasselbe Eis, und alle taten so, als wären sie überrascht.

Plötzlich sah Irma eine unbekannte dunkle Frau an der Bande stehen und hörte Anatol auf Englisch fragen, ob er ihr helfen könne. Die Frau drehte sich überrascht um und sagte in gutem Schweizerdeutsch mit leichtem Akzent, sie suche Axel.

Ah, Sie sprechen ja Deutsch! sagte Anatol jovial.

Die Frau winkte Axel zu, der vom Eis herbeieilte, und beachtete Anatol nicht weiter.

Irma streckte der Frau die Hand entgegen. Bist du Ona?

Sorry, dass ich zu spät komme, entgegnete sie. Über ihr Gesicht huschte ein heller Streifen. Ich freue mich, du bist Irma. Axel hat mir von dir erzählt. Du bist das Herz des Freundeskreises?

Wäre ich gerne, lachte Irma. Das ist vielleicht eher Alice, die wirst du kennenlernen.

Seltsam, wie die Anwesenheit von Axels neuer Freundin sie beruhigte. War es, dass nun alle da waren, oder die Tatsache, dass Axel eine Frau eingeladen hatte, die Irma gefiel? Wieder kämpfte sie mit ihrem Verantwortungsgefühl, das weit über seinen Anlass hinausging. Sie erinnerte sich, dass Marc einmal gesagt hatte, sie fühle sich selbst für das Wetter zuständig.

Ich habe Schlittschuhe mitgenommen, damit ich mit Axel ins neue Jahrtausend fahren kann. Er macht alles mit Leidenschaft, fügte sie strahlend und ohne Zusammenhang hinzu.

Er macht alles groß, dachte Irma. Sie hoffte, dass Ona seinen Drang ins Grenzenlose nicht allzu heftig zu spüren bekommen würde. Sie wusste einiges über Axel, das seine jeweiligen Freundinnen nicht wussten. Aber vielleicht war es ja mit Ona anders.

Noch vier Stunden, sagte Marc im Ton einer offiziellen Ankündigung. Er liebte es, in fremde Rollen zu schlüpfen. An seiner Seite balancierte Mila gefährlich auf den Kufen.

Vier Stunden, ergänzte Irma, um alle Bindungen zu festigen, damit sie auch in Zukunft halten.

Tausend Jahre müssten sie halten, das wäre schön, sagte Mila. Moritz zupfte sie neckisch an der weißen Wollmütze, unter der ihre rostbraunen Haare hervorschauten. Zu Brahms Dritter Symphonie glitten die beiden dann ungelenk übers Eis, das offensichtlich nicht ihr Element war. Moritz' roter Pullover und Milas gelber Hosenanzug leuchteten wie das Banner eines unbekannten Landes. Tatsächlich sind die beiden wie die einzigen Einwohner einer Insel, dachte Irma und setzte sich neben Marc. Leise suchte sie eine Berührung. Die Szenerie hatte durch das Musikstück einen Hauch von russischem Winterzauber bekommen. Mila und Moritz hatten mit ihrer Musikauswahl alle verblüfft. Diese Zumutung von Überzeitlichkeit, fand Irma, war bezeichnend für die beiden, die in anderen Dimensionen dachten. Von Anfang an war ihre Liebe mit einem Umweltengagement verbunden gewesen. Irma hatte miterlebt, wie der Bioingenieur der grünen Partei beigetreten und ein Jahr später kommentarlos wieder ausgetreten war. Mila hatte ihren sicheren Job als Chefsekretärin aufgegeben und bei Greenpeace in der Kommunikation eine schlecht bezahlte Stelle angetreten. Sie besuchten Seminare und Fortbildungskurse und waren in ihren Ansichten radikaler geworden, was zuweilen zu heftigen Auseinandersetzungen im Freundeskreis geführt hatte. Nicht nur Axel, sondern auch Annette und Anatol standen politisch auf der anderen Seite. Die Konsequenz, mit der Mila für ihre Ansichten eintrat, stand im Widerspruch zu ihrer Verletzlichkeit. Ihre Melancholie war wie ein dünnes Tuch um sie geschlungen. Marc hatte einmal gesagt, man müsse diese Frau sanft durchs Leben begleiten. Ob Moritz wirklich der Gefährte war, den sie brauchte? Stets hatte sie befürchtet, dass diese feingliedrige Frau dem bärbeißigen Moritz nicht ganz gewachsen war.

Ich muss etwas essen, murmelte Marc, sonst bin ich betrunken. Er erhob sich und ging zum Buffet.

Drei Stunden später stand die ganze Gesellschaft in der Mitte der Eisbahn. Axel zählte die Sekunden. Angespannt schauten Bea und Finn zu Boden, als würde sich um Mitternacht ein Spalt im Eis auftun. Unsicher blickte Irma zu Marc, ob ihm nicht in letzter Sekunde noch etwas einfalle, um vom Eis springen zu können. Evelyne flüsterte Fred zu, sie habe in einer Zeitschrift gelesen, Armageddon nahe, worauf Fred lauthals lachte.

Dann erklang aus der Stadt das Tuten eines Schiffshorns und Irma fühlte sich auf einen Dampfer versetzt. Aus den nächtlichen Nebeln tauchte mit spitzen Zacken ein Eisberg auf, der sich in den Bug des Schiffes bohrte und es wie eine Konservendose aufschlitzte. Alle ihre Ängste fanden zu einem Gefühl zusammen, das wie Übelkeit im Magen lag. Als sie das friedliche Glockengeläut einer benachbarten Kirche aus ihrer Vision riss, stand Marc vor ihr und wollte sie umarmen. Sie sah Axel, der mit Ona cheek to cheek übers Eis tanzte, während Anatol und Annette einander mit den Gläsern in der Hand umfangen hielten, Evelyne wie eine Bienenprinzessin vom einen zum anderen fuhr, um so viele Küsse wie möglich zu ergattern. Alice und Fred telefonierten mit den Kindern, und Bea und Finn zogen zu dem von allen akzeptierten Jahrhundertlied, »Age of Aquarius«, ausgelassen ihre Runden, vorbei an Mila und Moritz, die stumm Händchen hielten. Im Himmel über ihnen zischte und verglühte das Jahrhundert, vergingen die Aufbrüche und Neuanfänge und zerstoben die Utopien. Eine halbe Stunde später begab man sich zu einer Feuerstelle, um sich aufzuwärmen und die Gläser neu zu füllen.

6

Irma war nicht erstaunt, dass es Fred war, wie immer Fred, der die Sache pragmatisch sah und sein Blei als Erster in das kalte Wasser stürzte. Heraus kamen Klümpchen, runde, ovale, fantasievoll geformt und zuweilen miteinander verbunden.

Chaos, Chaos, das bedeutet nichts!, sagte Bea. Versuch's nochmal.

Fred nahm die einzelnen Bleiklümpchen in die Hand. Für einen Menschen, der den ganzen Tag mit der Maus über den Bildschirm fuhr, hatte er sich eine beeindruckende Langsamkeit angewöhnt. Irma sah, wie sich Alice auf die Lippen biss. Sie hatte in den letzten Jahren an Gewicht zugelegt, und der Witz, die gerundeten Formen könnten damit zu tun haben, lag geradezu in der Luft.

Unsere Familie, sagte Fred.

Föten, warf Evelyne ein.

Mit Aline und Eliane sind wir vier, nicht mehr, entgegnete Alice schroff.

Unsere Familie wird sich vergrößern, sagte Fred bedächtig und rieb sich seine große Indianernase. Unsere Töchter kriegen noch Geschwister.

Alice wurde nervös.

Du redest in Rätseln, versuchte ihr Irma beizustehen.

Er hat einen speziellen Humor, sagte Alice.

Alice will wissen, ob du noch irgendwo uneheliche Kinder hast, sagte Axel.

Vielleicht sind es auch die Kinder, die wir eines Tages adoptieren werden, sagte Fred vergnüglich.

Fantastisch, entfuhr es Evelyne.

Alice verschluckte sich und hustete, sodass sie aufstehen musste, um etwas Wasser zu trinken.

F wie Finn, rief Irma.

Finn legte seine Stirn in Runzeln und machte ein angestrengtes Gesicht, als wäre die Bleikelle, die er ins Feuer hielt, zu schwer für ihn. Bea musste sich die Beine vertreten. Alice kam zurück und kuschelte sich an Fred.

Mit der Konzentration eines Schachspielers brütete Finn nun über seinem Bleiguss, der aus einem zusammenhängenden, vielfach verästelten, rhizomartigen Besenmuster bestand. Er zögerte. Finn war der einzige Nichtakademiker in der Runde, was ihn zuweilen verunsicherte.

Blutgefäße, konnte Axel nicht widerstehen.

Neue Vernetzungen, warf Bea ein, nachdem sie zurückgekehrt war. Deine Dylan-Biografie wird publiziert und ein Erfolg, du schreibst für Zeitungen und spielst in einer neuen Band.

Bea, wandte Irma ein, eigentlich ist Finn dran.

Ich sehe zwei Lungen, ineinander verwachsen, erhob Finn endlich seine krächzende Stimme. Er verstummte gleich wieder, leerte das Whiskyglas und legte den Kopf schräg, als würde er dem Rauschen des Wüstenwindes lauschen. Meine und Beas Lunge werden zusammenwachsen. Wir werden von derselben Luft leben.

Schön, sagte Annette und rang einen Schluckauf nieder.

Spinner, sagte Bea. Willst du mich durch Symbiose umbringen?

So hab ich's nicht gemeint, wehrte sich Finn, und Bea warf ihm einen empörten Blick zu.

Entschlossen warf Axel sein geschmolzenes Blei ins Wasser. Es zischte lauter als bei den anderen. Heraus kam eine Art Glocke.

Meine Beziehung zu Ona ist wie ein schöner Glockenklang.

Eigenwillige Deutung, fand Mila.

Wir werden Kinder haben, sagte Axel und schaute zu Ona, die das Lächeln einer Sphinx im Gesicht trug.

Ein Haus mit Pool und eine Schar Kinder, einen Hund und, –

Ona nickte. Sie zog einen Klumpen mit Stachelfüßchen aus dem Wasserbad.

Ein Käfer, ein Glückskäfer, sagte sie und schaute Axel erfreut an.

Käfer heißt, dass eine Affäre bevorsteht, sagte Annette.

Wer sagt das?, fragte Marc.

Das sind die Deutungen, die man halt so kennt. Vielleicht ist das in Onas Kulturkreis anders, sagte Anatol.

Ona kommt aus demselben Kulturkreis wie wir, sagte Irma wütend.

Ein Augenblick der Peinlichkeit entstand, nicht länger, als jemand brauchte, um auszuatmen. Aus der Stadt war ein Martinshorn zu hören. Fahl schimmernd lag die Kunsteisbahn da, wie ein blindes Auge, undurchdringbar und sternenlos die Nacht. Irma hätte das Bleigießen am liebsten beendet, sie wollte nicht weiter in die Zukunft schauen.

Evelyne gebar eine Brezel, und keiner getraute sich, darüber zu reden. Nur Axel fragte, ob sie Hunger habe.

Halt doch mal den Mund, sagte Finn etwas zu schroff.

Lasst doch Evelyne reden, mischte sich Irma ein. Nichts war jetzt unnötiger als ein Streit zwischen den beiden Machos.

Ratlos starrte Evelyne auf die Brezel wie auf eine abgeschnittene Haarschlaufe ihrer Kindheit.

Ein Zeichen für Unendlichkeit, half Fred.

Wenn ihr mich fragt: Evelyne stehen Verwicklungen in der Liebe bevor, sagte Mila.

Ui, entfuhr es Irma, die als einzige darüber im Bild war, welchen Wirren Evelyne gerade entronnen war.

Ich wünsche mir, sagte Evelyne mit brüchiger Stimme, dass jeder jemanden hat, den er lieben kann. Dass es keine unglücklichen Paare mehr gibt. Dass alle, die lieben, auch geliebt werden. Und dass –

Hast du zu viel getrunken?, unterbrach sie Axel.

War doch schön gesagt, fand Annette, aber keiner hatte Lust, näher auf Evelyne einzugehen. Irma schaute zu Annette und Anatol.

Schau mal, wie du zitterst, sagte Annette. Sie packte Anatol am Handgelenk, während sie sich die Zigarette zwischen die Lippen klemmte.

Ich zittere nicht, du zitterst, sagte Anatol. Und wenn du nicht aufpasst, dann schüttest du mir noch das Blei auf die Füße.

Du mit Bleifuß, lachte Annette.

Wart doch, du ungeduldiges Reh.

Ich mag's, wenn was läuft, keckerte Annette. Er hockt ja tagelang mit dem Golfschläger in der Ecke und wartet, bis der Ball zu ihm kommt.

Nun schüttet doch endlich das Blei ins Wasser, sagte Alice.

Das Zischen klang wie Spott. Lauter Klümpchen entstanden, die aussahen wie Löcher im All.

Penis, sagte Annette zu aller Überraschung und legte eines der Dinger auf ihre Handfläche. So viele kleine, muntere Kümmerlinge.

Du bist eine Gans, sagte Anatol. Das sind Münzen! Und weißt du, was die zu bedeuten haben?

Finn stand auf, um Bea ein wärmendes Fell um die Schultern zu legen. Anatol erhob sich und man hörte es förmlich an seinem Schnaufen, dass er etwas Wichtiges sagen wollte. So war er in den letzten Jahren immer aufgestanden, wenn er der Gruppe etwas zu verkünden hatte, ein Lyrikwochenende mit lesenden Schauspielern, einen Vortrag über unbemannte Flugobjekte oder einen Ausflug nach Stuttgart-Zuffenhausen ins Porsche-Museum.

Ich habe ein Grundstück am Stadtrand gekauft, fünfzig Hektar Land, ein altes Hotel. Leerstehend, frei zur Benutzung, ein Ort abseits der Betriebsamkeit. Ich würde euch diesen Ort gerne zur Verfügung stellen. Euch, mir, uns allen! Ich habe ihn Sanssouci getauft. Ein Ort, wo wir nachdenken und zu uns kommen, Neues ausbrüten, zusammen oder auch allein sein können.

Sanssouci klingt etwas fantasielos. Als ob wir dort keine Sorgen mehr hätten!, seufzte Annette.

Auch Irma gefiel der Name nicht besonders. Die meisten von Anatols hochfahrenden Projekten waren bisher ein Flop gewesen.

Muss das sein, sagte Axel und meinte, dass man den Zusammenhalt der Gruppe nicht zementieren sollte.

Ein Ferienhaus, wow! Können wir da hin, wann wir wollen?, fragte Evelyne.

Jedes Paar zahlt einen symbolischen Beitrag, sagte Anatol und brachte seinem Gesicht ein gewinnendes Lächeln bei. Jedes kriegt einen Schlüssel und so viele Zimmer, wie es braucht. Was ihr da macht, bleibt euch überlassen. Ach, Kinder, es hat mich wirklich nur einen Pappenstiel gekostet; ich musste die Gelegenheit beim Schopf packen, in die Zukunft zu investieren. Und heute Abend ist der richtige Anlass, es euch zu sagen. Ein Pächterpaar versorgt das Haus mit allem Nötigen, bewacht und unterhält es.

Er nuckelte vergnügt an der Zigarre.

Sind wir nicht zu alt für diese Art von Ferienkolonie?, mäkelte Axel. Ein Pfadfinderhaus für Vierzigjährige.

Ich find's gut! sagte Marc. Weder zuhause, sagte er zu Irma, noch im Büro kann ich wirklich frei denken.

Wenn du meinst, sagte Irma.

Ich kenne die Gegend, sagte Bea versonnen. Man kann allein sein, kann eine andere werden, kann leer werden. Oder sich in eine Fee verwandeln.

Bist du doch schon, sagte Finn.

Und eure jährlichen Konzerte werden da stattfinden?, fragte Mila.

Auf jeden Fall, antwortete Anatol. Vielleicht verlegt Annette sogar ihr Atelier nach Sanssouci. Das wäre mir eine große Freude.

Wir könnten auch das Land bebauen?, fragte Moritz mit skeptischem Unterton.

Anatol nickte: Wenn ihr mit euren Anbaumethoden etwas zu unser aller Zukunft beiträgt! Das Hotel ist als Zukunftslabor gedacht. Seit Jahren wird unser Horizont nur noch enger. Die Utopien sind tot, die natürlichen Ressourcen immer knapper, der Klimawandel in vollem Gange. Dagegen müssen wir etwas tun. Und weil keiner weiß, was er tun kann, soll jeder in Sanssouci darüber nachdenken.

Du Gutmensch, foppte ihn Axel.

Wir recyceln heute ja nur noch Lebensformen.

Ja, es ist Wahnsinn, wie viel utopische Kraft das Internet abgesaugt hat, sagte Fred.

Wenn wir so weiterleben wie bisher, ist der Planet nicht mehr zu retten ist, rief Moritz laut und mit schwerer Zunge.

Schweigen, das mehr seinem schrillen Ton als dem Gesagten galt. Immer wenn Moritz aus sich herauskam, erschrak Irma ein wenig. Moritz war anders als sie, sie verstand ihn so wenig.

Anatol schwitzte, trotz der Kälte. Seine Augen traten hervor, sein Gesicht glühte im Schein des Feuers.

Wir müssen die Zukunft für uns zurückgewinnen, rief er mit dem Pathos von Moritz.

Du bekommst noch einen Infarkt, beruhige dich endlich! Annette zwang ihn, sich zu setzen.

Mein Geschenk an euch. Weil mir eure Freundschaft so viel gibt.

Irma sah Tränen in seinen Augen, oder irrte sie sich?

Nach Anatols Worten wollten Mila und Moritz nicht mehr beim Bleigießen mitmachen. Moritz stand auf und dankte Anatol überschwänglich. Er war sichtlich begeistert, so kannte man ihn nicht, beinahe außer sich. Er und Mila würden in den nächsten Tagen nach Sanssouci fahren, um mit dem Bebauen des umliegenden Landes zu beginnen.

Dort ist doch alles beinhart gefroren, amüsierte sich Axel. Nicht mal ein Grab kannst du da ausheben.

Moritz hob die Faust, packte Mila und ging. Man wusste nicht, war es eine Drohung oder eine Siegesgeste.

Langsam machte sich Irma ans Aufräumen. Sie schaute auf das Eisfeld, das dunkel dalag. Dann in den Himmel. Mit einem fahlen Schimmer im Westen ging die erste Nacht des Jahrtausends ihrem Ende entgegen.

II

2010 UND 2011

1

Rücken an Rücken saßen sie mit angezogenen Knien im Gras des botanischen Gartens in Montpellier. Irma lehnte sich an Marc. Bewegte sich dieser, drohte sie abzugleiten. Aber er atmete ruhig und hielt das Gleichgewicht. Beim Dösen kamen ihr die Embryonen in den Sinn, die sie gerade im anatomischen Museum gesehen hatten. Die Missgeburten waren zusammengewachsen zu zweiköpfigen Wesen mit glasigem Blick, eingelagert in Formaldehyd, Greise, schon bevor ihr Leben begonnen hatte. Un caprice de la nature, hatte die junge Direktorin mit der Unbekümmertheit einer Frau gesagt, die offenbar nicht Mutter war. Irma hatte sich sofort an einer Übersetzung der Redewendung versucht. Schließlich hatte sie sich betrübt von den unglücklichen Kreaturen abgewandt und das hinter Vitrinen liegende Operationsbesteck in den Blick genommen. Gebogene Zangen wie kryptische Schriftzeichen, Essbesteck für Marsmenschen, unhandliche Scheren, bizarre Röhrchen und Klammern, mit denen man früher Leiber aufgeschnitten und Siamesische Zwillinge getrennt hatte.

Wie fühlte es sich denn an, ein doppelköpfiges Wesen zu sein? War neben dem Rücken auch der Wille zusammengewachsen? Hatte man *eine* Wahrnehmung, spürte man *einen*

Schmerz, oder war der Schmerz nur in einem Kopf, während der andere die Lust empfing? Wer traf die Entscheidungen, wer hatte sie auszuführen? Waren auch Marc und sie, nach zwanzig Jahren Ehe, zusammengewachsen zu einer Laune der Natur?

Vor ihr ließ sich eine Gruppe von Studenten nieder. Einige holten ihre Bücher hervor, andere legten sich blinzelnd in die Sonne. Sie musste an Matti denken, dessen Reifeprüfung im Herbst bevorstand. Kein Zweifel, dass er sie bestehen würde. Er war die Gelassenheit in Person und schlug ganz nach Marc. Das halbe Jahr in Boston war auf keinen Fall ein verlorenes gewesen; er war selbstbewusster heimgekehrt, sein Umgang mit Mädchen war entspannter geworden. Wenn er nur weniger Zeit mit Nico verbringen würde! Die beiden saßen nächtelang auf dem ausgebauten Dachboden, inmitten von Chipstüten, Colaflaschen und Schokoriegeln bei irgendwelchen LAN-Partys. Nicos Mutter wusste nicht einmal, wo ihr Sohn seine Zeit verbrachte. Und Marc schloss die Augen. Er überließ ihr die Erziehung – als wäre Matti nur *ihr* Sohn. Klar, sie verstand Matti in seiner Verpuppung besser und sie hatte den Bruch mit Melanie, seiner Freundin, mit ihm zusammen durchgestanden

Sie merkte, wie Marcs Atemzüge tiefer und tiefer wurden, Zeichen seiner stillen Flucht. Kaum kehrte man ihm den Rücken, driftete er weg, als hätte man ihm das Stromkabel gezogen.

2

Lichtsprenkel explodierten auf der Netzhaut unter Marcs Lidern. Warmes Licht des Südens. Dazu roch er den Geruch von Irmas Haut, der seit gestern Nacht, seit sie miteinander geschlafen hatten, an ihm haftete. Im Urlaub wurde sie leidenschaftlicher, während sie ihre Sinnlichkeit sonst hinter praktischen Sorgen und intellektueller Strenge verbarg.

Er öffnete die Augen, bewegte sich aber nicht, um das Gleichgewicht nicht zu gefährden. Drüben auf der Wiese steckte ein Student seine Zunge in den Mund einer Kommilitonin und knetete ihre Hinterbacken. Hingefläzt lagen sie im Gras und stärkten sich mit Küssen. Die Studentin passiv, lasziv und ganz auf Empfang; sie ließ den Kopf nach hinten fallen, er steckte seine Nase in ihre Achselgrübchen, sie kicherte, und schon war er mit der Hand unter ihrem Leibchen. Wie mühelos das alles vor sich ging! Als folgte das Geschehen einem Script, als hätte es die Selbstverständlichkeit eines Naturvorgangs. Die menschliche Fantasie konnte dieses Script zwar variieren und verzögern, aber zuletzt lief doch alles immer in dieselbe Richtung.

Da war auch er leider keine Ausnahme. Vor vier Wochen war es zwischen ihm und Evelyne passiert, als er die Sache mit Matti hatte klären wollen. Er verdrängte die Bilder der anhänglichen, beschwipsten und halb ausgezogen auf dem Sofa liegenden Evelyne. Einmal war keinmal. Obwohl es sogar zu einer jämmerlichen Wiederholung gekommen war. Er wusste nicht mehr, was er sich dabei gedacht hatte. Irma durfte nichts davon erfahren.

Er lenkte seine Gedanken auf die Ausstellung im anatomischen Museum. Eine Ansammlung von Abnormitäten, haufenweise verschrumpelte, verwarzte, an der Spitze blau verfärbte oder rostrot gefaltete Penisse, tropfende, von ekligen Auswüchsen verstopfte Wasserhähne, auf morbiden Kolben in lepröser Pracht hochgereckte Blütenkelche, aufgeschwollene, bleiche Würmer, elende Hautfortsätze, gerötete und kupierte Würstchen, die in einem mit schneeweißem Stoff ausgeschlagenen Futteral ruhten. Requiescat in pace, Beerdigung der nutzlosen Zwerge. Wie ihm diese Zipfel verkümmerter Männlichkeit auf einmal jede Kraft geraubt hatten! Wie eine Vorahnung lagen sie in den Vitrinen, geruchsfreie Wachsimitate, als wäre die Männlichkeit bereits ausgestorben, ohne Glorie dem Untergang geweiht.

Schläfst du? Irma bewegte sich, ließ ihn abgleiten und erhob sich. Dann stand sie vor ihm wie ein Turm in der Sonne.

Mir ist gerade eine Idee gekommen: Im Mai sind wir zwanzig Jahre verheiratet. Wollen wir das nicht mit einigen Freunden zusammen feiern?

Ihre Stimme vibrierte vor Lebenslust.

Silberne Hochzeiten feiert man erst nach fünfundzwanzig Jahren, entgegnete er.

Jede Liebesgeschichte braucht Zeitmarken, egal welche.

Sie tänzelte um ihn herum, und er ahnte, wie wichtig dieses Datum für sie war.

Meine Liebe, ich fürchte, die Zeit für die Vorbereitung ist zu knapp.

Sie schaute beleidigt an ihm vorbei, mit diesem leicht schrägen, zusammengekniffenen Mund, den sie immer hatte, wenn sie gekränkt war. Die Kränkung konnte sich noch immer in einem Lachen auflösen, oder sie konnte sich, als wäre ihre Lippe festgefroren, verhärten. Dabei hatten sie sich gestern Abend so gut über die Unterschiede und das

Gemeinsame ihrer Berufswelten unterhalten. Hatten sich die Sorgen um Matti von der Seele geredet und nach Mitternacht fröhlich und angeheitert das Tanzbein geschwungen.

Zwanzig Jahre ohne Betrug, ohne Zerwürfnis oder Trennung – das muss gefeiert werden!

Gepeinigt blickte er an ihr vorbei in diesen perfekten Tag, den letzten Urlaubstag. Warmer Wind rauschte im Bambushain, durch das Gestrüpp des Gartens funkelte ein Teich im Sonnenlicht, als wäre er aus flüssigem Stein. Palmenblätter wetzten wie Schwerter aneinander, und der Nachmittag kroch träge an der verwitterten, löchrigen Mauer des Pflanzenhauses entlang. Eigentlich waren sie durch und durch glücklich.

Also gab er nach.

Also würde ihre Beziehung mit der Feier des zwanzigsten Jahrestages historisch werden. Man würde auf diese Zeit zurückblicken und das Geglückte vom Missglückten trennen. Immerhin: So ein Gedenktag war nicht mehr als eine Falte im noch jungen Gesicht ihrer Beziehung.

3

Sie war zurück in ihrem Haus und gleichzeitig noch immer in Montpellier. Draußen goss es aus Kübeln, und in den Alpen waren erneut Schneefälle angesagt. In der Küche lärmte Matti. Er hatte sie bei ihrer Rückkehr kaum begrüßt, sondern war mürrisch in sein Zimmer verschwunden. Der Dachboden, in den Marc die Koffer trug, war von allen LAN-Installationen geräumt. Wo und wie verbrachte Matti jetzt seine Zeit? Gerade eben hatte sie ein Buch über die Gefahren des Internets für Jugendliche gelesen, um sich besser gegen ihn zu wappnen.

Gegen Mittag stieß sie in der Küche mit ihm zusammen. Er stand in Unterhosen vor dem Kühlschrank, offensichtlich kam er gerade aus dem Bett. Hatte er denn keinen Unterricht? Die Mathestunden seien ausgefallen, sagte er, schlurfte an den Kochherd und machte sich an den Töpfen zu schaffen. Vor zehn Jahren, als er noch ein Kind mit breitem, offenem Gesicht und unstetem Blick gewesen war, hatte sie gedacht, er würde werden wie sie, ein Zitat von Marc und ihr gleichermaßen. Heute weckte sein Aussehen nur noch eine wehmütige Erinnerung an das Kind, das er einmal gewesen war. Immer mehr glich er einem Mann, der nach durchwachten Nächten und selbstgedrehten Zigaretten roch.

Irma öffnete den Kühlschrank und entdeckte auf den Fächern gelbe Zettel, auf denen ihre Namen standen. In Irmas Fach standen vereinsamt ein angebrochenes Gurkenglas sowie eine Konfitüre.

Was sollen diese Zettel?

Ich habe auf Clean Food umgestellt.

Aha, sagte sie vorsichtig. Und deshalb lässt du uns einfach verhungern? Kein Käse, nicht mal eine kalte Forelle.

Käse und Fisch sind tierische Produkte. Ma, ist dir klar, was es alles zu ihrer Herstellung braucht? Aus dieser Kette möchte ich aussteigen.

War das ein Schlüsselsatz? Ihr Sohn wollte aussteigen. Aussteigen woraus? Aus der Gesellschaft? Rebellieren? Offenbar war ihr Sohn jetzt so weit, die Welt neu zu erfinden.

Ich ertrage das Leid nicht mehr, das wir verursachen, weil wir Fleisch essen und Fisch und Eier. Wenn ich durch den Supermarkt gehe, gehe ich durch eine Leichenhalle. Stell dir vor, man würde Kinder zu Lyoner-Wurst verarbeiten.

Irma ließ die Kühlschranktür zufallen. Sie sah eine langwierige Diskussion auf sich zukommen.

Wozu kaufen wir denn Produkte mit Biolabel?

Du verstehst nichts, stöhnte er.

Er sprach ihr das Verständnis ab und war gleichzeitig beleidigt, dass sie ihn nicht verstand.

Sie wollte das Wiedersehen nicht mit einem Streit verderben. See you later, sagte sie leise und ging zurück in ihr Arbeitszimmer an ihren Computer. In der Mailbox lag das Angebot für die Übersetzung eines Romans eines bekannten französischen Autors, Philip Dupral. Was für eine Überraschung, Dupral hatte seit Jahren einen Stammübersetzer. War er erkrankt oder hatte er sich geweigert, das neue Werk zu übersetzen? Egal, sie durfte sich diese Chance nicht durch die Lappen gehen lassen. Sie hatte dem deutschen Verlag ihr grundsätzliches Interesse noch am Morgen gemailt, und im Gegenzug waren der Vertrag und das PDF mit dem ersten Kapitel eingetroffen. Man setzte ganz offensichtlich auf Dupral, dessen Ruhm sich in Frankreich in den letzten Jahren verbreitet hatte. Man würde ihr Kapitel für Kapitel zur fortlaufenden Übersetzung senden, das war außergewöhnlich. Dupral, so stand es in der Mail, gab seinerseits nur Kapitel um Kapitel an den französischen Verlag weiter. Niemand kannte das Ganze.

Du kannst mit mir essen, rief ihr Matti hinterher, als sie die Tür zum Arbeitszimmer hinter sich schloss. Ich koche etwas.

Immerhin! Er hatte sich also in ihrer Abwesenheit das Kochen beigebracht. Bis jetzt hatte er nur Würstchen in der Bratpfanne gequält.

Sie versuchte sich auf den Roman zu konzentrieren und blätterte sich durch das erste Kapitel. »Die Vergebung der Wünsche« schien eine interessante Lektüre zu sein, trotzdem schweifte sie bald wieder zu Matti ab. Was hatte seine plötzliche Hingebung zum Veganismus zu bedeuten? Verarbeitete er eine Enttäuschung? Hatte er eine Kränkung erlitten? Glücklicherweise rief Alice an.

Vegan kochen ist besser als sich zu ritzen oder andere Leute niederzumetzeln.

Alice lachte aus rauer Kehle. Wann immer es Probleme gab, war sie guter Laune.

Iss mit ihm, sei ein guter Kumpel, sagte sie.

Noch bevor sie das Kapitel zu Ende gelesen hatte, war sie wieder in der Küche. Es gab Paprika-Nuss-Paste auf Fladenbrot.

Aufwändige Sache, sagte sie und biss in die Scheibe Brot.

Paprikaschoten, Walnuss- und Mandelkerne, Knoblauch und Zwiebel, Zwieback.

Und wo hast du die Zutaten her? Sie bemühte sich um einen komplizenhaften Ton, als versuchte sie selber schon jahrelang, vegan zu kochen. Sie kaute langsam und gründlich. Die Paste hinterließ im Abgang einen faulig-nussigen Ton.

Zum Dessert unterhielten sie sich über Nahrungsmittel ohne tierischen Zusatz, also ohne Fleisch, Eier und Milch.

Matti lobte die Intelligenz der Schweine (Ein Schwein erkennt sich im Spiegel, Ma!), und er forderte mehr Empathie mit dem Leiden der Tiere.

Die Produktion von Rindfleisch braucht mehr Energie als die von Käse, und Käse herzustellen ist weitaus umweltschädlicher, als wenn man Freilandtomaten züchtet.

Während er von Wasserknappheit, Sojabohnen und den schlimmsten Perversionen westlichen Konsumverhaltens redete, führte er die Gabel so gewandt zum Mund und kaute so diskret, als hätte er gerade einen Benimmkurs absolviert.

Gleich nach der Geburt sortiert man die männlichen Küken aus und vergast sie, wie in Auschwitz. Sie werden nur deswegen mit dem Tod bestraft, weil sie keine Eier liefern!

Seufzend schaute er aus dem Fenster und legte seine Hände auf das ungewaschene Tischset. Sie schwieg, obwohl sie einiges zu entgegnen gehabt hätte. Zum Beispiel, dass Menschen seit Urzeiten Tiere aßen, um zu überleben. Dass die Götter gefräßige Wesen waren und den Rauch von verbrannten Tieren verschlangen.

Hast du die Schokohasen gefunden, die wir für dich versteckt haben?

Sie hatte wie jedes Jahr an dem Ritual festgehalten, obwohl Matti schon viel zu alt dafür war. Verhätschelte sie ihn zu stark? Setzte er seinen Veganismus gar gegen ihre Fürsorglichkeit ein?

Ich kann keine Schokoladenhasen mehr essen, sagte er und lächelte schmal.

Er faltete seine Serviette, ein Gegenstand, dessen Existenz er bis vor kurzem nicht zur Kenntnis genommen hatte.

Was würde sie tun, wenn er in Sanssouci beim Hochzeitsfest auf all die Fleischesser losginge?

Wo treffen sich denn die Veganer dieser Stadt?

Im *Manger et Penser*, am Marktplatz.

Seid ihr viele?

Wir wachsen, wie ein Baum!

Unter den staunenden Blicken seiner Mutter räumte er mit routinierten Bewegungen das Geschirr in die Maschine. Dann kehrte er mit einem Handbesen die Krümel vom Küchenboden auf.

4

Bei zehn Grad und mit knurrendem Magen auf dem Fahrrad ins Büro zu radeln war seine Sache nicht! Von Frühling konnte hier noch keine Rede sein. Dazu kam, dass Matti ihn auf Diät gesetzt hatte. Auch Irma war noch immer latent beleidigt, weil er es bei den Vorbereitungen für das Fest an Elan fehlen ließ.

Vor dem Büro überfiel ihn die Unlust. Statt Betriebskantinen, Foyers und Schulhausgänge zu renovieren, hätte er lieber Innenräume entworfen, in denen Menschen sich wohlfühlten. Echoräume für die Seele, befreit von funktionalen und ökonomischen Zwängen. Die meisten seiner Kunden aber wollten so »natürlich« wie möglich wohnen, am liebsten in einem Blumenladen. Baccini, Snozzi oder auch Botta, seine Tessiner Vorbilder, hatten während seiner

Studienzeit die Architekturwelt mit ebenso kühnen wie strengen Entwürfen begeistert. Zu dieser Ästhetik würde er sich nie vorwagen, auch wenn Irma noch so hartnäckig an ihn glaubte. Ihm fehlte es an vielem, er war zu wenig Künstler und auch zu wenig Geschäftsmann. Man wollte, dass er einen Uterus baute, man verlangte Gemütlichkeit, Wärme und Geborgenheit und keine formalen Experimente.

Die Pläne für das Altersheim *Unter den Tannen* müssten angepasst werden, klagte sein sichtlich gestresster Kollege Tim. Der Bauherr habe die Konzeption geändert und wolle eine neue Aufteilung der Räume. Begegnungszonen, altersgerechte Fitnessräume, einen Multifunktionsraum für Seniorenpartys und abschließbare Bereiche für alternde Paare.

Einen Darkroom für Achtzigjährige, sagte Gaby, aus dem Innenhof kommend, wo sie ihre erste Zigarette geraucht hatte. Sie streckte ihm eine Tüte entgegen, Croissant für den Franzosen, Marc gab ihr drei Küsschen auf die Wangen.

Dann lasst uns die Ärmel hochkrempeln, sagte er in Chefmanier.

Am Nachmittag besuchte er die Baustelle, studierte die neuen Entwürfe vor Ort und beschloss auf dem Heimweg, Irma am Abend mit einem Dreigangmenü zu verwöhnen. Jedes einzelne Produkt, das er im Supermarkt in den Einkaufswagen legte, war ein Protest gegen Mattis Regime und ein Geschenk an Irma.

Daheim wummerte *Eminem* durchs ganze Haus.

Er ist gleich weg, schrie Irma. Sie bereitete ein Lamm zu, knallte die Teller auf den Tisch, wütend und verzweifelt zugleich.

Wieso sagst du nicht Bescheid. Jetzt haben wir Lamm und Huhn.

Wir essen beides!, sagte sie finster.

Sei nicht albern, sagte er.

Das Huhn verschwand im Tiefkühler, Marc öffnete eine Flasche Sekt.

Auf unseren Hochzeitstag! Und auf deinen neuen Auftrag, sagte er und genoss es, sie überrumpelt zu haben.

Heuchler, sagte sie und küsste ihn.

Matti scheint zu viel Energie zu haben, seit er kein Fleisch mehr isst, sagte sie.

Immerhin ist er weg vom Computer, sagte er und war froh, dass sie ihn nicht nach der Arbeit fragte.

Ich wette, der Junge hat sich verknallt. Er rennt herum, als hätte er Schmetterlinge im Bauch.

Marc betrachtete Irma in ihrem neuen Kleid, das sie in Südfrankreich gekauft hatte. Er mochte dessen schlichte Eleganz.

Vielleicht werden wir bald eine junge Dame am Tisch haben, sagte sie.

Er hängt noch immer an Melanie.

Sie redeten weiter über Matti, nippten an ihren Gläsern. Marc fragte sie nach ihrer Übersetzung.

Könnte was Großes sein, dem Gefühl nach zu urteilen, auch wenn mir der Anfang allzu konventionell erscheint. Ein Mädchen vom Land haut ab in die Großstadt, so beginnen Entwicklungsromane auch heute noch. Mal abwarten, wie sich die Handlung weiterentwickelt und in was für Schwierigkeiten diese Chantal mit ihrem Lebenshunger gerät.

Nach dem Essen standen sie im Garten und rauchten. Sie blies den Rauch schräg nach oben, was so viel hieß wie: Ich bin zufrieden, dass du mir mein Fest lässt. Er zerrieb ein

Blatt Zitronenminze zwischen den Fingern, als es an der Haustür klingelte.

Hat Matti wieder mal den Schlüssel vergessen?

Es war Evelyne.

Wollte nur schnell vorbeischauen, sagte sie zu Irma und winkte ihm zu.

Magst du ein Glas?, fragte er und starrte auf ihre hochhackigen Pumps, in denen sie auf der Türschwelle gefährlich schwankte.

Eins ist keins, sagte Evelyne, schnappte sich eine Zigarette und machte einen Schritt in den Garten hinaus. In ihren Pumps war sie noch größer und schlanker, ihre Haare zerzaust, als hätte sie sich mit jemandem gerauft.

Sie schaute durch ihn hindurch. Er hörte, wie ihr kurzer, dünner und enganliegender Rock an ihren Oberschenkeln rieb. Irma ging zu ihr hin, nahm sie stützend am Arm und setzte sie in einen Gartenstuhl. Dort schaute sie sich um, als würde sie erst jetzt begreifen, wo sie war.

Störe ich bei einer akademischen Diskussion?

Wir haben es uns gerade gemütlich gemacht, sagte Irma.

Brauchst du eine Decke?

Er brachte ihr eine Wolldecke, aber Evelyne riss sie sich von der Schulter.

Wo kommst du her?, fragte er.

Wenn ich das selber wüsste, seufzte sie. Ich bin mir nicht einmal sicher, ob das vorhin eine Party war oder schon eine Orgie.

Sie erzählte von koksenden Designern, kotzenden Mädchen, aber eigentlich schien sie keine Lust dazu zu haben.

Eine Nacht für Liebespaare, sagte sie plötzlich schwermütig und dehnte den Hals nach hinten.

Dafür ist es noch zu kalt, sagte Irma.

Ich musste Istvan wieder stoppen, sagte sie, völlig aus dem Zusammenhang gerissen, er schießt gern übers Ziel hinaus.

Sie kicherte.

Irma blies den Rauch ins Dunkel.

Was wäre wohl passiert, wenn ich geblieben wäre? Man kann sich dies und das vorstellen, sagte sie und grinste.

Wir sind alle geschlaucht von diesem langen Tag, sagte er. Ich kann dich nach Hause fahren?

Mit dem Alkoholpegel?, fragte Irma amüsiert.

Evelyne schleuderte ihre Pumps in den Garten und torkelte barfuß Richtung Liguster und Bambushain hinterher, bevor sie wie eine glucksende Nymphe im Dunkel verschwand.

Irma schaute ihn fragend an. Sie wird sich erkälten!

Lass sie, sagte Marc und konnte sich Evelynes Zustand auch nicht erklären. Im Übrigen war es nicht seine Schuld, wenn sie stockbetrunken hier auftauchte. Was sollte er tun? War sie hier, um zu sagen, was er schon längst hätte sagen müssen? Vielleicht war es das Beste, nichts zu tun. Er musste sie nach Hause bringen, bevor sie zu plappern begann. Er schritt in die Dunkelheit, um sie und sich zu retten. Irma begann die Gartenmöbel zu verrücken, als müsste sie Ordnung schaffen. Er wusste, sie war nicht gut auf Evelyne zu sprechen. Monatelang hatten sie nichts von ihr gehört, auch nachdem sie mehrmals angerufen hatte.

Er fand Evelyne kichernd neben dem Liguster liegen. Sie streckte ihren langen, sehr langen Arm aus, und er packte ihre Hand, um ihr aufzuhelfen. Für einen Moment schien es, als würde sie ihn zu sich hinunterziehen, damit er sich neben sie lege. Ihr Rock war etwas hochgerutscht, und er wartete, bis sie sich wieder in Ordnung gebracht hatte, um sie dann Irma zu übergeben.

Fröstelnd trank er sein Glas leer und zog sich zurück, während Irma für Evelyne die Couch auszog. Als Irma später ins Schlafzimmer kam, sagte sie: Sie ist in dem Augenblick eingeschlummert, als sie sich hingelegt hat.

Gott sei Dank, entfuhr es ihm. Die Arme war völlig zugedröhnt.

Am Morgen war Evelyne bereits gegangen. Sie hatte einen Zettel auf dem Küchentisch liegen gelassen: *Kiss you all!*

Geschrieben in einer niedlichen Kinderschrift.

5

Auf der Karte lag das alte Hotel Sanssouci im Süden, umgeben von einigen Hektar Brachland, am Stadtrand gegen die Waldgrenze ufernd, irgendwo zwischen Wildnis und Zivilisation. Der Wind und Wetter trotzende Hotelkasten, von einer kroatischen Hausmeisterfamilie instand gehalten, war um 1870 gebaut worden und hatte einer Seidenbandfamilie als Firmen- und Wohnsitz gedient. Nach dem Untergang dieser Industrie erfuhr das Gebäude mehrere An- und Umbauten, bis es in der zweiten Hälfte des vergangenen Jahrhunderts von einem Konsortium zu Seminarzwecken übernommen wurde. Während der Immobilienkrise wechselte es mehrfach den Besitzer, bis es als Ramschobjekt auf der Müllhalde der Geschichte landete und von Anatol erworben wurde.

Irma und Marc waren unterwegs zum alljährlichen Klassikkonzert. Die beiden wohlhabenden Freunde veranstalteten in Sanssouci auch Lesungen, bei denen bekannte Schauspieler Texte vortrugen, meistens Kästner oder Tucholsky, oder Diskussionsabende zu kontroversen Themen. Abende, die meistens in vergnüglicher Plauderei bei einem guten Glas endeten. Marc mochte diese Gelegenheiten, an denen alle Freunde versammelt waren, nicht besonders, er fand so viele Menschen auf einen Haufen anstrengend. Fast immer rettete er sich vor dem Smalltalk in Zynismus und brachte jemanden gegen sich auf. Irma dagegen genoss das Zusammensein mit den Freunden, und wäre es nach ihr gegangen, hätte es solche Abende häufiger geben können.

Sie parkten den Alfa Romeo vor dem Anwesen, wo sie auf Mila stießen, die ihnen in Gummistiefeln, einer Gärtnerjacke und verdreckten Hosen entgegenkam. In ihren Haaren hingen Blätter, und als Marc bei der Begrüßung ihre Wangen streifte, atmete er Schweiß und Erde ein.

Mila wollte ihnen unbedingt die Beete zu zeigen, in denen es, Anfang Mai, bereits zart keimte. Stolz stand sie vor den Tomaten, die sie zusammen mit den Basilikumsträuchern gesetzt hatte, um die Schädlinge fernzuhalten.

Moritz hat auf eine Anbauweise umgestellt, die ganz auf Düngemittel verzichtet. Jetzt, wo wir den Boden endlich saniert haben, sollte die Ernte allmählich auch größer ausfallen.

Ich erinnere mich, wie ihr den Boden ausgehoben habt, sagte Marc.

Er war neugierig, wie weit die beiden mit diesen ökologischen Methoden kommen würden. Die feinnervige Mila beeindruckte ihn immer wieder mit ihrer Willensstärke. Kaum hatte sie die Freizeitkleider gegen die Gärtnerkluft getauscht, schienen ihre Knochen vor Glück zu summen und sie verwandelte sich in eine Fee, deren Gesicht leuchtete, ohne dass sie viel sagen musste.

Wir können euch auch dieses Jahr wieder Gemüse geben, lachte Mila. Ich lege es einfach vor eure Zimmer.

Bald seid ihr Selbstversorger, witzelte Marc.

Ja, sagte Mila verlegen. Diese neuen Methoden bedeuten aber auch, dass wir doppelt so viel arbeiten.

Ohne allzu viel von Landbau zu verstehen, ahnte Marc, welche Kraft Mila antrieb. Er spürte ihren Ernst, voranzumachen.

Wo ist eigentlich Moritz?, fragte Irma.

In der Werkstatt, Gartengeräte bauen. Er glaubt, dass Gemüse, das mit selbstgebautem Gartenwerkzeug behandelt wird, besser gedeiht.

Mila schnitt eine Grimasse, die Moritz' Übereifer parodierte.

Er ist mit der Ernte nicht zufrieden und möchte gern expandieren, um neue Dinge auszuprobieren. Wir brauchen mehr Raum für Experimente. Moritz hat Anatol gefragt, ob wir auch den hinteren Teil des Gartens bebauen dürfen.

Das müsste er mal ansprechen, wenn alle da sind, sagte Marc.

Hab ich auch gesagt.

Wie geht's Moritz denn gesundheitlich?, fragte Irma.

Seine Depressionen haben sich in Luft aufgelöst.

Marc dachte an den Sommer, in dem es hier paradiesisch

schön war. Er hatte sich schon oft vorgenommen, sein Büro hierher zu verlegen, aber Tim und Gaby war die Entfernung von der Stadt nicht zuzumuten.

Aus einem der oberen Räume erklang Dylans »If not for you«.

Finn!, rief Irma.

Er ist schon gestern gekommen, sagte Mila. Bea und er liegen sich wieder einmal in den Haaren.

Wir wollen ihm Guten Tag sagen, sagte Irma auffordernd.

Sie stiegen in die zweite Etage, gingen vorbei an ihren Zimmern und in den Trakt, in dem Bea und Finn sich eingemietet hatten. Barfuß, mit einem Ziegenbärtchen und ausgemergelt kam ihnen Finn entgegen, als hätte er eine Woche nicht mehr geschlafen.

Anatol sagt, ihr plant eine Party!

Irma lachte.

Was macht Dylan?, fragte Marc.

Seite 589. Habe jetzt auch einen neuen Kapitelaufbau, es kommt ja laufend neues Material dazu. Und ich werde nicht aufhören, bevor er nicht aufhört.

Gemeinsam gingen sie in die Küche, und Finn setzte eine dieser alten Espressomaschinen auf. Im ganzen Haus herrschte der Charme des letzten und vorletzten Jahrhunderts.

Bist du allein hier?, fragte Irma.

Bea hat Wochenenddienst. Ein Kollege aus der Redaktion ist erkrankt.

Irma schenkte nachdenklich den Kaffee in die Tässchen. Durch das offene Fenster drang Frühlingswärme, man hörte Moritz' Stimme von draußen. Wie traurig, dachte Marc, dass Finn das ganze Wochenende hier ohne Bea verbringen muss. Die beiden stritten sich so häufig, dass man sich fragte, ob eine Trennung nicht das Beste wäre. Aber je mehr sie stritten, desto enger klammerten sie sich aneinander, sie hatten sich regelrecht ineinander verhakt. Begegnete man einem von ihnen allein, spürte man sofort, dass der andere fehlte. Es musste auch für Bea traurig sein, das ganze sonnige Wochenende in den Studioräumen zu verbringen, dachte Marc. Er schwieg, weil er nicht sicher war, ob Finns Version auch wirklich stimmte. Und ob Bea tatsächlich nur arbeitete.

Ich hab mich abgesetzt, um mein Buch voranzutreiben. Kommt mal mit, ich will euch etwas zeigen, ich habe mir einen alten Wunsch erfüllt.

Irma zog die Brauen hoch. Marc wusste, woher ihre Distanz zu Finn kam: Sie fand ihn einfach zu verschroben und zu eigenbrötlerisch. Auch zu unreif. Überdies war Finn eifersüchtig auf die gut aussehende Bea, die als Nachrichtenmoderatorin Abend für Abend ihren Charme über das Sendegebiet versprühte.

Finn bewegte sich zum Rhythmus von Bob Dylans »Days of 49« über die zerfransten Läufer des Korridors. Er ging langsam, brachte die Dielen zum Knarren, als wollte er es hinauszögern, sodass Marc sich alles Mögliche vorzustellen begann. Vielleicht hatte er ein Angebot von einem Verlag erhalten. Oder ein Autogramm des heiseren Meisters selber. Was war es, das Finn die kindliche Hitze ins Gesicht trieb?

Schwungvoll stieß er die Tür auf, und Marc starrte in ein leeres Zimmer, sonnendurchflutet, sauber geputzt, eine moderne Glaskaraffe auf einem Tischchen und einige Bücher zu Yoga und anderen Entspannungstechniken auf einem

Bord an der Wand. Ratlos betrachtete er diesen leeren Raum, bis Finn auf einmal mit seinem Lachen herausplatzte. Finn lachte, bis sein Lachen nur noch ein Meckern war.

Das ist Beas Achtsamkeitssuite. Sie hat alle Möbel rausgeworfen und kommt nur hierher, um zu meditieren. Sie will Distanz zwischen sich und den Dingen herstellen. In Wahrheit hat sie einen Putzfimmel und verträgt keinen Staub. Und wenn man's genau nimmt, besteht ja alles aus Staub.

Finn machte eine Grimasse.

Seit Wochen redet sie nur von der Magie der Leere. Und lässt sich so von ihrem Job auffressen, dass sie für sich und mich keine Zeit mehr hat.

Dann stieß Finn die nächste Tür auf, und Marc sah eine Modelleisenbahn, Schienenstränge, die auf Klötzen in die Höhe strebten, eine Acht beschreibend, Parallelführungen, Kreuzungen und Signale, die winkten und blinkten. Und mitten in diesem Kinderland die berühmte Ae6/6 mit Tenderloks und einer Krokodillokomotive, die jedes Bubenherz zum Rasen gebracht hätte.

Großartig, sagte Marc gerührt.

Ja, finde ich auch, sagte Finn und zupfte an seinem Bärtchen. Ich würde gern ausbauen, aber Bea will nicht, dass ich Schienen durch ihr Zimmer lege. Ich habe ihr gesagt, dass ich sie eines Tages durch die ganze Etage legen werde, unter den Betten durch, quer durch die Küche und über den Korridor. Auf der Lok würde ich eine kleine Kamera anbringen, um bei der Fahrt dabei sein zu können.

Auch Bea, das wusste Marc, ging Finns kindisches Benehmen auf die Nerven. Sein Schmollen, wenn etwas auf den Tisch kam, was er nicht mochte, seine dauernde Wehleidigkeit. Seine albernen Witze, wenn sie ihn auf einen

Empfang mit Journalistenkollegen schleppte. Finn benahm sich kategorisch daneben, aber meistens wurde es ihm verziehen.

Sie gingen vors Haus und trafen Ona und Axel, die es sich mit ihren Cocktails in den Liegestühlen bequem gemacht hatten. Ona schien die ersten Sonnenstrahlen des Jahres zu genießen. In der Ferne harkten Mila und Moritz unter ihren Blicken die Erde locker.

Zurück zur Natur, sagte Axel, die nehmen das furchtbar ernst.

Ona nickte und sog am Strohhalm.

Marc fand, dass sie Axels Kommentaren zu schnell zustimmte.

Habt ihr eine Ahnung, wen Anatol heute Abend eingeladen hat?, fragte Axel.

Lassen wir uns überraschen, sagte Marc.

Anatol war immer für eine Überraschung gut. Er wechselte von einem Tag auf den anderen sein Auto und seinen Kleidungsstil, und man munkelte, dass er vor Jahrzehnten zu Albert Hofmann, dem Erfinder des LSD, Kontakt gehabt hatte. Dass er sich neben der stoischen Annette noch junge männliche Liebhaber gönnte, konnte man sich gut vorstellen.

Um achtzehn Uhr fuhr sein Maserati vor. Hinter ihm der Lieferwagen der Cateringfirma. Das Entrée des alten Hotels wurde im Nu zu einem Konzertsaal mit Bestuhlung umgebaut. Annette plauderte das Programm aus: Mozart, Poulenc, Tschaikowsky und Grieg.

Irmas Augen glänzten.

Im Laufe der nächsten halben Stunde trafen die Autos der geladenen Gäste ein. An einer improvisierten Bar wurde jeder mit einem Glas Champagner empfangen. Marc traf auf die beliebte Stadträtin, die den Weg hinaus aus der Stadt natürlich auf dem Elektrobike bewältigt hatte. Er begrüßte den Direktor des Kunstmuseums und winkte dem notorisch schlecht frisierten Schriftsteller zu, mit dem er einmal zum Thema »Ist ein Haus auch ein Roman?« auf dem Podium gesessen hatte. Man begrüßte sich, bedauerte, dass man sich so selten sah, stand mit einem Glas im Garten und trank zu viel. Marc kam mit einer Illustratorin ins Gespräch, die vorgab, einen Bau von ihm, die Kantine des Gymnasiums, zu kennen. Er sagte, dass dieses Gebäude nicht von ihm sei. Auch ein anderes Gebäude, das sie ihm zuschrieb, hatte er nicht gebaut; es war fast so alt wie er, also in der Zeit, als er noch im Tessin lebte. Oh, du bist aus dem Tessin, rief die Illustratorin verlegen. Belcantone, Malcantone? Ich liebe das Licht im Malcantone!

Endlich klatschte Anatol, heute in braunkarierter Hose und gelbem Hemd, in die Hände, und ein junger Musiker brachte sich in Position. Annette gesellte sich hüstelnd ans Klavier. Marc saß auf einem unbequemen Stuhl in der hinteren Reihe, Irmas dunkelblonder Haarschopf war weiter vorne im Publikum zu sehen. Er wusste, dass Annette besser malte, als sie Klavier spielte, aber da es ein Lebensprojekt ihres Mannes war, vierhändig zu spielen, hatte sie sich notgedrungen mit den Tasten anfreunden müssen. Endlich hob das Stück an, Oboe und Klavier, Mozart natürlich. Marc mochte Mozart nicht, nicht den ganzen Mozart, Mozart nicht da, wo seine Musik etwas Beliebiges und Verstaubtes hatte. Irritiert glitt sein Blick über die Häupter vor ihm. Einige waren schon dabei, langsam vom Leben Abschied zu nehmen, andere waren, dank einer kostenintensiven Pflege in einer Art Alterslosigkeit versunken. In der Tür wechselten zwei junge Frauen ungeduldig vom Spiel- aufs Standbein, Nichten oder Enkelinnen, die mit leerem Blick nach vorne starrten oder auf ihren Handys herumfummelten. Marc döste kurz weg, aber bei Poulenc regte sich etwas, fragile Bilder von Gebäuden, Fluchten mit grünem Ausgang, er sah eine Wasserfontäne und vertikale Begrünungen, ein Wohnzimmer voll hängender Gärten. Wunderbare Musik!

Nach Poulenc kam Tschaikowsky. Ein junger Bratschenspieler drängte nach vorn, und Annette verließ ihren Platz mit ausgebreiteten Armen, als trüge sie ihr Instrument davon. Man wartete, wer den jungen Bratschisten begleiten würde, da betrat Anatol schwankend die Szene. Ein prüfender Blick zum Bratschisten, dann setzte sich der Hausherr ans Instrument, reckte seine Finger und griff, ziemlich falsch, in die Tasten, sodass auch die letzten aus ihrem Halbschlaf gerissen wurden. Mit fahriger Geste wischte er sich den Schweiß von der Stirn, machte einen Scherz zu dem jungen Musiker hin und setzte von neuem an. Hatte er das Stück nicht geübt? Nach einem kaum unterdrückten Rülpser glaubte Marc, dass Anatol getrunken hatte. Wahrscheinlich war er sternhagelvoll.

War er wirklich so nervös, dass er versucht hatte, seine Nerven mit Alkohol zu beruhigen? Marc hatte einen Blick von Anatol erhascht, er sah stocknüchtern und traurig aus. In diesem Fall hätte er seine Betrunkenheit nur vorgespielt. Anatols Art, die Leute zu unterhalten, war zuweilen abgründig. Er benutzte Menschen gern als Publikum, um sich zu inszenieren. Gleichermaßen nahm er sie gern auf den Arm. Im Laufe der Jahre war er darin so gewandt geworden, dass er alle täuschen konnte.

Auch wenn das schöne Stück von Tschaikowsky falsch gespielt war, trug es Marc in weite Landschaften. Er gab sich der Sehnsucht in den Klängen hin, als plötzlich Anatols Kopf vornüber aufs Klavier kippte. Annette sprang hinzu, und auch Irma rannte nach vorne. Beide Frauen richteten den betrunkenen Gastgeber wieder auf, erlösten ihn von seinem Instrument und begleiteten ihn in die Küche. Sechzig Augenpaare folgten ihnen. Warum war Irma jetzt nicht bei ihm? Warum ging sie neben der Gastgeberin und tat so, als wäre sie deren Busenfreundin, während man zu diesen Leuten doch eine innere Reserve zu halten hatte?

Er erkannte in Irmas Gesicht die tiefe Zufriedenheit der Helfenden, auch wenn hinter dem Altruismus Geltungssucht lauerte, die Eitelkeit der Professorentochter, die sonst von Skrupeln gedämpft wurde. Annette lächelte, als hätte sie Großes vollbracht, mehr als ihren torkelnden Gatten aufs Klo zu begleiten. Irma blickte zu Boden und empfing den leisen Applaus wie einen Frühlingsregen, als Annette sich wieder ans Klavier setzte, Tschaikowsky überging und das schwierige Stück von Grieg, das sie offensichtlich mit Anatol geübt hatte, in den Griff zu bekommen versuchte.

Leise begab sich Marc nach draußen. Er sog den Geruch frisch geharkter Erde ein, und in der Luft lag nun auch ein Hauch jener Frühlingsfrivolität, die er mit Irma bereits in Südfrankreich geschnuppert hatte. Würde es ein gutes Jahr werden?

6

Irma stürzte sich in die Übersetzung. Sie hatte während ihrer Studienzeit einmal Duprals Debütroman *Verschwendete Jahre* in die Hand genommen, aber nach wenigen Seiten wieder weggelegt, weil ihr die Übersetzung eines anderen Buches angeboten worden war. Damit verschwand der Autor für längere Zeit wieder aus ihrem Blickfeld.

Er wolle sie warnen, hatte Luftiger am Telefon gesagt, das Buch werde wohl nicht ganz jugendfrei sein, das höre er gerade aus Paris. Ob sie trotzdem noch an der Übersetzung interessiert sei?

Die Frage verletzte sie. Warum sollte sie vor einem Roman zurückschrecken, der sich Ausflüge ins Erotische leistete? Hielt Luftiger sie für prüde?

Chantal, die Hauptfigur, stammte aus einem Nest in der Auvergne, sie war eine naive und lebenshungrige Frau, die es nach der Schule in die Hauptstadt verschlug. Auf dem Nachhauseweg vor dem Lokal, wo sie als Kellnerin arbeitete, wurde sie von einem Auto angefahren. Im Spital bot ihr der Anwalt des Fahrers, ein gewisser Gérard, eine großzügige Summe an. Ein Jahr später, Chantal war jetzt 25, war sie mit dem doppelt so alten Anwalt verheiratet und wohnte mit ihm in seinem Appartement im 16. Arrondissement. Als Ehefrau langweilte sie sich bald bei den ewiggleichen Partys und Dinners, brach aus und ließ sich von einem Bekannten von Gérard verführen.

Dupral erzählte schnell und witzig, bis er zu dieser Verführungsszene kam, der er sich mit lüsterner Detailschärfe widmete. Ein Geschlechtsverkehr in einer dieser düsteren, engen Pariser Tiefgaragen, bei dem Gérards Freund ihr den

Rock vom Leib riss, das Höschen lustvoll zerfetzte, um sie auf der Kühlerhaube eines Mercedes zu nehmen. Dabei scheute der Autor nicht vor dem Gebrauch drastischer Vokabeln zurück. Die Darstellung war realistisch, pornografisch und so detailgenau, dass Irma den Schmerz in Chantals Vagina zu spüren glaubte.

Sie fühlte sich von Duprals routinierter, ruhiger Erzählstimme eingenommen. Trotzdem war sie davon genervt, dass er so tat, als wäre die Ehe das Langweiligste unter der Sonne.

War sie denn wirklich so langweilig, dass man in einem Seitensprung in der Tiefgarage das wahre Leben suchen musste?

Evelyne hatte einmal zu ihr gesagt, sie sitze auf ihrem ehelichen Treuegelöbnis wie auf dem Silberbesteck ihrer bürgerlichen Aussteuer. Nur jemand wie Evelyne konnte ein kurzzeitiges Gefühlshoch gegen die Gefühlssicherheit einer langjährigen Beziehung eintauschen. Irma wusste, ein Seitensprung, und wenn er noch so beiläufig wäre, würde das kostbare Gut des Vertrauens beschädigen. Sie wollte verhindern, dass ihre Ehe Schaden nahm, denn dann wäre auch ihr Leben gescheitert. Sie liebte Marc, sie liebte seine wunderbaren Einfälle als Architekt, die sich eines Tages durchsetzen würden. Er brauchte ihre Unterstützung, und sie brauchte einen Mann, den sie bewunderte.

Während dieser Überlegungen stach ihr plötzlich der Geruch nach Verbranntem in die Nase. Es roch anders als Nikotin, eher nach einem Feuer im Garten. Aber Marc war im Büro und Matti in der Schule. Es sei denn, er wäre aus irgendeinem Grund früher nach Hause gekommen.

Sie fand Matti in der Küche vor einem Kuchenblech, auf dem ein Packen Papier brannte.

Was machst du da?, rief Irma und sah, dass es Briefe waren, die er angezündet hatte.

Sie nahm das Blech und trug es in den Garten, damit der Rauch nicht weiter die Küchendecke schwärzte.

Statt die Fenster zu öffnen, ruderte Matti mit den Armen.

Melanies Briefe?

Das Leuchten auf seinem Gesicht schien reine Schadenfreude.

Geht dich nichts an!

Sie richtete den Strahl des Gartenschlauchs auf das brennende Bündel. Warum musste er die Briefe verbrennen, warum konnte er sie nicht einfach zerreißen? Was für ein pathetisches Kind!

Zurück am Schreibtisch, gelang es ihr nicht mehr, in die Szenen des Dupral-Romans zurückzufinden. Statt Chantal, die in einer kleinen Bar an der Place Vendôme auf ihren ersten Liebhaber Aimé wartete – Aimé stammte von der Elfenbeinküste –, sah Irma die kleine rundliche Melanie vor sich, in die sich ihr Sohn verliebt hatte. Melanie war ein Jahr jünger, siebzehn. Waren die beiden in Mattis Zimmer, hörte man sie Nachmittage lang kichern. Kamen sie heraus, machten sie Kuchen und saßen am Abend vor dem Fernseher. Nie hatte sie Matti Melanie berühren oder küssen gesehen.

7

Irma war mitten in der Nacht aus dem Bett gekrochen und hatte ihn dabei aus dem Schlaf gerissen. Er sah sie am Fenster stehen, durch das milchiges Dämmerlicht hereindrang. Sie kehrte ins Bett zurück und erzählte, sie habe einen Fuchs im Garten gesehen, er habe die Gartenmöbel inspiziert. Später war sie nicht mehr sicher, ob er ihr nicht nur im Traum erschienen war. Marc konnte danach nicht mehr einschlafen.

Zu Mittag trafen sie in Sanssouci ein, wo sie die Freunde im Schatten unter den Bäumen begrüßten. Die schöne Bea lobte Irmas Kleid und ihr frisches Aussehen, was Marc ärgerte. Nach ihren Urlaubsplänen gefragt, sagte er, man bleibe lieber zuhause, als sich wie in Montpellier über ein überteuertes Hotel zu ärgern.

Irma blickte ihn entsetzt an, und Alice schaute lächelnd auf ihre Schuhspitzen.

Nicht jeder Urlaub ist ein Traum, sagte Finn mit schadenfrohem Lächeln.

Anatol zupfte an der zu engen Hose, Ona blies den Rauch ihrer Zigarette in sein Gesicht, die Luft wehte warm über die Felder und Gärten.

Wir fahren im Herbst nach Thailand, sagte Annette, die kein Schweigen ertrug. Sie würde, da war Marc sicher, ihre Freunde schon Monate vorher mit Thaifood, Räucherstäbchen und anderem traktieren.

Eure Einladung hat uns inspiriert: Annette möchte endlich ihre Flitterwochen einlösen, witzelte Anatol.

Gelächter. Die Gästeschar bewegte sich zum gedeckten Tisch unter Bäumen. Marc sah, wie Irma mit einem Löffel an ein Weinglas klopfte und zu einer Rede anhob.

Liebe Freundinnen und Freunde, begann sie, ich danke euch, dass ihr gekommen seid. Denn Freundschaft findet nicht nur in sozialen Netzwerken statt, Freundschaft nährt sich aus Begegnungen, Gesprächen, Auseinandersetzungen und gegenseitiger Hilfe. Wie sich unser Freundeskreis gebildet hat, könnte ich im Nachhinein gar nicht mehr sagen. Wir feiern heute mit euch das zwanzigjährige Bestehen unserer Ehe!

Sie sandte Marc einen schweren Blick, der ihn verlegen machte. Er hatte sie gebeten, auf eine Rede zu verzichten. Nachdem sie darauf bestanden hatte, hoffte er, dass sie sich kurz fassen würde. Nun stand sie unendlich weit entfernt am anderen Ende des Tisches und hisste das Banner ihrer Ehe. Ihr Trotz nötigte ihm Bewunderung ab. Er fand jeden einzelnen Muskel ihrer Arme, die Schultern, den Hals und erst recht die Lippen von unwiderstehlicher Schönheit. Er hätte sie jetzt gerne geküsst, auch um sie zum Schweigen zu bringen.

Sie begann, wie erwartet, mit einer langwierigen Freundschaftserklärung gegenüber Alice und Fred. Es gelang ihm, sie zu überhören. Erst als sie über Ona zu sprechen begann, schnappte er wieder einen Satz auf. Onas Herz sei eine Kapsel, die kein Kummer aufbrechen könne. Sie, Irma, würde sich gern einmal für längere Zeit in dieser Kapsel einmieten.

Annette, die auf die Nähe zwischen Irma und Ona ein wenig eifersüchtig war, klatschte natürlich am lautesten. Er sah, dass Anatol unverhohlen auf Onas Beine starrte, und fragte sich, was Evelyne wohl gerade machte. Dann kam die Rede auf Axel, von dem sie sagte, er habe die Hände eines Demiurgen, und Axel antwortete, sie solle mal nicht übertreiben. Bea zupfte an ihrem engen Kleid, einem Designerstück, in dem sie sich offenbar nicht wohlfühlte. Das weiße Kleid war bedruckt mit den Signaturen von Picasso und anderen Künstlern. Statt Irma zuzuhören, konzentrierte sich Marc darauf, weitere Namen zu entziffern. Trotzdem bemerkte er, dass Finn mit den Fingern seiner rechten Hand einige Male über die Schnalle seines Gürtels strich, als würde er Gitarre spielen. Wie hatte sie sich bei Finn, den sie eigentlich nicht sehr mochte, aus der Affäre gezogen? Er sah ihre schlanken Insektenarme, die sie bewegte, als würde sie ihre Rede dirigieren. Er dachte an die Tochter aus gutem Hause, die einige Zeit gebraucht hatte, um aus dem Chaos der Gefühle zu einem geordneten Leben zu finden. Die Strenge, die sie sich heute auferlegte, war ihre Rettung gewesen, das wusste er, auch wenn er zuweilen darunter litt.

Er nickte zustimmend, als Irma meinte, ohne Annette und Anatol gäbe es kein Sanssouci, dann ging er in die Küche. Was sie über Mila und Moritz sagte, musste er nicht wissen. Bestimmt gehörte es, wie vieles andere, zu den kleinen Lügen, die das Zusammensein erträglicher machten. Als er wieder zurück an den Tisch kam, klatschten alle, und Annette war aufgesprungen, um Irma in ihre Arme zu schließen. Diese löste sich aus der Umarmung und wandte sich an ihn:

Marc, und mein Glück wäre nicht vollkommen, wenn die zwanzig gemeinsamen Ehejahre nicht durch jemanden bekräftigt würden: durch unseren Sohn Matti, der diesen Herbst das Gymnasium abschließen wird. Matti ist nicht hier, aber ich danke ihm trotzdem, dass er seine besorgte und nicht immer ganz bügelfreie Mutter bis jetzt ertragen hat.

Irma setzte sich und schien erleichtert, als nochmals alle applaudierten. In dem Moment brachte die Cateringfirma den ersten Gang. Marc packte eine Flasche beim Hals und füllte jedem das Glas. Abendlicht senkte sich über Sanssouci und die Bäume leuchteten. Irma hob nochmals an, aber in diesem Augenblick trat Matti vor sie hin und sagte: Hey everybody.

Unsicher und um Coolness bemüht schwenkte er den Arm. Sein T-Shirt war durchgeschwitzt vom Radfahren.

Wo kommst du her?, fragte Marc, sein Tonfall weder streng noch allzu neugierig.

Ich komme, um zu gratulieren.

Ein Leuchten huschte über Irmas Gesicht, als Matti ihr einen Kuss auf die Wange gab.

Ich geh dann mal wieder, Ma. Nochmal herzliche Gratulation! Ich übernachte bei Nick, sagte er.

Irma wollte protestieren, aber Marc hob beschwichtigend die Hand.

Manchmal komme ich fast um vor Angst, wenn er abends loszieht, sagte Irma zu Ona.

Übernachtet er häufig auswärts?, mischte sich Fred ein. Es war selten, dass er etwas fragte.

Er übt den Absprung, sagte Marc.

Aber ihr wisst, wo er ist?, fragte Alice.

Meistens übernachtet er bei einem Freund, sagte Irma gleichgültig. Und sollte er bei einem Mädchen sein, ist es uns egal, lächelte sie.

Wo ist eigentlich Evelyne?, fragte Axel. Warum habt ihr sie nicht eingeladen?

Alle horchten auf.

Evelyne konnte nicht kommen, sagte Marc.

Er suchte Irmas Blick, die aufstand und in die Küche ging. Plötzlich war Alice an ihrer Seite, er eilte ihnen nach. Alice lehnte sich steif an den Kühlschrank.

Es muss heraus, sagte Alice, es wäre falsch, es euch nicht zu sagen.

Mein Gott, dachte Marc in Panik. Wohin versteigt sie sich denn jetzt mit ihrem therapeutischen Sendungsbewusstsein?

Alice zögerte. Zu dritt standen sie eine Weile da, ohne zu sprechen.

Was ist denn los?, rief Irma. Ist was mit Matti?

Alice machte ein Gesicht, als wäre sie geohrfeigt worden.

Ich kann mir denken, warum Evelyne nicht gekommen ist, sagte sie.

Sie konnte nicht, sagte Marc laut.

Kann es sein, dass Matti heute Abend bei Evelyne ist?

Warum sollte er!, rief Irma entsetzt und ihr Ruf sollte Marc lange in Erinnerung bleiben. Ihr Mund stand offen, sie schaute zu den Küchenmessern, dann zu den Gläsern, aber sie sagte nichts mehr. Marc studierte ihr Gesicht, wie ein Kunstwerk voller Schrecken. Warum passierte das alles ausgerechnet jetzt?

Die Angestellten der Cateringfirma drängten in die Küche.

Es muss ja nicht stimmen, was mir Gabriela neulich sagte, fuhr Alice leise fort.

Wer ist Gabriela?

Eine Freundin, die sagte, Evelyne hätte ein Verhältnis mit einem jungen Mann. Nun, das ist ja nichts Neues, dachte ich zuerst, aber als ich Evelyne dann eines Morgens mit Matti aus dem Haus kommen sah, war ich doch verblüfft.

Matti hat doch gesagt, dass er bei Nick übernachtet, sagte Irma hilflos.

Dann hat er eben gelogen, sagte Alice und blickte streng auf ihre Füße.

8

Es war Bea, die, nach dem Hauptgang, als Erste dem Drang zu tanzen nachgab. Irma war ihr dankbar, noch nie hatte sie so dankbar auf Beas herumwirbelnde Beine geschaut. Sie wusste, dass Alice nicht gelogen hatte. Alice übertrieb, aber sie log nicht.

Bea schnippte mit den Fingern und sagte, sie wolle jetzt keinen Käse essen, sie müsse sich zuerst die Beine vertreten. Finn löste sich aus der Erstarrung und eilte ihr nach, Axel bediente die Musikanlage. Nach wenigen Minuten tanzten die beiden schon wie die Professionals! Sicher hatte Bea mit Finn, der seine Haare zu einem Pferdeschwanz gebunden hatte, einen Tanzkurs besucht, ohne davon zu erzählen. Wie Irma die beiden plötzlich beneidete. Beim Anblick von Moritz und Mila, die sich mit steifen Bewegungen aufs Parkett begaben, beruhigte sie sich kurz, denn alles schien wieder in Ordnung zu kommen. Auch Anatol und Annette schoben sich, ganz alte Schule, gemächlich und gekonnt über die improvisierte Tanzfläche in der alten Hotelhalle. Aber Marc, mit dem sie sich dringend hätte besprechen müssen, war wie vom Erdboden verschluckt.

Unermüdlich wirbelte Finn seine Braut durch den Saal, ihr Röckchen flog hoch, und sie zeigte den oberen Teil ihrer Beine, die Männer gafften. Plötzlich sah Irma auch Marc in einer Ecke sitzen und starren, es war nicht zu fassen. Axel winkte Marc zu sich, und beide tanzten sie ironisch zu einem langsamen Stück. Jeder machte sich über sie lustig, Finn, wie ein Stier schnaubend, ging vor Bea artig in die Knie und küsste ihre Hand. Bea strahlte, eigentlich schwitzte sie nur, dabei sonnte sie sich in der allseitigen Anerkennung. Sie hatte eine perfekte Kleinmädchenfigur, und Irma sah, wie Marc auf sie zuwetzte, um sie zum nächsten Tanz zu bitten. Irma musste eine Zigarette rauchen, um wieder durchatmen zu können. In der Zwischenzeit wechselte Axel erneut die Musik, und als sie zurückkehrte lief Tango, ausgerechnet Tango. Ist das wirklich unser Fest?, dachte Irma. Wir haben noch nie Tango getanzt. Ona bewegte sich mit Finn übers Parkett, als hätte sie ihr halbes Leben in Buenos Aires verbracht. Beas Beine verschwanden im Schritt von Marc, sie warf theatralisch ihren Kopf in den Nacken, das lachende Gesicht gegen die Decke, während Marc sie im Kreuz fasste. Fast sah es so aus, als fände hier ein Paar zu sich, tanzte sich, mit viel Gefühl, in die Freiheit. Marc konnte sich gehen lassen, das konnte er wirklich. Irma fühlte sich beim Anblick der beiden wie ein Stück Holz. Finn hinkte mit dem linken Bein und verfehlte Ona immer um den Bruchteil einer Sekunde. Ona machte kleine Bewegungen aus der Hüfte, ein Wispern, zärtlich und spöttisch. Sie hatte einmal gesagt, dass sie Finn möge, aber sein Körper sei ihr zu dürr. Zu dürr wofür, fragte sich Irma jetzt. Hatte Ona in Erwägung gezogen, mit Finn etwas anzufangen, zum Ausgleich für Axels Eskapaden? War hier jeder jedem übers Maß zugetan? Wo würde das alles enden, wenn der Abend lang würde? *Er legte seine Hand auf ihre Schenkel und spreizte sie,* fuhr es Irma plötzlich durch den Kopf, *und seine Zunge begann ihre Möse zu lecken* – meine Güte, wieso kam ihr diese unmögliche Stelle aus Duprals Roman gerade jetzt in den Sinn?

Irma hatte genug von diesem Fest!

Während die einen zum Dessertbuffet im Nebenraum gingen, flüchtete sie nach draußen zu Fred und Alice, die in der Loggia vor einem mit Käse aufgehäuften Teller saßen und plauderten. Als Irma kam, stand Alice auf und kehrte zurück zu den Tanzenden. Irma war verunsichert. Sollte sie Alice folgen? Aber sie hatte keine Wahl, denn Fred stand in seinen weiten Bundfaltenhosen unschlüssig in der Tür, um sie in ein Gespräch über die Verheißungen von 3D-Brillen zu verwickeln. Sie ließ ihn stehen, rannte zurück in den Tanzsaal, und in dem Augenblick fasste Axel sie unter dem Arm und zog sie mit sich. Axel war erhitzt. Er wirbelte sie herum, verströmte teuren, männlichen Duft, aber der Verdacht, dass er Ona nur eifersüchtig machen wollte, war unabweisbar. Ona schmiegte sich eng an Finn, der schon lange jeden Willen zur Eleganz fahren gelassen hatte und physisch an seine Grenze kam. Er rauchte und trank zu viel.

Für Momente fühlte sich Irma von Axel weggetragen und vergaß die Geschichte mit Matti. Kurz hätte sie mit ihm bis ans Ende der Welt tanzen wollen. Ans Meer. Aber Axel wollte nicht ans Meer. Er ließ Ona nicht aus den Augen. Aber für wen tanzte Marc, der noch immer an der engelhaften Bea klebte? Sie sträubte sich, denn es war ja nicht das erste Mal, dass Axel ihr näher kam. Sie spürte seine feuchten Lippen an ihrem Hals. Ein kurzer Hustenanfall, sie musste ein Glas Wasser trinken und konnte sich aus Axels Umarmung befreien.

Eine halbe Stunde später stand sie mit Marc draußen. In der Hecke, die das Anwesen gegen den Wald abgrenzte, zirpte eine Grille, in den Erdbeeren schmatzte ein Igel. Aus der Hotelhalle klang Musik. Marc sah verwegen aus, ein Hemdzipfel hing ihm aus der Hose.

Da kommt was auf uns zu, sagte sie knapp, obwohl sie einen ganzen Katalog Vorwürfe im Kopf hatte.

Marc sagte, sie solle kein Aufheben machen, Matti sei einfach ein dummer Junge.

Kein Aufheben?, fragte sie ungläubig. Weißt du eigentlich, was das heißt, wenn die beste Freundin mit dem eigenen Sohn?

Sie biss sich auf die Lippen.

Lass uns jetzt nicht streiten, sagte er, es ist unser Tag, unser Abend, unsere Nacht!

Der Mond schien hell. Sie gingen in den Saal zurück und sahen Anatol und Annette betrunken in den Sesseln lümmeln. Immer mal wieder setzte einer der Tanzenden sich zu ihnen, und man redete über Ausbaupläne, über Projekte in Sanssouci, über Geldanlagen und über den neuen Warhol, den Anatol im Eingangsbereich aufgehängt hatte. Man redete über Mila und Moritz, die sich schon früh davongemacht hatten. Anatol trank Whisky, Annette Rotwein, und beide prosteten einander mit glasigem Blick zu. Annette rutschte auf dem Weg zur Toilette aus und ließ sich von Bea aufhelfen. Selbstmord, sagte sie, sei die eleganteste Lösung, aber Bea ging nicht darauf ein. Bea war sauer, weil Finn nicht aufhörte, an Ona zu kleben, cheek to cheek, und keinen einzigen Blick für sie übrig hatte.

Axel lag schlafend auf dem Teppich im Korridor.

Fred deutete auf Axel und sagte zu Marc, dass es Axel nicht gut tue, seinen Frauengeschichten so ausgeliefert zu sein. Alice sagte kühl, die beiden seien in höchstem Maße abstoßend.

Irma irrte herum und ließ sich von niemandem ansprechen.

Wir haben alle zu viel getrunken, sagte sie schließlich zu Anatol. Wir sind keine Dorfgesellschaft, die einfach saufen kann und dabei wird's immer lustiger, nein, das sind wir nicht.

Bea schüttelte den Kopf und schluchzte. Marc kam hinzu und nahm Bea in den Arm, um sie zu trösten.

Ona will gehen, sagte Axel, und Bea flüsterte: Gut, dass sie gehen.

Warum sagst du das?, fragte Irma.

Sorry, sagte Bea, das Schlimme ist nicht, dass er mit ihr rumknutscht wie ein Pennäler, sondern dass sie eigentlich meine Freundin hätte werden sollen. Eine richtige Freundin, neben dir, Irma.

Freundin, dachte Irma, was heißt das schon?

9

Evelyne Brugger, Shiatsu. Irma klingelte und legte sich ihre Sätze zurecht.

Brugger. Wer ist da?

Sie nannte ihren Vornamen, hörte ein Klicken in der Gegensprechanlage, wie sie es schon hunderte Male gehört hatte, und wollte die Tür aufstoßen. Aber es ging nicht. Sie klingelte erneut, aber nichts rührte sich. Sie stand da, ohne zu begreifen. Evelyne war nicht zu sprechen.

Kraftlos machte sie sich auf den Heimweg. Das Gefühl der Ohnmacht, das sie in seltenen Augenblicken ihres Lebens befiel, ließ sich nun nicht mehr verdrängen. Evelyne fühlte sich schuldig, deswegen wollte sie nicht mit ihr reden. Schlimmer hätte es nicht sein können.

Je länger dieser sinnlos gewordene Schönwettertag dauerte, desto drängender wurde die Frage, ob Marc davon gewusst hatte. War seine Reaktion darum so undeutlich geblieben? Lag in seiner Verstocktheit gar ein verstecktes Einverständnis mit Evelyne? Warum war er neulich im Garten so schnell hinter der Betrunkenen hergelaufen? Warum war sie überhaupt so spät bei ihnen aufgetaucht?

Sie erinnerte sich an ein Fest vor über zwanzig Jahren, an Evelynes exzessive Art zu tanzen. Evelyne hatte sich von einem Mann zum nächsten gehangelt, eine Zigarette oder eine Bierflasche in der Hand. Großgewachsen und schwarzhaarig waren ihre Bewegungen schwer und lasziv und immer an der Grenze zum Anstößigen. Irma verstand, dass sie Männer anzog. Beim Tanzen war sie unzähmbar. Sie hatte das Körperwissen einer verdorbenen Tempeldienerin. Evelyne war nicht für eine feste Beziehung mit Männern gemacht. Umso heftiger hielt sie an der Freundschaft mit Irma fest. Allerdings war sie launisch. Mal vergaß sie Irmas Geburtstag, dann wieder überhäufte sie sie am falschen Tag mit Geschenken. Manchmal sandte sie Bilder aus den Ferien, mit ihrer neuesten Eroberung posierend. Wanderurlaub mit Timo, Badeurlaub mit Samuel, Trekking mit Remo. Oder Städtereisen allein.

Was sollte sie jetzt tun?

Zuerst musste Matti entliebt werden. Aber wie zwang man einen Achtzehnjährigen, sich zu entlieben?

10

Warum sollen wir ihm nicht sagen, dass wir Bescheid wissen?, sagte Irma.

Wie willst du denn mit ihm reden?, fragte Marc. Irma hatte diesen Ton drauf, der von Anfang an klar machte, dass jede Widerrede unmöglich war.

Die Sache wird sich doch von selber erledigen, glaubst du nicht? Wissen wir denn mit Sicherheit, dass Alice nicht übertreibt?

Er wusste, dass Irma nicht lockerlassen würde. Aber was passierte, wenn sie Evelyne doch zur Rede stellte?

Ich bin schockiert, sagte Irma und legte die Gabel hilflos aufs Gemüse. Das Essen, das sie sich in diesem teuren Lokal leisteten, würde kalt werden. Er spürte ihren Blick in seinem Gesicht und befürchtete, sie könnte Verdacht geschöpft haben. Ihre Hand, die ziellos über das Tischtuch irrte, griff nach dem Wasserglas. Spürte sie nicht durch hundert Wände hindurch, was zwischen ihm und Evelyne passiert war?

Irma, unser Sohn ist im Frühjahr achtzehn geworden, er kann tun und lassen, was er will. Das ist die kalte Logik des Geschehens. Und Evelyne ist sowieso nicht belangbar. Wir sollten uns allein um Mattis Matura Gedanken machen.

Wieso nimmst du Evelyne in Schutz? Es muss Gründe haben, warum sie mir die Tür nicht öffnet, sagte Irma finster.

Die Sexualität unseres volljährigen Sohnes geht uns nichts an.

Der Kellner wollte endlich die Bestellung für den Nachtisch aufnehmen. Irma ignorierte ihn, Marc benutzte die Gelegenheit und erörterte ausführlich die Dessertweine. Die Flasche, die er bestellte, war teuer.

Haben wir wirklich etwas zu feiern?, fragte sie aggressiv.

Geschlechtsverkehr, sofern er einvernehmlich geschah und nicht zur Schwängerung führte, gehörte nicht zu jener Sorte Ereignisse, die unlöschbare Spuren hinterließen.

Was, wenn er ihr ein Kind macht?

Das war nun wirklich zu viel! Irma würde sich alles so lange ausmalen, bis der Schrecken nicht mehr zu zähmen war.

Wir müssen etwas tun, sagte sie.

Nichts tun ist das Klügste. Er verschränkte seine Hände und legte sie auf den Tisch.

Vielleicht hast du recht. Wer weiß schon, was zwischen den beiden gelaufen ist, sagte sie unsicher. Vielleicht haben sie sich ja nur geküsst.

Alice macht sich doch gern wichtig. Erziehen heißt auch loslassen, Irma.

Du redest von Erziehung? Irma schrie. Er hätte sich den zweiten Satz besser gespart. Nun drehten sich einige im Restaurant zu ihnen um.

Nach dieser Geschichte wird seine Sexualität ruiniert sein. Wie soll der Junge jemals wieder einem gleichaltrigen Mädchen begegnen?

Evelyne ist doch kein Monster.

Der Kellner brachte das Dessert und den Wein, und plötzlich stand Finn vor ihnen am Tisch. Er trug ein mit Pailletten besetztes Jackett, enge Jeans, und seine nach hinten gebundenen Haare glänzten.

Ich warte auf Bea, sagte er, sie hat heute ihren achten Jahrestag beim Sender.

Er sah aus wie ein schüchterner Westernheld. Finn musste oft auf Bea warten. Als Marc ihn aufforderte, sich doch zu ihnen zu setzen, klingelte sein Handy. Finn ließ es weiterklingeln. Es klingelte minutenlang, so wollte es Marc vorkommen, bis Irma fragte, warum er nicht endlich abnehme.

Finns Blick wurde leer, er schaltete das Telefon aus.

Es ist Bea, sagte er, und ich weiß, was sie mir mitteilen wird.

Woher?, fragte Irma.

Sie wird mir sagen, dass sie sich verspäten wird, obwohl ich einen Tisch bestellt habe. Zuerst wird sie sich bei mir entschuldigen, aber sobald ich ihr Vorwürfe mache, wird sie mich anschreien. Warum ich mir nicht eine biedere Hausfrau suche, wird sie sagen, eine, die den ganzen Tag zuhause ist und auf mich wartet. Darauf werde ich nichts erwidern.

Willst du dich nicht setzen, sagte Marc. Er ahnte, wohin sich Finns Gedanken nun verirrten.

Nein, danke, aber feiert ihr ruhig mal weiter, sagte er dann zu Irma, ich will euch nicht stören. Eigentlich sollte ich mich volllaufen lassen, aber es macht mir keinen Spaß. Ich geh lieber arbeiten, Dylan wartet.

11

Dunkel lag das Haus vor ihnen. Er schloss die Tür auf, sie schlüpfte vor ihm hinein, und schon spürte sie seinen schweren Arm auf ihrer Schulter. Es war ein Zeichen, dass sie weicher, anschmiegsamer, geschmeidiger werden sollte. Er entledigte sich des Jacketts, zog sie mit eisernem Arm an sich und küsste sie auf die Stelle zwischen Hals und Nacken. Sie ließ es zu, ohne etwas anderes zu spüren als ihre eigene Gelähmtheit. Sie wäre lieber gleich schlafen gegangen. Der Abend war nicht harmonisch verlaufen, und auch an Finns Kummer konnte man sich nicht aufrichten, im Gegenteil. Man hätte darüber reden müssen, aber Marc hatte einen anderen Plan im Kopf, den er unbedingt verfolgen wollte, obwohl es noch lange vor Mitternacht gewesen war. Keiner sagte ein Wort, als sie wie zufällig neben dem Sofa stehenblieben. Auf diesem Ledersofa war einiges geschehen. Sie hörte seinem Atem zu. Als er sie hinunterzog, drang das Licht der Straßenlaterne durch die vom Wind bewegte Jalousie. Ein Gedanke arbeitete sich in ihr vor, den sie noch nicht richtig denken konnte. Während er sein Gesicht in ihrer Schulter vergrub und mit der Hand an ihrem Rock zog, suchte sie weiter nach dem Gedanken in ihrem Kopf, ohne ihm zu helfen. Sie hatte das schon einmal erlebt, dass ein Wort oder ein Bild ihr Denken besetzte. Er öffnete die Knöpfe ihrer Bluse, viereckige Knöpfe, die nicht daran dachten, seinen Fingern zu gehorchen. Ihr Büstenhalter fiel nach zähem Ringen zu Boden. Wieder küsste er sie, nun herzhafter und männlicher. Ihr Körper zog sich zusammen, etwas verkrampfte sich in ihr, sie konnte nichts dagegen tun. Im Halbdunkel sah sie den angebissenen Rest eines Apfels auf dem Küchentisch.

Er arbeitete sich ihren Körper hinauf und hinunter, suchte durch das Nadelöhr ihrer Lust jene Stelle, wo sie empfänglich war. Verwundert nahm sie das alles zur Kenntnis, konnte nichts dagegen und nichts dafür tun, öffnete routiniert sein Hemd, knöpfte seine Hose auf und half ihm pflichtbewusst aus dem Hosenbein. Alles dauerte länger als sonst, vielleicht weil sie alles überdeutlich zur Kenntnis nahm.

Ihr Handy tobte in der Handtasche. Es war mit Sicherheit Finn, der betrunken anrief. Plötzlich küsste Marc sie mit verzweifeltem Furor. Sie stand wie vor einem Garagentor, das sich nicht öffnen ließ. War es Matti, der anrief? Ein Anruf um diese Zeit bedeutete nichts Gutes. Stille dann endlich, sie hörte das Ticken der Küchenuhr. *Er drängte sie in eine Garagenöffnung. Die Beine breit, spürte sie seinen Schwanz in sich eindringen.*

Ich kann nicht, sagte sie.

Der maskierte Gedanke, der sie die ganze Zeit gelähmt hatte, zeigte sich plötzlich. Sie sah Evelyne, die Matti aufs Bett zog, im Kuss mit ihm vereint.

12

Als Irma am Nachmittag bei Ona eintraf, war diese gerade beim Yoga. Sie absolvierte eine Reihe von Asanas, während Irma die schicke Neubauwohnung, die sich in einem gentrifizierten Stadtteil mit teuren Lofts, umgebauten Handwerksbetrieben und Biogeschäften befand, näher in Augenschein nahm. Ona hatte ihr einen Smoothie aus Orangen, Kiwi und Gurken gerichtet. Die Vierzimmerwohnung war ein einziger Fitnessraum, mit einem Hometrainer in der Ecke, Gewichten, Stretchbändern und einem portablen Fernseher. Ona, hatte Marc einmal gesagt, wohnt nicht, sie trainiert.

Mein täglicher Workout, sagte Ona, sonst bin ich nur ein halber Mensch.

Ona machte neben Yoga auch regelmäßiges Marathontraining mit einer Gruppe Expats. Ihre Muskeln spannten sich unter dem engen Sportshirt. Irma hatte bis jetzt gedacht, Muskeln würden nur Männern zu mehr Selbstbewusstsein verhelfen. Ihre Haare hatte sie zu einem Zopf gebunden. Sie schaute ernst an sich hinunter, auf ihre Knie, die im halblangen Homedress hervorstachen.

Soll ich meine Knie operieren lassen?, fragte sie. Sie meinte es nicht ernst, Ona war zu intelligent, um ein Opfer der schönheitschirurgischen Hysterie zu werden.

Hast du schon gehört, Mila und Moritz wollen Sanssouci verlassen? Sie haben ein Haus im Wald gefunden.

Wie hat es Anatol aufgenommen?

Er hatte einen cholerischen Anfall.

Sie wollen aus unserer Gruppe raus?

Ohne Telefon und Internet.

Mila lässt sich von Moritz einfach alles bieten. Er befiehlt, und sie kuscht.

Irma biss sich auf die Zunge. Eigentlich hatte sie diesen Eindruck auch von Ona und Axel. Seit Ona mit Axel zusammen war, trainierte sie wie eine Irre. Für wen, wenn nicht für Axel? Axel hatte alle Partnerinnen irgendwie auf Trab gehalten. Das war schon damals so gewesen, als Irma den ehrgeizigen Kollegen im dritten Semester Medizin kennenlernte, der am Uniball ohne Ende auf sie einredete. Pünktlich wartete er jeweils vor dem Lokal, vor dem sie sich verabredet hatten, bezahlte am Ende des Abends die Zeche, auch wenn sie dagegen protestierte. Nach dem Staatsexamen ging er für einige Jahre in die Staaten, danach machte er den FMH in Gastroenterologie. Sie verstand bis heute nicht, wie man ein Leben lang in die Mägen und Därme fremder Menschen schauen konnte. Nachdem seine erste Ehe in die Brüche gegangen war, hatte er zu trinken begonnen. Sie war, mehr aus Mitleid, ab und zu mit ihm ausgegangen, wobei er in betrunkenem Zustand schnell anzüglich wurde. Danach hatten sie sich aus den Augen verloren. Kurz vor dem Millenniumswechsel war sie einem geläuterten Axel begegnet; nun war er Chefarzt, er hatte sich angenehme Umgangsformen zugelegt. Er wirkte seriös und gab sich, vor allem im Beruf, zurückhaltend und vertrauenswürdig. Dann war Ona auf der Eisbahn zu ihnen gestoßen. Ona, sagte Axel, sei seine große Liebe. Die attraktive Afroamerikanerin war offen für eine Beziehung. Vergleichbare Einkommensklasse, hatte Marc gespöttelt, und beide im selben Spital.

Möchtest du noch einen Smoothie?, fragte Ona.

Irma verneinte, der Geschmack erinnerte sie an Mattis vegane Suppe. Sie hatte das Gefühl, dass Ona sie diesmal nicht nur zum Plaudern angerufen hatte, sondern dass ihr etwas Wichtiges auf der Zunge lag. Weil sie nicht damit herausrücken wollte, erkundigte sich Irma nach den beiden Söhnen.

James ist in Chicago und studiert Kunst. Ich bin stolz auf ihn, er malt sehr gut. Sein Vorbild ist Basquiat. Bernie hängt in New York herum und macht mir mehr Sorgen.

Warum lässt du die beiden nicht in die Schweiz nachkommen?

Weil es hier nur wenige Afroamerikaner gibt, sie würden sich einsam fühlen. Und ich weiß nicht, ob sie auf die Dauer mit Axel zurechtkämen. Sie haben einen Horror vor Vätern. Ich habe meinen Ex verlassen, weil er sich unmöglich benommen hat. Immerzu hat er sich über sein Schicksal als Afroamerikaner beklagt. Es war unerträglich! Er sah sich dauernd als Opfer, witterte Diskriminierung und hasste die Weißen. Ich wollte meine Söhne nicht in diesem Hass erziehen. Ich weiß nicht, ob sie stark genug sind, ausschließlich unter Weißen zu leben.

Ona blickte sie fragend an.

Glaubst du nicht, dass Obama auch hier das Klima verändern wird?

Ein Lichtblick ist er auf jeden Fall, sagte Ona. Aber er ist nicht schwarz genug, weißt du. Für die meisten Schwarzen jedenfalls nicht. Zuletzt wird er alle enttäuschen, die Weißen wie die Schwarzen. Wenn er Mist baut, sind wir alle mitverantwortlich. Kollektivschuld.

Ich lerne immer wieder was von dir.

Ich muss dir was sagen, platzte Ona endlich heraus.

Sie sprang auf und tigerte durch die Wohnung. Sie griff nach einer Hantel und stemmte sie in die Luft:

Axel hat mir einen Heiratsantrag gemacht!

Endlich, entfuhr es Irma. Seit zehn Jahren waren die beiden zusammen, sie hatten schon einige Krisen überstanden. Irma wünschte sich so sehr, dass Ona endlich Sicherheit hatte.

Wann soll denn die Hochzeit sein?

Jetzt wart mal, Baby, sagte Ona, ich hab mir Bedenkzeit ausgebeten. Axel ist ja kein einfacher Mann. Gerade dass er so einfühlsam sein kann, gerade weil er über alles so gut Bescheid weiß, macht ihn nicht einfach.

Gibt es denn etwas, das dich an ihm zweifeln lässt? Ihr liebt euch doch. Zumindest sieht es für Außenstehende so aus.

Ich misstraue mir selber, sagte Ona. Mein erster Mann war groß und kräftig, aber ein Trinker. Ich habe mir geschworen, mich nie wieder mit so einem Mann einzulassen. Ich musste seine Seele täglich streicheln, seinen Narzissmus aushalten. Dann bin ich gegangen, gerade noch rechtzeitig.

Ona presste die Lippen zusammen und wackelte mit dem Kopf, eine amerikanische Geste, die Irma auch an Bill und Hillary Clinton beobachtet hatte. Eine Geste der Entschuldigung wie der Missbilligung. Ona war ein gebranntes Kind. Längst hatte sie mitbekommen, dass Axel seine Verehrerinnen hatte, und die Gewichte und Fitnessgeräte verrieten, dass sie sich wappnete.

Gestern waren wir shoppen, du weißt, er geht ja so gern mit. Wenn ich aus der Umkleidekabine komme, ist er immer ganz aufgeregt und überhäuft mich mit Komplimenten. Er hat mir schließlich eine schöne Bluse gekauft, der Preis spiele keine Rolle, sagte er, Hauptsache, sie macht dich dunkler. Irma, ich kann ihm nicht schwarz genug sein, es ist verrückt. Eines Tages wird er mich mit einer Angolanerin betrügen! Das ist es, was mich misstrauisch macht. Wie auch immer, ich komme mit der neuen Bluse aus der Kabine, als er mit einem komischen Gesichtsausdruck vor mir steht und fragt, ob ich seine Frau werden möchte.

Nach zehn Jahren!

Auch nach zwei hätte ich nicht sofort Ja gesagt. Was soll ich mit der Ehe, wenn sie mir den Himmel zur Hölle macht. Ihr seid die Einzigen, die ich kenne, denen die Ehe gut bekommt.

13

Marc öffnete die Tür seines Wagens, und Irma glitt auf den Vordersitz. Mit ungeduldigen Griffen ordnete sie die Haare, während er das Auto langsam zur Stadt hinaus lenkte. Im Westen türmten sich rauchschwarze Gewitterwolken, in wenigen Minuten würde ein Schauer niedergehen.

Hast du die Adresse?

Ja, sagte sie missmutig, das Haus liegt irgendwo in der Pampa. Sie wusste, dass es ihn hinauszog in die Wildnis.

Du freust dich gar nicht, sagte er.

Wahrscheinlich leben sie in einer Baumhütte.

Unsinn, ich habe ja nur wegen dir zugesagt, weil du Mila so magst. In meinem Büro türmt sich die Arbeit.

Wieso behauptete er das? *Er* wollte doch unbedingt in den Wald, seit Wochen, er hatte den Exodus der beiden sogar ein mutiges Experiment genannt. Als wäre es ein Schritt für die Menschheit. Dabei war die Sache einfach: Moritz hatte Mila zu diesem unsinnigen Auszug aus der Zivilisation gezwungen.

Sie versuchte sich zu entspannen und stellte sich vor, im Schatten einer Markise auf einer Wiese zu sitzen und Wein zu trinken. Schmetterlinge, Libellen, im Winde wogende Gräser, Proust!

Fahren Sie fünfzehn Kilometer und nehmen Sie dann die Abbiegung links, sagte die Frauenstimme aus dem Navi.

Ich bin der Meinung, dass Häuser eine zivilisatorische Errungenschaft sind und dass es keinen Grund gibt, im Wald zu hausen.

Er zuckte mit den Schultern, schwieg, und die sommerliche Landschaft flog an ihnen vorbei. Honiggelbe Felder und üppiges Blattgrün, darüber der zinkgraue Gewitterhimmel, der die Farben verstärkte.

Ich kann mir nicht vorstellen, dass wir in die richtige Richtung fahren, sagte Irma nach einer Weile. Laut Moritz' Beschreibung hätten wir an der Kreuzung abbiegen müssen. Das Navi dirigiert uns aber in die entgegengesetzte Richtung. Dämliches Ding.

Wir haben doch auch schon gute Erfahrungen mit dem »Ding« gemacht, sagte er.

Sie fuhren durch ein Dorf, in dem Flohmarkt war. Eine Umleitung war ausgeschildert, was das Navi verwirrte. Wiederholt blökte es »Neuberechnung, Neuberechnung«. Geduldig lenkte Marc den Wagen durch die engen Straßen.

So kommen wir nie an!

Er legte seine Hand auf ihre Schulter: Wir sind bald da. Wo ist eigentlich Matti?

Mit Nick und anderen zelten. Wobei ich mich frage, ob sie es schaffen, die Zelte allein zu montieren. Unser Sohn ist in praktischen Dingen eine Null. Und er weiß noch immer nicht, dass wir im Bilde sind.

Und wir wissen nicht, ob da überhaupt etwas gewesen ist. Alice sagt viel, wenn der Tag lang ist. Die Fantasie der Psychoanalytiker sieht oft Dinge, die es gar nicht gibt.

Und Evelynes Reaktion? Sie hat mir die Türe ja nicht geöffnet. Sollten wir nicht doch Alice zu Rate ziehen. Sie könnte ein Gespräch mit Evelyne arrangieren?

Willst du Alice auch noch in unserem Schlafzimmer haben!

Sie könnte mit Matti reden.

Matti ist nicht krank. Du machst aus einer Schwärmerei ein Verbrechen.

Das ist doch hart am Missbrauch, Marc!

Er schwieg. Irma sah Störche am Himmel kreisen, elegante Segler.

Es gibt Dinge, die lösen sich von selber, sagte er und gab Gas, um seinen Worten Nachdruck zu verleihen. Der Motor heulte auf. Sie sah den Flügel einer Regenwolke, der sich auf die Erde senkte, und fast im selben Augenblick fielen die ersten Regentropfen auf die Scheibe. Sie wünschte sich, die Scheibenwischer könnten auch gleich den ganzen Schmutz wegwischen. Ein vertrautes Gefühl stieg in ihr auf: das Gefühl, an irgendetwas schuld zu sein. Was hatte sie zu Mattis Verirrung beigetragen? Hatte sie ihren Sohn zu sehr verwöhnt? Hätte sie mit ihm über Sex reden sollen? Aber das Wichtigste wusste er ja längst selber. Oder musste sie entschlossener gegen Evelyne vorgehen? Warum war Marc in dieser Sache kein Partner?

Ich kenne dieses Dorf nicht, sagte sie mit einem Blick auf das Ortsschild. Diesen Ort gibt es nicht auf der Karte.

Ein Dorf, das es nicht gibt, gibt es nicht, lachte er.

Sie wollen nicht, dass wir ankommen. Sie haben uns nur eingeladen, um uns in die Irre zu führen.

Irma versank für Sekunden in dunkles Schweigen.

Wie sollen wir unseren Freunden ins Gesicht sehen? Alle reden doch darüber, aber niemand spricht uns offen an.

Hart prasselte der Regen gegen die Scheiben.

Ich habe keine Lust, vor Moritz und Mila unsere Elternprobleme offenzulegen.

Fahren sie dreihundert Meter und biegen Sie dann nach links ab.

Da ist gar keine Abbiegung, sagte er.

Kehr um, wir fahren heim, sagte sie.

Kommt nicht infrage. Ruf doch mal an und sag, dass wir verspätet sind.

Irma rief Moritz' Nummer auf, aber es war kein Durchkommen. Die beiden befanden sich, wie Ona gesagt hatte, in einem Funkloch.

Sie wollen halt gefunden werden, sagte er. Danach wollen sie erkannt werden. Großzügige Menschen, aber sie haben auch ihre Macken.

Irma schaute angestrengt aus dem Fenster. Der Regen hatte aufgehört. Weit und breit war kein Haus zu sehen, auch kein Auto, kein Fahrrad, kein Mensch. Was sie sonst immer so begeisterte, die Menschenleere dieser Landschaft, fand sie jetzt grässlich.

Mit einer Stunde Verspätung erreichten sie endlich das Idyll. Ein kleines, geducktes Haus, darin ebenerdig ein bis an die Decke mit Fachbüchern gefülltes Zimmer, das gegen einen verwilderten Garten mit Froschteich, Feuerstelle, Baumpatriarchen und Komposthaufen hinausging. Mila steckte in einem luftigen Stoffumhang, eine Art Zelt, und servierte auf einem wackligen Gartentisch Wasser.

Ist das Wasser hier besonders gut?, fragte Irma.

Wasser aus der eigenen Quelle.

Moritz kam hinter einem Geräteschuppen hervor, das Gesicht von einem dichten Bart zugewachsen.

Hinter dem Haus befand sich ein Kaninchenstall, daneben ästen drei Ziegen. Das Ziel war die Selbstversorgung. Moritz sagte, er plane einen Ofen, um nicht weiter das Brot vom Dorf essen zu müssen, das mit industriellem Weizen gebacken wurde.

Dieser Weizen verursacht Gelenkentzündungen und macht dumm, sagte Mila.

Am Weizen erkennt man den Grad der Degeneration unserer Ernährung, ergänzte Moritz.

Mila, fand Irma, hatte hier draußen ein flaches, undurchdringliches Gesicht bekommen.

Und warum war euch Sanssouci nicht mehr genug?, fragte Marc.

Ergibt sich die Antwort nicht von alleine?, lächelte Moritz und zeigte mit ausgestrecktem Arm auf den Garten. Diese Weite! Und dieser Friede! Wenn wir am Abend vor dem Feuer sitzen und in den Sternenhimmel schauen, du kannst dir nicht vorstellen, wie schön das ist.

Ona, Alice und Fred, Finn und Bea, fehlen sie euch denn nicht?

Ja und nein. Wir hätten uns das vor einem Jahr noch nicht vorstellen können, sagte Mila, und dabei wussten doch alle, dass es Moritz' Idee gewesen war.

Ich würde durchdrehen, wenn ich mein Leben mit Mücken, Fliegen, Käfern und anderem Ungeziefer verbringen müsste, dachte Irma.

Den Winter kennen wir noch nicht, sagte Moritz. Wir rechnen mit einer harten Prüfung.

Sein Lächeln, das dem Bioagronomen früher so selbstsicher zu Gesicht gestanden hatte, war unter dem Bart schmal und unerbittlich geworden.

Und die täglichen Nachrichten?, fragte Irma.

Mir macht es nichts aus, einmal nicht Bescheid zu wissen, sagte Moritz. Im Gegenteil, ich hätte nie gedacht, dass mir die Einsamkeit so guttut.

Ich habe mich auch daran gewöhnt, sagte Mila. Nach der ersten Woche hier draußen hatte ich das Gefühl, an den eigenen Worten zu ersticken.

Man hat mehr Kontakt zu den Lebewesen um sich herum, sagte Moritz.

Am Morgen stehen oft Rehe vor dem Haus, sagte Mila

Gestern war's ein Hirsch, lachte Moritz. Der Bursche schaute mich ziemlich komisch an, schnaubte, aber dann habe ich ihm den Mann gezeigt.

Da hinten, seht ihr die schwarze Katze?, rief Mila. Die ist uns zugelaufen, aber man darf sie nicht streicheln.

Es gibt einen Fuchs, und da drüben ist ein Dachsbau, es gibt zwei Steinadler und jede Menge Frösche und Lurche. Wie soll es einem da langweilig werden?, fragte Moritz.

Irma musste sich mit dem Gedanken anfreunden, dass Einsamkeit manche Menschen glücklich machte. Sie sagte, sie liebe es, aus dem Haus zu treten und unter Menschen zu sein. Sie übersetze den ganzen Tag, mache zwischendurch Besorgungen, treffe Freunde und freue sich, wenn Marc nach Hause komme. Menschen seien für sie das größte Glück.

Mila hielt dagegen, das Leben in der Stadt sei für sie ein Leben im Fegefeuer gewesen. Der durch die Termine getaktete Alltag, die stinkende Luft, das Geschrei und der Lichtsmog in der Nacht. Dagegen die Stille hier, seufzte sie. Wir sind hier wieder zu Menschen geworden.

Befreit von falschen Fragen und falschen Energien, sagte Moritz.

Ihr imponiert mir, sagte Marc und schien es ernst zu meinen.

Irma sagte, dass der Umzug auch als Flucht aus dem Freundeskreis verstanden werden könnte. Für einige von ihnen seien sie wie Abtrünnige.

Sanssouci war immer eine halbe Sache, rief Moritz. Anatol wusste nicht, richtet er ein Ferienresort oder ein Zukunftslabor ein.

Mila brachte selbstgemachte Kartoffelpuffer. Schwungvoll ging sie um Moritz herum und zupfte zärtlich an seinem Bart. Danach gab es Bohnen aus dem eigenen Garten. Und einen selbstgebackenen Aprikosenkuchen, ohne Sahne, zur Nachspeise.

Langsam senkten sich die Schatten über den Garten. Marc sagte, die Stille mache ihn geräumig, und Moritz nickte zufrieden. Dann entfachte er ein Feuer. Irma sagte, der Duft des Fichtenholzrauchs sei berauschend, nein, betörend, sie suchte nach dem richtigen Wort. Morgen würde sie die Kleider auslüften müssen, dachte sie. Er spüre, sagte Marc, dass der Garten sie wegtrüge, man sei hier nicht mehr auf dieser Welt. Ein größeres Kompliment, sagte Moritz, könne er ihm nicht machen. Mila setzte sich einen Moment auf Moritz' Schoß und seine Hände fassten in ihr Zeltkleid und herzten sie. Mila und ihm sei es noch nie so gut gegangen, sagte er, und Mila vergrub ihre Lippen in seinem Bart.

Ich könnte hier sterben, sagte Mila scherzhaft, und Moritz würde mich dort hinten, hinter dem Felsvorsprung, begraben.

Würde ich, würde ich, sagte Moritz.

Wenn ihr so gesund lebt, überlebt ihr uns alle, sagte Irma. Sie fror und fragte nach einer Decke.

Ja, es ist noch nicht richtig Sommer, sagte Moritz.

Sind sie wirklich glücklich?, fragte Marc später auf der Heimfahrt.

Sie bilden sich ein, glücklich zu sein, entgegnete Irma.

Ich beneide sie. Und finde sie mutig.

Ich habe Angst um sie, sagte Irma.

Sie schaute in die Finsternis. Wenn Marc ausgerechnet Moritz und Milas Leben, deren Außenseitertum, als glücklich bezeichnete, hieß das doch, dass er mit dem eigenen unzufrieden war.

Sie hörte sich fragen, ob er denn unglücklich sei. Unglücklich in unserer Beziehung?, ergänzte sie leise.

Er atmete ein und schaltete einen Gang runter. Ein einsames Motorrad kam ihnen mitten auf der Straße entgegen, und routiniert wich er aus.

Nein, hörte sie ihn sagen, aber in diesem Nein lag auch der Gedanke an all das, was in den letzten Tagen und Nächten geschehen war. Im Nein lag auch die Unmöglichkeit, miteinander zu schlafen.

14

Wir müssen Matti und Evelyne räumlich trennen, sagte sich Irma, die erwog, ihn für das letzte halbe Jahr vor der Matura in ein Internat zu stecken. Schoss sie übers Ziel hinaus? Ein einsamer, schneeumwehter Ort im Gebirge. Aber vielleicht barg das auch Chancen. Er würde ausgiebig Ski fahren und aus seiner spätpubertären Lethargie herausfinden. Die Affäre mit Evelyne würde sich verlaufen, er würde gestärkt ins Leben treten. Und ihr käme es nicht ungelegen, wenn sie eine Zeit lang ohne Matti zu zweit mit Marc im Haus hätte leben können.

Nach zwei weiteren, vergeblichen Versuchen, miteinander zu schlafen, trennten sie die Schlafzimmer. Irma richtete sich im obersten Stock im Gästezimmer ein, zwischen Büchern und mit einer Wärmeflasche gegen die kalten Füße. Sie drückte den Kopf ins Kissen, aber die Verzweiflung trieb ihr Tränen in die Augen. Bei einem Schriftsteller hatte sie gelesen, dass jede Nacht, die man allein verbringt, eine vergeudete Nacht sei. Marcs Körper fehlte ihr, seine knochige Schulter, auf die sie den Kopf betten konnte, wenn die Gedanken nicht mehr zu kreisen aufhörten; sein Bein, auf das sie ihre Hüfte schob, wenn der Rücken vom vielen Sitzen schmerzte, sein Atem, wenn er ruhig auf dem Rücken durch die Gewässer des Tiefschlafs glitt; das alles gab ihr ein Vertrauen in die Welt, das ihr allein abhanden kam.

Weil Sex nicht mehr möglich war, wollten sie aber nicht Nacht für Nacht nebeneinander liegen und sich den stummen Vorwürfen ihrer Körper aussetzen. Schmerzlich erinnerte sie sich daran, wie oft sie in Hotels die Einzelbetten hastig zusammengeschoben hatten, um sich eine Nacht lang lieben zu können. Nun blieb die andere Hälfte des Bettes kalt. Allein zu schweigen war anders, als gemeinsam zu schweigen. Oft hatten sie vor dem Einschlafen noch miteinander geredet, von den Tagesresten zu Grundsätzlicherem hüpfend, Worte, Sätze, Vorsätze, Tränen, Küsse. Sie hatten über das geredet, wofür es am Tag nicht gereicht hatte. In den Nächten war die Gemeinschaft ein Stück weiter vertieft worden. Die Probleme wurden aufgeteilt und an Orten deponiert, wo sie weniger hinderlich waren.

Einmal erwachte sie mitten in der Nacht, irgendjemand sagte: *Mach deine Beine auseinander, damit ich ihn reinschieben kann. Lass mich an deinen Titten lutschen. Ich werde meine Rute so lange in dich bohren, bis dir Hören und Sehen vergeht.* Es waren Sätze von Dupral, von Aimé an Chantal gerichtet, die sie tagsüber übersetzt hatte und die sie ärgerten. Man konnte auch anders über Sex schreiben. Aber sie durfte den Text natürlich nicht von sich aus ändern.

Sie machte das Licht an und sah, dass sie in Mattis Bubengerümpel vergraben lag. Alte Kinderbücher, Pokale und Medaillen, Gegenstände, die an den Rand des Familienlebens gerutscht waren, und noch ein letztes Mal von dem vergangenen Glück erzählten.

Der Umgang zwischen Marc und ihr wurde leiser. Jeder behandelte den anderen, als litte er an einer Krankheit, deren Ursache man nicht aussprechen durfte. Am Morgen kochte der eine für den anderen frischen Tee auf. Der wiederum legte die Zeitung so, dass sie am Mittag zum Lesen bereitlag. Abends sagten sie einander Adieu, wie zwei Reisende, bevor jeder auf sein Zimmer verschwand.

15

Immer öfter beschlich Marc das Gefühl, im falschen Beruf zu sein. Er wollte nicht dauernd mit Leuten verhandeln, die nichts vom Wohnen verstanden und kein Geld ausgeben wollten. Die Bauherrschaft des Altersheims war so ein Fall, ihre Kostendrückerei erschien ihm als reine Schikane. Irma sagte, er sei eigentlich ein Künstler, ein Pionier. Irma sah ihn gern so. Sie überzeugte ihn davon, dass es keinen besseren Beruf für ihn geben konnte.

Dass er täglich daran gehindert wurde, sich beruflich selbst zu verwirklichen, damit hatte er sich abgefunden. Das Eigentliche lag sowieso immer einen Zentimeter neben dem, was man tat. Seine Idealhäuser und Bauten hätten eine Großzügigkeit und unerwartete Aussichten gehabt, ohne das Lob des stillen Winkels zu predigen. Nicht jeder Meter in einem Haus musste funktional sein. Funktionales Wohnen, zu dem nun auch die neue Bauherrschaft drängte – schon das Wort ging ihm auf die Nerven – war nichts anderes als die Tilgung jeglicher Wohnfantasie.

Das Berufsleben war im Seitenwagen besser zu bestehen als am Steuer, so lautete einer seiner Lieblingssätze im Freundeskreis. Sein Sohn glich ihm darin, dass auch er bis jetzt wie auf Halbmast lebte, weder ausgeprägte Begabungen noch Abneigungen zeigte. Auch den symbolischen Vatermord hatte Matti eher phlegmatisch in die Wege geleitet.

Und jetzt diese Geschichte mit Evelyne! Im Grunde genommen harmlos, wenn auch unangenehm. Er verstand seinen Sohn, mochte aber keineswegs länger über ihn und Evelyne nachdenken. Wenn er an sie dachte, steigerte sich das Unbehagen zu einem Schmerz.

Peinlich war Alice' Verrat freilich für Irma, die sich als Mittelpunkt des Freundeskreises installiert hatte. Ja, es war ein Verrat, denn Alice, die unter den Freunden schon immer mit Irma rivalisiert hatte, wollte ihr schaden. Schon allein, dass Bea behauptete, Irma wisse am besten über das Innenleben der Paare Bescheid, wurmte Alice, das war offensichtlich. Irma hielt Finn für latent homosexuell, zumindest bisexuell, und sagte, dass er eigentlich nur eine Mutter suche, um den Stachel gegen sich selber im Zaun halten zu können. Alice fand, dass Finn, der sich über Beas häufige Abwesenheit beklagte, ganz froh war, sich nicht mehr auf sie einlassen zu müssen. Marc sah es ähnlich wie Alice. Beas Reserve gegenüber Finn gab ihm die Möglichkeit, seine Beziehungsunfähigkeit zu kaschieren. Bea ihrerseits, so Irma, wusste gut genug, dass seine Eifersucht ihr seine Liebe sicherte. Würde sie sich ihm ganz zuwenden, würde sie Gefahr laufen, ihm langweilig zu werden. Ihre Beziehung konnte so noch lange bestehen, sagte sie, vielleicht würden sie mit diesem Modell sogar alt werden. Bei Moritz und Mila hingegen sah Irma dicke Gewitterwolken aufsteigen. Obwohl Mila so tat, als wäre das Landleben ein Paradies, blieb niemandem verborgen, wie stark Moritz Druck auf sie ausübte. Der gutherzige Moritz wollte Mila in einer grünen Enklave verstecken, um sie vor den Gefahren der Umwelt, auch der Männer, zu retten. Noch spielte sie mit.

Im Analysieren des Paarlebens bist du unschlagbar, hatte er Irma einmal gesagt und sie in die Seite gekniffen. Das war sie in Tat, deswegen litt sie auch so sehr, weil sie genau wusste, mit welcher Genugtuung die Freunde die Affäre ihres Sohnes zur Kenntnis nahmen.

Was hatte Irma über Axel und Ona gesagt? Auch wenn es

so aussah, als ob es zwischen ihnen kriselte, waren sie unzertrennlich. Beim letzten Mal war es fast nicht auszuhalten gewesen. Der erste Grillabend des Sommers, Fleisch und Tofu auf dem Feuer, Salate und kühler Weißwein, Axel hatte auf dem Dachbalkon seiner Penthousewohnung alles perfekt arrangiert, und dabei hatten sich die beiden unentwegt in den Haaren gelegen. Und zwar ohne jede Hemmung. Axel sagte, sie solle nicht mit jedem Pfleger private Gespräche führen, sich vor allem nicht die dauernden Klagen des Spitalpersonals anhören, das gehöre sich nicht für die Frau des Chefarztes. Sie sagte, sie sei nicht seine Frau, noch nicht, es sei ihr egal, wenn sie sich nicht standesgemäß verhalte, sie sei eben offen für andere, egal welcher Einkommensklasse. Er sagte, eine Klinik sei eine Löwengrube, er als Deutscher sei da im Vornherein verdächtig, und sowieso wollten alle Leute nur ihre Nase in ihre Affäre stecken. Affäre, sagte sie, wolltest du mich nicht letzte Woche noch heiraten?

Die Freunde waren über eine Stunde lang Zuhörer eines wohltemperierten Streits gewesen, der schließlich in einer hysterischen Versöhnung geendet hatte, worauf man sich, um nicht im Wege zu sein, schleunigst verabschiedet hatte.

16

Chantal fand einen Teilzeitjob in einer Künstleragentur. Sie verwaltete nun ihre Termine selber und unternahm oft Geschäftsreisen nach Miami, New York und London – wobei Dupral genüsslich all die Versuchungen beschrieb, denen eine attraktive Frau auf Geschäftsreisen widerstehen muss –, während Gérard neben dem Büro noch seine Hausmannspflichten zu erledigen hatte. Wäsche machen, Katze füttern, einkaufen etc. Gérard büßte einiges von seiner Maskulinität ein. Dupral ließ keine Zweifel aufkommen, dass Chantal deswegen in Aimés Armen gelandet war, weil sie sich mit Gérard zu langweilen begann. Chantal entdeckte ihre Möglichkeiten als Frau, sie war neugierig, wollte vorankommen, wollte sich das Leben nicht versagen.

Irma musste zugeben, dass dieses Beziehungsmodell auch in ihrem Bekanntenkreis seine Opfer gefordert hatte.

Irma mähte den Rasen. Es war zehn Uhr, und die Hitze trieb ihr den Schweiß auf die Stirn. Sie ging in die Küche und trank ein Glas kaltes Wasser. Nichts liebte sie so sehr wie die Frische eines Sommermorgens. Die Gerüche schälten sich von den Dingen ab und verteilten sich als feiner Teppich über dem Gartengrün, das Licht legte einen milden Glanz über Blumen und Büsche. Der Sommerflieder und die Hortensien erwachten zu neuen Farben. Der Schweiß auf der Haut vermischte sich mit dem Geruch des geschnittenen Grases, und sie freute sich auf den Abend, wenn Marc nach Hause kommen würde. Am Nachmittag wollte sie mit Alice schwimmen gehen. Sie putzte Gemüse, als sie im Radio eine bekannte Stimme hörte. In der Sendung »Der medizinische Ratgeber« war Axel am Mikrofon. Das Thema, sagte die Moderatorin mit der Stimme einer Nachtclubsängerin, hat uns Dr. Berehndt gleich selber mitgebracht: Warum ist ehelicher Sex bis ins Alter gesund und lebensnotwendig? Professor Berehndt ist nicht nur Gastroenterologe, sondern hat sich auch als Sexologe einen Namen gemacht.

Irma musste sich setzen.

Wenn der sexuelle Verkehr zum Erliegen kommt, steigt das Herzinfarktrisiko um ein Fünffaches, sagte Axel sonor.

Sie raten also unseren Zuhörern, die sexuellen Aktivitäten bis ins hohe Alter auszudehnen?

Ich sage das gerade auch Paaren, die schon länger zusammen sind: Sex macht nicht nur Spaß, er steht in der WHO-Charta als gesundheitsfördernder Faktor sogar ganz oben.

Irma sah Axels leicht ergrauten Haarkranz vor sich, der sich um sein gebräuntes, ledriges Gesicht legte.

Könnten Sie das bitte etwas ausführen?; säuselte die Moderatorin.

Die Hormone beeinflussen unsere Gesundheit auch im Alter. Oxytocin, das beim Sex ausgeschüttet wird, wirkt antidepressiv. Dazu kommen die bekannteren Endorphine, auch Prolactin. Es hilft uns, den Stress abzubauen, dem man gerade in den mittleren und späten Jahren ausgesetzt ist. Sie kennen die postkoitale Zufriedenheit, mit der kann nichts mithalten, nicht mal ein gutes Essen.

Mit Sex kann man also die Volksgesundheit steigern, die Zufriedenheit fördern, die Sterblichkeit senken?

Und das Bruttosozialprodukt heben und die defizitären Krankenkassen etwas entlasten, ergänzte Axel.

Irma schüttelte den Kopf. Fiel der Moderatorin Axels Ironie nicht auf?

Sie ging zurück in den Garten und schnitt die Büsche.

Der Salbei wucherte und verstellte die Aussicht auf den hinteren Teil des Gartens. Sie zerschnitt einige Kellerschnecken, dann riss sie, mit der Wut der Enttäuschung, Unkraut aus. Warf es auf den Grashaufen. Seit sie nicht mehr in einem Bett schliefen, verstand sie Marc immer weniger. Er hatte nicht den kleinsten Finger gerührt, um die Situation zu klären. Er hätte Evelyne zur Rede stellen können, stattdessen ließ er sie hängen. Auch Matti war ihm egal. Marc war wieder einmal auf der Flucht.

17

Matti war im Sommerlager, Irma wartete auf seine Rückkehr. In der Zwischenzeit hatte sie von Alice die Adresse eines modernen Internats mit internationaler Klientel erhalten. Sie telefonierte mit dem Rektor, der sagte, auch ein kurzzeitiger Eintritt wäre kein Problem. Wenn Mattis Leistungen angemessen wären, könne er vor Weihnachten die Matura ablegen.

Während sie Mattis Auszug vorbereitete, wuchs Marcs Wut. Er fand ihre Lösung mit dem Internat übertrieben. Sie packte, bevor sie mit Matti geredet hatte. Daran denkend, fiel ihm die Klause ein, die sie an einem Sommertag in einer südfranzösischen Kartause besucht hatten. Darin waren die Mönche regelrecht wie in Gefängniszellen eingesperrt gewesen. Eine Erinnerung, die ihm noch heute wie ein Schrecken im Körper steckte. Wer so baute, verging sich am Grundrecht auf Bewegungsfreiheit. Und jetzt sollte Matti eingesperrt werden! Matti, dessen Verpuppung vielleicht eine merkwürdige Wendung genommen hatte, aber bei dem nichts Krankhaftes vorlag. Als er Irma Mattis Trainingsanzug zusammenfalten sah, kam es ihm wie ein Verbrechen vor.

Könntest du mir mal helfen, das Plakat von der Wand zu nehmen? Er wird es sicher mitnehmen wollen, sagte Irma in geschäftigem Ton.

Es wird ihn immer daran erinnern, dass er seine Freiheit verloren hat.

Im Internat wird er seine Freiheit zurückgewinnen. Ihr Männer habt eine simple Vorstellung von Freiheit.

Er zog die Schuhe aus und stieg aufs Bett. Zusammen zogen sie die Reißnägel aus der Wand und rollten das Plakat ein.

Nachdem Matti heimgekommen war, verschwand er als Erstes für eine Ewigkeit unter der Dusche. Man hörte ihn pfeifen. Irma bereitete ihm ein Essen zu.

Es ist nicht richtig vegan, sagte sie, aber Matti schüttelte nur lachend den Kopf und sagte, es sei ihm egal, er habe sich die letzten Tage ohnehin nicht mehr vegan ernährt.

Pa und ich wollten noch etwas mit dir bereden, sagte Irma und schaute ihn streng an. Marc sah, wie Matti ungerührt mit vollem Mund weiter kaute.

Dein Vater und ich haben uns überlegt, wie du am besten aus dieser Klemme rauskommst.

Klemme?, sagte Matti und zog sich den Faden einer Stangenbohne aus den Zähnen. Hab gehört, dass das die Runde macht.

Von wem hast du das gehört?, fragte Marc.

Evelyne findet es zum Kotzen.

Evelynes Kommentar tut hier nichts zur Sache, sagte er.

Du hast jetzt noch ein knappes halbes Jahr bis zur Matura, sagte Irma. Eventuell könntest du die Schule wechseln.

Toll!

Irmas Verblüffung war total.

Alice hat mir die Adresse eines Internats in der Innerschweiz gegeben. Ein Tapetenwechsel wäre vielleicht ganz gut.

Jetzt war es raus! Marc hörte den Lärm von der Baustelle drei Häuser weiter, wo ein Dachboden ausgebaut wurde.

Cool, sagte Matti. Das ganze Gerede geht mir sowieso gegen den Strich. Ich habe es neulich mit Evelyne besprochen, sie fände es gut, wenn ich ausziehen würde.

Marc hatte ihn im Verdacht, dass er nur deswegen weg wollte, um mit Evelyne zusammen sein zu können, ohne dass sie es bemerkten.

Ein Internat in den Bergen, super, fand Matti, da kann ich Snowbord fahren.

Und deine Kumpels?, fragte Marc, wirst du die nicht vermissen? Anatol und Nick?

Die gehen mir ohnehin auf den Sack, sagte Matti.

18

Sie fuhr mit dem Fahrrad los. Die Temperaturen waren gestiegen, sodass die halbe Stadt am Fluss war. Der grüne Strom war mit unzähligen Farbpunkten gesprenkelt, die sich alle in dieselbe Richtung bewegten, flussabwärts. Am Ufer brieten die Sonnenhungrigen Würste, tranken Bier und kifften ihr Dope. Noch keinen Sommer hatte sie sich so allein gefühlt.

Alice wartete am Kopf der oberen Brücke. Rund und strahlend, den Seesack wie ein Neugeborenes an der Brust. Alice wollte nicht reden, sondern sofort ins Wasser und ließ sich lachend flussabwärts treiben, den blauen Himmel über sich. Irma versuchte loszulassen, sich von der Strömung mitnehmen zu lassen, ließ sich weit hinaus in die Flussmitte treiben. Die Häuser der Stadt zogen in Spielzeuggröße vorüber. Über die Brücke, unter der sie durchschwamm, zuckelte die Straßenbahn. Alles war im Fluss, vergeben und vergessen.

Herrlich, sagte Alice danach in der Kneipe und bestellte ein kaltes Bier. Wie geht's der Übersetzung?

Ein Buch zu übersetzen ist, wie ein zweites Leben zu führen. Oft sind die Sätze so klebrig, dass ich sie nicht aus dem Kopf bringe. Ein typischer Dupral, niederschmetternd und gleichzeitig genial.

Die Geschichte einer jungen Frau vom Land, die sich in der Metropole ins Leben stürzt. Das könnte doch interessant sein.

Irma nickte, sie konnte Alice nicht sagen, dass die ganze Geschichte pornografisch unterfüttert war.

Es sind die erotischen Stellen, die schwer zu übersetzen sind, sagte Irma. Alice schaute sie unverwandt an. War ihre

Neugierde geweckt, saugte sie sich wie ein Vampir an einem fest.

Sag schon, worum geht es genau?

Die Frau probiert sich aus, der Mann ist ein ganzes Stück älter als sie.

Alice seufzte. Das Muster kenne ich. Ich hätte mich besser auch mehr ausprobiert, als meine Chancen noch intakt waren. Bevor die Kinder kamen.

Sie schaute mit traurigem Blick an sich hinunter. Sie konnte über die paar Pfunde, die sie zu viel hatte, reden wie über ein Haustier, das ihr zugelaufen war.

Ich rate meinen Klientinnen oft zum Seitensprung, wenn die Ehe eingeschlafen ist, sagte sie.

Warum glaubt alle Welt, dass Seitensprünge eine Ehe retten können? Irma war laut geworden und merkte nicht, wie sehr sie sich ereiferte. Untreue macht Liebe zu einem leeren Wort, verletzt Gefühle und verhindert Vertrauen.

Meine Ehe ist schon lange eingeschlafen, sie ist im Tiefschlaf, sagte Alice. Ohne dass wir uns untreu wären. Fred ist ein feiner Kerl, ein Gentleman, aber er hat keinen Körper und kann mit den Körpern anderer nichts anfangen. Wenn die Kinder nicht wären, wären Fred und ich schon seit einiger Zeit auseinander.

Das hätte ich nicht gedacht, sagte Irma erstaunt. Bei euch denkt man immer, ihr schwimmt im Glück wie in einem goldenen Teich.

Trockener Tümpel, sagte Alice. Im Lauf der Jahre sind die Zärtlichkeiten immer weniger geworden. Irgendwann war es unmöglich, noch miteinander zu schlafen. Soll ich dir einen blasen, hab ich Fred einmal gefragt, und er hat sich fast totgelacht. Das war's dann.

Irma legte ihr den Arm um die kalte Schulter.

Und Matti?, fragte Alice.

Du hättest es für dich behalten können, sagte Irma.

Ich weiß, sagte Alice, ich habe mich danach wahnsinnig geschämt. Auch dafür, dass es dann plötzlich bei allen die Runde gemacht hat. Ich glaube, das war Fred. Ich weiß nicht, warum er es nicht für sich behalten konnte. So wenig kenne ich ihn.

Matti geht für das letzte Halbjahr in ein Internat. Damit ist die Geschichte zu Ende. Hoffen wir zumindest.

Gut gemacht, sagte Alice.

19

Zum Fest der Pfarrgemeinde eine Woche später waren gegen hundert Gäste gekommen. Darunter auch Alice und Fred, natürlich Anatol und Annette, Axel und Ona. Niemand fragte nach Matti, und keiner sprach den Namen Evelyne aus. Vielleicht war Irma zu empfindlich, aber diese Geschichte war für sie wie eine langwierige Krankheit. Anatols anzügliche Bemerkung über die Gewagtheit ihres Sommerkleids hatte sie bereits verunsichert. Bea brachte ihr ein Glas und schaute sie mit einem Blick an, der Mitleid verriet. Nach dem Buffet wollte sie sich verabschieden, aber der hochgewachsene Gastgeber, ein Pastor, zog sie gönnerhaft an seine Brust und drängte sie, den Abschied aufzuschieben. Wie unhöflich, ihm zu widersprechen! Auch seine Frau wollte Irma nicht gehen lassen.

Der Pastor feierte den Abschied von seinem Pfarrhaus. Dieses lag am nördlichen Stadtrand und war umgeben von einer endlosen Wiese, die von wildem Gras überwachsen war und an den Rändern in eine Böschung mündete. So weit man sah nur Wiese, fern davon ragten dunkle, mittelalterliche Hausmauern in die Höhe. Drei Nussbäume warfen in der Dämmerung ihre Schatten und zwei Feuerstellen beleuchteten die einzelnen Tische.

Die Szenerie erzeugte bald eine spürbare Trunkenheit unter den Gästen. Man hatte die mit weißem Papier bedeckten Tische im Dreieck zusammengestellt, Marc saß ihr gegenüber. Eine junge Frau hing ihm bewundernd an den Lippen, während sie von einem betrunkenen Bekannten, den sie vom Studium kannte, mit zweideutigen Komplimenten gequält wurde.

Sie stand auf und schlenderte zu den Toiletten auf der Hinterseite des Pfarrhauses. Dort erblickte sie eine Gestalt, sie glaubte zuerst, einen Spuk vor sich zu haben. Aber nein, unzweifelhaft war die Frau in Jeans und hell leuchtenden Turnschuhen Evelyne. Wie konnte sie es wagen, hierher zu kommen!

Rauchend wartete sie ab, was passieren würde. Dann kehrte sie an den Tisch zurück, wo Marc noch immer im vertraulichen Gespräch mit der jungen Frau war. Sie erzählte ihm, dass sie Evelyne begegnet sei und jetzt sofort nach Hause wolle. Er erschrak und leerte das volle Weinglas bis auf den Boden. Nein, er wollte noch nicht heim.

Da sie auch nicht allein gehen wollte, verstrickte sie sich

mit dem Gastgeber in theologische Erörterungen über die Frage, ob die Gemeinschaft Gott brauche. Sie hörte sich sagen, dass das Gefühl der Zusammengehörigkeit aus gemeinsamen Pflichten und Erlebnissen kommen müsse, es könne nicht von einer abwesenden Instanz gestiftet werden. Der Pastor widersprach. Mitten im Gespräch sah sie im Feuerflackern Evelyne bei Marc stehen. Die beiden unterhielten sich angeregt. Sie fragte den Pfarrer, ob er ihr erklären könne, wie das Verhältnis von Maria und Maria Magdalena gewesen sei. Der schaute sie verdutzt an und meinte, das sei eine Frage für einen Katholiken, ihm sei das Marienleben nicht so geläufig.

Leben und leben lassen, sagte sie ohne Zusammenhang.

Endlich konnten sie sich auf den Heimweg machen. Marc hatte zu viel getrunken. Sie schleppte ihn über die endlose Wiese, die ihr wie eine biblische Wüste erschien. Sie zog die Schuhe aus und ging barfuß und ihre Gedanken gingen ins Große. Seit dem Beginn des Jahrhunderts war etwas Haltloses in die Menschen gekommen, das spürte sie den ganzen Abend schon. Keiner wusste mehr, was richtig und was falsch war. Einige wandten sich dem Glauben zu. Auch sie fühlte in sich das Bedürfnis nach einer höheren Macht, aber der Glaube lag ihr fern. Nur heute Nacht war sie von schlimmen Ahnungen geplagt und hätte sich gern betend an einen Gott gewandt. Aber da war nur Marc. Sie fasste ihn am Arm und zog ihn hinter sich her.

20

Auf einen verqueren Notruf hin eilte Marc zu Finn. In den Regalen der Wohnung, die er mit Bea teilte, wimmelte es von Spielzeugfiguren aus der Geschichte der Popmusik, daneben die Modelle alter amerikanischer Autos, fünfziger Jahre. Finns Art, die Welt zu verkleinern, weil sein Selbstvertrauen nie groß genug war.

Finn war bedrückt und fragte Marc kurz angebunden, wie es ihm gehe, ohne sich für eine Antwort zu interessieren. Er leerte das Bier in einem Zug, pickte Erdnüsschen, und schnippte sie mit zwei Fingern über die Tischplatte. Marc musterte die Modelle in den Regalen. Finn erhob sich und bot ihm von dem neuen japanischen Whisky an, dessen Ruf die Runde machte. Marc durfte nicht ablehnen.

Also, letzte Woche komme ich von einem Konzert nach Hause, genehmige mir noch einen Whisky und warte auf Bea. Sie kommt erst lange nach Mitternacht, ich liege schon todmüde im Bett, kann aber nicht schlafen. Ich steh nochmals auf, und sie labert über eine Sendung mit einem Nobelpreisträger. Weißt du, wie sehr mir die Nobelpreisträger auf den Sack gehen? Sie stinkt gewaltig nach Alk. Und ist herablassend. Je größer ihre Schuldgefühle, desto arroganter führt sie sich auf. Ich will eine Konfrontation vermeiden. Sage nur, dass es nicht gerade funny wäre, allein ins Konzert zu gehen. Ich hätte doch Marc mitnehmen können, sagt sie wütend, oder Fred. Ich aber säße lieber den ganzen Abend in einer Bar, um ihr hinterher Vorwürfe machen zu können. Ihr Vorwürfe zu machen, darin bestünde meine eigentliche Befriedigung. Mache ich den Mund auf, höre sie nur immer Vorwürfe. Wieso ich immer nur dämliche Kommentare zu ihrem Outfit abgäbe? Oder zur Tagesschau. Sie äffte mich nach, Bea, das hast du toll gemacht, die Überleitung oder so! Bea, das Kleid steht dir nicht, ist zu eng! Sie schimpfte und war schwer besoffen. Ich musste mich wirklich zusammennehmen, um nicht aus der Haut zu fahren. Dann beschuldigte sie mich, dass ich mit einer jüngeren Kollegin in der Bar abgehangen hätte, stell dir das mal vor!

Marc hörte sich das ratlos an. Wie gern wäre er aufgesprungen und hätte Finn den Mund verschlossen, damit nichts mehr von diesem Hass nach draußen gedrungen wäre. Nichts mehr von dieser ätzenden Substanz, die Paare kaputt macht, nichts mehr von diesem Misstrauen.

Das war mir dann zu viel, capito?

Er schlug mit der Faust auf eines der Regale, laut und hart.

Er sei ruhig und konsequent geblieben, sagte Finn und blickte prüfend zu Marc, als würde ihm dieser nicht glauben. Aber bis um halb zwei, verstehst du, so lange geht keine Redaktionssitzung, schon gar nicht beim Schweizer Fernsehen. Er wisse, was ihr die Arbeit bedeute, aber dass sie dazu noch saufe, dass man es auf hundert Meter rieche, sei zu viel. Daraufhin habe sie seinen Buddy Holly mit Banjo aus dem Regal geholt und zerschlagen.

Finn ging zur Bücherwand und zeigte auf die Lücke.

Einfach zerdeppert! Er habe sie bei den Handgelenken gepackt, um noch größeren Schaden abzuwenden, und sie habe sich augenblicklich fallen lassen, sei mit dem Kopf gegen die Sesselkante geschlagen und habe geblutet. Das, genau das, sagte Finn, habe er vermeiden wollen. Er habe im Badezimmer Verbandsstoff geholt, aber da habe sie bereits die Polizei gerufen gehabt. Achtundvierzig Stunden sei er auf dem Posten gesessen, bis man ihn wieder habe gehen lassen.

Sie will mich anzeigen, Marc. Dann bin ich erledigt und kriege keinen Job mehr.

Finn wollte Marc Whisky nachschenken, aber dieser schob sein Glas beiseite.

Er wisse ja, was los sei, sagte Marc, Bea habe Irma angerufen und ihr alles erzählt.

Er könne sich vorstellen, was sie erzählt habe, stöhnte Finn.

Bea sagt, du hast sie so geschlagen, dass sie nur noch mit Sonnenbrille aus dem Haus habe gehen können.

Die Verletzung hat sie sich beim Sturz zugezogen, beharrte Finn.

Marc hatte keine Lust, den Schiedsrichter zu spielen.

Bea sagt, du habest sie während der Redaktionssitzung mehrmals angerufen, dann sei sie um ein Uhr müde und mit leerem Magen nach Hause gefahren. Während sie sich noch ein Sandwich gemacht habe, seist du aus dem Zimmer gekommen, stockbetrunken, und habest sie bezichtigt, ihn zu betrügen. Finn, war es nicht so? Gibt es jemanden, mit dem dich Bea betrügt? In der Redaktion?

Walter, ihr Chef, sagte Finn erschöpft. Alle wissen, dass Bea ein Flair für ihn hat.

Ein Flair, mein Gott! Ist das ein Grund, die Nerven zu verlieren? Gibt es Beweise?

Finn ließ seinen Kopf nach hinten fallen. Hauptsache, sie kann mir schaden.

Ich muss gehen, sagte Marc, der nicht mehr wusste, was er seinem Freund sagen konnte.

21

Anatol kochte für Irma. Beim Essen erzählte er von seiner Enttäuschung, weil aus Sanssouci bis jetzt kaum nennenswerte Projekte hervorgegangen wären. Erkenntnisse und Einsichten, sagte Irma, seien auch Ergebnisse. Was er denn eigentlich erwarte?

Ergebnisse wie Freds Essay, den er hier geschrieben hat. Über die neuen Techniken der 3D-Brillen, die in Zukunft unsere Wahrnehmung verändern werden. Fred schreibt, diese Okularbrillen würden unseren Wirklichkeitsbegriff von Grund auf infrage stellen. Ich finde seine Vision bestechend. Wollen wir das?, fragt Fred zum Schluss des Essays. Das ist genau die entscheidende Frage. Wie viel technischen Fortschritt wollen wir? Können wir überhaupt entscheiden? Oder wird das für uns entschieden?

Vorletzte Woche hat sich Bea hier einquartiert, entgegnete Irma. Sie war eine ganze Woche hier und hat nur geschwiegen, kein Wort geschrieben. Stell dir mal vor, zu niemandem hat sie auch nur ein Sterbenswörtchen gesagt, nichts, das ist ihr nicht leicht gefallen. Es ist eine neue Technik der Läuterung. Ich habe sie nach dieser Woche gestärkt erlebt, näher bei sich denn je. Wieso denkst du immer nur an Großprojekte?

Annette nickte bestätigend. Anatol sagte, er habe sie gebeten, ihr Atelier endlich nach Sanssouci zu verlegen.

Ich schließe gerade eine Serie ab und werde erst dann umziehen, wenn ich alles im Trockenen habe, sagte Annette kurz angebunden. Und es ist ja auch deine Idee und immer deine Idee geblieben!

Sanssouci, sagte Irma, ist doch für jeden etwas anderes.

Annette, Irma und Anatol diskutierten weiter bis in die Nacht hinein. Erst jetzt verstand Irma den wahren Grund für Anatols Verstimmung. Er war wütend über Milas und Moritz' Auszug. Der Freundeskreis sei am Zerfallen, sagte er, das Prinzip der Solidarität sei zerstört. Annette widersprach und warf ihm vor, größenwahnsinnig und besitzergreifend zu sein. Die Gemüter erhitzten sich, die beiden sprachen ausgiebig dem Wein zu. Irma konnte kaum noch mitreden.

Als sie am andern Tag in die Gemeinschaftsküche ging, war alles sauber aufgeräumt, und Anatol und Annette waren abgereist. Sie fühlte sich plötzlich einsam. Würde sie sich jetzt zu ihrer Arbeit setzen, würde es nicht lange dauern, und die Decke würde ihr auf den Kopf fallen. Sie stieg ins Auto und beschloss, Mila und Moritz zu besuchen. Vielleicht konnte sie die beiden zu einer Rückkehr überreden.

Man empfing sie mit offenen Armen und einem frischen Minztee. Sie war, neben Alice, die einzige, die den Weg zu ihnen fand. Am Nachmittag sah sie ihnen beim Arbeiten zu. Sie schoben ihre Schubkarren vorbei, wühlten mit den Händen in der Erde, gruben breitbeinig Setzlinge ein, sangen leise Lieder dazu. In den Pausen legte Irma ihr Buch weg, und sie tranken zusammen Tee.

Mila war geschickt geworden im Umgang mit dem Gartengerät. Die ehemalige Sekretärin hatte einen stupenden Sinn fürs Praktische bekommen. Sie pflanzte, grub und schnitt mit einer Entschlossenheit, die Wissen im Umgang mit den Pflanzen voraussetzte. Am Abend saßen sie zusammen, und Mila erzählte von der Mandragora, die jetzt Knollen trage. Die Knollen seien giftig, und die Mandragora gehe sofort ein, wenn man sie verpflanze.

Moritz scherzte, man habe die Mandragora früher gern als Aphrodisiakum genutzt, deswegen lasse Mila diesem Gewächs immer besondere Aufmerksamkeit angedeihen. Irma erinnerte sich, der Mandragora in einem Harry-Potter-Roman, den sie Matti vorgelesen hatte, begegnet zu sein. Wunderpflanze habe sie auch geheißen, weil man glaubte, dass sie dem Samen eines Gehenkten entsprießen würde.

Man unterschätzt die Heilkraft der Pflanzen, sagte Moritz. Der Fingerhut enthält Herzglykosid und kommt immer mehr bei Herzrhythmusstörungen zur Anwendung. Davon will die Pharmaindustrie selbstverständlich nichts hören.

Mit der Erforschung der Pflanzenwelt steht man sowieso erst am Anfang, sagte Mila. Da die Pflanzen nicht wandern, haben sie gelernt, mittels Botenstoffen und Duftstoffen miteinander zu kommunizieren. Tiere und Menschen flüchten, wenn ein Feind kommt, Pflanzen warnen sich, indem sie Botenstoffe absondern.

Pflanzen reagieren auf feindliche Eindringlinge wie Parasiten, indem sie sie bei sich aufnehmen, sagte Moritz. Zugleich warnen sie mit dem Ausstoß von Pheromonen artgleiche Pflanzen vor Schädlingen.

Irma unterbrach die beiden, um Anatols Anliegen nach einer Rückkehr vorzubringen.

Wir wollen nicht zurück, sagte Mila.

Anatol hat ja recht, sagte Moritz, wir alle müssen in die Zukunft denken. Ich habe den Eindruck, seit Beginn des Jahrhunderts sitzt die Menschheit auf einer abschüssigen Bahn, die Entwicklung steuert immer schneller und schneller auf eine Katastrophe zu. Aber mit Ungeduld ist nichts erreicht. An den Pflanzen kann man einen anderen Zeitbegriff lernen. Alles braucht seine Zeit, ja, alles hat seine Zeit. Es gibt eine Palmenart, die fast zwanzig Jahre braucht, bis sie eine Nuss produziert. Ist diese Nuss gefallen, suchen ihre Wurzeln das richtige Fleckchen Erde, um zu keimen. Dabei achten sie darauf, dass keine artgleiche Konkurrenz in der Nähe ist.

Ungefähr so wie wir, lachte Mila.

Genau, deshalb sind wir hier, verstehst du? Wir mussten raus. In die Freiheit. Die Wildnis tut uns gut. Sanssouci, das ist zu bevölkert. Axel kommt mit Ona, Bea und Finn hört man durch alle Wände hindurch streiten.

Wir haben schöne Zeiten mit euch verbracht, fiel ihm Mila ins Wort. Deswegen ist mir der Abschied auch sehr schwer gefallen.

Aber wir kommen euch ja nicht abhanden. Ihr müsst uns nur besuchen, sagte Moritz.

Ja, sie würde öfter hierherfahren, auch ohne Marc. Auch wenn sie nach wie vor sicher war, dass die beiden das Falsche taten.

Weißt du, sagte Moritz, das ist jetzt mein wichtigstes Projekt, das spüre ich. Es ist meine Chance. Als Biologe habe ich mich immer für das Warum interessiert. Warum hat eine Blume diese Blätter, warum bietet sich ein Baum als Wirt an? Hier draußen erst bin ich in der Lage, mich ganz dem Wie zuzuwenden. Hier draußen kann ich wirklich frei experimentieren.

Irma spürte Moritz' Leidenschaft. Sie sei gern unter Pflanzen, sagte sie, auch wenn ihre Arbeit dies nicht begünstige. Am liebsten spaziere sie durch den Wald, da könne sie am besten nachdenken.

Klar, sagte Mila, und weißt du auch warum? Die Bäume

und Büsche geben Terpene ab, die dein Immunsystem regenerieren. Pflanzen sind rätselhafte und stille Wesen. Sie machen uns glücklich, ohne dass wir etwas dazu tun müssen, fügte sie mit leiser Stimme hinzu. Irma hatte den Eindruck, dass das am besten auf sie, Mila selber, zutraf.

Um Mitternacht bereitete Mila ein Bett für Irma, die nicht zurückfahren wollte. Sie erwachte sehr früh am Morgen, schaute aus dem Fenster und sah die dampfende Erde. Jetzt erst spürte sie etwas von diesem Geheimnis, das die beiden in sich trugen. Die Geradlinigkeit, die Einfachheit, ach, das alles war weit entfernt von ihrer Übersetzertätigkeit, die ein stetes Abwägen der Redeweisen, Ausprobieren der Wörter und Wendungen nötig machte.

Sie hatte die beiden dabei beobachtet, wie sie sich beim Arbeiten oft im Vorbeigehen berührten. Sie kommunizierten den ganzen Tag über mit ihren Körpern, häufiger, als Marc und sie das jemals getan hatten. Wenn Moritz an Mila vorbeiging, streifte seine Hand ihren Arm. Wenn sie sich gemeinsam über einen Setzling bückten, wenn sie ihm in der Küche das Salz reichte, fasste ihre Hand nach seiner Schulter. Vor den Mahlzeiten küssten sie einander, wie andere ein Gebet sprachen. Diese Zärtlichkeiten waren still und unauffällig, wie Pflanzen untereinander kommunizierten.

22

Marc konnte die Einladung von Urs nicht länger ausschlagen. Nachdem sie sich einander zufällig in der Stadt über den Weg gelaufen waren, hatte Urs ihn mit Einladungen eingedeckt, zuerst zum Fußballschauen, dann zum Pilzesammeln, schließlich zu einem Umtrunk in einer Bar. In den letzten Jahren hatten sie einander aus den Augen verloren. Ein paar Einladungen zu viert, Irma war weder mit Urs noch mit Brigitta warm geworden. Urs hatte wieder und wieder angerufen, zuletzt insistiert, dass man gemeinsam einen Ausflug machen könnte, aber es hatte sich nicht mehr ergeben.

Nun war Marc gespannt auf die neue Wohnung, von der aus man, wie Urs gesagt hatte, den Waldrand sehen konnte. Allerdings wäre er am liebsten mit geschlossenen Augen durch diesen Siedlungsbrei geradelt. Einfamilienhäuschen, Tankstellen, leere Lagerhallen, dann wieder verwahrloste Handwerksbetriebe, das alles hatte sich im Laufe der letzten Jahrzehnte hier zusammengedrängt. Für einen Architekten ein schmerzlicher Anblick. Danach bog er Richtung Wald ab – wobei der Wald hier weniger aus Bäumen bestand als aus Fußwegen, auf denen die Menschen ihren Hunden zumuteten, was sie Freiheit nannten. Marc merkte, dass ihn der Verdruss packte. Warum hatte sich Urs nach der Trennung von Brigitta nicht etwas in der Stadt gesucht?

Er klingelte an der Tür des Reihenhauses, und schon stand Urs grinsend im Trainingsanzug vor ihm. Marc war erschöpft und durstig und drängte hinein. Ein Blick auf den mit roten Kacheln ausgelegten Boden und ein in der Ecke gähnendes Cheminée bestätigte, was er schon befürchtet hatte: Urs war dabei zu verwahrlosen. Auf jeden Fall gehörte er nicht zu jener Sorte Junggesellen, deren Egopflege sich auch auf die Inneneinrichtung, das Essen und Körperhygiene erstreckte.

Bei einem Bier plauderten sie über die Bausubstanz der Reihenhäuser, über Verbauungen, Umzonungen und ließen den nahen Wald nie aus den Augen, als ob von dort etwas käme, das die Leere füllen könnte. Es war sieben Uhr abends, das Licht klebte an den Bäumen, Urs schaute aus dem Fenster und sagte:

Siehst du die Parkfelder, die schräg verlegt wurden? Völlig unsinnig, man hätte sie auch parallel anordnen können.

Ich sehe nur die hässliche Wohnsiedlung hinter dem Wald.

Dieses Zusammengewürfelte, das ergäbe ein gutes Foto. Aber ich schieße es nicht, ich habe es Tag für Tag vor Augen.

Der Hausherr führte ihn ins Schlafzimmer, wo ein Stapel zerknitterter Hemden lag.

Hier liege ich im Morgenlicht, mit Blick auf den Waldrand, lese gemütlich die Zeitung und trinke meinen Espresso.

Marc erinnerte sich, dass Urs seit seiner Studienzeit eine teure italienische Kaffeemaschine besaß, sein Stolz.

Sie besichtigten den Hobbykeller, auch den Waschraum, der aussah wie alle Waschräume, eine finstere Kammer mit einem Hometrainer, und Urs zeigte noch eine weitere Kammer mit einem Bett und einer Einbaudusche für Gäste.

Danach rührte Urs eine Polenta an, briet dazu ein halbes Kaninchen, eine Hommage an Marco. Noch immer war er für Urs »der Tessiner«. Dabei war Marc weitaus besser in der Gesellschaft verankert als sein Freund, der aus einem Nachbardorf stammte. Marc hatte einen Freundeskreis, während Urs jeden Freund einzeln zählen musste.

Man stieß auf die Wohnung an, und Marc fragte Urs nach seiner beruflichen Situation.

Du hast sicher gehört, dass meine Zeitung mit einer anderen fusioniert wurde. Das bedeutet, dass ich meine Dienste nun als freier Mitarbeiter anbieten muss.

Und damit kommst du durch?

Ich kann nicht klagen, sagte Urs, eine Spur zu laut.

Dann kämpfte Urs mit dem Kaninchen in der Bratpfanne, und Marc ging auf die Toilette. Die Seife war entzweigebrochen, das Handtuch speckig und der Spiegel von Flecken übersät.

Sie spülten das Kaninchen mit viel Wein hinunter.

Hast du oft Frauenbesuch?, fragte Marc und suchte nach dem Tonfall der gemeinsamen Studentenzeit.

Mehr als ich will, sagte Urs und rekelte sich im Sessel. Ich habe mich auf einer Singlebörse angemeldet, und seither rennen sie mir die Bude ein.

Und es gibt keine, die für eine längere Beziehung infrage käme?

Urs machte eine lahme Geste. Ich will mich nicht mehr binden, zumindest vorläufig nicht. Meine Freiheit, raunte er, gebe ich nicht so schnell wieder her.

Sie starrten zum Fenster, dahinter der Waldrand.

Besser wäre es, ganz ohne Frauen auszukommen.

Er rieb sein Kinn, als wäre es eine Wade, stand auf, ging mit unsicheren Schritten durch das unaufgeräumte Wohnzimmer und kehrte mit einer Flasche Grappa zurück.

Die Weiber sind eine Plage. An den Wochenenden fährst du mit einer in die Berge. Bis du ankommst, bist du schon nicht mehr du selber. Die Weiber quasseln und quengeln. Glaubst du, ich könnte auf so einem Ausflug meinen Fotoapparat mitnehmen und mal in Ruhe ein Bild schießen? Ich kann nicht mehr fotografieren, ich sehe buchstäblich nichts mehr, wenn eine Frau in der Nähe ist.

Er leerte das Glas und schenkte sich nach.

Marc wusste, dass sie so lange trinken würden, bis sie beide völlig betrunken waren. Dann würden sie sich um den Hals fallen, er würde ein Taxi bestellen, das Fahrrad musste er am nächsten Tag holen. Warum ging er nicht einfach schon jetzt? Weil er jemand war, der sich an andere anpasst. Er würde mit wachsender Lust sitzenbleiben und zu später Stunde in die Tiraden von Urs einstimmen.

Der dauernde Wunsch nach Zärtlichkeit übersteigt mein Vermögen, sagte Urs. Es ist eine Krankheit. Statt einfach zu ficken. Meine Mutter war anders, die hat meinen Vater auf Distanz gehalten. Der wollte, –

Marc unterbrach Urs und flüchtete wieder auf die Toilette, bevor er sich noch einen Bericht über den Sex der Eltern anhören musste. Als er die Tür hinter sich schloss, flackerte die Neonröhre über dem Waschbecken und er betrachtete sein Gesicht im Gewitter der Blitze. Er sah sich, wie Irma ihn gesehen hätte, das Gesicht des verschlossenen Tessiners, immer etwas melancholisch, den Blick zum Boden gekehrt. Des Tessiners, der sich zwar keineswegs zurücksehnte, der aber eine Distanz zu allem wahrte, was hier vor sich ging.

Dann erlosch das Flackern der Neonröhre. Er hörte nur noch seinen pfeifenden Atem und dachte an den einsamen Mann im Wohnzimmer, der sich Sätze gegen das weibliche Geschlecht zurechtlegte. Er dachte an dessen Verwahrlosung, gegen die offenbar nur eine Frauenhand half. Er dachte an die Verlorenheit seines Freundes, der, wenn er so weitermachte, den Weg zurück in die Gesellschaft nie mehr finden würde. Arsch voran sauste der ins Weltall.

Er tastete nach dem Spülkasten und drückte, trat aus der Dunkelheit und kehrte zu Urs zurück, entschlossen, so lange mit ihm zu trinken, bis sie beide nicht mehr reden konnten.

23

Am Wochenende hatte er sich mit Irma zu einem Kinobesuch verabredet. Für beide war es, um eine geläufige Floskel zu gebrauchen, eine Herausforderung, das Wochenende allein zu verbringen. Am Montag in einer Woche würde Matti ins Internat abreisen.

Sie schauten sich einen traurigen finnischen Film an, in dem viel getrunken und wenig geredet wurde. Man sah Gesichter in langen Einstellungen. Die Schauspieler blickten knapp an der Kamera vorbei, und je länger sie schauten, desto ausdrucksvoller wurden ihre Gesichter. Marc sagte, es sei ihm ein Rätsel, wie man einen solch eindringlichen Film machen könne. Die Lakonie überlagere alles, sagte Irma, da sei es zuletzt fast egal, was erzählt würde. Es sei nicht Lakonie, entgegnete Marc, sondern Melancholie, sonst würden sie nicht so viel trinken. Sie tränken, weil sie nicht mehr weiter wüssten, sagte Irma. Vielleicht auch, weil sie die Katastrophe schon hinter sich hätten, so genau ließe sich das nicht sagen. Die Katastrophe liege nicht hinter ihnen, sagte Marc, sie stehe ihnen direkt ins Haus. Irma schüttelte den Kopf und fragte, was denn noch kommen müsse.

Schweigsam machten sie sich auf den Heimweg, und als sie sich ihrem Haus näherten, vernahmen sie Stimmen und laute Musik. Vor der Eingangstür standen Dutzende von Fahrrädern, eine äsende Schar Drahtesel in der Parkverbotszone.

Irma schüttelte den Kopf und trat von außen neugierig ans Fenster. Marc ging hinein, da alle Türen offen standen, und bereits im Gang kamen ihm junge Frauen mit gefüllten Pappbechern entgegen. Ein Junge mit dem buschigen Bart eines Imam begrüßte ihn mit einem Schulterschlag und drängte ihn ins Wohnzimmer, wo undeutliche Gestalten auf dem Perserteppich lümmelten. Laute Musik wummerte aus den Boxen bis in seine Eingeweide, er kämpfte sich durch Teller voller Asche, Tassen voller Kippen, bis er in der Küche in einer Marihuanawolke stand. Einer von Mattis Freunden tanzte mit verkniffenem Gesicht und saloppem Hüftschwung an ihm vorbei. Auf der Musikanlage stand eine angebrochene Sektflasche, deren süß-klebriger Inhalt auf den Plattenteller übergeschäumt war. Irmas zehnbändige Proust-Ausgabe diente als Podest für ein paar brennende Kerzen. Auf der Anrichte standen drei Bottiche mit Flüssigem, eine Wodkabowle, eine Sekt- und eine Mojitobowle. Man konnte sich mit dem hölzernen Salatlöffel, den er Irma auf dem Trödelmarkt in Avignon gekauft hatte, nachschenken. Ein Mädchen wie aus dem Film, den sie gesehen hatten, legte ihre Hand auf die seine und lächelte wie eine Sphinx. Sie war völlig betrunken. Er versuchte sie mit einem Scherz loszuwerden, aber das Mädchen kraulte ihn in den Haaren. Marc sah im Verandafester Irma vorbeigehen, als auf einmal Melanie neben ihm stand. Hallo Marc, wie geht's dir?, sagte sie, und genau diese Frage konnte er im Augenblick nicht beantworten. Wie ging es ihm, wenn vor dem Eingang zum Bad ein Junge in seiner eigenen Kotze lag, während ein Mädchen mit kurzen weißen Haaren sein teures Rasierwasser über den Jungen versprühte?

Matti kam und umarmte ihn. Marc spürte, wie kräftig sein Sohn geworden war und war bewegt. Bevor er etwas sagen konnte, klammerte sich Melanie mit festem Griff an Matti und sagte, man feiere Abschied. Leider habe ein Trottel die Einladung auf Facebook gestellt, und deshalb seien etwas mehr Leute als erwartet gekommen. Nick – der lahme Nick war also auch da – sei mit ein paar Kumpels zur Tankstelle gefahren, um Bier zu holen.

Marc taumelte in den Garten. Er blieb abrupt stehen: Eines seiner Weingläser war bis zum Rand gefüllt mit Kippen und Tampons. Er zückte sein Handy und machte ein Foto. Auf den vertraulich lächelnden Gartenstühlen saßen Schatten mit hochgezogenen Kapuzen um drei Feuerstellen. Aus dicken Scheiten krachten die Flammen. Neben dem Rhododendron saß Irma im Gras zwischen zwei Glatzköpfen mit drachengleichen Tätowierungen im Nacken. Ein Joint machte die Runde.

Kaum hatte er Irma aus der Runde befreit, brach ein Tränenschwall aus ihr heraus. Sie gingen die Treppe hinauf und schlossen sich zuoberst im Gästezimmer ein.

Warum lässt du sie ein solches Inferno veranstalten?, fragte sie.

Was soll ich denn tun?

Die werden erst gehen, wenn sie das ganze Haus ruiniert haben. Sie hassen uns!

Es sind Mattis Freunde, besänftigte er sie. Wenn sie uns etwas kritisch begegnen, dann weil wir Matti verpflanzen wollen.

Zuletzt tanzt noch Evelyne an.

Glaub ich nicht, sagte er.

24

Matti saß ruhig auf dem Beifahrersitz und schützte sich mit Kopfhörern vor jedem Gespräch. Marc fuhr in gemächlichem Tempo, nahm die Ausfahrt zur Autobahnraststätte, lenkte den Wagen in eine Lücke und ging mit seinem Sohn ins Restaurant. Vor einem Teller Pommes begann er endlich zu reden. Er sagte, er ginge nicht ungern ins Internat, das Leben in der Familie sei ihm zu eng geworden. Eigentlich hätte er gern andere Eltern.

Marc erschrak, aber er ließ sich nichts anmerken.

Viele Mütter und viele Väter, sagte Matti, das sei besser. Eine Großfamilie, in der alle gleiche Rechte hätten.

Danach lag Matti schlapp im Sitz und döste schnell weg. Wollte er seinem Vater so entwischen? Was hatte er die letzten Jahre anderes gemacht, als ihm zu entwischen? Weit weg war jene Zeit, in der Vater und Sohn sich im Garten bis zur Erschöpfung im Tischtennis gemessen hatten. Und sich hinterher mit einem Glas Sirup zugeprostet hatten. Seither hatte sich Mattis Gesicht zu verändern begonnen, er war nicht mehr die kindliche Mischung aus Irma und ihm. Eine bullige Ernsthaftigkeit war auf seine Stirn getreten, eine neue Entschlossenheit und eine männliche Gleichgültigkeit. Heute sehnte er sich nach dem achtjährigen Matti auf der Kunsteisbahn zurück. Das Glück, mit ihm in der Garderobe die Schlittschuhe anzuziehen. Der Sturz an jenem Silvesterabend. Später das blaue Fahrrad, auf dem er in die Jahre der Pubertät flog. Alles schien Marc wie in einem anderen Jahrhundert zu liegen. Was ja auch stimmte, es war eine andere Zeit gewesen.

25

Irma und Marc durchliefen Phasen der Beziehungstrauer. Fuhr er mit dem Fahrrad über Land, brachte er Zweige und Blätter heim, als würde er die Farben des Spätsommers sammeln. Er legte ihr ein rostrot verfärbtes Baumblatt hin und sagte, es werde wieder alles gut, auch mit Matti.

Tröstungspoesie. Die ersten abgeernteten Felder, das dünner werdende Licht in den Bäumen bei einfallender Dämmerung, der Frühherbst, alles wurde zu einer Erfindung von Marc, der dauernd unterwegs war, wenn er nicht arbeitete. Aber er unternahm nichts, um sie zu retten, und die verlorene Nähe ließ sich nicht mit dem Sammeln von Blättern wiederherstellen. Zuweilen hörte sie nachts Mattis Schritte in der Küche, das Klirren von Pfannen und Töpfen, als würde er kochen. Oder sie erwachte, weil sie ihn auf den Straßen einer Stadt unterwegs wähnte, dabei lag er wohl gut versorgt im Internat. Am Telefon war er ruhig gewesen, aber nicht sehr mitteilsam. Er erwähnte eine Maureen, Amerikanerin, mit der er viel Zeit verbringe.

Auf die Dauer ging ihr Marcs Herbstpoesie auf die Nerven. Er blies Seifenblasen in die Luft, statt die Situation in den Griff zu kriegen. Seit dem Versuch auf dem Sofa hatte es, abgesehen von zwei weiteren missglückten Anläufen, keine körperlichen Annäherungen mehr zwischen ihnen gegeben.

Auch die Arbeit wurde zur Qual. Dupral führte sie ausgerechnet jetzt in die üppigsten Wucherungen sexueller Ausschweifung. Chantal war mit ihrem neuen Liebhaber William auf einer Ausstellung im Musée d'Art Moderne, als sie zufälligerweise zwei Freunden begegneten, Joel, ein Amerikaner wie William, und Ian, ein ruhiger, groß gewachsener und scheuer Schotte. Für diese Klischees hätte sie Dupral ohrfeigen können. Ausgerechnet mit Ian musste sich Chantal in einen Saal im Untergeschoss begeben, wo verrostete Maschinenteile zu einem Kunstwerk zusammengefügt waren, als er sie plötzlich unter ihrem Rock zu streicheln begann. Dupral benutzte an der Stelle ein seltsames Wort für Möse, das sie mit »Büchse« oder »Bumsetui« hätte übersetzen müssen. Dose, Drehorgel oder Wassermühle, offenbar Anspielungen an die Maschinenkunst, die Chantal und Ian betrachteten. Im Deutschen klangen diese zotigen Ausdrücke albern und peinlich, was ihr die Arbeit bis zum Überdruss erschwerte. Auch »erschauerte« Chantal regelmäßig, das Wort »frisson« kam zu häufig vor, und sie packte energisch Ians Glied – sie musste es mit »Prügel« übersetzen, »Pimmel« wäre lächerlich gewesen. Dann folgte der ungewöhnliche Satz, zu dem sie Dupral allerdings gratulierte: *Ian hatte ein ungewöhnliches Lachen, als hätte er den Mund voller Küsse.* Auch nicht einfach zu übersetzen, aber sie hatte selbst schon den Mund voller Zungen. Und dann folgte die nächste Herausforderung, denn Ian brachte Chantal, während er sie streichelte, Englisch bei. »Cock«, »pussy«, auch das war zu übersetzen. Und so ging es immer weiter. Über Dutzende von Seiten hinweg gab sich Chantal hin, spreizte mal vor diesem Mann, dann vor jenem die Beine, litt und hatte ihre »frissons«, dass einen die pure Langeweile überkam.

Marc brachte ihr heißen Tee, angerührt mit Honig gegen die Erkältung. Lies das Mal, hätte sie gerne gesagt, aber sie schämte sich und deckte das Blatt schnell zu.

Er berührte ihren Hals, sie spürte seinen Atem in ihrem Haar. Er kam vom Fahrradfahren und hatte wieder Nüsse und Gerüche und Farben mitgebracht. Vor dem Fenster verglühte der letzte Sommer, und die Mücken tanzten in der warmen Luft. Seine Lippen krochen über ihren Hals, und langsam zog er sie vom Stuhl hinunter auf die Couch, eine französische Chaiselongue, ihre altmodische Leseliege. Als sie sich von ihm befreite, um sich ins Verließ einer trotzigen Verweigerung zu flüchten, blieb er betroffen stehen. Sie schaffte nicht, was ihr früher so spielend gelang, sie konnte sich nicht mehr anstecken lassen von der Lust. Es war, als ob

Evelyne überall lauerte oder Dupral sie verdorben hatte. In Chantal sah sie Evelyne, nicht sich. Und hasste beide.

Er saß am nächsten Tag schon wieder auf seinem Rad.

War ihre Weigerung denn wirklich ein Zeichen dafür, dass sie aufgehört hatte, ihn zu lieben? Drückte sich im Körperlichen aus, was sie sich nicht einzugestehen traute?

Wahrscheinlich würde er ihre Ablehnung als Egoismus deuten: Sie verweigerte ihm, was er sich wünschte. Aber auch das Gegenteil war denkbar: Sie wollte ihm nicht zumuten zu scheitern, sie wollte ihn schützen, sie wartete so lange, bis sie beide von ihrer Verwundung geheilt sein würden. Und dazwischen lag ein ganzer Pfauenschweif an Möglichkeiten, die ihm und auch ihr bedenkenswert waren.

Draußen huschte eine Amsel über den Rasen und pickte Regenwürmer aus dem Boden. Ihr Kopf ruckte und zuckte. Es erschien eine zweite Amsel, beide schauten sich an, als müssten sie einander Zeichen geben, um dann den Regenwurm mit Schnabelhieben zu zerhacken. Amseldinner.

26

Marc radelte den Hügel hinauf zu Anatol und Annette. Die asphaltierte Straße verlief in Serpentinen, und je höher man kam, desto protziger wurden die Villen. Durch apotropäische Buchsbaumhecken sah er Swimmingpools leuchten, vor den

Garagen parkten Luxuskarossen. Auch Anatols und Annettes Anwesen war beeindruckend. Ein altes Gründerzeithaus mit Sandsteintreppe, im Innern verwinkelte Gänge, fast wie in einer gotischen Kirche, die in die Küche und in der anderen Richtung in einen düsteren Salon führten. Die labyrinthische Anlage des Hauses war ein Abbild von Anatols undurchsichtigem Wesen, seine Abgründe waren Architektur geworden. Hinter dem Bau erstreckte sich eine weite Gartenanlage mit brackigem Pool, Hecken und kleinem Wäldchen. Und dahinter noch ein Tennisplatz, den die Vogels verwildern ließen.

Anatol saß auf der Terrasse bei einem Glas Chablis und las in Dürrenmatts Minotaurus-Ballade. Bienen summten, Spätnachmittagslicht kroch aus den Büschen, die Schatten wurden länger.

Ich will den Garten sanft renovieren, sagte Anatol, und Marc fühlte sich im tiefen Timbre seiner Stimme aufgehoben. Es war gut, für Anatol zu arbeiten, sie konnten einander stundenlang Ideen zuspielen, und Marc wusste, Anatol würde ihn nie hemmen oder zurückpfeifen. Zuletzt würde es auch keine Frage des Geldes sein, das über ein Vorhaben entschied.

Das alles hier stinkt nach Vergangenheit, nach trockenem Gebäck, das zu lange in der Kristallschale lag, sagte Anatol, nachdem er Marc eingeschenkt hatte. Ich möchte nicht im Verwesungsgestank der Vergangenheit leben. Warum hat die Zeit von Louis Quatorze so überzeugende Gärten hervorgebracht? Warum folgte man im 19. Jahrhundert einem Capability Brown? Damit sie in der Natur ein Gegenbild zur Gesellschaft entwerfen konnten. Weil man einen Spiegel brauchte. Anders gefragt, Marc: Warum gibt es heute kein Quinta da Regaleira mehr?

Er hob den Arm, um Marcs Hinweise auf namhafte zeitgenössische Gartenbauer abzuschmettern.

Wie wäre es, wenn du mir einen Garten der Gegenwart oder – er zögerte, entflammte seine Zigarre neu – einen Garten der Zukunft entwerfen würdest?

Und wie sieht die Zukunft aus?, fragte Marc skeptisch.

Sie ist offen. Ich meine, einen Garten, der uns die Zukunft wieder öffnet, bespielbar mit Visionen, Träumen, Utopien. Konkret hier in der Schweiz. Wie könnte das aussehen, was Menschen mit dem Rohstoff Natur bauen? Nein, nicht in ökologischer Hinsicht, wie es Moritz und Mila im Sinn haben, sondern ästhetisch?

Auf den ersten Blick schien es eine der üblichen Spinnereien Anatols zu sein. Doch arbeitete Marcs Geist bereits an ersten Entwürfen. Vielleicht war die Idee verschroben, nicht aber die Grundüberlegung. Das Verhältnis der Gesellschaft zur Natur zu reflektieren, das weckte sein Interesse.

Ich müsste es spielerisch angehen, sagte Marc, ohne Realisierungszwang. Ich könnte die nächsten Monate einfach mal Ideen sammeln, und dann setzen wir uns wieder zusammen.

Genauso hab ich mir das gedacht, sagte Anatol zufrieden.

Marc war froh, wieder einmal mit jemandem übereinzustimmen. Auch schien sich seine heimlich gehegte Hoffnung, mit einem Projekt heimzukehren, zu erfüllen. Er nahm einen kräftigen Schluck von dem Weißwein.

Annette ahnt noch nichts davon, es soll eine Überraschung sein. Sie wird nächstes Jahr fünfundfünfzig.

Marc erwähnte die Hängenden Gärten von Semiramis, die Nebukadnezar seiner Frau gebaut habe. Anatol war geschmeichelt.

Ein attraktives Dienstmädchen brachte Sandwiches.

Anatol wechselte das Thema und ging zum Privaten über. Er sprach von der wunderbaren Irma, die Annette immer wunderbare Bücher schenke, die nähme sie dann mit nach Sanssouci. Auch Alice und Fred seien neulich dort mit ihren zwei reizenden Töchtern aufgetaucht. Aline und Eliane sähen sich so ähnlich, dass er immer Probleme habe, sie auseinanderzuhalten. Marc fand das ganz und gar nicht, Anatol hatte einfach keinen Blick für Kinder. Die zwei Jahre ältere Eliane glich Fred; sie hatte dieselbe Nase und seine grauen Augen, war ein ruhiges Mädchen, während Aline, die jüngere, wie ihre Mutter eine Schwatztante war.

Doch Anatol redete bereits über Bea und Finn, interessante Leute, fand er, aber die Beziehung scheine ihm sehr instabil. Sie verbrauchten zu viel Energie, einander zu bekämpfen. Seine Ehe sei anders organisiert, sie basiere auf soliden Verträgen.

Wie das?, fragte Marc.

Anatol schaute in die Luft und tat, als würde er doch nicht so gern über das Thema reden.

Unser Ehebund beruht auf einem komplexen Vertragswerk, wie die EU auf den Römischen Verträgen. Unser Ehevertrag umfasst einen Vermögensvertrag, einen Arbeitsvertrag, einen Freizeitvertrag und einen Ferienvertrag. Weißt du, wir sind uns nicht so nahe wie du und Irma. Wir haben uns gesagt, wenn das Wesentliche vertraglich geregelt ist, läuft es besser.

Und die Gefühle? Und der Sex?

Marc merkte, dass er schon zu viel getrunken hatte. Aber vielleicht ließ sich ja auch in diesem Punkt etwas von Anatol lernen.

Ich wünschte, die Liebe zwischen uns wäre von Anfang an da gewesen. Wir haben hart an uns gearbeitet, und es wurde besser mit den Jahren. Ich mag Annette, obwohl ich ihre Bilder zum Schreien finde. Ihre ungezügelte Emotionalität springt einem geradezu ins Gesicht. Dabei ist meine Frau doch die Zurückhaltung in Person. Ich habe sie neulich im Atelier besucht und bin auf einen jungen nackten Mann gestoßen, der ihr Modell stand. Ich muss dir sagen, ich war verblüfft, aber der junge Mann war sympathisch.

Dabei waren die Nudités gerade die besseren oder die erträglicheren ihrer Bilder, hatte Irma einmal zu ihm gesagt.

Kein Mensch weiß, was Liebe ist. Du nicht, auch ich nicht. Die Vorstellung, dass man mit dem Partner nur genügend übereinstimmen muss, um glücklich zu sein, passt in unser dümmliches Zeitalter. Das Gegenteil ist der Fall: Annette und ich haben uns anfänglich stark unterschieden. Aber wir wollten nicht voneinander lassen, weil wohl jeder im anderen einen Teil von sich selber erkannte. Deswegen haben wir in langen Gesprächen unser Vertragswerk entworfen. Unseren Code Napoléon, wie Annette sagt, ich nenne es lieber unseren Liebescode. Wir haben alles geregelt, sämtliche Aspekte unserer Beziehung, sodass wir uns um andere Dinge kümmern können.

Marc stand auf und lächelte. Er wollte irgendwie klarmachen, dass die intimen Geständnisse Anatols bei ihm gut aufgehoben waren. Die Beziehungskurve verlief bei Irma und ihm gerade umgekehrt; sie hatten sich schwer verliebt aufeinander gestürzt, und jetzt wuchs der Abstand.

Ich wollte, ich hätte mit Irma auch einen Vertrag gemacht, sagte er und reichte Anatol zum Abschied die Hand.

Keine einfache Dame, deine Irma, anspruchsvoll, kultiviert. Wenn ich jünger wäre, würde ich sie glühend verehren.

Anatol lächelte verschmitzt.

Natürlich nur, wenn sie nicht verheiratet wäre. Schon gar nicht mit einem Kerl wie dir.

Sie klopften sich gegenseitig auf die Schulter.

27

In der Nacht hörte sie die Stimme ihres Vaters. Ihr Vater hatte eine breite, melodiöse Stimme, die selten laut wurde. Selbst wenn er im Garten stand und sie durch das Küchenfenster rief. Sie liebte seine Stimme, sie wartete oft den ganzen Tag darauf. Es gab einige hundert Studenten, die jedes Semester in den Genuss dieser Stimme kamen. Er war groß und auffällig gekleidet, einer der letzten Pfeifenraucher. Ein Myom an der Wange zwang ihn, das Rauchen aufzugeben. Zuweilen sog er an der leeren Pfeife und zum Spaß durfte sie manchmal durch das Pfeifenrohr blasen. Wenn sie als Kind nachts wach wurde, genügte es, wenn er ihren Namen sagte und sie schlief wieder ein.

Oft redete er mit der Mutter französisch, es war ihre gemeinsame Sprache. Irma wollte sie schon früh verstehen. Sie konnte der Konversation entnehmen, worum es sich handelte, sie wurde auch nicht ausgeschlossen, sie durfte zuhören.

Ihre Mutter sagte ihr einmal, es gebe keine Geheimnisse. Sie mochte Geheimnisse nicht. Ihr Vater hatte ihr alles gezeigt, was es zu zeigen gab. Auch an die Uni hatte er sie mitgenommen, hatte sie im Hörsaal mit einem Zeichenblock in die erste Reihe gesetzt, wo sie vor sich hin gekritzelt hatte, bis die Knöchel der Studenten aufs harte Holz der Pultplatte trommelten. Immer seine Stimme im Ohr. Was hatte sie gezeichnet? Ein Bett, in dem ihre Mutter lag. Flaschen, die vom Himmel oder von der Decke herabhingen und mit Schläuchen in ihren Leib führten. Es war die Zeit, als er sie häufiger mitnahm, wenn das Kindermädchen Josette nicht konnte. Josette hatte eine laute, quäkende Stimme. Sie kam aus dem Welschland, und ihr Vater hatte sie angestellt, wahrscheinlich war sie eine Studentin. Wenn er mit ihr sprach, war seine Stimme streng, getragen von einer Autorität, die Josette einschüchterte. Die Sätze stiegen dann am Ende leicht an. Auch Josette, glaubte Irma, bewunderte ihren Vater.

Als sich Irma später selber bei seinen Vorlesungen einschrieb, bemerkte sie, dass ihre Kommilitonen ihn vor allem als Kauz wahrnahmen. Seine Krawatten waren ausgefallener und seine langen Haare damals schon eher seltsam. Sie war gekränkt und musste sich erst an diesen neuen Vater gewöhnen.

Manchmal kamen die Kollegen von der Fakultät zu Besuch. Die barocke Mediävistin und der dürre Englischprofessor, ein immer lüstern schielender Linguist, der sich gern an Studentinnen heranmachte, die kettenrauchende Historikerin und der dicke Kunsthistoriker, der mit seinen Fingern jede Olive im Schälchen weggrabschte. Sie kamen meist fröhlich zu Beginn des Abends und verließen das Haus noch fröhlicher am Ende der Nacht. Der Alkohol floss in Mengen. Auch die Stimme des Vaters litt darunter, wenn er zum Scherz mittelhochdeutsche Verse deklamierte oder etwas auf Latein flüsterte, wenn die adrette Altsprachlerin sich ihm aufs Knie setzte, wenn draußen die Sonne aufging und sich seine Augen mit Tränen füllten. Nicht wegen der Altsprachlerin, sondern wegen der Mutter, die weit weg in den Bergen zur Kur weilte.

Seine Stimme war auch im Chor gefragt. Der Donnerstagabend war Chor, und das war der Abend, an dem er immer beschwingt zurückkehrte, auch wenn Mutter weg war. Selbst zu später Stunde kam er dann in ihr Zimmer, wo sie auf ihn gewartet hatte. Dieses Grundgefühl, aufgehoben zu sein, hatte sie an Matti weitergeben wollen.

28

Einmal die Woche traf sie sich mit Ona in einer Sporthalle am Stadtrand zum Squash. Nach anderthalb Stunden hörten sie meistens auf Irmas Wunsch auf und gingen nach dem Duschen in die Cafeteria. Ona hätte endlos weiterspielen können, ihrer endorphingesättigten Energie hatte Irma nichts entgegenzusetzen. Den kleinen Gummiball schlug sie so hart und präzise gegen die Wand, dass Irma meistens das Nachsehen hatte. Besonders an dem Tag, als sie bei Mineralwasser und einem Apfel von ihrer neuen Liebe erzählte. Kein Mediziner, sondern ein Bauarbeiter, Vorarbeiter, kräftig und zupackend. Ihr Froschkönig. Max. Der gradlinige Max war auf einfache Art zärtlich. Seine Zärtlichkeit war manchmal bezwingend, manchmal überwältigend.

Irma interessierte sich nicht für den Liebhaber. Sie wollte wissen, wie das funktionierte, zwei Männer gleichzeitig zu lieben.

Weiß Axel von Max?

Ona massierte sich die Wade.

Natürlich, sagte Ona, wir haben keine Geheimnisse. Es braucht sehr viel Vertrauen.

Kannst du bitte etwas genauer sein, sagte Irma.

Schätzchen, sagte Ona im leicht frivolen Ton einer Fernsehserie, so ganz freiwillig ist die Geschichte mit Max ja auch nicht. Als wir im Frühjahr bei der Feier zur Verabschiedung eines Kollegen waren, kam eine Frau auf uns zu, begrüßte Axel mit zuckrigem Lächeln und gab mir die Hand. Celine Bretscher, eine Oberschwester aus seinem Team. Mir stockte der Atem, ich merkte sofort, dass zwischen den beiden etwas war.

Ona unterbrach sich, weil das Handy klingelte. Es war der Neue, den sie mit einigen Sätzen fütterte, um den Anruf rasch zu beenden.

Ich kannte Celine flüchtig, war ihr auf der Station ein paar Mal begegnet. Ein Wesen aus Blond und Rot, bleich und weich. Das also ist die Frau, die mein Mann fickt, dachte ich. Das sind die Titten, an denen er lutscht, der Mund, den er ableckt.

Wieso warst du so sicher?, fragte Irma.

Als Frau spürt man das genau, ihr Blick sprach Bände.

Und dann, bist du ausgerastet?, bohrte Irma nach.

Ich habe sie an den Haaren gerissen und gegen das Schienbein getreten, lachte Ona. Ich als eifersüchtige Othella! Nein, so leicht gibt man doch als Frau seine Karten nicht aus der Hand. Ich würde Axel stellen und meinen Vorteil daraus ziehen.

Max!

Gelegenheit macht Liebe, lachte Ona wieder, ein dünnes, anämisches Lachen. Ich will meine Beziehung zu Axel nicht durch Eifersucht ruinieren, verstehst du? Andrerseits brauche ich einen Ausgleich, denn in der Liebe ist nichts so wichtig wie das Gleichgewicht. Ich mag es, etwas aufs Spiel zu setzen, leben und leben lassen. Aber man muss etwas riskieren, wenn man etwas gewinnen will.

Ona hatte sich wieder im Griff, und es klang, als könnte es nichts geben, das ihr den Mut raubte.

Ich hab Celine nochmals getroffen. Wie zwei Kämpferinnen sind wir aufeinander los. Im letzten Moment öffnete sie ihre Arme, ich öffnete mein Herz – und wir umarmten uns. Ich hatte Axel kurz verloren und habe ihn wiedergewonnen.

Ich bewundere dich, sagte Irma. Ich kann mich erinnern, wie eifersüchtig ich war, als Gaby in Marcs Firma einstieg. Den ganzen Tag, manchmal auch abends sind sie zusammen. Wenn da keine Intimität entsteht, dachte ich am Anfang.

Es fällt dir schwer zu teilen, nicht wahr? Typisch Einzelkind.

Irma sah sich im Fenster gespiegelt. Sie dachte, wie leistungsbetont Ona doch lebte. Für sie hatte die Idee, mit Marc im dauernden Wettbewerb zu stehen, nichts Verlockendes.

Manchmal erschrecke ich noch immer, wenn abends das Telefon klingelt, und es ist Celine. Ich versuche nicht hinzuhören. Und doch hoffe ich, dass es Celine ist und nicht eine andere. Noch immer verletzt es mich, wenn Axel sich in eine Ecke zurückzieht, um schnell eine SMS zu schreiben. Daran muss ich arbeiten. Schließlich wissen wir, dass wir füreinander wichtiger sind. Unserem Sex hat es nicht geschadet.

Irma zuckte zusammen.

Es ist Arbeit, Irma, verdammt harte Arbeit. Aber dafür wirst du reich belohnt.

29

Irma sagte, die Beziehung von Axel und Ona sei in Limbo. Warum, fragte sich Marc, redete Irma nur so verstockt davon? Fürchtete sie, sich zu sehr einzumischen? Wollte sie verhindern, dass irgendetwas von deren Verhältnis auf sie abfärbte?

Marc wurde dadurch erst neugierig. Bei der erstbesten Gelegenheit verabredete er sich mit Axel. Axel lud ihn zu sich in die Penthouse-Wohnung ein. Axel lebte im Nobelviertel der Stadt, weil man als Chefarzt hier leben musste. Früher hatte er da gelebt, wo das Leben am aufregendsten war, die Bars und Bordelle um die Ecke. Seit er seriös geworden war, galt ihm der Ruf mehr als das Vergnügen.

Irma weiß, dass Ona einen Liebhaber hat, sagte Marc. Die Affäre dauere schon einige Wochen.

Man muss auf das Gleichgewicht achten, sagte Axel und reichte ihm ein Glas Wein.

Und es ist dir egal?, sagte Marc und hörte, wie spießig seine Frage klang.

Im Gegenteil, du kennst mich doch. Leider habe ich nicht das Selbstvertrauen, das man mir unterstellt. Ich bin ein richtiger Zitteraal, eine Memme. Aber Ona und ich haben nun mal beschlossen, diese Risiken in unserer Beziehung einzugehen. Deswegen habe ich auch um ihre Hand angehalten. Ich möchte, dass sie meine Frau ist, wenn sie fremdgeht.

Reichlich widersprüchlich, fand Marc. Geht es dir gut dabei? Oder ist das nur eine Kopfsache?

Gut? Was heißt das, es geht mir gut?

Axel leerte das Weinglas und entkorkte eine weitere Flasche. Marc sah an seinem Gesichtsausdruck, dass er die Argumente abwog.

Du musst deine possessiven Anwandlungen niederkämpfen und den anderen nicht fragen, wo er gerade herkommt. Dem Lebenspartner immer offen und ohne Verstellung gegenübertreten zu können, ist unser Ideal.

Marc leerte das Glas, als würde er Axel widersprechen wollen, aber er sagte nichts. Er brauchte keine Ratschläge, keine versteckten, schon gar nicht zur Polyamorie.

Weißt du, mein Vater hatte in Wiesbaden seine Tennislehrerin als Geliebte. Sie stammte aus der Tschechoslowakei. Eine Frau mit brutalen Gesichtszügen, aber einem sehr schönen Körper und einer samtenen Stimme. Meine Mutter wusste davon, trotzdem musste mein Vater von seinen Betriebsausflügen erzählen, als hätten sie wirklich stattgefunden. Wie peinlich uns Kindern das war!

Axels Blick durchdrang ihn. Sollte Marc ihm von Evelyne erzählen? Aber was würde das helfen?

Ich will ehrlich sein zu Ona, ich liebe sie. In der Klinik zerreißen sich alle das Maul, Professor Berehndt und eine Afroamerikanerin! Meine Güte, und das im Jahre 2010. Als hätte ich mir als Deutscher in der Schweiz nicht schon genug anhören müssen.

Es braucht Zeit und Kraft, immer auf das Gleichgewicht zu achten, sagte Marc. Das stelle ich mir nicht so einfach vor. Letztlich müsst ihr doch vergleichen, wo es nichts zu vergleichen gibt. Es würde mich wahnsinnig machen.

Axel verteidigte sich, er redete wie vor einem Auditorium. Und je länger er redete, desto weniger glaubte Marc, dass das gutgehen konnte. Für Axel war Sexualität so viel wie Geld oder Prestige, und davon konnte er den Hals nicht vollkriegen.

Wenn eine OP schlecht verläuft, fällt es meistens auf mich zurück. Als Arzt bin ich es gewöhnt, Risiken auf mich zu nehmen.

Du hast das Privileg, dir deine Probleme selber schaffen zu können, entgegnete Marc trocken.

Axel überlegte. Je länger ich diese Frau kenne, desto stärker wird meine Lust auf sie. Ona ist mein Bollwerk gegen die Angst, gegen die Angst vor dem Tod. Gegen die Einsamkeit des Fleisches.

Marc sah den einsamen Jungen, der von seinem Vater gedemütigt worden war. Und er hörte in Axels Sätzen die Einsamkeit aller Männer.

Du bist müde, sagte Axel. Komm, ich setz dich zuhause ab.

Sie verließen die Wohnung, fuhren mit dem Lift in die Tiefgarage und setzten sich in den Porsche. Axel fuhr ins

Freie, dann ließ er den Motor aufheulen, drückte den Fuß dreimal aufs Gaspedal und sagte: Wie ein Musikstück. Unter Zehntausenden von Autos höre ich sofort, wenn ein Porsche drunter ist.

Marc nickte. Die Magie lauter Geräusche. Marc verstand Axels Bubenliebe.

Er würde gerne selber so heulen können, sagte Axel.

Marcs Nicken musste so zweideutig gewesen sein, dass Axel hinzufügte, er halte ihn gewiss für einen Aufschneider. Er wisse ja, dass man aus ihm nicht so leicht klug werde. Er merke, wenn man über ihn lache, sagte er und schaute dabei routiniert aus dem Fenster. Im ganzen Freundeskreis glaube man, dass er sich überanstrenge. Man sage, dass er es nicht nötig habe, dass er, als Gutverdienender, sich doch zurücklehnen könnte. Aber das entspreche nicht seinem Naturell. Er beobachte bei vielen Schweizer Kollegen eine Unentschlossenheit. Hierzulande lebe man immer ein wenig, als wäre man am Proben. Er wisse, dass es im Leben keine halben Sachen gebe. Das sei nicht gegen Marc gerichtet, aber diese Schlappheit, Bea zum Beispiel, und Finn, die könnten mehr aus sich machen. Finn müsste seine Karriere als Musiker konsequenter verfolgen, er sei zu introvertiert. Alice sei als Therapeutin längst nicht mehr auf dem neuesten Stand, sie habe sich nie weitergebildet, und Fred führe das Leben eines Rentners, ihm fehle die Neugier für das Neue. Dabei sei klar, dass es in Europa und also auch in der Schweiz nicht immer so weitergehe. Keines der Probleme sei gelöst, die Wirtschaft- und Bankenkrise sei in Wahrheit nur vertagt. Er wolle niemanden kritisieren, ihm gehe es gut, es müsste ihm prächtig gehen, aber leider kriege er auch nicht alles so hin, wie er es wolle.

Dann waren sie vor Marcs Haus angelangt. Axel blieb einen Moment im Wagen sitzen, als müsste er ihm noch etwas mitteilen.

Ich glaube, sagte er leise, ich habe dir einen Haufen Mist erzählt. In Wahrheit bin ich einfach süchtig. Sexsüchtig, süchtig nach Frauenkörpern, süchtig, eine Grenze zu überschreiten.

Er verrieb mit dem Daumen einen Fleck auf dem Armaturenbrett.

Ich bin getrieben. Ich sehe den Sinn meines Lebens darin, dahin zu gelangen, wo andere nicht hinkommen. Wenn ich diese Abenteuer nicht hätte, würde ich depressiv werden. Klingt nicht gut, ist aber auch nicht so schlimm. Eines Tages werde ich zur Ruhe kommen. Behalte es einfach für dich, Marc.

Als Marc die Autotür hinter sich zuschlug, wusste er, dass Axel eines Tages gegen die Wand fahren würde.

30

Melanie saß in der Küche, schlürfte Kaffee und kaute gleichzeitig, schluckend und schlürfend, an einem Sandwich. Schinken, Gurken und Mayo. Mach Paprika drauf, hatte sie zu Irma gesagt, und die war dem Wunsch nachgekommen.

Die ferne Kirchturmuhr schlug zehn.

Nick habe sie rausgeworfen, sagte Melanie, und ein Tupfer Mayo landete auf dem T-Shirt. Sie könne unmöglich zurück zu ihren Eltern.

Marc, der vor Irma zu Hause gewesen war, hatte sie bereits für eine Nacht einquartiert. Irmas hasste es, wenn er solche Dinge ohne Rücksprache mit ihr entschied. Sie wollte wissen, was los war, warum das Mädchen, das Matti betrogen hatte, jetzt bei ihnen anklopfte.

Meine Alten sind total inkompetent, sagte Melanie, und das Schinkenbrot wölbte ihre Backen. Dazu versuchte sie ein Lächeln, das Irma an ihren zweideutigen Ausdruck erinnerte, wenn sie mit Matti aus dem Zimmer kam. Jeden Samstagabend hatte sie mit Matti Kuchen gebacken, statt dass sie zusammen ausgegangen wären. Für Marc Beweis genug, dass sie einander liebten.

Du kannst gerne in Mattis Zimmer schlafen, wenn dir das recht ist, sagte Marc. Das Zimmer kennst du ja.

Bin immer gern in seinem Zimmer gewesen, sagte Melanie. Schade, dass er nicht hier ist. Andrerseits beneide ich ihn, es geht ihm da oben im Internat gut.

Woher weißt du, dass er im Internat ist? fragte Irma

Wir sind in Kontakt.

Irma zuckte zusammen und fragte sich, ob Melanie auch von der Geschichte mit Evelyne erfahren hatte.

Wenn du Hunger hast, bedienst du dich einfach in der Küche, fügte Marc noch hinzu.

Wollte sie das? Wollte sie, dass sich dieses kleine fette Ungeheuer allein im Haus bewegte und in allem herumschnüffelte?

Und mit Nick geht's nicht mehr weiter?

Melanie verdrehte die Augen. Nick ist ein Monster, sagte sie und stand auf, um sich noch eine Scheibe Brot abzuschneiden. Dann nahm sie sich eine Flasche Bier aus dem Kühlschrank, trank und drehte sich eine Zigarette.

Du kannst gerne hier rauchen, aber in Mattis Zimmer lieber nicht, sagte sie.

Ich will wirklich niemandem zur Last fallen, sagte sie fröhlich, aber als ich vorhin auf der Straße stand und einfach nicht mehr wusste wohin, habe ich mir überlegt, wo ich am liebsten wäre.

Das klingt wie ein Kompliment, sagte Marc. Ich gebe dir einfach den Schlüssel von Matti, dann kannst du kommen und gehen, wie du willst.

Eine Nacht ist kein Problem, sagte Irma. Du kannst heute das Bad im Parterre benutzen.

Sollte Marc sie doch gleich adoptieren!

In der Nacht erwachte Irma, weil sie Melanie in der Küche hantieren hörte. Sie erinnerte sich, mit welcher kalten Wut Matti ihre Briefe verbrannt hatte. Vielleicht stimmt mit Melanie etwas nicht. Schreibt zum Abschied eine SMS und taucht jetzt wieder hier auf, als wäre nichts gewesen. Ich traue ihr nicht über den Weg. Sie ist vielleicht sogar gefährlich, dachte Irma. Wäre sie am frühen Abend gekommen, ja, aber um zehn Uhr nachts bei jemandem zu läuten, das ist nicht normal.

Danach konnte Irma gar nicht mehr einschlafen und lag bis zum Morgengrauen wach.

Am nächsten Tag machte sie sich ihren Tee im Arbeitszimmer, sie wollte weder Melanie noch Marc begegnen. Sie fürchtete, dass nun das Zusammenleben mit Marc aus dem Gleichgewicht geraten könnte. Marc und sie begegneten einander mit höflicher Distanz, sie nahmen Rücksicht aufeinander. Irma hatte die Hoffnung nicht aufgegeben, dass sie auf diese Weise wieder zusammenfinden könnten. Aber mit Melanie waren sie gezwungen, eine Art Familienleben zu führen. Ein Scheinfamilienleben. Als sie am Nachmittag in die Küche kam, fand sie einen Zettel von Marc vor, auf dem stand, dass Melanie noch zwei weitere Tage bei ihnen wohnen bleiben würde.

31

Es war die erste wirklich kalte Nacht Anfang Oktober, der Mond stand im Fensterkreuz und schien Marc ins Gesicht. Er hatte schlecht geträumt. Die Gedanken kreisten unentwegt in seinem müden, schweren Kopf. Abend für Abend verschwand Irma in ihrem Zimmer wie in einer Klause. Keine Möglichkeit, es noch einmal zu versuchen. So wurde allmählich zur Selbstverständlichkeit, was er für ein Unding hielt: alleine schlafen. Was half's, dass sie meistens im Lauf des Morgens, wenn er im Büro war, telefonierten oder mailten, um sich zu hören, um diese Ehe, deren Gewebe immer dünner wurde, weiter am Leben zu erhalten.

So war er früh auf den Beinen und entdeckte, als er den Küchenabfall in den Garten trug, den toten Marder am Eingang zum Keller. Der Marder war im Holzgatter eingeklemmt und bereits steif, seine Augen wie Glaskugeln. Man musste das Tier so schnell wie möglich begraben. Ihm wurde übel.

Soll ich dir helfen?

Bist du schon wach?

Hab vorhin mit Matti gesimst. Er war die ganze Nacht in Triest unterwegs.

Unterwegs?

Du glaubst doch nicht, dass es schwierig ist, aus der Anstalt rauszukommen?

Wieso sagte sie Anstalt?

Melanie bückte sich und packte den Marder am Schwanz. Sie trug einen langen, zotteligen gelben Pullover und darunter ein blaues Nachthemd, das um ihre stämmigen Beine flatterte. Sie war nicht sonderlich attraktiv, eher der Typ zum Pferdestehlen. Früher hatte er sie immer als Mattis Opfer betrachtet, jetzt fiel ihm ihre Verlebtheit auf. Sie war achtzehn und hatte bereits das Gesicht einer erwachsenen Frau, die von einer durchzechten Nacht nach Hause kam.

Kannst du mal die Tatze nach unten brechen.

Er atmete tief ein und roch ihre Körperausdünstung, Schweiß und Zigarettenrauch. Sie keuchte. Dann schubste sie ihn beiseite, um dem Marder das steife Bein zu brechen und ihn aus dem Holzgatter zu lösen.

Was tut mein Sohn mitten in der Nacht in Triest? Mit wem war er unterwegs?

Keine Ahnung, sagte Melanie. Ich weiß nur, dass bei denen oben ganz schön was abgeht. Ich würd gerne für eine Nacht rauffahren, wenn's ginge.

Und warum tust du's nicht?

Weil mich dein Sohn nicht ausstehen kann, sagte sie und

drückte dem Marder die Tatzen an den Leib. Konnte er eigentlich nie. Aber ich bin froh, dass er jetzt die Kurve gekriegt hat.

Hat er?

Marc hätte gerne mehr erfahren über diesen Sohn und welche Kurve er gekriegt hatte. Sie legte den Marder auf eine Zeitung, als hätte sie ihn erlegt. Das Tier sah aus wie ein gefrorener Lappen.

Melanie wollte im Keller eine Schaufel holen.

Zuerst Kaffee, Melanie, dann machen wir weiter.

Zuerst den Marder, dann Kaffee!

Also beerdigten sie den gefleckten Kerl im hinteren Teil des Gartens, da, wo Irma ihren Liegestuhl zu platzieren pflegte. Auch wenn er ein schlechtes Gewissen hatte, es war der beste Platz. Melanie rammte ein halbmetertiefes Loch in die Erde, sodass der Kadaver nicht von streunenden Katzen ausgegraben werden konnte.

Plötzlich tauchte Irma auf.

Wir vergraben ein böses Omen!

Es war scherzhaft gemeint, aber in dem Augenblick, als er es sagte, sah er Irmas Erschrecken.

Das Ding ist so gut wie weg, Frau Baumann, rief Melanie.

Stock, sagte Irma, Irma Stock. Sie ließ die beiden stehen und verschwand in ihr Arbeitszimmer.

Während sich Melanie die Hände wusch, füllte Marc Bohnen in die Kaffeemühle. Dann setzte er sich zu ihr an den Tisch.

32

In der folgenden Nacht träumte Irma von einem Fuchs. Mit einem lachsfarbenen Fell und einem Haupt, das wie eine Mischung aus Katzen- und Hundekopf aussah, trabte er gelassen und stolz über die Wiese. Sie ging auf ihn zu, ohne dass er flüchtete. Er näherte sich ihr ohne Umschweife, um ihr etwas zu sagen.

Als sie erwachte, steckte ihr das Unglück wie ein Kloß im Hals. In der Küche war das Brotmesser unauffindbar. Sie nahm die Butter und die Konfitüre aus dem Kühlschrank. Aus der Butter war eine Kerbe herausgebrochen, die sich in der Konfitüre wiederfand. Vor der Haustür standen ihre Hausschuhe, wie abgeschnittene Tierpfoten. Sie machte sich einen Tee und setzte sich vor den Fernseher, in der Hoffnung, dass sie Bea sehen würde. Sie brauchte jetzt ein vertrautes Gesicht, schaltete den zweiten Kanal ein und Bea erschien.

Die neuen Bundesratskandidaten waren nominiert. Die EU stand noch immer ohne Haushaltsbudget für 2011 da. Die gleiche EU sandte Grenzschützer nach Griechenland, um flüchtende Menschen in Auffanglager zu bringen. Wie immer waren die Inlandnachrichten etwas banaler. Die neuen Besitzer der lokalen Zeitung der Rheinstadt riefen einen stramm rechtskonservativen Millionär und Politiker um finanzielle Hilfe an. Abonnenten drohten mit der Kündigung des Abos. Ein Himbeerkern steckte zwischen ihren Zähnen. Sie ging ins Bad, schaute in den Spiegel und weinte.

Danach schaltete sie den Fernseher aus und das Radio ein. Raureif zierte die Wiese, die Schaufel lag an der Stelle, wo sie nie mehr in Frieden in ihrem Liegestuhl würde liegen können. Die Mücken tanzten im Morgenlicht. Alles war in Erinnerung getaucht. Matti und Marc, die draußen im Garten Boccia spielten. Sie hörte ihre Stimmen und wurde noch trauriger. Dann übertönte eine Motorsäge vom Nachbargrundstück Mozarts D-Moll Sonate aus dem Radio. Sie setzte sich an den Schreibtisch und stolperte wie mit Fußfesseln in ihre Übersetzung.

Plötzlich fiel ihr ein, was letzte Nacht vorgefallen war: Sie war ins Bad gegangen und hatte Melanie nackt auf dem Klo gesehen. Sie saß da und starrte eine brennende Rechaudkerze auf dem Wannenrand an. Wie lange schon? Warum benutzte sie nicht die Toilette im Keller? Sie wiegte ihren Oberkörper vor und zurück, hatte die Augen halb geschlossen und schien zu beten. Wahrscheinlich war sie voll mit Drogen. Hatte sie Matti in ihre Sucht mit hineingezogen? War es eine Art Exorzismus gewesen, dass er ihre Briefe verbrannte? Hatte er sich mit Evelyne von Melanie befreien müssen?

Oder hatte sie das alles nur geträumt?

Sie beschloss, Melanie und Marc aus dem Weg zu gehen und sich für ein Wochenende nach Mailand abzusetzen. Zielstrebig tippte sie die Nummer von Bea ins Handy.

33

Die Hände auf dem Rücken, ging er frühmorgens vor dem Haus auf und ab und wartete auf das Taxi, das Irma zum Flughafen bringen würde. Es war neblig, die Sonne würde erst gegen Mittag hervorkommen, und dann würde sie bereits durch den südlichen Spätsommer von Mailands Straßen spazieren.

Das Taxi fuhr vor, aber Irma war noch immer im Haus. Die Aussicht, mit Bea und Alice ein Wochenende in Italien zu verbringen, schien sie wenig zu beflügeln. Sie störte sich sichtlich an Melanies Anwesenheit.

Er ging einige Schritte weiter und wurde von seinem Nachbar entdeckt. Arnold hob die Hand zum Gruß, Marc hoffte, ihn damit von einem Gespräch abzuhalten. Arnold arbeitete für das Tiefbauamt, er redete am liebsten über Fußball. Es war ein beliebtes Thema, um ein anderes, zum Beispiel ihre Berufe, zu vermeiden. Aber heute hatte es Arnold eilig und verschwand in der Garage. Marc, die Hände in den Hosentaschen vergraben, kehrte wieder vor sein Haus mit der gelben Fassade zurück. Es war das einzige gelbe Haus in der ganzen Straße. Sie hatten es vor zwanzig Jahren gekauft, gleich nach der Hochzeit.

Endlich erschien Irma mit grimmigem Gesicht in der Haustür. Im dezenten Nachtblau ihres Mantels lag ein Hauch von Abschied. Sie umarmten einander, dann stieg sie ein und fuhr davon, als wäre es für immer. Er blieb stehen und schaute ihr nach, und die Traurigkeit stieg wie Wasser langsam in ihm hoch.

Danach entdeckte er Melanie, die auf dem Sofa lag. Sie war bleich und hatte erbrochen. Nun wusste er den Grund für Irmas Gesichtsausdruck. Er stupste sie leise an, brachte ihr zu trinken und wischte das Erbrochene auf.

Als er ihr auf die Beine helfen wollte, knickte sie vor Schwäche ein. Er trug sie ins Ehebett, legte sie auf ein Badetuch und ließ die Tür offen, um sie besser hören zu können.

Tee?

Sie nickte stumm, also kochte er Kamillentee, rief im Büro an und sagte, er komme später, er habe einen Krankheitsfall.

Sie lag schwer atmend auf dem Rücken, und ihn überkam das ganze Elend dieses Nichtmehrkindes, das nicht wusste, wohin es gehörte. Auf die Frage, ob er einen Arzt rufen solle, reagierte sie mit entsetztem Kopfschütteln. Sie erbrach erneut, das Nachthemd war voll. Er ging zum Schrank, holte eines von Irma und verließ den Raum, als sie sich umzog.

Gut angekommen, cielo sereno, bacio, ein SMS von Irma.

Wieder am Bett, sagte sie, es gehe ihr besser. Sobald sie stehen könne, würde sie verschwinden

Er verbot ihr aufzustehen. Sollte er nicht doch einen Arzt rufen? Er kannte nicht einmal die Adresse ihrer Eltern. Im Internet fand er Dutzende von Krankheiten, auf die ihre Symptome zutrafen. Alle halbe Stunde eilte er zu ihr, um sich zu versichern, dass sie noch atmete. Gegen Mittag hörte er ihre tapsigen Schritte auf der Treppe.

Er war irritiert, denn das Nachthemd erinnerte ihn an ein Schäferstündchen mit Irma.

Es geht mir gut, sagte sie und wischte sich die verklebten Haare aus dem Gesicht.

Er kochte Bouillon mit Ei. Für Matti hatte er immer Bouillon mit Ei gekocht, wenn er mit Fieber im Bett lag.

Sie ging ins Bad und kam nicht wieder. Er klopfte an die

Tür, stieß vorsichtig einen Spalt auf und sah, dass Melanie am Boden lag. Er hob ihren Kopf, sie bewegte die Augen und verzog den Mund zu einem Lächeln. Er trug sie zurück ins Bett und rief den Notarzt. Auf dem Bett sitzend, beantwortete Marc Fragen nach ihrem Puls und ihrer Gesichtsfarbe. Zunge zeigen, Melanie. Er zog an ihrer Zunge. Der Arzt sagte, man müsse sie ins Spital bringen, um die nötigen Abklärungen zu machen. Melanie wehrte matt ab. Sie stand plötzlich auf und sagte, sie würde jetzt gern gehen. Aber dann kippte sie zurück ins Bett und bettelte, noch eine Nacht bleiben zu dürfen.

Amore nero, angehängt ein Foto, das Irma mit den beiden anderen Frauen vor einem Teller mit schwarzem Reis zeigte. Statt an Irma sandte er eine SMS an Matti: *Melanie zu Besuch. Alles Liebe, Paps.*

Kurz darauf kam die Antwort von Matti: *Wirf sie raus!*

34

Es war eines dieser alten, mit Eisengittern und Blumen verzierten, in einer Passage versteckten Mailänder Cafés, in dem sich Irma vom Shopping mit Bea und Alice erholte. Schon kurz nach der Landung in Malpensa hatte Bea erzählt, dass bei ihr zuhause Feuer unter dem Dach war.

Mein Chef hat mich zu sich ins Büro bestellt und mich

angeschrien, was mir eigentlich einfalle. Er verlangt eine sofortige Entschuldigung.

Entschuldigung wofür?, fragte Irma.

Bea holte Luft und drehte den Kopf langsam von links nach rechts und wieder zurück. In ihrem italienischen Designerkleid sah sie bestechend gut aus. Beas Kleiderschränke barsten vor teuren Kleidern. Da sie gut verdiente und keine Kinder hatte, ging sie jedes Jahr auf Shoppingtour und verkaufte die alten Kleider bei einem Homesale. Man kann es ihr nicht verübeln, dachte Irma, ihr steht fast alles. Mit ihrem Kindchengesicht hätte sie auch Model sein können.

Wegen Finn natürlich. Finn ruft öfter unter einem Vorwand im Studio an, um nach mir zu fragen.

Und du? Hast du deinem Chef die Stirn geboten?, fragte Alice.

Was hätte ich sagen sollen? Ich war bestürzt zu hören, dass Finn Walter eine giftige Mail gesandt hatte und sich darüber beschwerte, dass ich so häufig Überstunden machen muss. Das ist Walter natürlich in den falschen Hals geraten. Er will, dass ich das Verhältnis zu ihm repariere! Wörtlich: repariere.

Wie geht das?, fragte Irma und stach mit dem Dessertlöffel ins Tiramisu. Beim ersten Bissen merkte sie, wie sehr sie das Zusammensein mit den Freundinnen genoss.

Wahrscheinlich musst du sehr nett zu ihm sein, sagte Alice.

Er setzt mich auf jeden Fall unter Druck. Es gibt eine Anwärterin auf meine Stelle, eine unbedarfte Junge aus einem Regionalmagazin. Er will, dass ich sie anlerne. Ich bin sofort mit ihr essen gegangen, und wir haben Freundschaft geschlossen. Im Übrigen würde ich nie mit meinem Chef ins Bett gehen. Schon aus Geschmacksgründen nicht.

Irma blickte verlegen auf ihr Tiramisu und schüttelte den Kopf: Davon war doch gar nicht die Rede, Bea.

Du wirst dich trotzdem beliebt machen müssen, das ist heute so, beharrte Alice.

Wenn ich so wäre wie Ona, sagte Bea, dann würde es mir natürlich leichtfallen. Habt ihr gehört, dass sie einen Liebhaber hat?

Ich habe sie letzte Woche getroffen, sagte Alice, es geht ihr beschissen.

Aber sie weiß, dass Axel mit dieser Celine rummacht, sagte Irma.

Schlimmer, sie hat herausgefunden, dass Axel mindestens noch eine andere zur Geliebten hat.

Aber ist das nicht das Modell, mit dem sie in den Beziehungshimmel kommen wollen?, sagte Irma.

Sie haben sogar einen Vertrag gemacht, mit Unterschrift und allem, wusstet ihr das?, sagte Alice.

Erinnert mich an Sartre und Beauvoir, sagte Irma und wischte sich mit der Serviette die Lippen. Ich habe den beiden nie geglaubt, sie haben alles Hässliche in ihren Büchern geschönt. Aber das Leben ist komplizierter als alle Verträge.

Sie hat ihn zur Rede gestellt, und er hat alles zugegeben, sagte Alice. Weißt du, was ich glaube: Er spaltet das einfach von sich ab. Er tut es, ohne sich Rechenschaft zu geben, was er mit Ona anstellt.

Ona ist selber schuld, sagte Irma. Wonach sucht sie eigentlich?

Wenn du mich fragst, die beiden sind wie Dauerrivalen, sagte Alice. Ona sagt, ihr sei der Boden unter den Füßen weggebrochen.

Was ist mit dem Garagisten, ach, ich weiß nicht mehr, wie er heißt. Ein Name mit X, sagte Bea.

Bauarbeiter, sagte Alice. Ich weiß nicht, warum alle von Polyamorie reden. Sobald der eine das Gefühl hat, zu kurz zu kommen, schlägt die Eifersucht zu.

Irma schüttelte den Kopf. Sie hatte plötzlich Lust, Axel und Ona gegenüber Alice zu verteidigen. Sie versuchen mit ihren Wünschen ehrlich umzugehen, sagte sie.

Du meinst, Ona profitiert ja auch, sagte Alice und lehnte sich zurück.

Kannst du mir erklären, wie das bei den beiden läuft?, fragte Bea.

Einmal vorausgesetzt, Ona ist gar nicht fähig, sich ganz auf eine Beziehung einzulassen, weil sie nicht will oder nicht kann, dann sind ihr Axels Seitensprünge eine ideale Rechtfertigung für die eigene Reserve. Vielleicht hat Ona Angst, sich in einer Beziehung zu verlieren. Vergesst nicht, sie hat ja schon zwei Söhne von einem anderen. Die Frau hat sich also schon mal getrennt, und das gewiss nicht leichtfertig. Und so etwas hinterlässt Wunden. Nun ist sie mit einem Weißen zusammen. Als Schwarze ist sie ihm gesellschaftlich unterlegen, ebenso in der Klinikhierarchie. Wie also hält sie ihn bei der Stange?

Oh, jetzt spekulierst du aber mächtig drauflos, sagte Bea.

Beziehungen sind komplex. Ich halte es nicht für unmöglich, dass Ona so raffiniert ist, Axel anderen Frauen geradezu in die Arme zu treiben, um ihm Schuldgefühle zu machen. Ich wette, dass die beiden in fünf Jahren noch immer zusammen sind. Die brauchen dieses dauernde Hin und Her, das hält sie zusammen.

Da wäre ich mir nicht so sicher, sagte Irma.

Mit Finn ginge das nicht, sagte Bea, er ist so schwierig geworden. Ich ertrage seine Eifersucht kaum noch. Er behauptet, dass ich mehr im Sender wohne als zu Hause.

Alice sagte, für Eifersucht brauche es immer zwei. Dann schaute sie verlegen zur Seite, denn alle wussten, wie unbekümmert Bea mit ihrer Attraktivität umging.

Auf jeden Fall musst du in der Geschichte zu Finn halten, sagte Irma.

Wie meinst du das?, sagte Bea, und Irma merkte, dass sie verlegen geworden war. Walter will, dass ich Finn in die Schranken weise.

Um Himmels willen, Bea, du musst kämpfen. Wir Frauen dürfen unsere Rechte nicht einfach so aufgeben, sagte Alice.

Vergiss es, Alice. Die Gesellschaft hat sich in den letzten zehn Jahren verändert. Die Bankenkrise, die Wirtschaftskrise, das Polster ist weg. Wir kämpfen heute nicht mehr für Ideale, wir fürchten um unsere Jobs.

Auch Marcs Firma geht es nicht gut, sagte Irma.

Wie das?, sagte Bea.

Irma hatte sich verplappert, sie hatte das Thema gar nicht anschneiden wollen.

Bea rauchte erwartungsvoll, und auch Alice wollte mehr wissen.

Ein Großauftrag weg, und die Luft wird dünn.

Alice pfiff leise durch die Zähne. Irma hätte sich ohrfeigen können.

Wir werden uns wohl gegenseitig aushelfen müssen, sagte sie beschwichtigend.

Finn und ich haben getrennte Kassen, das ist besser so, fiel Bea ein.

Bei uns geht alles in einen Topf, sagte Alice.

Irma schwieg. Worüber redeten sie eigentlich? Bis jetzt hatte Geld in ihrer Beziehung zu Marc nur insofern eine Rolle gespielt, als sie mehr in die Ehe eingebracht hatte und Marc es leichtsinniger ausgab, das hatte zuweilen zu Reibereien geführt. Aber es hatte ihre Liebe nicht berührt. Sie war nicht bereit, Geld zu einer entscheidenden Größe in ihrer Beziehung werden zu lassen. Sie würde sich gegen den Einbruch des Ökonomischen in ihr Schlafzimmer wehren! Liebe war das Gegenteil von Geld. Sie musste die Liebe, die doch auch Verschwendung meinte, gegen den Bazillus des Kalkulierens verteidigen.

Der Kellner brachte die Rechnung.

35

Marc hätte Melanie aus dem Haus schicken müssen, ohne Wenn und Aber. Jedoch hatte er dies aus Rücksicht auf ihren Gesundheitszustand unterlassen. Er bat sie, bis zum Abend im Bett zu bleiben, dann werde man weitersehen. Als er jedoch von der Arbeit nach Hause kam, stand Clio, Melanies ältere Schwester im Wohnzimmer. Sie trug ein rotes Wollkleid und darunter schwarze, kunstvoll zerrissene Strümpfe, hatte sich die Haare hochgesteckt und das Gesicht stark geschminkt.

Manchmal hat Melanie solche Anfälle. Niemand weiß,

was es ist, ob es sich um sowas wie eine Allergie handelt. Einer hat mal gesagt, es sei wie Epilepsie, aber ich glaube, der hat Mist erzählt.

Sie streckte ihm eine fahle Hand mit schwarzen Fingernägeln entgegen.

Und wo ist Melanie jetzt? Es ging ihr ja nicht sehr gut.

Sie hat mir geschrieben, dass sie nach Hause ist, und mich gebeten, ihre Sachen hier abzuholen. Ich wollte auch noch das Nachthemd waschen, das sie vollgekotzt hat.

Brauchst du nicht, sagte Marc und bot ihr mit einem Blick auf die Kaffeemaschine auf der Küchenablage einen Espresso an. Sie schlürfte an der Tasse, dann drehte sie sich eine Zigarette und erklärte ihm, sie komme gerade aus Brighton.

Sie setzten sich, und durch die enteneiergroßen Löcher ihrer Strumpfhose schimmerte die Haut ihrer Oberschenkel. Eine Halskette mit Totenkopf baumelte zwischen ihren Brüsten. Sie wirkte attraktiv auf ihn, ihr Benehmen war auf interessante Weise erwachsen und die Tatsache, dass er die kotzende Melanie los war, wirkte belebend. Clio blitzte ihn an aus ihren dunklen Augen und erzählte. Es stellte sich heraus, dass Melanie schon seit Wochen mehr oder weniger auf der Straße lebte. Sie hatte die Schule verlassen, den Kontakt mit den Eltern abgebrochen, ihr Vater, sagte Clio, sei ein Sadist und die Mutter ein totales Opfer. Ob sie nicht noch schnell das Nachthemd waschen solle?

Als er verneinte, sagte sie, sie habe eigentlich vorgehabt, ihre Wäsche aus Brighton, die sie in ihrem Rucksack habe, gleich mit zu waschen.

Dagegen war nichts einzuwenden. Er lud sie ein, zum Essen zu bleiben, wollte Sugo für die Spaghetti kochen und öffnete eine Flasche Wein. Es war ihm nicht unwillkommen, dass jemand da war, er fühlte sich auf seltsame Weise verlassen. Bis Irma aus Mailand zurückkam, wäre Clio ja auch schon wieder weg. Nachdem sie die Wäsche in den Trockner gesteckt hatte, nahm sie noch eine Dusche. Als er sie durch die Badezimmertür trällern hörte, erinnerte er sich, wie schön es früher gewesen war, wenn das Haus voll war und er für alle etwas kochte. Er hoffte, dass Clio Irmas Kosmetikdosen in Ruhe ließ.

Dann saß sie ihm gegenüber, ihre Schulter schaute verführerisch aus dem Pullover, sie war vom Hals abwärts voller verschlungener Tätowierungen. Eine Schlangenfrau. Er erfuhr, dass die Geschichte mit Matti ziemlich einseitig gewesen war. Melanie habe die ganze Zeit um Matti gekämpft, der aber nie mit ihr habe schlafen wollen. Weil er möglicherweise die ganze Zeit mit einer anderen geschlafen habe.

Melanie hätte so gerne ein Kind von Matti bekommen, sagte Clio und nahm, wie man eine Cola leert, einen langen Schluck von dem Rotwein.

Mit jedem Satz mehr sah Marc seinen Sohn in Komplikationen verwickelt. Er versuchte ein abgeklärtes Gesicht zu machen und schenkte Wein nach. Sein Handy meldete eine SMS; Irma schrieb, der Rückflug habe zwei Stunden Verspätung. Man trinke Prosecco an der Flughafenbar. Als er wieder aufschaute, blickte ihn Clio fragend an, und er sagte, ein Kollege habe das Treffen für heute Abend absagen müssen. Später kam wieder eine SMS, in der Irma mit vielen Ausrufezeichen mitteilte, man habe den Flug wegen Maschinenschaden auf morgen verschoben, sie übernachte im Flughafenhotel.

Er war dabei, eine einfache Nachspeise zuzubereiten, als

Clios Telefon läutete. Während er die Sahne schlug, sah er, wie sich ihr stark geschminktes Gesicht mit den leuchtend roten Lippen verdüsterte. Fick dich, sagte sie, ja, bis morgen dann.

Der Typ, bei dem ich übernachten wollte, hat mir soeben abgesagt. Nachdem ich mich schon zurechtgemacht habe, sagte sie, schaute an sich herab und wischte sich die Schminke aus den Augenwinkeln.

Die Nachspeise tröstete. Nachdem Irma in Mailand feststeckte, kam es auf eine Nacht mehr oder weniger nicht an. Sie tranken und redeten, kamen vom einen zum anderen. Clio sagte, sie denke daran, Fernfahrerin zu werden, von der Rheinstadt bis in die Türkei und zurück. Er hatte Mühe, sie sich in den Raststätten der Fernfahrer vorzustellen. Eine andere Idee habe ihr ein Typ gesteckt: Löwendompteuse! Er sei dabei, eine kleine Manege zusammenzustellen, sie hoffe, dass es klappe. Ob er sich vorstellen könne, dass sie Löwen dressieren könnte?

Er konnte es. Er war besäuselt von dem Wein, dem er am Schluss stark zugesprochen hatte, und in diesem Zustand konnte er sich vieles vorstellen.

Kurz vor Mitternacht stellte er das Handy aus und saß mit Clio auf dem Teppich, den Rücken gegen das Sofa gelehnt, und schaute belustigt das Loch in seinen Socken an, während ihm Clio ihre Beine mit den zerrupften Strümpfen entgegenstreckte. Sie bot ihm einen Zug von ihrem Joint an, und er griff zu. Da er nichts spürte, sog er heftiger, bis ihn plötzlich süße Seligkeit überfiel.

Auf eine Art hat meine Schwester deinen Sohn sehr gern gehabt, hörte er sie durch einen Nebel sagen. Aber seine dauernde Verweigerung hat sie runtergemacht. Dein Sohn war anstrengend, seufzte sie und zupfte an den Löchern der Strumpfhose.

Bei jedem Wort hörte er jetzt ein unangenehmes Echo mit. Clios Stimme war dunkel, tief und abgebrüht, er fühlte sich ihr nahe und legte seine Hand auf ihr Knie. Sie blätterte in einem Buch über Max Ernst und ließ sich nicht ablenken.

Ich gehe jetzt schlafen, sagte er und legte seinen Kopf auf ihre Beine. Sie streichelte seine Haare, und er fühlte, wie ihn Wellen durchströmten. Er küsste ihre Knie, dann war er weg.

36

Man glaubt sich ganz in der Gegenwart und lässt sich doch von der eigenen Vergangenheit leiten. Man tut etwas, aber es ist dieses vergangene Ich, das handelt. Statt einen Entschluss zu fassen, der wirklich neu wäre, holt man nur etwas nach. Was ist der Mensch doch für ein Wesen aus unterschiedlichen Zeiten.

Irma schloss ihr Tagebuch und fühlte sich noch immer von dem Anblick bedrängt, mit dem sie am Morgen nach der Rückkehr aus Mailand konfrontiert gewesen war. Sie hatte Marc auf dem Boden schlafend vorgefunden, eingerollt in die Wolldecke, während kaum eine Armlänge von ihm entfernt eine junge Frau auf dem Sofa lag. Unter der

Bettdecke ragte ein Bein mit einem zerrissenen Strumpf hervor.

Wie konnte sie das Bild wieder loswerden? Unter der Dusche ließ sie das Wasser auf sich herabtrommeln, bis sie sich kaum noch spürte. Sie seifte sich gründlich ein, schrubbte Arme und Bauch. Sie rieb mit einer Bürste das Schienbein, bis sich das Wasser rot färbte. Dann trocknete sie sich ab, legte sich aufs Bett und wartete. Die letzte Nacht hatte sie miserabel geschlafen, mit Bea in einem Bett. Bea hatte ihr das Herz ausgeschüttet, hatte von Finns Alkoholexzessen und Abstürzen erzählt. Es war alles noch viel schlimmer zwischen den beiden, als sie gedacht hatte. Sie war mit dem Wort »Kokain« eingeschlafen und sofort wieder aufgeschreckt. Jetzt war sie gerädert.

Draußen ging ein schöner Tag auf, sie dachte an Marc und die fremde Frau. Wer war sie? Wie kam er dazu, im eigenen Haus mit ihr auf dem Fußboden zu vögeln?

Sie stellte sich nackt in die kalte Luft des offenen Fensters. Jeder war aus einem anderen Holz, die Behauptung, sie kenne ihren Mann, wäre eine verwegene Lüge gewesen.

Am Abend stand sie in dem neuen Kleid aus Mailand vor der Tür seines Büros.

Gehen wir auf den Rummelplatz, sagte sie. Ihre Stimme war voller Lebenslust.

Es war kalt geworden. Auf dem Rummelplatz, der in einem anderen Teil der Stadt lag, waren sie vor zwanzig Jahren das letzte Mal gewesen. Auf dem Riesenrad. Die andere, die vergangene Irma wollte jetzt wieder dorthin.

Und mein Kleid? Wie findest du es? Alice war dagegen gewesen, Bea hatte es ein Wagnis genannt.

Er antwortete mit fester Stimme, wie um zu bekräftigen,

dass zwischen der jungen Frau und ihm nichts vorgefallen war.

Das Dunkelrot passt gut zum Herbst, die Wolle gibt dir ein romantisches Flair. Aber das Wichtigste ist die kleine Diagonale in der Knopfleiste, in der Linie zum Kragen, das ist italienischer Stil. Das macht dich zur elegantesten Frau der Stadt.

So wortreich hatte er noch nie eines ihrer Kleider beschrieben, das hätte sie misstrauisch machen können. Marc konnte sich gut verstecken, konnte so tun, als wäre er aufmerksam, auch wenn er sich in Wahrheit längst davongestohlen hatte.

Auf dem Rummelplatz duftete es nach gebrannten Mandeln, Zuckerwatte und Würsten. Sie war aufgeregt, seit ihrer Kindheit liebte sie die Messe. Er spielte mit, kaufte ihr Zuckerwatte und sagte, gib acht, dass nichts auf dein neues Kleid kommt. Spott? Spott war wohlwollende Distanz. War er so weit von ihr weg? In der Ferne sah sie Anatol zwischen den Buden spazieren, Annette am Arm, und sie zog Marc in die andere Richtung.

Die halbe Stadt war auf den Beinen. Man kannte sich, man grüßte sich. Vom nahen Ausland und von den Landkantonen kamen Scharen von Vergnügungssüchtigen. An den Ständen verkauften Bäuerinnen Lebkuchen und Magenbrot. Schwaden kühler Herbstluft mischten sich in den Bratwurstgeruch. Mitten im Festtreiben verabschiedete sich der Spätsommer, bald würde es kalt werden. Sie musste Matti besuchen und ihm warme Kleider bringen. Die festen Winterschuhe aus dem Keller, die dicke Daunenjacke.

Welche Bahn nehmen wir?, fragte er. Aufs Riesenrad, murmelte sie. Hinauf, auf den Scheitel, ganz oben, damals vor zwanzig Jahren hatte sie einen Schrei ausgestoßen, einen Schrei aus Angst und aus Lust. Er war ihm, wie er später sagte, durch Mark und Bein gegangen, er war auf der Stelle verliebt gewesen. Sodass er nicht mehr von ihr lassen konnte. Hatte sie beim Arm genommen und durchs nasse Gras zwischen die Buden geführt. Sie hatte gezittert, auch aus Erregung, sie hatten einander noch nicht richtig gekannt. Jung war sie damals gewesen, so jung.

Himalaya?

Sie wusste, dass er nicht nach Hause konnte, ohne auf der Himalayabahn oder der Geisterbahn gewesen zu sein. Also stellten sie sich in die Warteschlange. Aus dem Ausgang raste in einem engen Skooter plötzlich eine kreischende Gaby, neben ihr ein Unbekannter. Auch in Irmas Jugend hatten die Jungs immer mit den Mädchen auf die Geisterbahn gewollt. Um sie in dem Moment, wenn sie vor dem heranrasenden Gespenst erschraken, schnell küssen zu können.

Marc legte seinen Arm fest um Irmas Schulter. Dann ging's los, hinter dem Vorhang fiel die Dunkelheit wie ein Fallbeil, sie sausten in die Kurve, und ein klapperndes Totengerippe sprang ihnen entgegen. Sie war gleichzeitig die Vierzehnjährige und die Vierundzwanzigjährige. Die Zeit war wie aufgeblättert, es schmeckte wie Glück, das Glück der Gleichzeitigkeit, wenn das Leben zu sich selber kommt, und sie sah ihre Geschichte in einem Reigen wechselnder Bilder vor sich. Und Marc war wie ein zweites Ich, seine Stimme in ihrem Ohr.

Danach ging's aufs Riesenrad, allein, obwohl sie schon leicht fröstelte. Im Sessel fuhr sie hinauf, wie damals, während unten Marc immer kleiner wurde, sein Gesicht ein flacher Teller. Dann schaute sie auf die Stadt hinunter wie auf das eigene Leben. Die Ehe, das Kind, die Freunde, der Beruf, zuletzt die Eltern. Eine Sekunde lang spürte sie den Wunsch, sich aus dem Sessel in die Tiefe zu stürzen, aber auch wirklich nicht länger als eine Sekunde. Dann glaubte sie die große Linie zu sehen, die allein ergab Sinn. Wie die Dinge auseinandergingen und wieder zusammenkamen. Und sie kehrte mit dem sich langsamer drehenden Rad zur Erde zurück.

37

Mit nervösen Schritten ging Irma auf und ab und sprach dabei mit lauter Stimme ins Telefon.

Mit wem telefonierte sie?

Er nahm den Zettel hervor, den er neben dem Brotkasten gefunden hatte: *Ich sehne mich mit jeder Fiber meines Körpers…*, auf der Rückseite: *Kürbiskerne nicht vergessen!*

An wen war die Vorderseite adressiert?

Ein Paar, das sich zu belauern beginnt, ist verloren, hatte er einmal unter Freunden behauptet. War er dabei, seine Frau zu überwachen? Gerade noch hatte er in der Zeitung gelesen, dass WikiLeaks Hunderttausende geheimer Dokumente zum Irakkrieg veröffentlicht hatte. War jetzt die Zeit, in der geheime Papiere publik wurden?

Vielleicht regt dich das nur so auf, weil sie nicht machen

will, was du willst, schrie Irma. Offenbar wusste sie nicht, dass er unten in der Wohnstube saß!

Ein toller Liebhaber? Ach, Alice, vergiss es!

Was musste Alice vergessen?

Schwanzgesteuert, immer schon. Er sammelt Frauen wie Orden, und das keineswegs glücklos. Macht ist erotisch, er vermehrt sein erotisches Kapital, und das zieht die Frauen an. Nein, Macho würde ich das nicht nennen, das wäre zu einfach.

Ihre Stimme war leiser geworden, sie flüsterte.

Hatte Irma einen schwanzgesteuerten Liebhaber? – Er spürte, wie sich bei diesem Gedanken ein flaues Gefühl in seinem Magen ausbreitete, und mit einem mulmigen Gefühl ging er die Treppe hinauf.

Ona hat angefangen? Da bin ich mir nicht sicher. Allerdings spielt es keine Rolle, wer zuerst fremdgeht.

Axel und Ona! Er winkte Irma auf dem Weg ins Schlafzimmer zu. Es überraschte ihn nicht wirklich, dass es zwischen Axel und Ona zu Problemen kam. Beide betrieben die Ehe wie eine Firma, die an die Börse will. Woher hatte Irma den Begriff »erotisches Kapital«? Und wie groß war sein Kapital? Konnte er noch von den Zinsen leben? Oder musste das Grundkapital erhöht werden?

Marc fragte sich, wann Ona zu all dem Stopp sagen würde? Und was wäre dann? Würde die Beziehung in die Brüche gehen? Würde Ona ihren Job verlieren? Warum nur hielt er Ona für die Gefährdete? Und nicht Axel?

Das habe ich schon tausend Mal gehört, zischte Irma. Natürlich geht das auch mir so.

Sie verschwand im Badezimmer, dessen Wände dicker waren als die des Pentagons. Wovon redete sie da überhaupt? Würde sie Alice jetzt einen Seitensprung beichten? War das überhaupt noch die Irma, die er kannte? Die Irma, die auf Treue schwor? Oder hatte sie Verdacht geschöpft? Wollte sie ihn testen? Er fühlte sich kraftlos und feige. Mit stoischer Miene hatte sie kürzlich Axels Argumente an sich abprallen lassen. Monogame Beziehungen, hatte der gesagt, sind in der Natur nicht vorgesehen, die Ehe ist ein christliches Korsett, in dem der Mensch verkümmert. Die Libido hat eine Halbwertszeit, der keine Ehe gewachsen ist. Wer sich der Monogamie verschreibt, sagt dem Leben ade.

Sie hatte geschwiegen, er hatte sie angeschaut.

Sie musste das Gespräch schnell beendet haben, denn wenig später kam sie ohne Telefon aus dem Badezimmer. Sie wirkte aufgewühlt.

Was ist los?, fragte er und ging ihr entgegen.

Die Haare fielen ihr ins Gesicht, sie schien einen Moment zu überlegen.

Ona hat einen Selbstmordversuch begangen. Axel war am Wochenende mit einer seiner Affären in Berlin. Sie war am Flughafen, als er mit ihr ausstieg.

Irma schaute zur Decke, sie hatte Tränen in den Augen. Was weiß ich, vielleicht war es eine zu viel, vielleicht hatte er das Wochenende ihr versprochen. Vielleicht war sie mit den Nerven am Ende.

Vielleicht ist ihr Liebhaber abgesprungen, ergänzte er trocken.

Gott sei Dank hat sie überlebt.

Er zerknüllte den Zettel in seiner Hosentasche.

38

In der Firma erfuhr er, dass die Bauherrschaft beim Altersheim abgesprungen war. Die neue, interessierte Bauherrschaft war ein Konsortium, das neue Pläne zu neuen Konditionen wollte. Sie drohten damit, das Büro zu wechseln. Ein Teil der Arbeit war aber schon erledigt, und neue Pläne sollten nicht ohne Abgeltung erstellt werden. Als man sich bei den Verhandlungen nicht einigen konnte, verlor das Büro den Auftrag. Man diskutierte über eine Kündigung. Marc wollte sich freistellen lassen, auch Tim, aber Gaby machte der Selbstzerfleischung ein Ende und sagte, sie gehe. Sofort wurde sie von allen vermisst. Was würden sie ohne ihr Fingerspitzengefühl bei Verhandlungen machen. Tim und Marc kamen zum Schluss, dass Gaby bleiben musste.

Alle drei standen ratlos vor der Kaffeemaschine.

Es müsse eine andere Lösung her, sagte Marc und bot an, auf Kurzarbeit zu gehen.

Schöner Gedanke, sagte Tim, aber aus organisatorischen Gründen nicht möglich. Marc sei der Kopf der Firma, er habe sie schließlich auch gegründet. Tim bot an, selber auszuscheiden.

Gaby stellte die Kaffeetasse in den Spülstein und sagte, sie müsse jetzt eine rauchen.

Alle drei standen draußen und rauchten.

Sie habe einen Plan in der Rückhand.

Und der wäre?

Schwangerschaft, sagte Gaby. Kann man ja auch planen, wenn's sein muss.

Und der Vater?

Gaby hatte immer mehr als nur einen Mann gehabt.

Ist vorhanden, schmunzelte sie, seit langem, und er heißt Patrick.

Also Patrick, sagte Tim.

Und woher nehmt ihr das Geld?

Da ist noch eine Erbschaft. Und Patrick arbeitet schließlich auch. Genug diskutiert?

Niemand glaubte an eine schwangere Gaby.

Marc radelte verzweifelt nach Hause. Er fand Irma auf der Chaiselongue, in schlechter Laune. Sie sagte, sie suche für die Passage, die sie übersetze, den richtigen Ton, diese nur angedeutete, aber nie handfeste Ironie Duprals. Er unterbrach sie und erzählte, dass Gaby freiwillig aus der Firma ausscheiden wolle. Irma machte ein Gesicht, als hätte sie soeben vom nächsten Suizidversuch erfahren.

Gaby?, sagte sie.

Er ging ins Wohnzimmer und schenkte sich ein Glas Whisky ein. Irma ein Glas anzubieten, hätte danach ausgesehen, als gäbe es etwas zu feiern. Vielleicht war es falsch, seine Verzweiflung mit Irma teilen zu wollen.

Wir müssten ein Re-Investition machen, um Gaby halten zu können. Aber woher das Geld nehmen, wenn nicht stehlen?

Sein Blick prallte an ihr ab. Er wusste, dass sie wusste, worauf er hinauswollte. Aber es ließ sich nicht abkürzen. Der Weg zum Ziel führte über eine Reihe von unmöglichen Sätzen.

Ich habe mein Leben in diese Firma gesteckt, sagte er, aber auch das wusste sie ja. Nie hatte sie ihn gedrängt, ein Angestelltenverhältnis einzugehen, immer hatte sie ihn im Risiko bestärkt. Und bis jetzt war auch klar gewesen, dass die Probleme nicht auf ihn, sondern auf die verrückte Konjunkturlage nach dem Immobiliencrash zurückzuführen waren.

Wir brauchen einen Überbrückungskredit, bis neue Aufträge hereinkommen.

Sie zog ein Haar aus dem Ärmel und ließ es fallen.

Du weißt, worum ich dich bitte?

Sie schüttelte den Kopf, und zum ersten Mal seit langem war er völlig überrascht. Wusste sie tatsächlich nicht, dass er sie um einen Kredit bat?

Verunsichert sagte er: Irma, mit dem Geld, das du von deinen Eltern geerbt hast, könnten wir weiterarbeiten bis zum nächsten Auftrag. Wir müssten Gaby nicht entlassen. Mir wäre das sehr wichtig, das weißt du. Nicht nur wegen Gaby. Ich wäre gescheitert, wenn wir die Firma zum Konkurs anmelden müssten.

Sie schaute ihn eindringlich an. Nie hatte er weniger gewusst, was sie dachte. Glaubte sie denn, dass er Schuld hatte? Glaubte sie nicht mehr an ihn? Hielt sie ihn jetzt für einen Versager?

In einem halben Jahr sind wir über den Berg!

Das geht nicht, sagte sie. Ihr Gesichtsausdruck wurde streng, es war die Strenge, der sie sich selber unterwarf. Die Strenge, die hieß: Ich nehme mein Leben in die eigene Hand. Ich wehre ab, was mir zustößt, ich weiche dem aus, was mich aus der Bahn zu werfen droht. Ich konzentriere mich aufs Wesentliche.

Warum nicht?

Weil das Geld nicht mir gehört.

Wem gehört es denn, Irma?

Matti! Falls er studiert, muss er seine Studiengebühren davon bezahlen, falls er ganz auszieht, seine Wohnung. Vor allem aber: Sollte er eine eigene Firma gründen wollen, braucht er Startkapital.

Er kaute auf dem Kiefer. Wie konnte sie wegen Mattis vager Zukunft das sichere Scheitern seines Unternehmens in Kauf nehmen? Er begriff nicht mehr, wer sie war.

Sie legte ihm eine Hand auf die Schulter, aber er wandte sich ab. Früher wären sie vielleicht miteinander ins Bett gegangen und hätten sich hinterher wieder verstanden. Nun saß er einer Frau gegenüber, die in ihrer Prinzipientreue erstarrt war.

Er leerte das Whiskyglas. Schenkte sich noch einmal ein, während sie den Kopf senkte. Dass er auf dem Bein von Clio übernachtet hatte, konnte sie ihm nicht übel nehmen, es sei denn, sie hielt seine Erklärungen für eine Lüge.

Hast du deiner Mutter auf dem Sterbebett versprochen, dass Matti das Geld bekommt?

Du weißt, dass sie das gar nicht interessiert hätte. Nein, ich bin der Überzeugung, dass ich Matti diese Sicherheit geben muss. Matti ist mir wichtiger als Gaby, verstehst du?

Das ist doch absurd! Dein letztes Wort?

Mein letztes Wort!

39

Auf der Fahrt in die Klinik ging ihr Marcs Anliegen weiter durch den Kopf. Sie konnte nicht so frei über das Erbe verfügen, wie er sich das vorstellte, sie hatte etwas bei Matti gutzumachen. Gaby tat ihr zwar leid, aber wenn es darum ging, Familieninteressen gegen Firmeninteressen abzuwägen, wog Ersteres mehr. Einen Augenblick kam sie ins Zweifeln. War sie gerade dabei, ihren Glauben an Marc, an Marcs Zukunft aufzugeben? Dann wieder musste sie sich sagen, dass es nach den Ereignissen der letzten Monate in erster Linie darum ging, für Matti zu sorgen.

Auf dem Parkplatz der Klinik stellte sie sich einen Moment vor, wie ihr Alltag aussehen würde, wenn sie Medizinerin geworden wäre. Es war Axel gewesen, der sie zu einem Medizinstudium bewegen wollte. Für ihren Vater aber wäre es undenkbar gewesen, dass sich seine Tochter auf die Seite der Naturwissenschaften geschlagen hätte. Irma und Medizin? Irma als Ärztin? Irma als Fachidiotin?!

Selbst als sie ihren Vater nach einem Nierenversagen im Krankenwagen ins Spital begleitet hatte, als sie an seinem Krankenbett stand und er noch bei Bewusstsein war, war seine Abneigung gegen die Medizin noch immer heftig gewesen. Öde Klempner nannte er die Ärzte, und auf ihren Einwand, auch die Medizin sei eine Kunst, hatte er den Kopf geschüttelt. Es ist die Sprache, aus der unsere Individualität kommt, hatte er gesagt. Mediziner haben keine Sprache, sondern nur ein Kauderwelsch.

In seinen letzten Tagen hatte sie die Mutter ins Spital begleitet. Am Sterbebett hatte sie lautlos geweint und seine Hand gehalten, als wollte sie ihn nicht gehen lassen. Gesprochen hatten sie nicht mehr. Als er dann starb, war ihr gewesen, als wäre sie die nächste in der Reihe. Der Hauptdarsteller in ihrem Leben war gegangen.

Eine Ehe kann geschieden werden, die Bindung an den Vater bleibt über den Tod hinaus. Weinend hatte sie im Garten gestanden und versucht, sich seine Stimme in Erinnerung zu rufen. Alice war gekommen, um mit ihr das Loslassen zu üben. Wider Erwarten hatte sie keine Ahnung, wie das ging. Sie hörte weiter die Stimme ihres Vaters und an gewissen Tagen war es, als würde sie mit ihm im alten *Restaurant zum Engel* dinieren. Gleißendes Licht, das durch die dicken Butzenscheiben über weiße Tischtücher und schweres, altes Geschirr floss. Silberbesteck. Ihr Vater, der eine Karaffe Wein hob, die Pfeife auf seiner Serviette.

Sie holte sich eine Lungenentzündung, und während Marc an ihrem Bett saß und alles nicht so schlimm fand, schrieb sie einen letzten Brief an ihren Vater. Sie versicherte ihn ihrer Liebe, gedachte der Menschen, die ihr Gutes getan hatten, erinnerte an die wichtige Rolle von Flaubert, Baudelaire und Camus in ihrem Leben und merkte erst allmählich, dass sie dabei war, in Selbstmitleid zu versinken. Erst als Matti zu ihr ans Bett kam und erklärte, er werde den Großvater schon wieder zusammenflicken, musste sie lachen. Sie übersetzte ein Sachbuch über Begräbnisriten bei einem Eingeborenenstamm und genas langsam. Marc wich nicht von ihrer Seite. Eines Tages umarmte sie ihn, und das Leben fühlte sich allmählich wieder leichter an.

Dann starb ihre Mutter Dora, was vorauszusehen gewesen war. Sie starb an Lungenembolie, unpathetisch und still, wie sie gelebt hatte. Und irgendwie chaotisch. Dora hinterließ kein Testament, aber eine Fünfzimmerwohnung im Seefeld und einiges an Aktien. Irma verkaufte die Wohnung, sie hatte sie nie gemocht.

Beim Räumen der Wohnung stieß sie auf einen Koffer voller Briefe, die ihre Eltern einander geschrieben hatten. Nicht nur in der Frühphase der Verliebtheit, sondern ein ganzes Leben lang. Woche für Woche, manchmal Tag für Tag. Lieber Anselm, liebe Dora. Mit Datum versehen, hatte ihre Mutter die Briefe nach Monat und Jahr aufbewahrt. Darin wurde die Struktur eines Lebens sichtbar, das ihr, der Tochter, verschwiegen worden war. Sie erfuhr, warum die beiden oft tagelang nichts miteinander geredet hatten; sie hatten einander angeschwiegen, um sich umso besessener Liebesbriefe zu schreiben.

Irma las und las, auch wenn die Briefe nicht für sie bestimmt waren. Ihre Mutter hatte sie nicht für sie aufbewahrt, sondern einfach vergessen. Es kam darin alles zur Sprache, was zwei intellektuelle, aufgeschlossene, lebenslustige, empathische und komplizierte Menschen einander zu sagen hatten. Irma fühlte sich um ein Familienleben betrogen. Am liebsten hatte sie etwas allein mit der Mutter oder mit Vater unternommen; zu dritt war die Familie fast immer unerträglich gewesen.

Ihre Mutter wurde von der Leidenschaft zu ihrem Vater verzehrt. Es gab nicht nur Liebesbriefe, sondern auch erotische Briefe, die detailreiche Schilderung amouröser Eskapaden. Die waren mit Sicherheit nicht für sie bestimmt, und sie legte sie weg. Aber sie konnte die Briefe nicht wegwerfen. Sie ließ sie im Koffer, stellte den Koffer in den Schrank ihres Schlafzimmers, den innersten Innenraum ihres Lebens, und dort waren sie bis jetzt geblieben.

Sie begriff, dass die Liebe ihre Mutter überfordert hatte. Dass sie sich an dieser Liebe erschöpft hatte, wie an einer zu großen Aufgabe. Ihre Kraft für ein eigenständiges Leben und ihre Mütterlichkeit waren durch diese Liebe verbraucht worden. Begreiflich, dass die beiden einander treu gewesen waren, von wenigen Ausnahmen abgesehen. Anselm hatte für diese Liebe Sorge getragen. Nur durch gegenseitige Treue, schrieb er in einem Brief, kann die Intensität zwischen uns wachsen. Es war eine Art Liebesprojekt.

40

Marc schritt mit Irma durch die Klinikgänge, denselben Weg, den sie gegangen waren, als sein Schwiegervater hier gewesen war. Meist hatte er sich, Arbeiten vorschützend, schnell verabschiedet, denn er ertrug Doras leise, masochistische Hysterie nicht.

Auf dem Weg zu Ona lief ihnen Axel in die Arme. Er sah übernächtigt und verstört aus. Wie peinvoll musste es für ihn sein, dass seine Frau im selben Spital lag, in dem er Chefarzt war. Wie viel musste es ihn gekostet haben, die Gerüchte über Ona und ihn niederzuhalten. Sie gingen in sein Büro und setzten sich, wie Patienten, ihm gegenüber. Sein Gesichtsausdruck hatte etwas Gekränktes, er war auf ihre Vorwürfe gefasst. Während er Onas Gesundheitszustand schilderte, begann sein Kinn zu zittern. Marc und Irma hüllten sich in Schweigen. Er sprach von Onas »Absprung«, der so nicht vorgesehen gewesen war. Wie nur hatte sie das alles so ernst nehmen können! Sie hatten zusammen ein Spiel gespielt, gemeinsam neue Erfahrungsfelder gesucht, um das Leben in diesem langweiligen Land etwas spannender zu gestalten. Ihr Suizidversuch resultierte aus einer Verkettung unglücklicher Zufälle. Eine Kurzschlusshandlung. Er beschrieb die medizintechnischen Details ihrer Rettung, aber Marc sah, dass er am Ende war. Dann sagte er, dass Ona und er über die Bücher gehen müssten. Zwischendurch nahm er einen Anruf entgegen, seine Stimme wurde gefasster, leicht vorwurfsvoll und knapp. Irma starrte reglos auf ihre Fingernägel.

Zum Schluss konnte er kaum mehr sprechen. Flüsternd sagte er, wie leid ihm das alles tue, aber er habe den Lauf der Dinge auch nicht voraussehen können. Er weinte, drehte sich weg, sie gingen.

Irma umarmte Ona lange, Marc drückte ihre Hand. Ona freute sich über das Wetter, das bis in den Herbst hinein voller Sonne war, während andernorts bereits Schneestürme tobten. Sie kuschelte sich in die Decken, wieder zu jenem Mädchen geworden, das die Welt draußen nicht ertrug und sich in sein Bett flüchtete. Sie bat, dass ihre Söhne nichts erfuhren von diesem Unfall.

Du wirst es ihnen einmal selber erzählen, wenn die Zeit dafür gekommen ist.

Meine Söhne sollen nichts von meinem Leben hier erfahren, sagte sie. Nie.

Ich wusste nicht mehr, was sagen, sagte Irma danach im Auto. Sie sieht aus wie eine Gestrandete, wie nach einer tagelangen Höllenfahrt. Beim Abschied hat sie einfach durch mich hindurchgeschaut, ich frage mich, woran sie gedacht hat. Sie ist keine Siegerin mehr, sondern eine Spielerin, deren Einsatz zu hoch gewesen ist und die jetzt alles verloren hat. Oder eine Seiltänzerin, sagte Irma, die das Gleichgewicht verloren hat.

Marc hörte zu. Er sah in Onas Selbstmordversuch nicht nur eine Verzweiflungstat, sondern auch einen Erpressungsversuch. Ein Ausrufe- und ein Fragezeichen, mit dem sich die Freunde beschäftigen mussten.

Irgendwo tut mir auch Axel leid, sagte er. Glaubst du, dass sie zusammenbleiben?

Keine Ahnung. Ich frage mich, ob ihr Selbstmordversuch etwas damit zu tun hat, dass sie eine Fremde ist, auch in unserem Freundeskreis.

Ich weiß nicht, wie man nach so einem Vorfall zusammen bleiben kann, sagte Marc. Mich stört, dass du sie allein als Opfer siehst. Es waren doch beide beteiligt.

Er hat sie vor sich hergetrieben, sagte Irma.

Es gibt bei einem Paar doch selten nur einen, der Schuld hat. Er wollte sie eifersüchtig machen, weil sie ihm wahrscheinlich immer wieder Grund dazu gab. Polyamorie ist kein Verbrechen, es ist einfach eine Kopfgeburt.

Als Irma nichts sagte, fuhr er fort: Alles muss geregelt werden. Beide müssen genau darauf achten, das Gleichgewicht zu halten, sonst bricht das Kartenhaus in sich zusammen.

Irma schwieg beharrlich und lenkte den Wagen aus der Stadt hinaus. Er dachte, sie würde die Richtung nach Sanssouci einschlagen, aber dann fuhr sie in den Wald, parkte das Auto, und ging zu Fuß weiter. Er folgte ihr, bis der Wald immer dichter wurde, einzelne Baumstämme leuchteten.

Mir ist, als wäre ich selber dem Tod entkommen, sagte sie.

Bitte nicht so pathetisch. Wir müssen uns nicht mit ihnen vergleichen.

Niemand nimmt uns die Gefühle. Wir können nicht wissen, wie wir auf gewisse Situationen reagieren und wann wir zu tief verletzt werden.

Wieso muss ich Axel verteidigen?, fragte Marc. Ich finde ihn nur konsequenter als andere.

Als dich?, sagte Irma.

Sie zweigte auf einen schmalen, von Brombeerstauden zugewachsenen Weg ab.

Wieso sind wir im Wald?

Ich weiß es nicht, sagte sie. Vielleicht weil wir nicht mehr wissen, wer wir füreinander sind.

Ein wenig Abgrenzung schadet nicht.

Du grenzt dich von allem ab, von Matti, von mir, von den Freunden. Und zuletzt noch von deinem Leben.

Das saß! Er blieb stehen und sagte wütend: Sollten wir uns nicht trennen, bevor wir uns zerfleischen?

Etwas anderes kommt dir nicht in den Sinn? Man könnte ja was ändern.

Du machst das Gegenteil. Du machst mich dafür verantwortlich, dass sich Ona das Leben nehmen wollte. Mich, die Männer, jeden Mann.

Alice ist so, sagte Irma, ich nicht.

Sie lehnte sich mit dem Rücken an einen Baum.

Küss mich!

Er begriff nicht. Schaute sie an, die mit offenem Mantel, Stiefeletten und zusammengebundenen Haaren vor ihm stand.

Ich will, dass du mich küsst!

Er küsste sie. Sie ließ ihn nicht los, drang mit ihrer Zunge tiefer in seinen Mund und presste ihr Becken gegen das seine, dass er eine Erektion bekam.

Baise-moi, maintenant!

Was sagst du?

Fick mich, jetzt!

Er schüttelte den Kopf. Schließlich tat er, worauf er eigentlich schon lange Lust hatte, und zog ihr den Rock hoch. Es war nicht schwer, in sie einzudringen. Irma roch salzig, als seien sie am Meer. Eine Ewigkeit war es her, seit er sie so nahe gespürt hatte. Er erinnerte sich wieder an ihren Körper. Sie roch wie eine Geliebte. Sie hatte ihren Mund an seinem Ohr, und es erregte ihn, dass ihr Atem immer schneller wurde.

Auf der Heimfahrt fragte er sich, ob es für sie dasselbe bedeutete wie für ihn. War es auch für sie ein Zurückkommen, eine Umkehr, eine Versöhnung und eine Reinigung gewesen? War es auch für sie ein Anfang? War auch ihr klar, dass sie ihr Problem mit Evelyne beiseitelegen musste? Würden sie wieder im selben Bett schlafen?

Sie steuerte das Auto, sagte nichts, biss sich auf die Lippen.

Oder war es für sie der längst fällige Schlusspunkt gewesen?

41

Zwanzig Jahre hatte Irma mit Marc verbracht, ohne unter den Unterschieden zu ihm zu leiden. Verschieden waren sie schon gewesen, als sie einander den ersten Blick zugeworfen hatten. Während sie aufgekratzt von ihren Studententreffs kam, wo man gegen AKWs protestierte, redete er über Baurechte, Löhne und Gewerkschaften. Und zeichnete selbstvergessen auf Servietten, Tischtücher, Post-its, kritzelte Wasserleitungen, Schrauben, Balletttänzerinnen, Kniegelenke. Sie wollte nach Portugal, Spanien und Griechenland, er träumte von den USA und Skandinavien, wegen der Architektur.

Und die Kunst, die Musik? Die Literatur? Da hatte sie ein freies Feld, er hatte wenig gelesen, aber das Wenige gut verstanden. Romane von Nobelpreisträgern, Murakami, einiges von Updike, Böll. Dazu Naheliegendes, an dem man in diesen Jahren nicht vorbeikam. Der späte Frisch. Der kosmische Dürrenmatt, ein kurzes Augenleuchten bei den Manns, Thomas und Heinrich, Döblin mit Mühe, keine Lyrik außer Brecht, damit hatte es sich. Seine Welt ging darin nicht auf. Eher in der heftigen Ablehnung Le Corbusiers. Nicken bei Richard Meier, dem Visionär. Woher kommt der Mensch und wohin geht er? Mit seiner Kritik an der ETH-Gilde hielt er sich seinesgleichen vom Leib. Der Mensch sei das Maß, nicht die Idee. Und hinter all den Ansichten und Absichten etwas anderes, das man ihm nicht ansah. Seine Fantasien spielten in einer anderen Welt. Die Ehe war ein Arbeitsmodell, das beide spielerisch in die Pflicht zwang. Daneben Gewohnheiten, an die sie sich gewöhnen musste: Wie viel Salz er auf das Dreiminutenei streute! Mit welcher Gleichmut er das Angebrannte vom Pfannenboden kratzte! Wie er milde lächelte, wenn ihr das Weinglas über die Tischkante kippte und auf dem Boden zersprang. Seine Nachsicht gegenüber ihrer Ungeschicklichkeit. Seine Bewunderung für ihre Sprachgewandtheit und ihren Intellekt. Ihr Staunen über seine Welt. Ich hab das noch nie so gesehen, kann man das machen? Was ist Materialermüdung? Die Unterschiede hatten sie angezogen.

Wann hatte es zwischen ihnen gefunkt? An einem Frühlingstag in den späten Achtzigern. Danach, während der Sommerhitze, hatten sie sich in einer kleinen Dachwohnung jede Nacht geliebt, bis die glühende Sonne am Morgen erneut aufging. Den langen Tag auf ihn wartend, bis er wieder bei ihr war, ein Eindringling und Eroberer. Sehnen sich Körper nach einander, bevor es der Kopf weiß? Einige Monate später war die Sommerliebe schon Erinnerung gewesen. Der Herbst zog mit seinen Nebelfeldern und Runkelrübenhaufen am Wegrand ins Land. Man traf sich erneut, ein Kuss auf offenem Stoppelfeld, irgendwo auf einer Wegschneise zwischen Wäldern, halbwegs in den Nischen des Vergessens. Man lebte immer mehrere Leben gleichzeitig. Irgendwann wuchs man aus den Kopflosigkeiten der Leidenschaft heraus und die Liebe begann. Bis der andere schließlich so sehr in einem steckte, dass man ihn nicht mehr loslassen wollte.

Aber reichte das für so lange? Für zwanzig Jahre Eintracht, Zwietracht, Streit, Zerwürfnis und Versöhnung?

Aber die Liebe und die Leidenschaft waren nie vergangen.

An Onas Bett hatte sie sich an jenen Augenblick erinnert, als sie einander »gesehen« hatten. Die erste Stelle, auf die sie sich in ihrem Leben beworben hatte, war eine Hilfsassistenz am Institut für Sprachwissenschaft gewesen. Sie wurde abgelehnt; dem Auswahlgremium schmeckte nicht, dass ihr Vater ein bekannter Romanist war. Verzweifelt hatte sie Marc in seinem Studio in Montpellier angerufen, wo er ein Praktikum absolvierte. Einsilbig hatte er zugehört. Kann ich zu dir kommen?, hatte sie schließlich ins Telefon geflüstert. Ja, hatte er gesagt, nimm den Nachtzug, ich kann dich morgen früh am Bahnhof abholen, ich habe ein Auto.

Und sie war ohne nachzudenken nach Montpellier gefahren, noch immer empört über die Absage. Er hatte sie abgeholt und hatte sie ans Meer gefahren. Und irgendeinmal hatte er angehalten, sie waren ausgestiegen, ans Wasser gelaufen, durch Schlick und Tang, sie hatten einander angeschaut, und sie war zum ersten Mal von jemandem »erkannt« worden.

Sie hätte gesagt: Er hat mir die Einsamkeit genommen. Die Einsamkeit des Einzelkindes.

Mit den Jahren wollten sie etwas, das mehr war als sie zwei. Matti war auf die Welt gekommen, ein Wunschkind. Matti wurde mit Brei und mit Liebe gefüttert. Sie begegneten einander in Mattis Geplapper und fielen todmüde ins Bett. Während Matti an Gewicht zulegte, wurde die Liebe auch mal kleiner, aber sie verschwand nie. Sie wurde flächiger, geräumiger und ausdauernder.

So hatte der Satz »Ich liebe dich« im Laufe der Zeit Zusätze erhalten. Die lauteten, je nach Phase: »Ich liebe dich, wenn …«, oder: »Ich liebe dich, aber …«

War der nächste Satz: »Ich liebe dich nicht mehr?«

42

Mit einer Sporttasche voll warmer Pullover, dicker Wollsocken, gefalteter Unterwäsche, Schokolade und mit einer lustigen Wollmütze fuhr Irma ins Gebirge. Mit jedem Kilometer, den der kleine Alfa Romeo auf der Autobahn fraß, wuchs ihr schlechtes Gewissen. Vielleicht war die Geschichte mit Evelyne doch nicht mehr als eine Bagatelle gewesen.

Sie war kurz nach Mittag gestartet, damit sie am Abend wieder zurück sein würde. Nach der Autobahnausfahrt stieg die Landstraße bergan. Die Reifen des Alfa quietschten in den Kurven, sie ging vom Gas und zügelte ihre Ungeduld; Matti wartete nicht auf sie! Auf der Hochebene schossen beidseits steile Felswände in den Himmel, aus den Spalten und Rissen tropfte kaltes Wasser. Sie schloss kurz die Augen und ließ den Wagen laufen. Schon immer war sie gern Auto gefahren, empfand ein Freiheitsgefühl, sobald die Landschaft an ihr vorbeiflog, über ihr nur noch der Himmel war. Als sie nach einer Sekunde die Augen wieder öffnete, flog von der rechten Seite ein Vogel mit ausgebreiteten Schwingen auf sie zu. Er kam aus der Grasebene und wollte über die Straße, war aber zu tief und segelte geradewegs auf sie zu. Der Schatten eines Flügels legte sich über die Windschutzscheibe, sie tauchte in die weißen Strähnen seines Gefieders, trat auf die Bremse, wobei ein Flügel den Scheibenwischer touchierte.

Sie fuhr den Wagen an den Straßenrand, holte zitternd eine Zigarette aus dem Handschuhfach und rauchte. Sie musste eine gute Ausrede haben, um Matti vor der Matura aus dem Internat zu holen. Sie wollte nicht, dass er länger in seiner Einsamkeit litt. Sie würde mit dem Rektor des alten

Gymnasiums reden, er würde den fehlenden Stoff nachholen. Das alles war nicht einfach, aber der Gedanke, dass Matti hier oben vielleicht traumatisiert würde, belastete sie. Als sie auf den Parkplatz vor dem Internat einbog, stand ihr Entschluss fest, ihn auf der Stelle mitzunehmen. Sie ging schnurstracks zum Empfang und wollte gleich weiter zu Mattis Zimmer. Aber Matti war nicht da, es war sein freier Nachmittag, und er hatte sich wohl verbummelt, wie man ihr sagte. Las er nicht einmal mehr ihre SMS? Ging es ihm so schlecht?

Sie verbarg ihre Enttäuschung, schlüpfte in die Turnschuhe, die im Kofferraum lagen, und kraxelte den Hügel hinter dem langgezogenen Internatsgebäude hinauf. Auf der Weide waren keine Kühe mehr, aber man sah, wie das Vieh die Wiese zertreten hatte.

Später wartete sie in der Kantine. Die Internatsschüler, Jungen wie Mädchen, schlenderten in Grüppchen, in vielerlei Sprachen plaudernd, durch die Gänge. Darunter Chinesinnen und Chinesen, Jugendliche aus Südkorea oder aus Indien, auch der Slang von amerikanischem Englisch war zu hören. Sie unterschieden sich kaum von denen, die man in den Ausgehvierteln von Zürich, München oder Paris treffen konnte. Erst wenn man genauer hinsah, bemerkte man dieses sanfte Aus-der-Zeit-Gefallensein, das Internatsschüler oft haben. Hatte sie Matti in die Warteschleife geschickt und damit die letzte Etappe seines Erwachsenwerdens aufgeschoben? War es gut oder schlecht, dass er hier statt Nick oder Melanie eine Somi oder einen Jack zu Freunden hatte? Hatte er überhaupt Anschluss gefunden?

Dann hätte sie ihn fast nicht wiedererkannt. Er tänzelte in einem legeren braunen Anzug und hellblauem Hemd auf sie zu, die Haare kurz geschnitten, und fiel ihr um den Hals.

Wo hast du diesen tollen Anzug her?

Mailand.

Wie kommst du nach Mailand?

Von hier aus sind es drei Stunden.

Hast du denn ein Auto?

Nein, aber Kollegen.

Er stand verlegen vor ihr.

Wie geht es Pa?, fragte er.

Wollen wir uns nicht setzen?

Willst du einen Kaffee?

Hatte gerade einen. Und du?

Er verneinte lächelnd und sein Bubengesicht kehrte zurück.

Und dann kam der Schlag: Eine vorzeitige Rückkehr lehnte er ab. Er fühle sich hier wohl. Er habe einen guten Notenschnitt, sei im Fach Wirtschaft einer der Besten. Und bis zur Matura sei es nicht mehr lange hin. Ob sie das vergessen habe?

Ja, sie hatte sich zu viel überlegt! Socken, Unterhosen und einen Koffer voller Wünsche, das hatte sie mitgebracht.

Er grüßte ein asiatisches Mädchen mit Handzeichen und wandte sich ihr wieder zu.

Wahrscheinlich werde ich Wirtschaft studieren und bald ein Startup gründen.

Wirtschaft, wiederholte sie, als müsste sie sich das Wort erst übersetzen.

Und deine Klassenkameraden, vermisst du sie nicht?

Er legte seinen Kopf schräg: Diese Kindsköpfe?

Und Melanie? Weißt du, dass Melanie in deinem Zimmer gewohnt hat?

Paps hat's mir geschrieben. Fand ich keine gute Idee, wegen Melanie. Ich schrieb ihm, er solle sie rausschmeißen. Aber sonst ist es eine Superidee, das Zimmer zu vermieten.

Kommst du gar nicht mehr zurück? Sie schrak bei diesem Satz zusammen. Seine Hände spielten mit einem Zuckertütchen.

Wenn ich zurückkäme, würde ich sicher nicht mehr zuhause wohnen.

Verstehe.

Nach der Schule gehe ich direkt nach Cambridge oder Boston. Auf jeden Fall so schnell wie möglich nach dem Zivildienst.

Ja?, staunte sie. Matti Baumann in Cambridge!? Vor lauter Erstaunen vergaß sie zu fragen, wer das bezahlen solle.

Und das Alleinsein, Matti?

Ich bin nicht allein, Ma. Ich habe eine Freundin und Kumpels.

Endlich war es heraus! Mehr wollte sie nicht hören, mehr war für das Glück ihres Sohnes nicht wichtig. Eine Freundin.

Spricht sie Chinesisch oder Englisch? Oder Schwedisch?, fragte sie lächelnd und nahm ihm das Zuckertütchen weg, um selber damit zu spielen.

Deutsch, Ma, Schweizerdeutsch.

Und wie heißt sie, darf ich das erfahren?

Evelyne, sagte er trotzig.

43

Marc kam von einem quälenden Abend mit Urs zurück, als er Irma mit einem Glas in der Hand angespannt im Wohnzimmer fand. Ihre Haare hingen in wilden Strähnen herab, sie trug einen kurzen Jupe und hatte die Bluse weit geöffnet. Sie war wütend.

Matti ist noch immer mit Evelyne zusammen!

Das kann eigentlich nicht sein.

Wundert's dich? Schreib ihm, er soll auf der Stelle mit dieser Frau Schluss machen.

Matti ist achtzehn und kann tun und lassen, was er will, entgegnete er.

Irmas Blick bohrte sich in sein Hemd, als wollte sie ihm ein Loch in die Leibesmitte brennen. Er starrte sie an und fand, dass ihr Sexappeal so gar nicht zu ihrer Wut passte.

Marc, das ist eine Sache unter Männern; du solltest jetzt nicht ausweichen.

Nannte sie ihn beim Vornamen, war es ernst.

Oder ruf Evelyne an und frag, was das soll!

Das wollte er schon gar nicht. Er versuchte, das Thema zu wechseln, aber sie beharrte.

Ich habe einen Vertrag für ein Buch, bis Mitte nächsten Jahres muss der Hauptteil in trockenen Tüchern sein. Du musst die Sache erledigen! Ich geh jetzt schlafen.

Sie drehte sich um und eine Sekunde lang wollte er hinter ihr her und sie umfangen, ihr die Bluse ganz aufknöpfen.

Ich werde Matti schreiben, sagte er schließlich und ging ins Arbeitszimmer. Dort starrte er eine Viertelstunde auf seinen PC und entschloss sich dann, ebenfalls schlafen zu gehen. Als er im Bett lag, hörte er sie im Bad hantieren. Und fühlte sich wie in einer Zelle. Mönchszelle oder Gefängniszelle. Um von ihr zu träumen, an sie zu denken, um sie im Kopf zu sich ins Bett zu holen, brauchte es nicht viel. Evelyne war ihm egal.

Fantasien in der Ehe, warum gab niemand etwas darauf? Warum hielten alle Ehepaare für fantasielos und einfältig! Nacht für Nacht lag er einsam in einem Kerker. Ihr Gespenst kam, um ihn zu küssen. Er küsste sie, wie damals im Auto vor über zwanzig Jahren. Er legte seinen Arm um sie, und sie öffnete ihre Lippen. Und dann schnurrte der Film immer weiter ab, in die bekannte Richtung.

Am Morgen stand er bei der Kaffeemaschine und schöpfte neuen Mut. Was sollte er seinem Sohn schreiben? Offenbar hielt sich seine Leidenschaft so hartnäckig wie ein Keuchhusten. Wie konnte er ihm raten, sein Verhältnis zu dieser Frau aufzugeben? Stand es ihm überhaupt zu, seinem Sohn einen Verzicht nahezulegen? Mit welcher Begründung? Weil der Altersunterschied zu groß war? Den wirklichen Grund konnte er Matti ja nicht nennen.

Er schrieb schließlich ein paar Zeilen allgemeinen Inhalts, wonach Männer, wenn sie liebten, sich nicht verlieren sollten. Verstand der Sohn das? Er schrieb weitere Sätze, aber sie wurden immer allgemeiner, und zuletzt kam ihm nur noch ein Satz in den Sinn: Lieber Matti, ich möchte mit dir reden.

War das nicht der beste Satz?

Am nächsten Morgen kam Mattis Antwort: *Lieber Paps, liebe Ma (im CC), ich verstehe nicht, warum ihr mit mir reden wollt. Ich hab Ma angelogen, ich habe Evelyne schon lange nicht mehr gesehen. Ich bin mit Nina zusammen. Nina ist halb britisch und halb chinesisch und sieht ein bisschen aus wie Scarlett Johansson (nur nicht ganz so gut, haha). Wir fah-*

ren am Wochenende immer in ein Hotel in Mailand. Ich bringe ihr Deutsch bei, sie ist total begabt.

Mama geht mir auf den Keks mit ihrer Fürsorglichkeit. Ihr beide tut besorgt, aber letztlich interessiert ihr euch doch nicht so genau für das, was ich mache. Ma macht ihre Übersetzungen, und du baust irgendwelche Hütten und darüber redet ihr stundenlang. Klar, ihr seid davon ausgegangen, dass ich so werde wie ihr. Als ich mich dann anders zu ernähren begann, brach bei euch die Panik aus. Es war aber nur der Anfang, denn ich habe begonnen, anders zu denken als ihr. Evelyne hat mir dabei geholfen. Es ging ihr übrigens nicht sehr gut, denn sie mag euch sehr. Aber sie traute sich nicht, auf euch zuzugehen. Dabei entdeckte ich euren Egoismus. Habt ihr euch schon für irgendwas auf diesem Planeten eingesetzt außer für euch selber? Okay, ihr seid tolle Eltern, ich habe nie eine Ohrfeige gekriegt, wurde nie erpresst wie Nick. Aber wofür sind wir auf der Welt? Das habt ihr euch nie gefragt. Ihr habt nie einen Arbeitseinsatz in Afrika gemacht, ihr habt nie einen Flüchtling ins Haus geholt, ihr habt keine Behinderten zu Freunden, und für die Natur interessiert ihr euch schon gar nicht. Die Kunst, das ist euer Ding. Bücher und Häuser, aber damit wird der Planet nicht gerettet. Ihr und eure Freunde seid gierig nach Selbstverwirklichung. Wie krieg ich mein Leben richtig hin? Ichfürmich. Ihr habt nichts weiterzugeben als euer gelungenes oder misslungenes Leben. Für eure Nachkommen gibt's gut gemeinte Worte. Ihr schafft keine Jobs für uns, ihr versaut die Natur, ihr seid aber nicht schuld, weil ihr ja angeblich nichts dagegen tun könnt. Ihr habt einfach akzeptiert, dass es mit der Welt bergab geht.

Bitte versteht mich nicht falsch.

Matti

44

Ein Mann verlangte nach Chantal. Gérard trug das Telefon ins Bad, wo sie in der Wanne lag. Chantal wusste, welche Ironie in dieser Geste lag. Gérard fragte nicht, wer Monsieur sei, sondern zog betont leise die Tür hinter sich ins Schloss. Sie wartete, bis er draußen war, dann fragte sie, wer am Apparat sei. Der Mann behauptete, er kenne sie. Sie konnte sich nicht erinnern und entgegnete, dass er sich irren müsse. Seine Stimme war jung und fordernd, und er beschrieb ihr eine Szene in der Cafeteria an der Uni so genau, dass sie unsicher wurde. Er erzählte ihr, welche Kleidung sie getragen hatte, einen dunkelblauen Faltenrock, darunter Strümpfe mit Karomuster – tatsächlich besaß sie solche Strümpfe, die sie aber noch nie an der Uni getragen hatte. Sie fragte noch einmal, ob er sich nicht irre, aber der Fremde begann mit Bestimmtheit, die Begegnung erneut zu beschreiben. Sein Ton wurde komplizenhafter und sie bemerkte, dass er ein kleines Luder im Kopf hatte, das ihm schöne Augen gemacht hatte.

Sie traf ihn in einem kleinen Café nahe der Station Mabillon. Er war älter als seine Stimme, sein Anzug ausgetragen, und hatte ein Dutzendgesicht. Sie saßen nebeneinander und schauten auf den Boulevard, als sie seine Hand auf ihrem Bein spürte. Sie trug den blauen Faltenrock mit den gemusterten Strümpfen. Ohne sich im Reden zu unterbrechen, streichelte er ihr Bein, fuhr mit dem Finger ihre Strümpfe hinauf, und sie fühlte einen Ansturm von Lust. Sie war sich sicher, dass sein Name, Monsieur Lebeque, falsch war, dass sie nie mit ihm gesprochen hatte. Sie war sich sicher, dass er ihr seit längerem auflauerte. Er hatte sie irgendwo in diesem Rock gesehen. Sie wehrte sich nicht gegen seine Berührung, sondern ließ ihn gewähren. Sie ging schließlich mit ihm in ein nahegelegenes kleines Hotel. Im Zimmer hörte er auf zu reden. Er zog ihre Strümpfe aus, dann die Bluse, legte sie aufs Bett. Dann schob er den Saum des Rockes hoch und drang in sie ein. Sie wunderte sich, wie feucht sie war, sie hatte gedacht, sie würde sich ekeln. Sie vögelte, duschte, zog sich an und fuhr dann zur Vorlesung an die Uni. So lebte sie recht gut.

Irma schüttelte den Kopf, stand auf und schenkte sich eine Tasse Tee ein. Vor dem Fenster taumelten rote und gelbe Blätter im Wind, die Luft war kalt und rein. Bei Matti würde es vielleicht schon schneien. Sie sah ihn auf dem Snowbord einen Schneehang hinunterrutschen, sie vermisste ihn schmerzlich.

Chantals und Gérards Welt waren unendlich weit von ihr entfernt, das machte das Übersetzen anstrengend. Aber sie musste, um am Text zu bleiben, immer wieder darin eintauchen, sie musste sich einfühlen und gleichzeitig mit klarem Kopf denken. Das Schwierige dabei war, herausfinden, was im Roman real war und was nur in Chantals Fantasien stattfand. Dupral kennzeichnete die Übergänge vom Realen ins Imaginäre nur durch ein leichtes, feines Changieren im Ton. »… lebte sie recht gut«: In diesem Satz lag eine Anspielung ans Märchenhafte, die anzeigte, dass Chantal in der Realität vielleicht gar nicht mit dem Fremden mitgegangen war, ihn vielleicht gar nie getroffen hatte. Vielleicht hatte die Episode in Wirklichkeit schon dort ein Ende, wo Gérard ihr den Telefonhörer ins Bad reichte. Egal! Sie musste dieses Schillern der Stillage treffen. Sie musste sich auch das Knistern zwischen den beiden vorstellen können, wenn sie im Café nebeneinander saßen, die gespannte Atmosphäre in einem solchen Pariser Bistro, die unterschwellige Erregung an einem leeren Nachmittag, das Licht der weißen Gebäude, die Buñuel in seinen Filmen, vor allem in *Belle de Jour* gezeigt hatte. Sie musste sich in Chantals promiskuitive Fantasien hineinversetzen, um den richtigen Tonfall der Sätze zu finden. Den frivolen Schwung, der schon im einfachen »Baise-moi« zum Ausdruck kam. Dabei suggerierte der Roman, dass alle Frauen ihre Lust frei ausleben konnten, wenn sie nur wollten. Diese Annahme war furchtbar klischiert. Sie hatte die Pariserinnen tatsächlich als zurückhaltend und fast ein wenig steif erlebt. Ob sich Frauen mit Chantal identifizieren konnten, ob man ihnen und damit Chantal zuletzt ihre Wünsche vergeben würde, daran hatte sie dann doch ihre Zweifel. Hätte sie nicht Angst gehabt, sich zu blamieren, hätte sie diese Stellen gern an ihren Freundinnen Alice und Bea getestet. Auch was die Kritiker dazu sagen würden, vor allem die weiblichen, darauf war sie schon neugierig. Würde Duprals Ansehen ihn vor Verrissen im deutschsprachigen Raum bewahren?

Die Übersetzung blieb ein Eiertanz. Leider war die Arbeit zur Zeit fast ihre einzige Raison d'Être. Manchmal nisteten sich Chantals Fantasien in der Nacht bei ihr ein und bedrängten sie. Sie rang um Distanz, um Professionalität, sie wollte nichts als eine gute Übersetzung abliefern.

45

Irma saß auf dem Beifahrersitz und schaute aus dem Fenster. Es war Ende November, und noch immer hingen die Blätter wie farbige Kinderhändchen an den Bäumen, und die Taufäden in den Ackerfurchen glitzerten wie Samenfäden im schräg einfallenden Licht. Letztes Jahr hatte sie mit Matti Walnüsse im feuchten Gras gesucht; sie waren bis zur Dämmerung durch die Wälder gestreift und hatten über seine Zukunft geredet.

Marc schimpfte auf Urs und dessen ständige Eskapaden.

Urs hat sich aus heiterem Himmel einen Mercedes gekauft. Gebraucht, natürlich, aber er hat sich damit trotzdem fast ruiniert. Ich weiß nicht, was mit ihm los ist. Ich hab ihm gesagt, dass ich im Moment keine Zeit habe, ihn zu treffen.

Du kannst ihm sowieso nicht helfen, sagte Irma. Man kann in unserem Alter Freunden nicht mehr helfen.

Sie hatte den Eindruck, dass Marc von Urs redete, um etwas anderem aus dem Weg zu gehen. Nachdem das Thema mit weiteren verzweifelt-wütenden Sätzen erledigt war, schwiegen sie. Nach einer halben Stunde, sie kannte den Weg nun schon gut, bogen sie in den Feldweg ein, der bei jeder weiteren Abzweigung schmaler und unbefahrbarer wurde. Seit ihrem letzten Besuch bei Mila und Moritz, den sie noch genossen hatten, war ihre Sorge um die beiden gewachsen.

Moritz' gewinnendes Koboldlächeln zerstreute Irmas Skepsis. Sie betraten das hohe, mit hellem Holz getäfelte Wohnzimmer, in dem gearbeitet, gelebt und auch gegessen wurde. Es sah aus wie in einem Kinderzimmer. Das Bett, in dem Mila lag, war unters Fenster gestellt. Im ganzen Raum verstreut sah man Schuhe, Socken und Bücher, Zeichnungen lagen auf Stühlen. Durch das Fenster neben dem Bett fiel weiches Sonnenlicht auf Mila. Sie streckte ihnen die Arme entgegen.

Ich habe wieder mal meine Blasenentzündung, sagte sie in einem Ton, als würde sie über gelegentliches Kopfweh reden. Auf ihrer Wolldecke lagen zwei Wärmflaschen.

So viel Nestwärme raubte Irma alle Energie. Es fehlten ihr Zeitschriften und Zeitungen, die Sinn und Widerspruch schärften, es fehlte der Fernseher mit Beas Gesicht, das Auge zur Welt, stattdessen standen Tonkrüge da, Wollknäuel und Kerzen, Kürbisse und Äpfel, Kohl, Karotten und Kastanien. Als sich Irma dem Bett näherte, hüpfte ein Kaninchen davon, und Mila sagte, das sei Wilhelm.

Tut deine Blasenentzündung so weh, dass du ins Bett musst?, fragte Marc.

Ja, schon, sagte Mila, aber ich bin mit dem Schmerz vertraut und in ein paar Tagen wird er wieder verschwunden sein, wenn ich genug trinke. Im einen Tonkrug ist Cranberrysaft, der den Säuregehalt des Urins erhöht und verhindert, dass sich die Bakterien an der Blasenwand ausbreiten. Im anderen habe ich Eibischwurzel aufgekocht, die die Zellen vor Schäden durch freie Radikale schützen.

Klingt beinah, als würdest du dich im Krieg befinden, witzelte Marc.

Mein Körper ist im Krieg. Ich unterstütze ihn mit allen natürlichen Waffen.

Solltest du nicht Antibiotika nehmen?, fragte Irma. Ich meine, wenn die Entzündung chronisch wird, kannst du dir noch eine Nierenbeckenentzündung holen.

Kaum, liebe Irma, das heilt nach einer gewissen Zeit wie von selber aus.

Auf jeden Fall hast du dich vor der Welt in Sicherheit gebracht, sagte Marc, und Irma freute sich über seinen ironischen Ton.

In Sicherheit vor den Kriegen und Katastrophen. Ich mag nichts Schwieriges mehr, sagte Mila und atmete laut ein.

Wir sind hier auch vor Paketbomben sicher. Unsere Post lagert in einem Fach in der Stadt, ergänzte Moritz.

Offenbar lest ihr noch Zeitungen, sagte Marc.

Von den Paketbomben haben uns Annette und Anatol erzählt.

Irmas Blick wanderte über die Zeichnungen an den Wänden, auf dem Sofa und unter dem Tisch. Tuschskizzen und Aquarelle von Wolken, Gedärmen, Schwellkörpern, geschönte Abbildungen dessen, was in vielen Menschen als unheilbare Krankheit wuchs.

Mila erhob sich aus den Kissen und sagte: Der Körper braucht Zeit, um mit dem Infekt fertig zu werden. Ich lerne, den Dingen ihr Da-Sein zu geben – sie sprach das Wort tatsächlich mit Bindestrich aus. Die Welt um mich herum wird bedeutungsvoller und schöner. In der Stille dieses Hauses beginnen andere Dinge zu leuchten.

Wir werden geräumiger, sagte Moritz.

In Marcs Gesicht spiegelte sich Verständnis.

Wir wissen, dass in Maschinen viel Gewalt steckt, deswegen stellen wir alles von Hand her.

Mila verstummte, überwältigt von der Müdigkeit oder einer Schmerzattacke. Marc schenkte ihr von dem Cranberrysaft ein, er rieb ihr die Hände, und Irma hatte den Eindruck, als ließe sich Mila gern von ihm berühren. Die beiden hätten ein Geschwisterpaar sein können.

Moritz schälte Kartoffeln und setzte eine Gemüsesuppe

an, die bald zu köcheln begann und im ganzen Raum einen erdigen Geruch verbreitete. Er reichte Marc ein Glas Rohmilch.

Schmeckt gut, sagte er, direkt vom Bauern?

Irma musste bei roher Milch erbrechen, sie zu trinken war im Übrigen auch nicht ungefährlich. Sie hörte das Ticken der Wanduhr. Draußen taumelte ein Blatt von einem Baum zu Boden. Die Kriege, die Verwerfungen waren weit weg. Irma spürte die Zeit rückwärts laufen. Alles, was da war, hatte es schon einmal gegeben, und es würde immer wiederkehren. Die Zeit war ein Kreis, und es sah nicht danach aus, als würden Mila und Moritz je wieder einen Ausgang finden.

Wir üben für die Zeit danach, sagte Moritz.Wir sammeln Wissen über Zusammenhänge, wie sich die Natur selber regenerieren kann.

Die Zeit danach?

Nach dem Postkapitalismus, der Verflüchtigung der Realität. Die in der Virtualität leben, sind die Realitätsflüchtigen, nicht wir.

Marc rieb Milas Schulter. Wozu das gut sein sollte, wusste Irma nicht.

Milas Krankheit ist eine Warnung, die uns in die Realität katapultiert. Wir sortieren alles aus, was Stress macht oder Gift enthält.

Wir versuchen, im Elementaren zu leben, ergänzte Mila.

Irma hoffte, dass sie sich eines Besseren besinnen, und bald einmal einen guten Schulmediziner aufsuchen würde. Von draußen fiel Dämmerlicht herein, das Paradies färbte sich golden. Der Fels auf der Nordseite, ein verwaister Findling, glühte, während sich die letzten Sonnenstrahlen über die Wiese legten. Irma glaubte, einen Schatten vor dem Fenster zu sehen.

Marc half Mila aus dem Bett in den Korbstuhl und füllte die Wärmflasche. Er fühlte sich wohl in seiner Rolle, er war der Zuschauer vom Dienst, der Fatalist.

Irma ging auf die Toilette. Als sie zurückkam, stand Moritz am Herd, und Mila hatte Tränen in den Augen. Offenbar hatte ein heftiger Wortwechsel stattgefunden.

Du solltest dich behandeln lassen, sagte sie entschlossen. Deine Blasenentzündung wird sonst chronisch!

Ach, Irma, behandeln! Das hat Moritz auch gerade gemeint. Aber das Haus hier behandelt mich, die Luft macht mich gesund, das Licht gibt mir Kraft, und alles, was ich mit meinen Händen tue, tut mir gut.

Sie geht zu weit, sagte Moritz.

Finde ich auch, bekräftigte Irma.

Marc blickte zu Boden. Irma wusste genau, was das zu bedeuten hatte, sie hätte sich seine Vorwürfe in ihrem Kopf ausformulieren können. Aber natürlich sagte er nichts.

Du könntest Schaden nehmen, falls du dich nicht behandeln lässt, sagte Irma.

Die Krankheit wird verschwinden, je mehr ich mich aus der Gesellschaft entferne. Wir müssen den Selbstheilungskräften eine Chance geben, sonst erfahren wir nie, wie stark sie sind.

Das ist schon richtig, sagte Irma, aber wir wissen noch zu wenig über diese Selbstheilungskräfte.

Es macht keinen Sinn, wieder in die alten Irrtümer zu verfallen. So werden wir nie aus diesem Kreislauf von Krankheit und krankmachender Medizin herausfinden. Meinst du, ich will mich wieder mit Antibiotika vergiften?

Deswegen lebe ich ja hier, wo ich in der Natur gesunden kann. Um robuster zu werden. Bei Moritz mag das andere Gründe haben. Er fühlt sich in der Verantwortung, er hadert mit diesem Rückzug. Aber letztlich warten wir hier beide auf das, was die Zukunft bringt. Denn es kommen Kriege, Irma, wir stehen am Anfang einer neuen Epoche. Flüchtlinge werden unsere Gesellschaft in eine Hölle verwandeln, weil wir nicht mit ihnen teilen wollen. Die Menschen werden einander zerfleischen, um das Eigene zu sichern. Siehst du das denn nicht kommen? Ich habe doch nicht vergebens im Controlling gearbeitet, ich sehe solche Dinge voraus. Auch die Klimakatastrophe hat bereits begonnen.

Es ist mir neu, dass Controlling etwas mit Prophetie zu tun hat, sagte Irma spitz.

Lass doch deine Spöttelei, sagte Marc leise. Sein Blick stach sie wie eine Wespe auf ihrer Haut. Ich gehe in den Garten, bevor es dunkel ist, fügte er hinzu und machte sich auf. Moritz schloss sich ihm an.

Was sagt denn Alice zu diesem Experiment?, fragte Irma.

Sie unterstützt uns. Fred auch.

Ausgerechnet Fred, dachte Irma, der sich in seinem virtuellen Universum verkrochen hat.

Moritz kehrte mit einem Stapel Holz zurück und fütterte den Ofen. Sie saßen eine Weile stumm da und schauten ins Feuer. Irma hatte Mila die Hand gereicht. Sie wurde etwas ruhiger und spürte, wie die Hektik auch von ihr abfiel. War es wirklich so wichtig, sich täglich all den Problemen zu stellen, um das vermeintlich richtige Bewusstsein zu haben? Ließ sich die Zeit, die man hatte, nicht gescheiter verbringen?

Sie kannte Mila seit über fünfzehn Jahren. Beruflich gab es kaum Berührungspunkte, aber man hatte zusammen Ausflüge auf die Rigi gemacht, ins Entlebucher Moor, und die Sekretärin war im Wanderoutfit mit gutem Schuhwerk und viel Humor vorangeschritten. Sympathisch in ihrer Unsicherheit, die sie immer dann befiel, wenn sie am weiß gedeckten Tisch sitzen musste. Tritt gefasst hatte sie in der Natur, und das war es, womit sie Moritz an sich band. Einmal war von Kindern die Rede gewesen. Aber dann war etwas zwischen ihnen passiert, was sie für sich behielten, und die Dynamik hatte sich mit einem Schlag verändert. Danach war Moritz dominanter geworden.

Marc spülte die Teller, als wäre er hier zuhause. Irma blieb an Milas Bett sitzen und ließ sich Handarbeit zeigen, Strickware und Selbstgeschneidertes.

Die Neurowissenschaft hat herausgefunden, dass menschliche Kontakte für die Gesundheit wichtig sind, sagte Irma so nebenbei.

Marc trocknete sich die Hände ab und fragte, ob sie gehen wolle.

Sie nickte.

Das nächste Mal wirst du wieder gesund sein, sagte Irma zu Mila.

Klar, wir würden euch gerne einmal die Umgebung zeigen, sagte Moritz.

46

Frühmorgens auf dem Weg zur Arbeit zwitscherten die Vögel, wie damals vor vierundzwanzig Jahren, als er mit Irma durch den dichten Tessiner Wald wanderte. Drei Tage waren sie zusammen gewesen, ausgerissen aus dem Alltag des Studiums, und er hatte sie ins Tessin entführt. Seit er ihr das erste Mal in der Schlange am Buffet der Unikantine begegnet war, hatte sich seine Welt verengt; statt Baupläne und Blaupausen sah er nur noch Irma Stock, die Studentin mit dem selbstsicheren Auftreten, den schlangengleichen Armbewegungen und den grünbraunen Augen. Darf ich mich zu dir setzen?, sagte er, und sie nickte und sog am Strohhalm. Sie redete über Existenzialismus, fragte nach seinem Studium und nickte, als er davon erzählte.

Auf ihrem ersten Ausflug in den Süden trug sie Jeans und Turnschuhe, ein T-Shirt und hatte einen kleinen Rucksack dabei. Es sei ihre erste Wanderung, bekannte sie. Jedenfalls seit ihrer Jugendzeit. Da seien sie einige Male im Fextal gewesen, aber die Mutter habe sich immer mit Migräne ins Hotel zurückgezogen, bis der Urlaub dann abgebrochen wurde.

Im bunten Herbstwald raschelten die Eidechsen. Ihre Hand in der seinen zu fühlen machte ihn selig. Sie blieb vor dem Marienaltar am Wegrand stehen und vertiefte sich in die Details: ein ausgewaschenes und verwittertes Bild der Mutter Gottes und ihres Sohnes, farblos von den unzähligen Blicken der gläubigen Wanderer, dazu in waghalsiger Perspektive gemalt. Er legte seinen Arm um sie und drückte seine Nase in ihr Haar.

Sie gingen bergauf, und er haderte mit sich, die Zeit war

jetzt reif für einen Kuss. Sie war ihm nah, dann wieder lief sie davon, der günstige Moment entschwand. Zwei Tage lang hatten sie alle Sehenswürdigkeiten in der Gegend abgegrast, und sie hatte alles lebhaft zur Kenntnis genommen, aber keine Lust auf Zärtlichkeiten gezeigt. Schließlich machte er ihr Komplimente über ihr Aussehen, denn ihre Schönheit wurde von Tag zu Tag größer. Was war er für sie? War er mehr als ein Architekturstudent, der in seine Themen verbohrt war? Du bist stur, hatte sie schon zweimal zu ihm gesagt, als er ihr an irgendwelchen Gebäuden die Besonderheit der Tessiner Architektur erklärt hatte. Er dachte zu viel an sie, redete im Freundeskreis zu lang über sie, breitete seine Selbstzweifel aus und ging damit allen auf die Nerven. Sie kam aus der Seestadt, in der alles etwas größer, wichtiger, aufregender und sündiger war als im Rest des Landes. Sie war eine Städterin.

Am nächsten Morgen saßen sie in einem Café am Lago Maggiore, sie löffelte Eis, und er trank Bier, als ihm klarwurde, dass er sie zur Freundin haben wollte. Er wollte sie nicht einfach nur flüchtig erobern, er wollte mit ihr zusammen sein. So über beide Ohren war er in sie verliebt, dass er beschloss, sie zu seiner Mutter einzuladen. Es war das erste Mal, dass er eine Frau mit nach Hause brachte, ganz anders als seine Schwester Ines, die alle paar Monate mit einem neuen Freund aufkreuzte. Er prahlte mit seiner abenteuerlustigen Schwester. Ines tingelte gerade als Pflegerin für ein christliches Hilfswerk durch Afrika. Sie war blond, hatte die Haare mit der Schere auf die Kürze eines Teppichvorlegers geschnitten, war resolut, hübsch und unberechenbar. Er klappte sein Portemonnaie auf und zeigte ihr ein Foto, auf dem sie in die Kamera lachte. Der kleine Bruder, sagte Irma, und er nickte.

Sie setze sich gerne für andere ein, sagte er und Irma meinte, sie beneide Frauen wie Ines, sie sehe nicht nur gut aus, sie strahle auch viel Selbstvertrauen aus. Sie erobere die Welt. So eine wäre sie gern, sagte sie seufzend.

Am Spätnachmittag standen sie vor einer leicht heruntergekommenen Wohnhaussiedlung, und er zeigte, die Zigarette zwischen Zeige- und Mittelfinger, auf einen Balkon im dritten Stock und sagte, da sei er aufgewachsen, auf diesem Balkon habe die Dartscheibe gehangen, da habe er mit dem Freund Schachspielen gelernt, da habe man im Sommer zusammen draußen gegessen. Hässliche Häuser, sagte er, man müsse sich nicht wundern, dass einer, der in solchen Verhältnissen groß geworden sei, von schöneren Häusern träume. Das sei nach dem Umzug gewesen, nachdem der Vater die Familie verlassen habe. Später sei seine Mutter dann Gott sei Dank wieder weggezogen.

Sie legte ihm die Hand in den Nacken, und er verstummte. Sie verstand, was er sagen wollte. Er habe sich schon immer für Innenräume interessiert, für die Formen der Häuser. Stil, sagte er, sei wichtiger als Inhalt. Sie nickte. Die Art, wie sie sich kleidete, hatte Stil. Die strengen Blusen bei hochgestecktem Haar, dazu Ohrringe. Ethnoplunder, hätte ein anderer gesagt; für ihn war es der magische Fetisch einer Prinzessin.

Sie gingen durch eine schmale Straße, er zeigte ihr das Schild eines Lokals mit dem Namen einer spanischen Stadt: sein Trinklokal. Hier habe er Nächte durchlitten, sagte er. Er legte wieder seinen Arm um sie. Auf einer Wiese hinter den Häusern hatte er Fußball gespielt, linker Stürmer, dann, nachdem er zu rauchen begonnen hatte, Verteidiger. Das war sein Leben gewesen, es gab nichts Krummes darin. Schließlich standen sie vor dem Schulgebäude, dem Pausenplatz, und er erwähnte eine Iris und eine Graziella, in die er verschossen gewesen war. Er redete mehr als sonst, aber wenn man jemanden wie Irma unterhalten wollte, durfte man nicht mundfaul sein. Bei Einfall der Dunkelheit ging er mit ihr von den Jugendorten zu den Kindheitsorten, in den kleinen Park mit dem Sandkasten, der jetzt verlassen dalag, voll vergessenen Spielzeugs, eine gelbe Schaufel, ein abgefallenes Autorädchen. Sie setzten sich auf eine Bank und küssten einander, endlich. Was war aus seinen Freunden von früher geworden? Danilo hatte sich mit einer Akademikerin verlobt, und Roberto war mit einer zusammen, die aus einer Diplomatenfamilie kam. Würde er demnächst Irma heiraten?

47

Marc war froh, wenn er abends aus dem Haus kam, darum nahm er die Einladung von Urs gerne an. Seit seinem letzten Besuch hatte sich in dessen Wohnung nur wenig verändert. Noch immer gab es den kleinen Flauschteppich vor dem Kamin, noch immer brüteten Kartonkisten in der Ecke vor sich hin. Und es gab den Waldrand, den falsch gelegten Parkplatz und die zwischen den Bäumen durchscheinende hässliche Wohnsiedlung. Das Foto, das Urs nie geschossen, aber stets vor Augen hatte.

Bier?, sagte Urs und ging gut gelaunt in Richtung Kühlschrank.

Ich habe eine neue Frau kennengelernt, Mathilda. Ausnahmsweise nicht übers Internet, sondern in einem Café. Das Besondere an ihr: Sie ist schwarz, rabenschwarz, stammt aus Mali und ist ziemlich hübsch. Hat Augen wie ein Panther und spricht gut Deutsch.

Die wievielte in diesem Monat?

Urs verscheuchte seinen Unmut übers Marcs Frage mit einer Handbewegung.

Mit Mathilda ist es anders. Ich weiß nicht warum, aber es läuft einfach alles rund.

Marc freute sich.

Sie hat Humor. Und ich habe das Gefühl, dass sie zu mir passt.

Wie lange seid ihr schon zusammen? Marc hütete sich, sein Misstrauen allzu offen zu zeigen.

Drei Wochen! Es klang, als wären es drei Jahre. Ein halbes Dutzend Mal hatten sie einander schon getroffen.

Urs stellte ein afrikanisches Eintopfgericht auf den Tisch: Hühnerfleisch mit Mais, roten und schwarzen Bohnen und Kochbananen. Das Rezept habe er von Mathilda, die Bohnen erinnerten ihn an sie, sagte er; Mathilda sei eine schwarzrote Bohne.

Marc hatte auf einmal die Idee, dass es gar keine Mathilda gab, dass Urs übergeschnappt war. In der Einsamkeit der Agglo war er langsam verrückt geworden und hatte den Kontakt zur Realität verloren!

Na ja, sagte Urs und zerlegte ein Hühnerbein, die Sache hat schon einen Haken.

Er kaute weiter.

Ja?, fragte Marc neugierig.

Er habe Mathilda Geld gegeben. Viertausend Franken, sagte Urs und sah aus, als wären ihm ein paar Zähne gezogen worden.

Na und, lächelte Marc bemüht, das ist doch gut investiertes Geld, oder?

Urs machte ein Gesicht, als müsste er gleich weinen. Er sei leider fast schon süchtig nach ihr.

Wofür sie das Geld verlangt habe, fragte Marc.

Für die kranke Mutter in Mali, sagte Urs deprimiert.

Und was ist, wenn es keine kranke Mutter gibt?

Ich hab mir das auch schon überlegt. Die anderen Frauen waren schließlich auch nicht gratis. Ich hab ihr das Geld gegeben, danach fühlte ich mich hundsbeschissen. Letzte Nacht träumte ich, ich säße in Bamako mit Durchfall auf dem Klo.

Marc lobte den Eintopf.

Dabei habe ich das Gefühl, als wären wir schon ewig zusammen. Irgendwie so.

Und das Geld?, unterbrach ihn Marc. Wird sie es dir zurückgeben?

Bis jetzt haben wir nicht darüber gesprochen.

Marc schaute ihn verblüfft an: Du verschenkst viertausend Franken an eine wildfremde Frau, die du erst seit wenigen Wochen kennst?

No risk no fun, grinste Urs.

Wo endete die Freundschaftspflicht? Musste er Urs nicht davor bewahren, dieser Frau weiter sein Erspartes anzuvertrauen?

Was soll ich tun, wenn sie wieder Geld will?

Dann sagst du Nein!

Vielleicht kriegt sie ein Kind von mir.

Marc schluckte leer.

Möchtest du denn Vater werden?

Urs stand auf, ließ das Essen stehen, schob seine Hände in die Hosentaschen und schaute zum Waldrand hinaus.

Es ist, als stünde ich auf einer Staumauer, sagte er, angegurtet an einem Seil. Soll ich springen oder nicht? Meine Lungen sind prallvoll mit Sauerstoff, meine Muskeln gespannt, mein Geist wachsam, ich bin bereit. Aber was, wenn das verfluchte Seil nicht hält?

48

In Sanssouci klopfte Irma leise an die Tür von Beas Zimmer. Als sich nichts regte, öffnete sie vorsichtig einen Spalt und erschrak, als sie Bea am Boden liegen sah. Aber sie atmete regelmäßig, lag flach auf der Matte, den Kopf in gerader Linie mit der Wirbelsäule, die Arme locker neben dem Rumpf. Atmete tief und entspannt. Über der Braue trug sie ein Pflaster. Als sie Irma bemerkte, schlug sie die Augen auf:

Komm rein, es gelingt sowieso nicht.

Irma sah, dass sie geweint hatte.

Finn hat mich geschlagen.

Sie zeigte auf die Stirn, Irma setzte sich. Finn mochte ein

Taugenichts sein, eine Nervensäge, aber dass er auch ein Schläger war, das hatte sie nicht gedacht.

Er hat mich an den Haaren durch das Badezimmer geschleift, sagte Bea. Wir hatten gerade gevögelt, da war er schon brutaler als sonst gewesen; danach ging ich ins Bad, und plötzlich packte er mich bei den Haaren, zog mich auf den Boden und schlug mir die Hand ins Gesicht. Ich habe geblutet, wahrscheinlich war meine Lippe geplatzt. Ich hatte Angst, dass er mir einen Zahn ausgeschlagen hatte. Dann wäre ich für Wochen weg vom Bildschirm.

Bea wurde von einem Weinkrampf geschüttelt.

Jeden Abend sitzt er Punkt halbacht vor dem Fernseher und wartet. Er behauptet, ich hätte auf dem Bildschirm eine Autorität, die ihn anmacht. Er kontrolliert, ob meine Maske gut passt, ob mir eine Haarsträhne ins Gesicht fällt, er gibt mir jeden Abend Feedback. Er sagt, er würde sich jeden Abend neu in mich verlieben. Manchmal schreibt er mir direkt nach der Sendung eine SMS, wenn etwas nicht so war wie sonst. Den Schluss der Sendung mag er am liebsten, wenn ich länger in die Kamera schaue und zur nächsten Sendung überleite, den Kommissar ansage, ein Quiz oder ein Politmagazin. Er sagt, dass ich von Millionen von Männern bewundert würde. Er sagt, sie würden alle mit mir ins Bett wollen.

Sie gingen in die Küche, wo Bea sich hastig eine Zigarette anzündete, den Rauch des ersten Zugs hinunterschlang und sie dann in den Aschenbecher legte, wo sie verglühte.

Es fällt mir schwer, das alles zu glauben, sagte Irma unsicher.

Bea schüttelte den Kopf, als könnte sie das alles selber nicht glauben.

Dabei ist er eigentlich ganz in Ordnung. Er ist in einem Internat aufgewachsen, wo man ihm natürlich nicht nur Gutes getan hat. Dort wurde er so, wie er heute ist.

Irma zuckte zusammen.

Neulich kommt mein Chef nach Arbeitsschluss rein und sagt, Katrin falle in den nächsten Tagen wegen Grippe aus, ob ich einspringen könne. Ich flehe Walter an, ich fahre die nächsten Tage mit meinem Mann weg, das ist schon seit einer Ewigkeit geplant. Ich sehe Herbert in der Kantine sitzen und frage, ob nicht er einspringen könne. Aber Walter legt mir die Hand auf die Schulter und sagt, er verdonnere mich dazu, dafür lade er mich jetzt zum Abendessen ein. Was konnte ich tun, Irma, Walter meinte es ja nur gut. Wir fahren also in seinem alten Spitfire ins Fünfsternerestaurant, wo er bereits einen Tisch für uns bestellt hat. Zuhause wartet Finn, schreibt mir eine SMS nach der anderen und versucht mich anzurufen. Ich unterdrücke die Anrufe, da ich mit Walter im Gespräch bin. Nach dem Essen kutschiert er mich nach Hause, stoppt aber noch bei einer Bar. Ich gehe mit, er ist nett, und zuhause habe ich sowieso nur Finn am Hals. Es wird ein Uhr.

Bea goss sich und Irma Tee ein.

Als ich nach Hause komme, steht er hinter der Tür. Ich ducke mich, aber er packt mich und knöpft mir die Bluse auf. So nicht, Junge, denke ich, aber dann ist er so zärtlich und drängend, dass ich einfach nachgebe. Damit die Sache schnell überstanden ist. Er hat zu viel intus, das merke ich, und ich hab ja auch einiges getrunken. Wir sind also gleich im Bett gelandet, und danach stehe ich im Bad, als er mich wortlos an den Haaren packt, ins Gesicht schlägt und dann auf den Boden wirft.

Du musst ihn anzeigen, sagte Irma.

Dann trenne ich mich besser gleich von ihm.

Ist das wirklich die beste Lösung?

Ich will mich nicht von ihm trennen, ich liebe Finn. Wenn ich nur seine Eifersucht abstellen könnte. Die hängt auch mit seiner Arbeit zusammen. Es ist für ihn schwieriger geworden als Freelancer. Er telefoniert und telefoniert, aber das Onlinegeschäft ist schlecht bezahlt. Kein Mensch will mehr Musikbesprechungen, seit alles nur noch gestreamt wird.

Vielleicht bist du einfach zu erfolgreich für ihn?

Erfolgreich? Ich bin noch nirgends. Walter hat von einer eigenen Sendung geredet, das bedeutet vor allem mehr Arbeit. Du glaubst doch nicht, dass ich wegen Finns Eifersucht meine Karriere abbreche. Ich muss mich entscheiden, wohin es mit meinem Leben geht. Und was ich mit Finn mache. Er liest meine Mails, kontrolliert meine Rechnungen, informiert sich über meine Kollegen.

Was sagt Alice?

Alice rät zur Paartherapie. Alice ist von gestern.

Beas Empörung legte sich allmählich. Die Wunde, sagte sie, sei in ein paar Tagen verheilt; in der Maske hätten sie gemeint, sie lasse sich zur Not auch mit Haaren überdecken. Aber dazu müssen sie mir eine neue Frisur machen.

Irma überlegte hin und her. Wenn es jemanden gab, der Bea einen Rat geben konnte, dann war es Alice.

Könntest du nicht Marc darum bitten, dass er einmal mit Finn redet? Von Mann zu Mann.

49

Marc musste sich Luft verschaffen und setzte sich aufs Fahrrad. Nach dem letzten Gespräch mit Irma, in dem er gesagt hatte, Finn müsse sich von Bea trennen oder eine Geliebte suchen, war der Streit so eskaliert, dass sie die Türe hinter sich zugeschlagen hatte.

Das Land lag schwer unter dem grauen Himmel. Er trat in die Pedale, um dem drohenden Regen zu entkommen. Vorgestern hatten sie Gaby verabschiedet. Danach hatten Tim und er im Büro gestanden wie zwei verlassene Liebhaber. Lust zu arbeiten? Nein! Er musste weg.

Er fuhr einen Seitenarm des Rheins entlang, der sich bedächtig durch die Ebene schlängelte, und ließ die Stadt hinter sich. In der Talsenke sah man noch die Kamine der Müllverbrennungsanlage, den emporragenden Messeturm. Den beiden Architekten, die mit vielen aufsehenerregenden Bauten zu Stars geworden waren, war seiner Meinung nach etwas Eigenständiges gelungen, das der Stadt gut stand. Gaby hatte dagegen den Bau kritisiert, sie fand, ein Hochhaus sei kein guter Ort zum Leben. Sie hatte ihn in eine heftige Diskussion verwickelt, indem sie darauf hinwies, dass Hochhausbewohner eigentlich kaum miteinander verkehrten. Und meistens seien die Grünflächen, die um Hochhäuser geschaffen würden, nichts als Ausdruck des schlechten Gewissens. Erst als sie sagte, eine Stadt solle möglichst grün sein, Urban Gardening, das sei heute angesagt, fand er zu seinen Argumenten. Er verteidigte die neue Skyline, die durch das Hochhaus geschaffen wurde, und beharrte darauf, dass eine Stadt auch unverwechselbare Wahrzeichen brauche. Gaby hatte mit der ihr eigenen Ironie darauf hingewiesen, dass das, was er Wahrzeichen nenne, nichts anderes sei als die erigierte Überheblichkeit von Stararchitekten. Und so hatten sie damals den ganzen Morgen weiter diskutiert.

Statt Regen brach unvermutet die Sonne durch die Wolken und entzündete im Westen brachliegende Felder. Er war auf der Flucht, nicht nur vor Irma, auch vor sich selber. Es gab Tage wie diesen, wo man sich den Optimismus schon am Morgen mit dem Rasierschaum abwischte. Er hatte das Gefühl, dass die Menschen immer dümmer wurden, dass sich die Menschheit immer mehr verrannte. Die Zukunft war verloren gegangen, so pflegte es Anatol zu sagen. Als Architekt war ihm die Zukunft Kapital. War in seiner Studienzeit alles Zukünftige noch voller Verheißungen gewesen, sodass man mit leichter Hand Utopien entwarf, lag sie heute im Dunkeln. Wie sollte man so die Welt verändern? Überbevölkerung, Prekarisierung, Migration, da blieb für große Entwürfe kein Raum mehr.

Er zwang sich, seine Beine langsamer zu bewegen. In Zeitlupe zogen nun die Landschaft, die Häuser, die Vorgärten an ihm vorbei, als müsste er sie zum letzten Mal anschauen, um sie danach besser vergessen zu können. Der Wind schnitt ihm kalt ins Gesicht. Zwei Schäferhunde rannten durch einen Garten und blieben bellend hinter dem Gatter stehen. Er trat wieder schneller in die Pedale. Konnte es sein, dass Irma und er sich bald trennen würden?

50

Das Haus war leer, es war einige Stunden zuvor von Irma verlassen worden. Aber es sah aus, als wäre sie schon vor Wochen, ja Monaten gegangen. Alles Geschirr war sauber in die Schränke geräumt, kein Brotkrümel lag herum. Die Zeitungen auf dem Wohnzimmertisch waren nach Datum aufeinandergelegt, die Geschirrtücher gefaltet und gestapelt. Vorweihnachtspost lag in einem Bündel abseits, als hätten die bevorstehenden Festlichkeiten keine Bedeutung mehr, als könnte man mit ihrer Entsorgung auch gleich die Feiertage aus dem Kalender streichen. Der Kühlschrank leer bis auf die angebrochene Butter, laktosefreie Milch und ein Glas Gurken. Badezimmer ohne Haare, Kissen im Gästezimmer aufgeschlagen.

Wer so Ordnung machte, der zog einen Strich. Er kriegte weiche Knie. Wie erleichtert war er, als er einen Zettel auf seinem Nachttisch fand: *Bin für einige Tage in Sanssouci, arbeiten und nachdenken, liebe Grüße, Irma.*

Er bestellte eine Pizza, setzte sich vor den Fernseher und geriet in eine dieser Sendungen, in denen Bauern eine Frau suchen. Zappen, in Gedanken versinken. Er redete laut und erschrak, als er seine Stimme hörte. So redete er normalerweise mit Irma. Er redete die ganze Zeit mit Irma. Aber Irma war nicht da. Ob er sie anrufen sollte? Aber es war schon spät am Abend, in Sanssouci ging sie oft früh schlafen.

Am nächsten Morgen fuhr er los und traf sie beim Arbeiten an. Es war kalt, da sie nur den linken Flügel einheizte, in dem ihre Zimmer lagen. Sie saß im Wintermantel mit dicken Wollsocken am PC.

Ich muss mit dir reden, sagte er. Sie nickte, legte die ausgedruckten Blätter zusammen, hob noch welche vom Boden auf und legte sie auf einen Stapel. Sie räumte ihn in die Schublade des alten Tischchens, dann gingen sie in die Küche und kochten Kaffee. Ihr Gesicht war verschlossen und abweisend, er fühlte sich als Eindringling.

Warum rufst du mich nicht an? Sie wirkte müde, hatte schlecht geschlafen. Schließlich saßen sie einander gegenüber, erschöpft, noch bevor sie zu reden begonnen hatten. Ausgelaugt von einer seltsamen Krankheit. Sie fragte leise nach Gabys Entlassung. Interessierte sich für die kurzfristigen, aber auch mittelfristigen Folgen. Der Drohung, die Firma schließen zu müssen.

Er gab kurz und ausweichend Antwort, als würde es ihn zu einem anderen Thema drängen. Jetzt hätte er endlich reden müssen. Stattdessen hörte er sich dann doch von der Firma sprechen, und er ertrug den Klang seiner Stimme kaum. Er rührte in der Kaffeetasse, um sich selber zu beruhigen. Gleichzeitig machte ihn ihr Starrsinn wütend. Er regte sich darüber auf, dass sie wieder mit dem Rauchen begonnen hatte. Ihr Telefon klingelte, sie erhob sich, ging nach nebenan und kehrte wenig später zurück.

Ich muss dringend mit Duprals deutschem Verleger sprechen, wegen der Übersetzung. Lass uns später in Ruhe weiterreden.

Gut, sagte er und hörte in seinem Tonfall seine Erleichterung mit.

Am Abend, wieder in der Gemeinschaftsküche, kam das Gespräch auf Finns Gewaltausbruch. Wieso nahm sie Bea alles Wort für Wort ab? Beas Bericht strotzte doch vor Widersprüchen. Für ihn blieb fragwürdig, warum Bea immer sagte, Finn könne nichts dafür. Irma beharrte darauf, dass Bea Finn nur deswegen nicht verurteile, weil sie ihn liebe. Er zweifelte an dieser naiven Sicht der Dinge. Bea sei berechnend, sie habe durch diesen Gewaltausbruch, wenn er denn stattgefunden habe, Finn in der Hand. Wütend entgegnete sie, sein Standpunkt sei zynisch, ob er denn nicht wisse, dass eine Frau, die geschlagen würde, auch Scham verspüre. Jede Frau, die gequält werde, schäme sich.

Dann solle sie sich von Finn trennen.

Trennen, nie falle ihm etwas Besseres ein, das sei sein Wundermittel gegen alle Schwierigkeiten in Beziehungen. Träten irgendwo Probleme zutage, wolle er abhauen. Dieses Hauruckdenken, das Zerschlagen des gordischen Knotens, typisch Mann.

Aber, sagte er und verstummte. Wie hinterhältig er sich vorkam, da er etwas Wichtiges verschwieg.

Er trank, statt zu reden, sie trank, und je länger sie tranken, desto unwirklicher wurde, worüber sie redeten.

Mitten im Gespräch stand sie wütend auf, warf ihm das Wort »Feigling« an den Kopf und ging in ihr Zimmer. Er lief ihr nicht hinterher.

Am nächsten Tag lebten sie aneinander vorbei, ohne Sprache außer jener, die man für anstehende, praktische Dinge braucht. Als er am übernächsten Morgen an ihre Tür klopfte, lag sie auf dem Bett.

Es ist aus, sagte sie, ich spüre es. Etwas reißt uns auseinander.

Wieso reden wir über andere, wenn wir uns meinen?, sagte er.

Sie stand auf, zog sich den Mantel über und ging in den Wald. Er blieb in der offenen Tür stehen und sah, dass der

Boden übersät war mit ausgedruckten Blättern. Er sammelte die Blätter ein und legte sie auf einen Stapel. Sein Blick blieb an einigen Formulierungen hängen.

Er spürte, wie sein Kopf augenblicklich heiß wurde. Das also war es, was sie übersetzte! Während sie die ganze Zeit versucht hatten, miteinander zärtlich zu sein, hatte sie diese Obszönitäten übersetzt. Ihm war, als hätte er sie beim Ehebruch ertappt. Es verschlug ihm die Sprache.

Er stieg ins Auto und fuhr nach Hause. Dort packte er einen Koffer, setzte sich an den Küchentisch und schrieb auf einen Zettel: *Bitte such mich nicht. Ich melde mich, wenn ich kann. Ich weiß nicht, wie die Zukunft aussieht.*

51

Nach seiner Abreise fuhr Irma wütend in ihr Haus zurück, das sie leer vorfand. Weihnachten und Neujahr standen vor der Tür, die Festtage, an denen Familien sich selber feierten, und ausgerechnet jetzt musste er sich davonmachen. Sie zerknüllte seinen Zettel. Nein, sie würde ihn nicht anrufen. Sie wollte ihm Zeit lassen, so lange er brauchte. Bis er einsah, wie sehr er sie verletzt hatte.

Nachdem die Wut allmählich verraucht war, tat sich vor ihr ein Loch auf. Sie aß all die Weihnachtssüßigkeiten, die sie, ohne zu überlegen, gekauft hatte, und schaute aus dem

Fenster in den grauschweren Winterhimmel. In den Nachrichten verkündete Bea, dass das Unwort des Jahres »Wutbürger« hieß, und Irma empfand eine stille Genugtuung. Als »gefährliche Weihnachtsbescherung« waren Paketbomben in der Schweizer Botschaft in Rom eingegangen, ein Angestellter hatte sich an den Händen verletzt. Als Bea sagte, dass der Anschlag wahrscheinlich auf das Konto von Ökoterroristen ging, wollte sie Mila anrufen, ließ es dann aber bleiben, Mila hatte ja gar kein Telefon mehr. In Griechenland wurde die Mehrwertsteuer erhöht; bei der Meldung, dass Obama den START–Vertrag durch den Senat gebracht hatte, klinkte sie sich aus. Matti mailte, dass er die Reifeprüfung bestanden hatte, aber direkt vom Internat aus mit Nina in die Ferien fliege. Also gab es kein Fest. So musste sie ihm nichts von dem zumuten, was sich zwischen Marc und ihr zutrug.

Am Weihnachtstag wartete sie stündlich auf eine Nachricht, einen Gruß von ihm, bis Alice vor der Tür stand, um sie abzuholen. Sie saß mit Alice, Fred und den beiden Kindern Aline und Eliane vor dem Weihnachtsbaum und sang »O du fröhliche«. Marc ist kein Thema, hatte sie zu Alice gesagt, und daran hielten sich alle. Sie war ausgeglichen, gut gelaunt, machte Scherze und trank ziemlich viel Wein. Auch bis Silvester war von Marc nichts zu hören. Er hatte die Festtage nie gemocht, aber ausgerechnet an Silvester zu schweigen, empfand sie als hinterhältig. Dankbar nahm sie die Einladung von Annette und Anatol an, schminkte sich die Tränen aus dem Gesicht und dinierte mit ihnen und anderen Gästen in einem Nobelrestaurant. Um Mitternacht rief Matti aus London an; er fuhr gerade mit einer Fahrradrikscha über den Trafalgar Square.

Sie zog sich in den ersten Tagen des Jahres ganz auf ihre Arbeit zurück, trieb viel Sport und las. An einem der Januarnachmittage flüchtete sie vom Schreibtisch weg in die Stadt. Sie setzte sich in ein Café und wartete, bis der Kellner kam, aber sie wusste nicht, worauf sie Lust hatte. Dass der Kellner sie nach ihren Wünschen fragte, überforderte sie. Schließlich bestellte sie sich einen Tee. Kurz darauf stand der Kellner wieder vor ihr und fragte, ob sie gern ein Törtchen dazu möchte. Törtchen nein, sagte sie und hatte Tränen in den Augen. Erschrocken sprach er ihr sein Beileid aus.

Sie wollte nicht so nahe an der Welt sein; sie brauchte einen Raum zwischen den Dingen und sich, der nur aus Sprache bestand. Nur dann fühlte sie sich sicher.

Gelangweilt beobachtete sie die Pärchen. Hatte jemand schon einmal genauer hinterfragt, was die da eigentlich taten? Warum sie sich an einem Samstagnachmittag immerzu in die Augen schauten? Alle schienen von einem heftigen Liebeswunsch besessen, dabei würde ein halbes Jahr reichen, um die ersten Verwerfungen sichtbar zu machen. Sie glaubte nicht mehr ans Paradies; das Paradies war nur erfunden worden, um zu erklären, dass die Menschen für immer daraus vertrieben worden waren.

Ihr gegenüber nahmen ein Junge mit einem Punkschnitt und ein Mädchen mit Piercings Platz. Jetzt war Schmusen noch einfach, jetzt noch konnten sie sich gegenseitig die Lippen ablecken, aber nach Jahren? War Einsamkeit, wie sie der Mann hinter dem Laptop in der Ecke ausstrahlte, wirklich so grauenhaft?

Sie brauchte jemanden, mit dem sie darüber reden konnte. Jener Augenblick am Anfang ihrer Geschichte, als Marc sie am Bahnhof von Montpellier abgeholt hatte und mit ihr ans Meer gefahren war, kam ihr wieder in den Sinn. Von da an war sie nicht mehr allein gewesen. Es war ein Augenblick der Klarheit gewesen: die Verbundenheit mit einem anderen, der dich meint; dich, nur dich, nicht irgendeine. Alice glaubte, das erklären zu können.

Was wollte der Junge, der draußen neben seinem Ghettoblaster einen Veitstanz aufführte, denn anderes, als geliebt zu werden? Weil ihm das eigene Leben nicht ausreichte, weil er sonst niemanden hatte, der sagte, es gibt dich.

Weil es einen sonst nicht gab?

52

Nachdem Marc zuhause seinen Koffer gepackt hatte, war er einfach losgefahren. Wütend und seiner Wut gegenüber hilflos war er einige Stunden auf der Überlandstraße unterwegs gewesen, den Blick immer auf den Horizont gerichtet, ohne das Navigationsgerät einzuschalten, ohne Ziel. Die Landschaft war mit leichtem Schnee überzuckert, er hätte heulen können. Als seine Erregtheit abflaute, kehrte er in einen Landgasthof ein, aß ohne Appetit einen Flammkuchen und trank Mineralwasser. Danach fuhr er weiter, änderte die Richtung, fuhr zurück, sodass er am Nachmittag wieder ungefähr in der gleichen Entfernung zur Stadt war wie am

Morgen. Er machte nochmals Halt, marschierte durch einen Wald und trank in der Dorfkneipe einen Schnaps. Raubvögel kreisten am Himmel. Er war allein in diesem menschenleeren Landstrich und redete unentwegt vor sich hin.

Schließlich fuhr er zurück. Als er am Feierabend wieder in seine Stadt einfuhr, auf den bekannten Straßen, auf denen er blind zu seinem Haus gefunden hätte, konnte er plötzlich nicht mehr atmen. Er ließ das Fenster herunter, aber die Atemnot hielt an. Er beschloss, die Rückkehr um eine Nacht hinauszuzögern, und quartierte sich in einem Mittelklassehotel am Rhein ein, Luftlinie anderthalb Kilometer von seinem Haus, mit dem Fahrrad einige Minuten von seinem Büro entfernt. An der Rezeption sagte man ihm, dass er das Zimmer zu dieser Jahreszeit vergünstigt haben könnte, er nickte, verlängerte um eine Woche. Zuerst lag er unschlüssig auf dem Bett, aber er konnte nicht den ganzen Abend liegen bleiben und hatte Hunger. Er zog seine Schuhe an und machte sich zu einem Spaziergang auf. Er war vorsichtig, war vor seinen Freunden auf der Hut. Und natürlich vor Irma. Um nicht gleich einem Bekannten zu begegnen, aß er in einem Fastfoodlokal einen Burger.

Wie gut, dass er nun von allen Festlichkeitsanstrengungen befreit war, keinen Weihnachtsbaum sehen musste und Silvester vergessen durfte. Er kaufte sich im Warenhaus einen Hut, dunkelblau und nicht zu auffällig; so konnte er untertauchen. Er legte sich Sätze zurecht, die er Irma sagen konnte, falls sie ihn anrief oder ihm begegnete. Im Übrigen erschien ihm die eigene Stadt interessanter als sonst. Er kaufte sich einen Roman und entdeckte einige neu eröffnete Cafés.

Als die Festtage vorbei waren, ging er wieder ins Büro und kehrte abends in sein Hotel zurück. Er begann eine

Mail an Irma, die immer länger wurde. Die Mail war schließlich so lang und verworren, dass er sie nicht absandte. Er stockte und sah den Hut im Schein der Nachttischlampe. Der Hut gefiel ihm. Er hatte schon immer so einen haben wollen, aber Irma hatte immer gemeint, auf seinen Kopf passe kein Hut. So hatte er bisher immer darauf verzichtet, wie auf vieles andere, was er sich gewünscht hatte. Er klappte den Laptop zu, setzte sich den Hut auf und marschierte ziellos durch die Straßen.

53

Irmas unterbrach ihre Arbeit, als es an der Türe klingelte. Alice hatte es sich zur Aufgabe gemacht, nach Irma zu schauen. Irma bot ihr Muffins an.

Matti bombardiert mich mit Süßem, seit er dem Veganismus abgeschworen hat.

Ist er denn zurück?, fragte Alice.

Seit letzter Woche. Seine neue Freundin ist in London geblieben. Eine Halbchinesin, die er aus dem Internat kennt.

Ich wünschte, Eliane und Aline hätten etwas von Mattis Verwegenheit, sagte Alice. Sie hängen zuhause rum und verpesten die Luft mit billigem Parfüm und Facebook.

Sie tranken Kaffee, über ihren Köpfen wummerten Mattis Boxen.

Hast du in der Zwischenzeit mit Evelyne geredet?

Irma machte ein schiefes Gesicht. Lieber wollte sie eine Kellerschnecke schlucken, als noch einmal auf diese Sache zurückkommen!

Ödipal, sagte Alice. Das war ihr Passepartout für alles, was Irma betraf.

Nicht sehr originell.

Alices Gesicht wurde rund. Irma drehte sich zum Fenster, um ihre Gefühle vor ihr zu verbergen.

Mattis Affäre ist vorbei, sagte sie und drehte sich wieder um.

Du hast ja Tränen in den Augen, sagte Alice.

Alice stand nicht auf, um sie zu trösten, sie blieb sitzen und sagte, sie wolle jetzt endlich wissen, was los sei, warum Marc weggefahren sei.

Wir konnten nicht mehr miteinander schlafen. Das heißt, ich konnte nicht mehr.

Sexout!

Allmählich haben wir aber auch aufgehört, einander zu verstehen.

Kommt mir bekannt vor. Ein Klient von mir musste seine Prostata entfernen lassen; seither haben sie keinen Sex mehr und können auch nicht mehr miteinander reden. Mittlerweile sind sie geschieden.

Warum reden alle mit dir über solche Dinge?

Die reißen den Mund auf, wenn sie mich nur sehen.

Alice hatte das Therapeutengesicht, das andere zum Reden brachte.

Es funktioniert auch ohne Sex. Eigentlich geht nichts verloren, sagte Alice.

Ich habe mich nie daran gewöhnt. Zuerst ging die Nähe

verloren, dann sein Interesse. Zuletzt muss ich für Marc so attraktiv gewesen sein wie ein Ast.

Aber das kann doch nicht alles sein?

Er ist weg, ohne mir was zu sagen. Manchmal wünschte ich, er wäre tot.

Ausgerechnet jetzt platzte Matti in die Küche. Er telefonierte gerade mit Nina, begrüßte Alice mit einem Wangenkuss und winkte Irma mit dem kleinen Finger zu. Er trug einen Bademantel, darunter Boxershorts, und seine rasierte Brust glänzte. Er nahm eine Dose Red Bull aus dem Kühlschrank. Der Geruch des frisch geduschten männlichen Körpers breitete sich in der Küche aus.

Brauchst du den Wagen heute Abend?, fragte Irma

Ich treffe den Typen für den Businessplan gleich hier um die Ecke.

Er hatte gleichzeitig noch immer das Handy am Ohr.

Matti und Nina basteln an einer eigenen Firma, sagte Irma.

Und worum geht's?

Wir wollen eine Firma gründen, die Unternehmen weltweit hilft, ökologischer zu produzieren. Aber wir stehen erst am Anfang.

Gut so, solche Unternehmen wird es in Zukunft brauchen, sagte Alice.

Matti steckte das Lob unsicher ein. Take care, sagte er zu Irma und ging die Treppe hinauf.

Irma zog einen losen Faden aus dem Stoff ihres Ärmels.

Ich habe um vier meinen nächsten Klienten, sagte Alice. Ruf mich an, wenn dir die Decke auf den Kopf fällt. Kommst du am Wochenende zu uns? Fred kocht?

Mal sehen, sagte Irma, aber sie hatte keine Lust, ihre Zeit bei Alice abzusitzen.

54

Auf der Straße stieß Marc mit Urs zusammen, der ihn mit der frohen Botschaft überfiel, die Geschichte mit Mathilda habe sich zum Positiven gewendet, es sei kaum zu glauben, ob er nicht auf einen Sprung bei ihm vorbeischauen wolle. Urs, der es kaum geschafft hatte, mit sich selber auszukommen, sollte die Liebe gefunden haben?

Sie fuhren durch die Agglo, dorthin, wo man den Waldrand im Blick hatte. Urs' Wohnung war blitzblank und aufgeräumt; Zimmerpflanzen in den Ecken und auf dem Fenstersims eine Phalanx afrikanischer Figuren aus dunklem Holz. Mathilda war es gelungen, Urs das Wohnen beizubringen. Er öffnete eine Flasche Weißwein und sagte, er habe soeben für eine Zeitschrift einen gut bezahlten Auftrag erledigen können, Gämsen in Graubünden. Heimat sei wieder gefragt. Er sei mit Mathilda drei Tage lang in den Bergen herumgeklettert. Sie habe es toll gefunden, er habe sich zu Tode gelangweilt, aber Gämsen geknipst.

Schließlich kam Mathilda. Sie versprühte Energie, ihr rundes Gesicht schien unentwegt zu lachen, auch wenn sie ernst war; es gab solche Menschen. Urs schenkte ihr ein, wirbelte dann, als sie kochten, unentwegt um sie herum. Es war der Anfang einer Liebe, und beim Kochen zeigte sich, wie gut sie schon aufeinander abgestimmt waren. Sie reichten einander die Zutaten und zuweilen gab's einen Kuss. Marc blieb länger als geplant, der Abend wurde immer lustiger. Mathilda und Urs waren wie aufgezogen und scherzten, das tat ihm gut. Manchmal setzte sie sich auf Urs' Knie, und er knutschte sie ab, ohne jedes Gespür für Peinlichkeit.

Als Marc sich nach der kranken Mutter erkundigte, mussten beide lachen. Er habe ein gutes Gedächtnis, sagte Urs. Die Mutter sei aus dem Spital entlassen, sagte Mathilda, sie habe Urs das Geld zurückgegeben. Nur zur Hälfte, Schatz, schmunzelte Urs, die andere Hälfte war eine Anzahlung auf dich.

Nach dem Essen wollte Urs unbedingt seinen neuen Buller-Ofen vorführen. Schnell war eingeheizt, und als das Holz gemütlich knackte und krachte, legte Mathilda Musik aus Mali auf. Die beiden tanzten durchs Wohnzimmer, und Marc, an der Grappa nippend, dachte zurück an den Hochzeitstag, den Irma und er vor einem dreiviertel Jahr auf Sanssouci gefeiert hatten.

Kurz nach Mitternacht begleitete ihn Urs an die Tür und dankte ihm überschwänglich für sein Kommen. Mathilda schlang ihre kurzen, festen Arme um seinen Nacken und sagte, es wäre schön, wenn er bald wieder ihr Gast sein könnte.

Das mit den Gewürzen, sagte Urs draußen leise, musste ich ihr beibringen. Einzeln, jedes Gewürz erklären, weißt du, sie hat vom Kochen nicht so viel Ahnung.

55

Einer Gewohnheit gehorchend, stellte Irma zwei Teetassen auf den Tisch, eine für Marc und eine für sich. Der Apfel schmeckte fade, sie hatte in letzter Zeit keinen rechten Appetit mehr. Sie schaltete den Fernseher ein: In Ägypten zwangen Massenproteste den todesmüden Mubarak endlich zum Rücktritt. Präsidenten, dachte sie, können zurücktreten, und das Militär übernimmt die Macht. Das Telefon klingelte. Sie machte den Fernseher leiser und zwang sich, gelassen zu bleiben. Wie würde sie auf Marcs Stimme reagieren? Sie entschied in Sekundenschnelle, ihm nicht mit Vorwürfen zu kommen, sondern ihm zu zeigen, dass sie seine Rückkehr im Rahmen eines gegenseitigen Abkommens begrüßen würde. Aber es war dann doch nur eine Telefonumfrage eines Krankenkassenanbieters. Enttäuscht schaltete sie die Kaffeemaschine ein.

Warum nimmst du immer alles so ernst?, hörte sie ihre tote Mutter sagen.

Wo Evelyne wohl gerade war? Mit Evelyne konnte sie herumblödeln. Mit Evelyne war sie in der Studienzeit oft ausgegangen, wenn ihnen langweilig war. Und Evelyne war am Ende oft mit einem Mann abgezogen, während sie Marc angerufen hatte.

Das Telefon klingelte erneut, Ona war dran. Irma konnte ihr nicht länger erzählen, dass Marc eine Weiterbildung absolviere. Trotzdem mochte sie nicht darüber reden, dass sich in ihrem Leben eine Katastrophe abzeichnete.

Mir geht's hundsmies, lachte Ona mit ihrer breiten, blues-weichen Stimme. Seit ich aus der Klinik entlassen bin, frage ich mich, warum man mich nicht hat sterben lassen. Ich begreife nicht, was in mich gefahren ist.

Gehst du wieder arbeiten?

Axel meint, ich solle mir Zeit lassen. Er ist fürchterlich einfühlsam. Und ich denke nach, wie ich schon seit langer Zeit nicht mehr nachgedacht habe. Ich frage mich, ob ich nicht einfach nur deswegen alles mitgemacht habe, weil ich hier außer Axel niemanden habe.

Du hast die Freunde. Und mich, sagte Irma.

Aber trotzdem bin ich nicht Teil der Gesellschaft. Alle sagen, dass es keine Rolle spielt, dass ich schwarz bin. Mila sagt, sie habe es nicht einmal bemerkt. Seltsam, dass man hier die Hautfarbe von Menschen nicht wahrnimmt, obwohl sie zuletzt doch alles bestimmt. Wie oft wurde ich schon gefragt, woher ich komme, im Supermarkt, auf Partys, immer ist da einer, der dich nach deiner Herkunft fragt. Wenn ich sage, ich komme von hier, sind die Leute enttäuscht. Nicht einmal Amerika lassen sie gelten.

Irma schwieg. Sie war noch nie gefragt worden, woher sie kam. Man hatte ihr noch nie gesagt, dass sie gut Deutsch spreche. Sie lebte mit einer Selbstverständlichkeit hier, die Ona nicht kannte.

Wieso lässt du deine Söhne nicht nachkommen?

Wie soll ich ihnen das alles zumuten? Wenn ich in die Agglo fahre, starrt man mir hinterher, dass meine Haut schwärzer wird.

Ich kann es nicht glauben, sagte Irma betroffen.

Es ist nicht leicht, in einem Land zu leben, in dem deinesgleichen gar nicht vorkommt, seufzte Ona. Nicht in der Geschichte, nicht in den Medien, nirgends.

Irma hörte, wie Onas Stimme brüchig wurde und dass sie zu einem Glas griff. Sie versuchte sie mit einer sachlichen Frage zu trösten.

Hast du die schweizerische Staatsbürgerschaft?

Warum sollte ich?! Axel ist ja bis heute Deutscher, und er hat immer Wert darauf gelegt, Deutscher zu bleiben. Er hält die Schweizer für Rassisten, aber nur in ihrem Verhältnis zu den Deutschen.

Vielleicht verbindet euch das auch? Vielleicht will er dich auch deswegen heiraten.

Es geht ihm doch gar nicht um meinen Status, er will einfach eine attraktive Frau an seiner Seite haben. Seine Lust auf mich hat ihn für meine Hautfarbe blind gemacht. Er wollte, dass ich mich in die Sonne lege, damit aus meinem Schokoladenbraun ein tiefes Nachtschwarz wird. Ist das nicht eine verrückte Art von Rassismus? Jetzt möchte er mich in eine Reha abschieben. Er sagt, das würde mir guttun. Er kann mich mal!

Ona war wütend, als sie das Gespräch beendete. Vielleicht war die Idee mit der Reha gar nicht so schlecht, überlegte Irma. Onas Suizidversuch war gescheitert, und Axel musste damit rechnen, dass sie es wieder probierte.

Sie ging in die Küche, wo Matti gerade beim Kochen war.

Isst du mit?, fragte er. Dann lege ich noch ein Steak in die Pfanne.

Gibt's jetzt wieder Fleisch? Mir würde ein Salat genügen.

Ich habe das ganze ungesunde Zeug mit den versteckten Zusatzstoffen weggeschmissen.

Ja, du hast jetzt wieder mehr Zeit.

Wie magst du's, saignant oder à point?

Von mir aus saignant, sagte sie und freute sich darauf, wie er den Teller hinstellte, links die Gabel, rechts das Messer. Dass er das begriff, war für sie schon wie ein Evolutionssprung. Er goss ihr einen Chardonnay ein, etwas zu viel, und stellte ein mit einer sämigen Sauce gefülltes Whiskyglas vor sie hin.

Moment, rief er und eilte in die Ecke, wo er sein Handy wie eine Kamera platzierte.

Was machst du?, fragte sie.

Kosten!, rief er.

Nein, zuerst will ich wissen, was du machst.

Ich filme uns beim Essen. Geht aber nur, wenn du kostest.

Sie steckte den Löffel ins Glas.

Kürbissuppe?

Mit etwas Speck und Parmesan. Eigenkreation.

Raffiniert.

Danach kommt das Steak, dann der Wein.

Womit hab ich das verdient?, sagte Irma, ohne eine Antwort zu wollen. Er gab ein Grunzen von sich.

Du solltest mal für Papa kochen. Wenn er zurück ist.

Ma, sagte Matti streng, ich möchte mich nicht in euren Streit einmischen.

Aber so ganz unschuldig bist du auch nicht, hätte sie gerne gesagt. Sagte aber: Dann hör auf zu filmen!

Ich filme Menschen beim Essen. Wenn's klappt, werde ich daraus einen Kurzfilm machen, den ich an der Filmhochschule einreiche. *Our pornographic meating*, meating mit a.

Irma schluckte.

Eine Frage der Ästhetik.

Nach dem Essen spürte sie den Wein. Sie legte sich auf die Chaiselongue in ihrem Büro. Würde Marc den Film jemals sehen? Sie schlief ein und träumte, ein wirres Durcheinander, von Matti und Ona und dem Roman.

56

Pünktlich um acht Uhr morgens saß sie wieder am Schreibtisch und arbeitete weiter an ihrer Übersetzung. Chantal war zu ihrem Ehemann zurückgekehrt, nicht ohne ihm alles gebeichtet zu haben. Nachdem er ihr vergeben hatte, ging sie in die Kirche. Als Irma das Kapitel zum ersten Mal gelesen hatte, hatte sie noch befürchtet, Chantal würde alle ihre Sünden einzeln aufzählen. Sie hatte gehofft, Dupral würde jetzt nicht auch noch mit Michel Foucault kommen, sie hatte geseufzt, und tatsächlich war er nur knapp an einer Beichtorgie vorbeigeschrammt. Zwar wollte ihr der lüsterne Priester immer wieder Details entlocken, aber da biss er bei Chantal, die ihr an dieser Stelle ausgezeichnet gefiel, auf Granit.

Gérard vergab Chantal ohne Wenn und Aber. Er stellte keine Fragen und wollte nicht mehr wissen, als sie erzählt hatte. Bei einem Essen im Coupole fragte er sie, ob sie sich nicht für ein Studium interessieren würde. Chantal legte amüsiert die Gabel weg. Ein Studium, an welche Richtung denkst du? Ich würde wahnsinnig gern studieren, aber ich weiß nicht, ob ich dazu in der Lage bin. Gérard schaute streng auf den Teller. Er schwitzte, vielleicht weil er ahnte, dass Chantal ihn durchschaute. Da sie sich ein Studium aus eigener Tasche nicht leisten konnte, würde er ihr unter die Arme greifen müssen, und sie würde sich noch mehr in seine Abhängigkeit begeben.

Chantal schlug die Beine übereinander, die Kellner starrten.

Philosophie würde sie am liebsten studieren, nichts anderes!

Dann Philosophie, bekräftigte Gérard und bestellte eine Flasche Champagner.

Chantal war nicht dumm. Sie würde zuerst einige Kurse in klassischer Philosophie absolvieren, bevor sie sich auf Foucault und die Dekonstruktivisten stürzte. Sie würde sich Schritt für Schritt in die Materie einarbeiten, so schwer konnte das nicht sein. Und sie wollte sich an das Leben als Studentin gewöhnen. Sie wollte Gérard treu sein, eine kluge Gefährtin, die sich dankbar zeigte. Aber dann kam der Montag, an dem sie sich an der Sorbonne einschreiben musste, um den ersten Kurs zu belegen, und sie litt an furchtbaren Unterleibsschmerzen.

Irma hatte den Verdacht, Chantal würde leiden, weil sie sich ihrer Widersprüche nicht bewusst war. Sie wollte treu sein und konnte doch nicht von den Affären lassen, die ihr zur Gewohnheit geworden waren. Sie wollte selbständig sein und konnte das Studium nicht aus der eigenen Tasche finanzieren. Selbstvertrauen gründete immer auch auf Unabhängigkeit.

Bei diesen Überlegungen begann Irma zu ahnen, wie schwer es Marc getroffen haben könnte, dass sie ihm das Geld verweigert hatte. Sein Beruf war für ihn, nachdem er seine Tessiner Heimat verlassen hatte, zu einer wichtigen Stütze geworden. Nun musste er glauben, dass sie, die immer an seine Eignung, ja, Begabung geglaubt hatte, ihn hatte fallen lassen. Er musste sich verraten vorkommen. Sie hatte einen Fehler gemacht.

57

Marc wollte Irma endlich seinen »Ausrutscher« gestehen, aber alle Sätze, die ihm dazu einfielen, klangen verquer und falsch. Was hatte er von Evelyne eigentlich gewollt? War es nur Sex gewesen? Wie wichtig war ihm Evelyne?

Sein Blick fiel auf den geöffneten Koffer, der ihn deprimierte. Armselig, was er aus seiner Ehe gerettet hatte! Ein voller Kulturbeutel, der so tat, als enthielte er die wichtigen Dinge des Lebens. Dabei war nichts einfacher, als eine Zahnbürste, einen Nassrasierer, Zahnseide und Duschgel zu kaufen. Auch das Aftershave für den unverwechselbaren Duft gab es an jeder Ecke.

Andrerseits war der Koffer purer Reichtum. Ausdruck einer gestohlenen Freiheit. Marc konnte ihn überallhin tragen, ja, er musste, da er zwei Räder hatte, tatsächlich nur halbwegs getragen werden. Der Koffer war ein stummer Zeuge seiner Flucht. »Kofferträger«, das Wort verfolgte ihn. Es klang ein wenig wie »Wasserträger«, suggerierte Unterwürfigkeit, Willfährigkeit und Demut. War er nicht schon zum Diener seines Koffers geworden, folgte dessen Wünschen nach dauerndem Unterwegssein? Wie er in der Ehe zum Wasserträger geworden war? Im Zirkus besaß der dumme August einen Koffer. Aber der war leer. Marc wusste, dass er sich zu oft in Verstecke flüchtete. Während Irma unter Freunden den ganzen Abend den Ton angab und sich angreifbar machte, saß er da, schenkte nach, trug die Teller zur Spüle, schöpfte Nachspeisen – und wenn auch der Käse gegessen war, setzte er sich hinzu und machte ein paar alberne Witze. Er war der Undeutlichste im Freundeskreis, selbst Fred war kenntlicher. Keiner interessierte sich für seine Firma, auch nicht für ihn, deswegen stand er auf Gruppenfotos, die nach Ausflügen herumgereicht wurden, meistens am Rand: eine undeutliche Existenz.

War er je mehr als der kundige Freund gewesen, mit dem man, die Hände in den Hosentaschen im Garten stehend, über Bauvorhaben, neue Heiztechniken oder den Immobilienmarkt redete? Der leidlich gute Koch, dessen Gerichte Zufriedenheit, aber keine Begeisterung auslösten? Ein Beichtstuhl für Annette nach dem dritten Glas, oder für Mila, wenn sie mit Moritz nicht zurechtkam? Kumpel für Fred, wenn ihm Alice auf dem Kopf herumtanzte?

Verlegen machte ihn der Anblick seines Koffers auch deswegen, weil er ihm die Eigentumsverhältnisse in Erinnerung rief. Das Haus gehörte Irma, der Koffer gehörte ihm. Auch einige Dinge im Haus gehörten zwar ihm, aber sie abzuholen wäre falsch gewesen. Er hatte sich, bis jetzt, noch nichts davon geholt. Sie sollten ihn vertreten und seinen Widerstand deutlich machen. Jeder von den beiden hatte seinen eigenen Gebrauchtwagen, das war vielleicht der einzige Luxus, der sich jetzt als nützlich erwies. Selbst der Großteil seiner Kleidung hing noch im Schrank, sie bildete dort zumindest einen lauten Vorwurf.

Auf dem Laptop schaute er sich die alten Hochzeitsfotos an. Marc in Schwarz neben der Braut im weißen, streng geschnittenen Kleid. Sie stilecht wie immer, zurechtgebügelt und abholbereit; er unsicher aus dem Foto kippend. Schaute man lange genug hin, sah man, dass zwischen ihnen ein Riss war, als hätte man ihn hineinmontiert. Und er machte wieder das Gesicht eines Clowns, der Magenschmerzen hatte. Du solltest Schauspieler werden, wie oft hatte man ihm das gesagt. Pausenclown.

Vor einer Woche hatte er überstürzt aus dem Hotel ausgecheckt und war mit dem Schnellzug nach Montpellier gefahren. Dorthin, wo sie sich vor der Hochzeit kennengelernt hatten und wohin es Irma nach zwanzig Jahren Ehe wieder gezogen hatte. Dort hatte er sich drei Nächte in demselben Hotel einquartiert, in dem er mit ihr logiert hatte, allerdings im Einzelzimmer. Es war fast gleich teuer wie das Doppel. Aus ihrem Doppelzimmer war am Morgen ein dickes amerikanisches Paar gekommen, das seine Nacht wohl ganz anders verbracht hatte als Irma und er. Er hatte gefrühstückt, als säße sie ihm im Frühlingskleid gegenüber, dann ging er durch die Straßen, vorbei an seinem ehemaligen Studio, und erinnerte sich an die Gespräche und Gefühle von damals. Am Abend aß er in dem Steakrestaurant, das sie zweimal besucht hatten, dasselbe Menü wie damals. War Irma in Frankreich, musste sie immer Fleisch essen.

Am letzten Tag war er in den Botanischen Garten gegangen, hatte sich auf die Bank gesetzt und auf die Sonne gewartet, die nicht gekommen war. Auch die Studenten waren ausgeblieben. Dann fielen ihm, wie eine Prophezeiung, die verschrumpelten Penisse wieder ein.

58

Nachdem sie zu lange vor dem Fernseher gesessen war und sich die Bilder von den Protesten in Ägypten angeschaut hatte, Bilder von gedemütigten Frauen, machte sich Irma auf, um Annette in ihrem Atelier am Stadtrand zu besuchen. Annette hielt an diesem Ort fest, obwohl Anatol darauf drängte, dass sie ihre Arbeit ins nahe Sanssouci verlegte. Als Irma eintraf, verließ ein junger Mann das Atelier. Annette lächelte schmal und bot Irma ein Glas Wein an. Danach wollte sie ihr unbedingt die neuesten Arbeiten zeigen. Sie gingen von Skizze zu Skizze, von Aquarell zu Aquarell. Irma gefielen die Bilder, die Linien waren nur angedeutet, die Konturen der Jungmännerkörper lösten sich im Raum auf, sie hatten keine Gesichter. Annette besaß ein gutes Gespür für das Ungefähre.

Ich male, andere kochen. Malen ist für mich die einzige sinnliche Beschäftigung, die ich habe. Wenn ich diese Körper skizziere, ist es ein wenig so, als würde ich sie streicheln. Mit einer dürren Hand mit Altersflecken.

Sie betrachtete ihre Hand, die das Weinglas hielt.

Anatol fasst mich ja nicht mehr an.

Deine Hand ist nicht dürr, protestierte Irma.

Ein Arbeitstag wie heute erschöpft mich, dann gönne ich mir ein Glas. Aber heute stoße ich mit dir an, weil es etwas zu feiern gibt.

Irma schaute sie fragend an.

Ich kann in den Hallen ausstellen, sagte Annette mit einem Zittern in der Stimme. Aber ich weiß nicht, ob ich diese Bilder überhaupt zeigen soll. In der Öffentlichkeit. Was meinst du?

Irma schaute auf die Skizze eines Nackten, der an einer Kredenz lehnte.

Diese Vorliebe hatte ich schon an der Kunstakademie in London, als ich selber noch jung war.

Was sagt denn Anatol dazu?, fragte Irma.

Anatol schaut sich die Bilder nicht richtig an. Er kommt hierher, aber er hat keinen Blick dafür, selbst wenn er direkt davorsteht. Ich glaube, er möchte, dass ich mich mit der Ausstellung blamiere.

Annette nestelte nervös an ihren Haaren.

Ich finde, du solltest sie zeigen, sagte Irma entschlossen.

Ja? Vielleicht hast du Recht. Es ist mir scheißegal, wenn ich mich blamiere. Und ich kann mich endlich von den Knabenkörpern befreien, die Anatol so mag. Ich male sie, um mit ihnen fertig zu werden, so ist es eigentlich.

Annette lächelte, als wäre dieser Gedanke ein Geschenk. Wenn ich nicht malen würde, wäre ich Alkoholikerin, sagte sie. Sie legte ihre Beine über die Polsterlehne des Sofas und massierte sie. Marc sagte immer, Annettes Körper sei zu lang, sie bewohne nur drei Viertel davon.

Ihr habt Probleme, sagte Annette, das hat mir Alice gesagt. Lass dich trösten, Irma. Marc wird zurückkommen, das ist so sicher wie das Amen in der Kirche. Er ist Katholik, nicht wahr?

Sie stand auf und umarmte Irma, die den Eindruck hatte, dass Annette selber getröstet werden wollte.

Es gibt niemanden, der weniger zusammenpasst als Anatol und ich. Ich bin eine verschrumpelte, geizige Kröte in den Wechseljahren, er ist ein weltoffener, unberechenbarer und verschwenderischer Idiot. Ja, Idiot! Weil er eigentlich nie was auf die Reihe kriegt. Dieses Sanssouci! Als er fünfundvierzig geworden ist, bekam er auf einmal das Gefühl, dass ihm die Zukunft ausgeht. Also quasselte er mir nächtelang die Ohren voll von einem alten Hotel, wo man über die Zukunft nachdenken kann. Aber das funktioniert ja nicht.

Weißt du, unterbrach sie Irma, ich glaube, dass es sehr wohl funktioniert. Es müssen ja nicht immer die großen Utopien sein. Wenn jemand in seinem Leben ein Stück weiterkommt, ist das auch gut.

Hätte er nicht so viel Geld, er wäre schon längst durchgedreht. Anatol ist ein spielendes Kind. Unschuldig, brutal und selbstsüchtig. Ein Heide, der nur an seine Ideen glaubt. Er braucht eine wie mich, ein Nachtschattengewächs. Ich gedeihe gut neben ihm, findest du nicht?

Irma schaute Annette an. Lange waren die beiden wie Eltern für sie gewesen. Dann war Evelyne zu ihnen gezogen, und ihr Verhältnis hatte sich abgekühlt.

Das Telefon klingelte, es war Anatol. Annette verließ das Atelier und kehrte kurze Zeit danach wieder zurück.

Anatol will, dass wir nach Sanssouci kommen. Er braucht Gesellschaft. Ich habe ihm gesagt, dass wir gerade beschäftigt sind. Ich habe ihm nicht gesagt, dass wir uns für die Ausstellung entschieden haben.

Sie schaute Irma an, um zu sehen, ob sie gegen das »Wir« protestierte.

Oder willst du?

Ja, sagte Irma, die plötzlich nicht mehr den ganzen Abend mit Annette allein verbringen wollte.

Dann lass uns gehen, bevor du es dir wieder anders überlegst.

Annette lachte, dann räumte sie umständlich ihre Zeichnungen weg, betrachtete nachdenklich ein Blatt nach dem anderen, als würde sie es nie wiedersehen. Schließlich setzten sie sich ins Auto und fuhren schweigend los. Annette döste kurz ein, was Irma recht war.

Nachdem sie den Wagen am Waldrand geparkt hatten, kam Anatol mit schnellem Schritt auf sie zu und umarmte Irma, wie immer etwas zu überschwänglich. Er trug eine modische Cordhose und einen schlabbrigen Pullover. In letzter Zeit hatte sein kantiges Gesicht an Härte verloren.

Und wie habt ihr euch entschieden?, fragte er und schaute zu Annette.

Ich möchte keine Ausstellung, sagte Annette.

Anatol fasste sie kurz und zärtlich an der Schulter. Er lächelte. Irma hätte nicht sagen können, ob es ein zufriedenes oder ein enttäuschtes Lächeln war. Er hatte Fisch an einer Wodkasauce mit Pommes Allumettes gekocht, öffnete eine Flasche, schenkte Irma ein und ließ Annette aus, indem er sagte, etwas Abstinenz tue ihr gut. Annette lachte wie ein ertapptes Schulmädchen und sagte, das sei Liebe, wenn man sich auch dann noch um den anderen kümmere, wenn dieser es gar nicht wolle.

Anatol verstärkte seine Kaugeräusche. Aber nicht, dass ich dich wieder ins Bett tragen muss, sagte er.

Wäre Marc dagewesen, wäre er aufgestanden und gegangen. Oder er hätte versucht, die beiden miteinander zu versöhnen.

Marc müsste mehr Unterstützung für seine Ideen haben, sagte Annette beim Dessert und schenkte sich das Glas voll.

Wie geht es ihm denn in seinem Geschäft?, fragte Anatol. Er hat mir erzählt, dass er Gaby entlassen müsse.

Leider, ja, sagte Irma. Gern hätte sie sich erklärt und hinzugefügt, dass sie selber knapp genug verdiene, vor allem mit wissenschaftlichen Übersetzungen, und dass sie deswegen ihr Geld zusammenhalten mussten. Aber sie blieb einsilbig, da Anatol sich noch nie für ihre Arbeit interessiert hatte, während er von jeder Idee, die Marc durch den Kopf ging, sofort angetan war.

Anatol könnte viel von Marc lernen, sagte Annette, ließ aber offen, was genau sie meinte. Anatol wechselte das Thema und erzählte von einem Buch, das er neulich gelesen habe. Es handle sich um eine Gebrauchsanweisung für ein Leben ohne Geld, das habe ihn fasziniert. Gleich am Anfang stehe der Satz, das Buch sei vegan produziert. Dieser Satz habe ihn so begeistert, dass er das ganze Buch verschlungen habe.

Er verbringt seine Nächte mit diesem Buch statt mit mir, seufzte Annette. Dann stand sie auf einmal auf und sagte, sie könne nicht mehr.

Migräne?, fragte Anatol.

Jaja, sagte Annette, er nennt es Migräne. Ich muss ins Bett.

Aber du kannst uns doch nicht einfach alleinlassen, sagte Irma. Sie meinte den Satz ironisch, aber plötzlich klang er ganz ernst.

Ich kann nicht mehr, sagte Anette, als meinte sie damit ihre Ehe. Hatte sie die Ausstellung deshalb verworfen, um in den nächsten Tagen die Koffer zu packen?

Bleib hier, sagte Anatol.

Mein Herz, vergiss mich nicht, sagte sie, ohne Anatol zu beachten. Sie deckte Irma mit Küssen ein. Schließlich verließ sie, mit ihrem Schmuck klackernd, den Raum.

Irma sagte, sie wolle auch gehen. Sie war todmüde, der Wind pfiff ihr durch die Seele. Aber Anatol zwang sie aufs

Sofa und fragte, ob sie nicht etwas von dem alten Aberlour, einer exquisiten Whiskysorte, kosten möchte.

Ich habe Kopfschmerzen.

Gerade da hilft ein Gläschen! Annette ist in den Wechseljahren und sehr reizbar. Sie will, dass ich Sanssouci verkaufe, sie findet das ganze Projekt schwachsinnig. Sie will, dass ich anders mit den Freunden umgehe. Sie will, dass ich mich anders anziehe, sie will, dass ich anders huste, anders fühle, anders denke. Und das nur, weil ihr Hormonhaushalt durcheinander ist. Aber verdammt, wie macht man das, ein anderer zu werden? Muss ich dazu auf den Mount Everest klettern oder Islamist werden?

Irma fiel auf, dass er ohne Körper redete. Irgendetwas Totes steckte in ihm, ein verschlucktes Unheil. Alle bösen Menschen waren einmal gute gewesen.

Ich kann doch nicht von einem Tag auf den andern mein Leben völlig umkrempeln! Er umkreiste erregt das Sofa. Sie will mich kleinkriegen, das ist ihre Rache für meine harmlosen Abenteuer. Sie will mich erledigen. Annette funktioniert wie ein umgekehrter Therapeut: Sie destabilisiert mein Ich. Du hast es ja gerade wieder erlebt. Wenn ich sie morgen darauf anspreche, weiß sie nix mehr, weil sie zu viel getrunken hat.

Irma senkte den Kopf. Man sollte nicht so über den Menschen sprechen, mit dem man zusammenlebte.

Sie macht mich kaputt, weil sie selber kaputt ist, sagte er.

Ich bin keine Therapeutin, Anatol.

Ich möchte weg, Irma, sagte er und setzte sich neben sie aufs Sofa. Er legte seinen Arm um sie, drückte den Kopf an ihren Hals, schob das Kinn vor und nahm in dieser unmöglichen Haltung einen Schluck Whisky.

In der Nase malzig, spürst du's? Pfeffrig am Gaumen, weicher und geschmeidiger Körper.

Er stand auf, die Backen gerötet, im nächsten Augenblick würde er vor Wut platzen. Dann sagte er mit der leisen, gepressten Stimme eines Menschen, dessen Wahrheit von niemandem gehört wird: Ich möchte am liebsten weg von ihr. Sie wünscht sich einen anderen Partner. Ich wünsche mir eine andere Partnerin, die mehr Enthusiasmus für meine Ideen und Projekte hat. Natürlich träume ich davon, durch die Wüste zu fahren, meinetwegen mit einer anderen Frau.

Ich muss schlafen gehen, sagte Irma, deren Müdigkeit wie Wasser gestiegen war.

Irgendeinmal werden Annette und ich nicht mehr die Kraft haben, uns zu bekämpfen. Was dann?

Anatol sank traurig in sich zusammen.

59

Marc schaute vom Hotelfenster auf den Fluss, als würde er vor einer Vedute stehen. Seit er ausgezogen war, hatte sich seine Stadt in einen anderen Ort verwandelt. Durch die Straßen spazierten fremde Menschen, und das Münster strahlte endzeitlich im Glanz der Abendsonne.

Irmas Fotzentittenmösenschwanzprosa, vielleicht hatte er das überbewertet. Vielleicht hatte sie ihm ja nie etwas daraus vorgelesen, weil sie sich schämte. Vielleicht war ihr diese Übersetzung wirklich, wie sie von Anfang an behauptet hatte, aufgedrängt worden, und sie hatte sie nur angenommen, weil sie an einen Erfolg glaubte. Außerdem war es auch nichts Fragwürdiges, einen erotischen Text zu übersetzen. Trotzdem hatte es ihn gekränkt zu sehen, wie viel Zeit sie damit verbrachte, das Wort »Möse« und das Wort »Schwanz« in wechselnde Kontexte zu bugsieren, während sie gleichzeitig seinen Annäherungsversuchen fantasielos widerstand.

Am Mittag fand sich der Spaziergänger unversehens in der Nähe seines Hauses wieder. Er stand auf dem Gehsteig, Mantel und blauer Hut, als auf einmal der kleine Alfa an ihm vorbeirauschte, seine Frau am Steuer, als wäre es eine andere. Sie sah blendend aus, sodass ihm fast die Tränen kamen. Und sie sah aus, als wüsste sie genau, was sie als Nächstes zu tun gedenke, als wäre ihr neues Leben ohne ihn voller Pflichten und Termine. Er hingegen ertrank in Zeit wie Schuldgefühlen.

Sie fuhr in die Garage, kam zehn Minuten später wieder aus dem Haus, im selben hellen Wintermantel, darunter das Kleid, das sie oft am Freitagabend trug, wenn sie gemeinsam ausgingen. Eifersucht kroch in ihm hoch, denn ihre Behauptung, dass sie das Kleid nur für ihn anzog, konnte man nun nicht mehr gelten lassen. Andrerseits: Wie lächerlich und anmaßend er war. Sie schritt zu Fuß und zügig in Richtung Innenstadt, sah weder nach rechts noch nach links, er folgte ihr unauffällig. Am Marktplatz zog sie Geld am Automaten. Offenbar hatte sie ihre Gewohnheit, Einkäufe mit der Karte zu zahlen, aufgegeben. Danach ging sie zum Kiosk und kaufte sich eine Wochenzeitung, die, die sie immer las. Er wusste, wie und in welchem Sessel sie sie lesen würde. Er hätte voraussagen können, wie sie die Zeitung faltete und wohin sie sie, in der Absicht, sie ihm zu überlassen, legen würde. Aber was geschah nun mit den Artikeln, die sie mit einem Post-it für ihn zu markieren pflegte?

Rituale sind die ungeschriebenen Gesetze eines Paares. Alice und Fred gaben ihren Töchtern die gleichen Vorschriften, maßregelten und bestraften sie beide genau gleich. Nach dem Essen servierte Alice gern ein süßes Dessert, wogegen Fred sich so lange wehrte, bis ihn Alice dazu zwang, protestierend verschlang er dann immer mehr als nur ein Kuchenstück. Mila stand mit nachtwandlerischer Sanftheit mitten in einer Diskussion auf, stellte sich hinter Moritz und massierte seinen Nacken, unauffällig, als würde sie mit einer Serviette ein Glas auswischen. Ona und Axel küssten einander nach dem Anstoßen, manchmal vier bis fünf Mal am Abend. Anatol und Annette tranken so lange, bis einer von beiden einen Streit vom Zaun brach. Auch Bea und Finn hatten das Ritual, einander zu verletzen, um sich immer wieder neu versöhnen zu können. Und Irma und er? Warum waren ihm ihre Rituale entfallen? Warum gab es auf einmal keinen Alltag mehr in seiner Erinnerung?

Marc wurde klar, warum sie so an der Treue festhielt: Sie hasste die Lüge. Jemand wie sie, die sich vom Elend der Welt und der wachsenden Ungerechtigkeit noch immer betroffen zeigte, so jemand konnte nicht mit einer Lüge leben. Auch nicht mit der Lüge eines anderen.

60

Es war selbstverständlich, einem Freund zu helfen, wenn es Probleme gab. Ihnen hatte niemand geholfen, weil Irma es geschickt verstanden hatte, alles unter dem Deckel zu halten. Auch jetzt, da Marc von zuhause ausgezogen war, schien sie eine gut klingende Version gefunden zu haben, wonach ihnen nicht geholfen werden musste. Wie anders war es zu verstehen, dass Alice ihm eine Mail schickte mit der Bitte, er solle doch einmal mit Finn reden. Marc galt noch immer als Vermittler vom Dienst, keiner, dem man selber helfen musste. Ein Mann der Kompromisse, ausgeglichen, empathisch und diskret.

War er der Einzige, der mit Finn reden konnte? War es gar Irma, die Alice angestiftet hatte? Fred, das wusste er, mochte Finn nicht sonderlich, Mila und Moritz waren so gut wie ganz aus der Gruppe emigriert, und Axel kümmerte sich sowieso um niemanden außer um sich und seine Work-Life-Balance.

Marc und Finn trafen sich zum Saunieren. Um ihm eine Freude zu machen, fragte er ihn als Erstes nach dem Buch über Dylan. Noch immer war Finn dem Meister auf den Fersen, kein Zeitungszipfel über den heiseren Sänger und kein Bootleg war vor ihm sicher.

Bin dran, sagte Finn. Dylan ist so gut wie Shakespeare. Eines Tages wird man seine Verse in einem neuen Licht sehen. Man wird ihn als großen Schriftsteller betrachten, nicht nur als Musiker.

Marc schüttelte den Kopf, aber Finn redete weiter drauflos.

Schließlich goss er Wasser auf die glühenden Steine und ließ sie beide im Dampf verschwinden. In dem Moment, als sie auf Stimme und Gehör reduziert waren, kam er zur Sache.

Hast du Probleme mit Bea?

Finn hustete, der Wasserdampf löste das Nikotin aus seinen Bronchien.

Habt ihr nicht selber welche?

Wir schlagen einander nicht.

Finn legte sich zurück und schlang das Tuch um seine Hüften: Ich habe Bea noch nie geschlagen.

Aber Bea hat Irma erzählt, dass ihr aneinandergeraten seid. Ich kann mir gut vorstellen, dass deine Eifersucht zuweilen mit dir durchgeht.

Das schien Finn gar nicht zu hören. Der Dampf zog ab, und Marc sah ihn auf der Pritsche liegen, die Beine übereinander, das Tuch über dem Geschlecht, das Kinn mit dem Bärtchen spitz in die Luft gereckt. Sein Adamsapfel bewegte sich auf und ab, als würde er leise in sich hineinlachen. Der Leichnam Christi im Grabe von Holbein, in die Gegenwart versetzt.

Bea tischt gern Schauermärchen auf.

Klang mir nicht nach einem Märchen, sagte Marc.

Ach Marc, du bist naiv. Hast du je Spuren von Gewalt an meiner Prinzessin gesehen? Bea will, dass ich eifersüchtig bin, sie legt es darauf an. Sie braucht das Gefühl, dass sich jemand um sie reißt, sie will bedingungslose Leidenschaft, nicht ein Quäntchen weniger. Ihre Geschichten sind leider erfunden. Ich trinke zu viel, Marc, aber ich schlage niemanden.

Marc begann an Beas Version zu zweifeln, denn Finns Gelassenheit war überzeugend.

Du solltest aufhören, deine Frau zu schlagen, Finn. Wenn du ein Problem hast, dann sag's mir.

Finn seufzte. Ich schwöre dir, dass ich Bea noch nie angefasst habe, außer zärtlich.

Warum sollte Bea Irma eine solche Geschichte auftischen?

Es dauerte eine Weile, in der Finn nachzudenken schien. Wie gut war er im Lügen? Je länger Finn schwieg, desto mehr ging Marcs Sicherheit verloren.

Dann setzte sich Finn auf, wischte sich das Gesicht und sagte: Ich bin kein Akademiker wie ihr alle, aber ich bin auch kein Blödmann. Irma hat dich abgestellt, um mit mir zu reden, aber mit Geschwafel löst man keine Probleme. Als Kind eines Arbeiters, der ein Schläger war, habe ich früh gelernt, meine Faust nie zu benutzen.

Er hob seine Hand in die Höhe, schaute sie an wie einen Pokal und legte sie dann wieder aufs Holz.

Warum sollte Bea lügen?, fragte Marc noch einmal.

Ein unerwartetes Lächeln erhellte Finns Gesicht.

Vielleicht kommst du selber drauf!

Sie bereitet die Trennung vor?, sagte Marc.

Im Gegenteil: Sie will sich nicht trennen, aber sie hat einen Liebhaber.

Woher weißt du das?

Es ist eindeutig, lachte Finn. Kaum drehe ich mich um, checkt sie ihr Handy. Sie telefoniert und legt auf, sobald ich das Zimmer betrete. Sie sagt, sie sei mit einer Freundin Essen, aber sie trifft sich mit einem Mann. Manchmal kommt sie erst spät nachts nach Hause.

Wie neulich?

Du glaubst mir noch immer nicht? An dem Abend, von dem sie euch offenbar erzählt hat, war ich spontan mit einem Freund bei einem Konzert im Zivilschutzkeller.

Seit wann gibt es da wieder Konzerte?

Es gibt keinen angesagteren Schuppen in der Stadt! Als ich nach Hause kam, lag Bea schon schlafend im Bett. Am Morgen machte sie mir Vorhaltungen, wo ich die ganze Nacht gewesen sei. Wahrscheinlich hätte sie sich mit ihrem Liebhaber verabredet, hätte sie davon gewusst.

Also hast du Beweise, dass sie neben dir noch ein Verhältnis hat?

Beweise, Marc, wir sind nicht bei Gericht. Im Leben genügen oft Indizien, ein Gespür, eine Ahnung. Neulich lag ein Zettel in der Garderobe, der ihr aus der Jacketttasche gefallen war, darauf standen einige höchst liebevolle, geradezu zärtliche Worte, unterschrieben von einem W. Wer ist W? Nun, ich bin nicht dumm genug anzunehmen, dass ein Liebhaber, der ihr einen Zettel zuschiebt, mit seinem richtigen Namen unterschreibt. Stellt man W auf den Kopf, ergibt sich ein M. M könnte für Marc stehen. Ich dachte kurz an dich, aber das war so absurd, dass ich den Gedanken wieder verwarf. Ihr Chef heißt Walter, aber der konnte es doch nicht sein, das wäre zu offensichtlich. Dann könnte es auch Manuel sein, der Kleine von der Tontechnik, den sie immer mal wieder toll gefunden hatte.

Aber der ist doch keine Konkurrenz, wie du sagst.

Manuel hat weder die Macht, ihre Karriere zu fördern, noch ist er ein großer Geist. Er sitzt einfach nur den ganzen Tag am Mischpult. Aber Manuel ist acht Jahre jünger als sie und gibt ihr das Gefühl, begehrt zu sein. Würdest du weiter mit deiner Irma zusammenleben, wenn sie einen anderen hätte?

Marc gab sich Mühe, gleichgültig zu klingen: Ich würde sie deswegen nicht schlagen!

Du würdest also zuschauen, wie sie mit einem anderen zusammen ist? Wie Axel und Ona. Führt ihr eine offene Ehe?

Marc antwortete mit einem verwunderten Hochziehen der Augenbrauen.

Warum verlässt du Bea dann nicht, wenn du so sicher bist, dass Manuel oder Walter ihr Liebhaber ist?

Ich würde Bea nie verlassen.

Marc staunte.

Schau, sagte Finn und rutschte auf der Bank eine Stufe nach unten: Bea ist meine Traumfrau. Ein Geschöpf, wenn du mir den Ausdruck erlaubst, das für mich wie ein Gottesgeschenk ist. Ohne Bea und Bob kann ich nicht leben! Ich hänge an ihnen, auch wenn beide auf ihre Art sehr anstrengend sind.

61

Irma mied Sanssouci, sie ertrug die Einsamkeit in dem alten Hotel nicht. Sie hatte schon Mühe, sich zu Hause wohlzufühlen. Wie öde es jedes Mal war, in ein leeres Haus zurückzukehren! Doch zwischendurch kam Matti zu Besuch. Dieses Mal hatte er eine junge Frau mitgebracht. Sie war dünn, von Kopf bis Fuß in Schwarz gekleidet, sodass man nicht einmal die Knöpfe ihrer Kleidung ausmachen konnte; bleiches, mageres Gesicht und leicht geschlitzte Augen. Sie sah in ihrer schwarzen Uniform aus wie eine Mischung aus Yoko Ono und Steve Jobs.

Nina Chen, sagte Matti, und Nina reichte ihr eine welke, weiche Hand und lächelte dazu wie eine Sphinx. Nina spricht gut Deutsch.

Hallo, Frau Stock, sagte Nina wie zum Beweis und lächelte.

Matti und Nina schlugen ihre Laptops auf und starrten in das grelle LED-Licht.

Hast du schon was gegessen, Ma? Ich habe dir noch vom Kartoffelauflauf übriggelassen.

Die neue Fürsorglichkeit ihres Sohnes legte sich wie ein bleierner Arm um ihre Schultern.

Danke, Matti, ich habe keinen Hunger.

Plötzlich unterbrach sie Nina mit einem kurzen Jauchzer.

Ich bin drin!

Krass!, rief Matti.

Nina zündete sich eine Zigarette an und wehrte mit einer energischen Bewegung Mattis Hand ab, die sich zärtlich um ihren Hals legte.

Wir hacken einen Chemiekonzern, um an die Testergebnisse von Memosol zu kommen. Sie sprach mit dem Bildschirm. Memosol soll demnächst auf den Markt kommen, und wir glauben, dass die Testergebnisse gefälscht sind.

Wolltet ihr nicht ein Unternehmen gründen?, fragte Irma. Was ist Memosol?

Memosol hilft Gedächtnislücken zu schließen. Die Substanz arbeitet vor allem im Hirn, an den Neurotransmittern. Vervollständigt die Erinnerung, rundet sie ab.

Und harmonisiert sie, warf Nina ein. Natürlich hat das Mittel Nebenwirkungen. Wir vermuten, dass es Aneurysmen produziert.

Irma machte ein fragendes Gesicht.

Griechisches Wort für Erweiterung, sagte Matti.

Irma ging zum Schrank und reichte Nina eine Untertasse als Aschenbecher.

Solche Aneurysmen bilden sich entlang der Arterien. Am häufigsten tritt das Bauchaortenaneurysma auf.

Nina will Medizin studieren, sagte Matti, und Nina zischte wie eine Schlange. Er versuchte sie zu küssen, aber Nina sagte: Wenn wir die Testergebnisse kriegen, können wir verhindern, dass das Mittel auf den Markt kommt.

Dann hackt mal schön weiter, sagte Irma. Sie war plötzlich müde, leer, so erschöpft wie schon lange nicht mehr.

Bleibt ihr heute Abend hier?

Wir gehen um Mitternacht auf eine Party, sagte Matti.

Vielleicht auch nicht, widersprach Nina.

Seid auf jeden Fall leise, wenn ihr heimkommt.

Irma legte sich unglücklich ins Bett. Draußen begann es zu regnen; es war dieser schonungslose Winterregen, der seit der Klimaerwärmung den Schneefall ersetzte, ein Regen, der die Dinge bis zur Farblosigkeit auswusch.

Sie weinte.

In der Nacht träumte sie von Montpellier. Sie war im Bus unterwegs ans Meer. Es war ein heißer Sonntag, die Menschen drängelten sich an sie, die Kinder hatten ihre Plastikschlangen und aufblasbaren Schwimmtiere dabei. Die Stimmen und Schreie der Badenden drangen immer wieder durch das offene Busfenster. Sie schaute hinaus, sah weit draußen im Dunst der Hitze ein weißes Schiff, drehte sich um und wollte es Marc zeigen. Dann merkte sie, dass Marc gar nicht da war. Sie hatte ihn verloren.

62

Der Wind blähte seine schwarze Jacke und ließ Eric Liechti für einen Augenblick größer und breiter erscheinen, als er war. Als er ihr wie immer zögerlich die Hand reichte, war er wieder der schmächtige Mann mit der runden Brille, ein gealterter Harry Potter. Eric war gegen Ende dreißig, sprachbegabt und lebte allein. Dass er nie eine Frau haben würde, schien ausgemacht, nachdem er beim letzten Treffen selber scherzhaft eingeräumt hatte, sich nur in Bücher verlieben zu können. Irma kannte Liechti aber nicht nur von seiner eigenbrötlerischen Seite, sie schätzte seine Skrupel, wenn es ums Übersetzen ging. Sie hatte ihn angerufen, und er hatte sofort einen Termin und ein Café vorgeschlagen, wo man sich treffen konnte, denn auf seine stille, leicht gehemmte Art verehrte er Irma, sodass er immer ein trauriges Gesicht machte, wenn sie von Marc redete.

Warum werden die Bücher immer dicker, fragte er, nachdem sie einen Verveine-Tee und einen Latte Macchiato bestellt hatten. Wer soll diese Wälzer denn übersetzen? Wer kann sich dieser Wortmassen zwischen zwei Buchdeckeln noch erwehren? Er spitzte seine schmalen Lippen und blies in den kaffeebraunen Schaum.

Irma schwieg, was Eric ermutigte, vom Angebot eines Verlags zu erzählen, einen Roman mit achthundert Seiten zu übersetzen. Ein Wohlfühlroman, der nach dem Muster von Wohlfühlfilmen geschrieben worden sei: ein Konflikt, eine überschaubare Menge Figuren und jede Menge banaler Hindernisse, die es zu überwinden galt.

Eric war gekränkt, wenn man ihm schlechte Bücher anbot. Nicht, weil er eingebildet war, sondern weil man sich mit schlechten Büchern die Sinne verderben könne. Man könne ja von der Literatur lernen, anders zu fühlen, zu denken und zu begehren. Trotz dieser Bedenken versuchte Irma, ihm ins Gewissen zu reden, dass er mehr für seinen Unterhalt übersetzen müsse und auch solche Schmöker nicht ausschlagen dürfe.

Es sei, als würde man einen Fahrradfahrer in einen SUV setzen, sagte Eric. Dabei könne man nur auf einem Fahrrad die Umgebung richtig wahrnehmen. Wenn die Sprache verschwindet, wie es bei diesen Romanen meistens der Fall ist, die ihre Botschaft so umstandslos wie möglich herausposaunen, dann weiß ich gar nicht, wofür ich mich anstrengen soll.

Irma fragte sich, mit welchem Gefährt sie unterwegs war. Saß sie nicht im Beiwagen von Duprals kalter Prosa, hilflos mitgerissen, den Wind der Spätaufklärung im Gesicht, besudelt durch Fremdfantasien?

Als wäre das Übersetzen eine alchemistische Geheimwissenschaft, setzte Eric seine Ausführungen weiter im Flüsterton fort. Man müsse der Sprache seine gesamte Liebe entgegenbringen, nicht so sehr den Figuren.

Die Kellnerin unterbrach seinen Monolog und stellte mit den Worten, einmal Zitrone, einmal Schokolade, zwei Tortenstücke vor sie hin.

Irma überlegte: Wie sollte sie Duprals Sprache Zuwendung entgegenbringen?

Den Stil des Autors, den ich gerade übersetze, sagte sie, könnte man als exquisit bezeichnen. Aber seine Sprache ist banal, zuweilen gerade so durchscheinend, wie du sagst. Indessen zeigt sie an den Schlüsselstellen eine feine, hauchdünne Ironie. Das wirkt im Deutschen nur schwerfällig, im Französischen kommt das leicht und elegant rüber.

Kannst du mir ein Beispiel geben?

Irma zögerte. Erwartungsvoll lächelnd schaute er sie an.

Die erotischen Stellen, von denen es nicht wenige gibt, sind wie unter unsichtbaren Anführungszeichen geschrieben. Sie wirken immer auch wie ein Zitat pornografischer Literatur.

Wo ist das Problem?

Irma legte die Gabel neben das angebrochene Kuchenstück.

Ich suche nach einem Ton, der dieses Schillern einfängt, das Schweben zwischen tatsächlich stattfindendem Ereignis und sexuellen Phantasien.

Der Franzose sagt »chatte« und »bite«, das ist sprachliche Realität, und die ist schrecklich eindeutig, sagte er. Da hilft es wenig, dass das alles nur in der Fantasie spielt.

Sie griff zur Gabel, überrumpelt. Sie hatte geglaubt, dass Eric vor solchen Wörtern zurückschrecken würde.

»Schwanz« und »Fotze« klingen naturgemäß plumper und einfältiger als im Französischen. Und Möse ist kindisch. Warum übersetzt du so was, Irma?

Er verurteilte sie also doch! Sie hatte Schweiß auf der Stirn, obwohl es im Lokal eher kühl war.

Die erotischen Stellen wirken oft so, als würde Dupral den Leser auf den Arm nehmen wollen. Ist es besser, von der ideellen Essenz auszugehen und dafür eine neue Sprache zu finden, oder halte ich mich eng an das Original und riskiere damit einen falschen Ton?

Wieso sind wir nur auf so etwas Verrücktes verfallen, sagte Eric und lehnte sich entspannt zurück. Wir Übersetzer leben im steten Widerspruch, sagte er.

Da hast du Recht, sagte sie und dachte daran, dass Eric Angst vor Frauen hatte, dass er sie sich vom Leib hielt. Jaja, sobald wir etwas übersetzen, das wir nicht mögen, geraten wir in Widerspruch mit unserem Gewissen.

Der Widerspruch ist grundsätzlicher, sagte Eric, führte ein großes Stück Schokoladentorte zum Mund und kaute. Ich meine den Widerspruch zwischen Original und Zieltext. Man möchte ja möglichst nahe an der Vorlage bleiben, dieselben Wörter, derselbe Satzbau und Rhythmus, aber man kann nicht.

Ich versuche immer, die Idee des Textes zu reformulieren, gerade bei einem Autor wie Dupral.

Die Widersprüche zwischen Original und Zielsprache kann man nicht umgehen. Sie dienen mir als Rückhalt, als Versicherung. Ich pendle zwischen Vorlage und Zieltext hin und her, das ist nicht einfach. Er lächelte. Die Erinnerung an die erste, unschuldige Textlektüre ist für mich die absolute Richtschnur. Ich versuche, diese Unschuld zu rekonstruieren, den paradiesischen Urtext. Aber ich entferne mich natürlich mit jedem Wort davon. Sobald ich einen Text übersetze, mache ich ihn im Grund genommen kaputt. Und das macht mir oft zu schaffen.

Obwohl Irma imponierte, was er sagte, ließ er sie mit ihrem Problem allein.

Er schaute auf die Uhr und machte Anstalten, sich zu erheben. Sie wusste, dass er gerne weitergeredet hätte, sich aber nicht traute.

Ich muss gehen. Ich hätte dir gern mehr geholfen, aber diese grundsätzliche Aporie kann ich nicht aus der Welt schaffen. Behalte die Erinnerung ans Paradies, mehr kannst du nicht tun.

Er küsste sie, etwas zu innig und verzweifelt, drei Mal auf die Wangen und rannte davon.

63

Ona und Irma saßen in der Kantine der Rehaklinik, versanken in weichen Sesseln und ließen sich von zarten Vorhängen zu leisem Reden verführen. Draußen lag dünner Schnee auf den Wiesen, die Bäume waren kahl, der Parkplatz lag in bleicher Wintersonne. In Onas Gesicht hatte sich Trauer eingenistet.

Die Bedienung stellte zwei geschäumte Cappuccino und ein Schälchen Gebäck auf den Tisch. Ona nahm ein Plätzchen und führte es zum Mund, als wäre es giftig. Sie war heftig geschminkt.

Du siehst gut aus, sagte Irma, um ihr aus der Unsicherheit zu helfen.

Ich mache ja auch unverdienten Urlaub. Wenn du mein Zimmer sehen könntest, würdest du mich beneiden. Wie ein Hotel erster Klasse. Axel hat früher in einem Monat für meine Klamotten samt Unterwäsche das ausgegeben, was er jetzt für einen Tag hinblättert. Aber ich musste von zu Hause weg, alles dort war wie mit Plutonium verseucht.

Sie unterbrach sich und starrte kauend auf den Parkplatz.

Ich erwarte ihn jeden Tag, sehe ihn da unten aus dem Porsche steigen. Er kommt nicht, er schämt sich für mich. Es passt nicht zu einem Chefarzt, dass seine Freundin sich ins Jenseits befördern wollte. Es war schon schwierig genug, dass ich anders aussehe. Nun auch das noch.

Ihr Lachen klang rau, ein Laut, von einem Schluchzen in der Kehle nicht zu unterscheiden.

Axel hat wieder zu trinken begonnen. Ich mache mir Sorgen um ihn, er ist völlig aus der Bahn geworfen. Er wird so lange trinken, bis er nicht mehr operieren kann.

Irma wusste genau, wovon Ona sprach. Sie hatte das entstellte Gesicht des Trinkers noch gut in Erinnerung. Sein wässriger, bettelnder Blick, seine unfrisierten blonden Haare. Damals war er jünger gewesen, weniger klar als heute. Aber sie fürchtete, dass sich Ona von Axel erpressen lassen könnte.

Und das Personal?

Der Preisklasse entsprechend. Ich finde Benno, den leitenden Arzt, netter als alle Pfleger zusammen.

Ist das ihr Weg, gesund zu werden?, fragte sich Irma. Ona, euer Arrangement funktioniert nicht. Das hätte sie gerne gesagt. Weißt du nicht mehr, dass es für dich beinahe tödlich war? Aber sie schwieg, weil Ona weit, weit weg war. In einem Land, wo Fremde keinen Zutritt hatten.

Ich habe darüber nachgedacht, ob ich mich nicht besser von Axel trennen sollte.

Sie schien daran zu denken, was dieser Bruch nach einer zehn Jahre dauernden, alles verschlingenden Leidenschaft bedeuten würde. Irma spürte förmlich, wie sie der Gedanke in zwei Stücke riss.

Ich weiß gar nicht, ob ich das könnte. Vielleicht in ein paar Monaten, vielleicht in ein paar Jahren. Axel war immer offen und ehrlich, er hat mir nichts verheimlicht. Das war sein Plus, sagte sie triumphierend, als würde sie über Axels Vor- und Nachteile Buch führen müssen.

Andrerseits hat er mich damit auch kontrolliert. Manchmal schickte er mir eine SMS, wenn er Nachtdienst hatte, unter dem Vorwand, dass er etwas vergessen hätte. Dann fuhr ich hin, denn er wollte, dass ich ihn mit all den Nachtschwestern sah, umschwärmt, sein Honigtopf. Nach etwas Geplauder durfte ich dann wieder nach Hause fahren.

Ja, sagte Irma, denn es gab dazu nicht mehr zu sagen. Ihre Aufgabe bestand im Augenblick darin, ihrer Freundin zuzuschauen, wie sie torkelte.

Ich habe mich gerächt. Wenn wir essen gingen, ließ ich mich von den Kellnern umschwärmen.

Ona nippte an ihrem Kaffee und aß nun einen Keks nach dem andern. Draußen spazierten Klinikinsassen gelangweilt über den Parkplatz. Pflegepersonal in weißen Kitteln. Von Axel war nichts zu sehen, Irma hätte sich gewundert, wenn er überhaupt noch aufgetaucht wäre. Sie wusste, wie das aussah, wenn Axel trank. Wie schnell er jähzornig wurde; sein Hochdeutsch knatternd wie ein Maschinengewehr. Damals hatte ihm sein Ehrgeiz geholfen, mit dem Trinken aufzuhören. Würde sein Ehrgeiz stark genug sein, ihm noch einmal zu helfen?

Ich werde den Moment genießen, wenn er da unten steht. Ich habe nämlich Anweisung gegeben, dass man ihn nicht hereinlässt.

Irma schüttelte den Kopf; sie verstand Ona immer weniger.

Ich brauche Zuwendung, ich muss wissen, dass ich in diesem gut eingerichteten Totenhaus noch lebendig bin. Sie behandeln mich außerordentlich gut hier, wie ein besonderes Möbelstück. Trotzdem bleibt die weiße Gesellschaft auch hier gern unter sich.

Warst du nicht mal stolz auf deine Hautfarbe?

Bin ich immer noch. Auch wenn man mich links liegen lässt.

Wer lässt dich links liegen?

Bei den Gesellschaftsspielen am Abend bleibe ich außen vor. Man fragt mich, ob ich klassische Musik mag. Meine

Mutter stammte aus Philadelphia, sie ging einmal im Monat in die Oper.

Irma war überzeugt, dass Ona sich manches einbildete, sie war im Augenblick einfach zu empfindlich.

Bankdirektorsgattinnen, Frauen, deren Männer aus dem höheren Kader kommen, behandeln mich wie Luft.

Hast du ihnen gesagt, warum du hier bist?

Warum sollte ich nicht! Ona lachte. Sie schlug ihre Beine übereinander und strich mit der flachen Hand über das Knie. Die sind durch die Flüchtlinge so verunsichert, dass sie glauben, ich gehöre in eine Asylunterkunft. Mittlerweile stehe ich unter dem persönlichen Schutz von Benno.

Jetzt lachte sie befreit. Es klang so, als würde sie ihre eigene Frivolität verlachen. Oder als würde sie darüber lachen, dem Schicksal ein Schnippchen geschlagen zu haben. Sie gehörte noch nicht zu den Toten, sie verlangte mit aller Entschlossenheit ihr Leben zurück.

Ona stand auf und nahm einen Brief aus der Handtasche.

In jedem Zimmer gibt es schönes, kostbares Briefpapier. Eine altmodische Gewohnheit, Briefe schreiben, nicht wahr? Ich schreibe aber keine Briefe, ich mache mir Notizen. Zum Beispiel folgende: *Die Liebe ist ein Kriegsschauplatz. Wir verlassen ihn verwundet und versehrt. Wir sind amputiert um jene Hälfte, die wir lieben. Wie nach einem Krieg müssen wir lernen, wieder allein zu gehen. Wer nicht allein gehen kann, kann auch nicht wieder in den Krieg ziehen.*

Das gefällt mir, sagte Irma entschlossen.

Ich lese dir noch eine andere vor: *Unter Weißen spielt deine Hautfarbe immer eine Rolle. Du bist immer anormal. Man behandelt dich schlecht oder gut, aber nie selbstverständlich. Irgendeinmal siehst du nur noch deine Haut.*

Sie verstaute das Briefpapier unordentlich in einer Einkaufstasche. Was sollte diese Tasche? Ging sie einkaufen? Sie hatte doch alles hier?

Benno hilft mir sehr. Er sagt, er hätte sich zuerst daran gewöhnen müssen, eine Schwarze im Bett zu haben. Nun findet er es gut.

64

Fred rief an, um Marc in Sanssouci zu treffen. Marc war überrascht. Bis jetzt hatten sich die Freunde von ihm ferngehalten.

Wo er denn die ganze Zeit gewesen sei, fragte Fred. Er habe gehört, er sei im Ausland abgetaucht. Fred lachte, sodass sein Wollpullover über seinem Bauch flatterte.

Er korrigierte Fred und sagte, dass man sich gut in Sanssouci treffen könne, er sei ja hier.

Er hatte gelernt, der Sanftheit des Medienwissenschaftlers Raum zu geben. Mit seiner markanten Nase sah er aus wie ein schweigsamer Sioux. In letzter Zeit tat er sich schwer an seiner Hochschule, trotzte dem Klima, in dem Konkurrenzneid und Intrigen herrschten. Er hatte es sich im Schatten der übermächtigen Alice bequem gemacht. Starke Frauen waren solche, in deren Schatten die Ehemänner an Farbe verloren.

Von allen Freunden kannte er Fred am längsten, abgesehen von Urs. Die Töchter Eliane und Aline hatten oft mit Matti gespielt. Aber selbst als er sich an den gemeinsamen Urlaub in der Provence erinnerte, an das Haus, das sie zusammen gemietet hatten, selbst in jener Erinnerung hatte Fred keinen festen Platz. Fred kam und ging, mal in kurzen, mal in langen Hosen, während Irma und Alice den Tagesablauf festlegten.

Man traf sich im Aufenthaltsraum mit der alten Jukebox und dem Ledersofa. Fred lachte, als Marc erzählte, dass er im Hotel am Rhein logiere. Er schien mit dem Lachen nicht aufhören zu können.

Im Hotel am Rhein, dreihundert Meter Luftlinie von zuhause, das ist der beste Einfall, den du je gehabt hast.

Wie geht's an der Hochschule?, fragte Marc gekränkt.

Sparmaßnahmen, Rationalisierungen und Verschulung des Unterrichts. Wir bilden keine Künstler, Grafiker oder Designer aus, sondern Beamte. Dementsprechend interessieren sich die Studenten nur noch für private Dinge.

Und was ist das? Geld, Macht, Prestige?

Liebe. Darüber wollen sie reden, Tag und Nacht. Als hätte die Pubertät nie ein Ende. Als wäre das Paarungsverhalten das einzige, was unser Leben bestimmt. Sie merken gar nicht, dass die Plattformen, die sie benutzen, Tinder, Facebook und Instagram, die Eigenschaften des anderen ontologisieren. Sie reduzieren sich auf eine Handvoll Idiosynkrasien und hypostasieren die Beziehungskomptabilität. Nicht einmal die Medien, die sie täglich benutzen, haben sie zu hinterfragen gelernt.

Marc war irritiert. War es das, worüber Fred hatte reden wollen?

Das wäre doch ein wunderbares Thema für einen Austausch hier in Sanssouci: Liebesformen der Zukunft.

Fred nickte, als hätte Marc etwas Selbstverständliches gesagt.

Die Jungen merken nicht, dass sich die Liebe durch die Vertextung verändert. Zurzeit findet eine Verlagerung des romantischen Begehrens statt, welches immer weniger vom Unbewussten bestimmt wird. Das Begehren bindet sich nicht mehr an eine einzelne Person und deren Geschichte. Das hört auch Alice in ihren Therapien. Darum geht das Gefühl der Einzigartigkeit des Partners verloren. Liebespartner werden austauschbar. In der Ehe haben wir heute eine plurible Gemeinschaft zu sehen, die die potentiell unendlichen Wahlmöglichkeiten aufs Praktikable herunterbricht. Auch das Hochzeitskleid holt man immer wieder neu aus dem Schrank, als hätte man es nicht schon einmal getragen.

Ohne Alice schien Fred wie befreit. Warum war er früher nicht öfter mit ihm allein gewesen?

Du solltest zu Irma zurück, sagte Fred tonlos und ohne Übergang. Jedes Timeout hat sein Limit. Irma ist durcheinander, sagt Alice. Sie stellt sich infrage, sie zerfleischt sich, sagt Alice. Das kannst du nicht wollen, nicht bei einer Frau wie Irma.

Statt eine Antwort abzuwarten, griff Fred in die weite Tasche seiner Cordhose und entnahm ihr einen Stick.

Hier habe ich die Masterarbeit einer meiner Studentinnen. Thema: Warum verlassen Frauen Männer? Eine dokumentarische Videoarbeit. Nur ein paar Beispiele, aber gut recherchiert.

Und?, fragte Marc belustigt über die Art, wie Fred ihm in die Seele reden wollte.

Frauen verlassen Männer, weil Männer nicht da sind.

Wie meinst du das?

Du kannst arbeiten, kochen, ein guter Vater sein, Dinge reparieren oder in Gesprächen interessante Gedanken entwickeln, aber du bist nicht da. Du kannst deine Partnerin in alles miteinbeziehen, aber innerlich nimmst du keinen Kontakt mit ihr auf, dein WLAN funktioniert nicht. Eine Frau, sagte Fred, eine Frau ist jemand, die ...

Er kam ins Stocken, und Marc fragte sich, ob ihm jetzt der Text ausginge.

Eine Frau ist nicht einfach da, nur weil sie da ist. Sie bleibt nur, wenn du selber auch da bist, mit Nachdruck. Wenn sie dein Interesse spürt.

Marc wusste nun, dass Fred über seine eigene Ehe redete. Er hatte ihn nach Sanssouci bestellt, um über seine Ehe mit Alice zu reden.

Du bist ausgezogen, aber wenn Irma dich verlässt, dann ist es aus.

Ich fühle mich von Irma nicht wahrgenommen, entgegnete Marc.

Ich fürchte, sagte Fred, der dem Gespräch nun entschlossener eine andere Wendung gab, dass ich Alice auch nicht genügend wahrgenommen habe. Ich habe sie vernachlässigt, nicht vorsätzlich, sondern aus Vergesslichkeit. Erst neulich, als wir über euch geredet haben, ist mir das klar geworden. Ich bin ein zerstreuter Mensch, was ich an Konzentration habe, verbrauche ich am Computer. Manchmal vergesse ich alles um mich herum, auch Alice und die Kinder. Es ist furchtbar, zu oft in der virtuellen Welt zu leben.

65

Die Frau im Restaurant, die mehr um ihren hochhackigen Auftritt als um ihr Gleichgewicht bemüht war und Marc ihren Kaffee über die Hose goß, führte ihm seine übertriebene Selbstlosigkeit anschaulich vor Augen. Obwohl er nichts dazu getan hatte, hatte er sich eifrig entschuldigt, und die Frau hatte nur dümmlich gelächelt. Danach war er sich wie ein Trottel vorgekommen. Wie oft hatte ihn Irma am Anfang ihrer Ehe, als es noch keine Navigationsgeräte gab, mit dem Auto ins Nichts dirigiert, ohne dass er protestiert hätte. Er hatte sie auch nicht darauf hingewiesen, dass sie, wenn auch unabsichtlich, einen wichtigen Gast beleidigt hatte; André beispielsweise, den nörgelnden Architekten, dem sie geraten hatte, mehr zu lesen, damit seine Bauten besser würden. Er hatte sie immer nur in Schutz genommen. Wie oft hatte sie ihm Kleidungstücke bei falscher Temperatur gewaschen, sodass nur noch Matti, solange er noch klein war, sie tragen konnte. Irgendwann einmal hatte er seine Wäsche selber zu waschen und zu bügeln begonnen, meistens an den Abenden, an denen sie mit Freundinnen aus war oder an Wochenenden während eines Übersetzerkongresses.

In ihrer Ehe hatte Irma Rechte, die sie aus ihrer Emanzipation und ihrer Rolle als fille à Papa abgeleitet hatte. Marc hatte das wie viele Männer mitzutragen versucht. Als ihn ein ehemaliger Kollege als Feministen lächerlich machte, hatte er wieder nur genickt.

Marc hatte die Gäste davon abgelenkt, wenn Irmas Braten zu lange in der Röhre war. Er hatte vor dem Kellner einen dummen Witz gemacht, um von Irmas Unschlüssigkeit abzulenken. Er hatte nach dem Sexout so getan, als wäre Sex das Überflüssigste auf der Welt. Er hatte nicht auf Frauenhintern zu schielen begonnen, auch wenn ihm der Stachel der Lust im Fleisch saß. Er hatte überhaupt nur dann gerne auf Frauenbeine geschaut, wenn Irma nicht dabei war. Er hatte die Avancen von Ona aus Rücksicht auf Irma mit aller Entschiedenheit abgewiesen. Er hatte alle an ihn gerichteten Sympathiebekundungen immer auf Irma gelenkt. Und hatte sich dabei stets wohl gefühlt!

Es können nicht zwei in einer Ehe glänzen. Natürlich hatte man ihm das Zurückstehen hoch angerechnet, auch wenn es altmodisch war, wenn er den Gentleman im Hintergrund spielte. Jene Art Mann, der die Frau auffing, wenn sie stolperte, und dann wieder ganz in ihrem Schatten verschwand. Altmodisch zu sein war ihm stets gut gestanden. Und trotzdem hatte er Irma betrogen.

Ein Seitensprung für die einen, ein Herzriss für die andern.

66

Alice lud Irma zum Essen in ein chinesisches Restaurant ein. Irma stand vor dem Spiegel und schminkte sich ihre Kummerfalten weg, bevor sie sich auf den Weg machte. Heute Abend würde sie keine gute Begleitung sein. Sie würde bei

Alice' Witzen nur ein dünnes Lachen zustande bringen, und sie würde allen inquisitorischen Fragen nach Marc ausweichen. Sie zog sich ein geschlossenes Kleid an, eine Büßerrobe, die ihre Enthaltsamkeit unterstrich. Das Kleid hatte sie zuletzt nach einem lautstarken Streit mit Marc getragen, um ihn zu strafen. Marc hasste die Robe.

Alice klagte über die beiden Töchter, vor allem über die neunzehnjährige Eliane, die sich nicht entblödete, im Elternhaus vor dem Fernseher zu kiffen, während die zwei Jahre jüngere Aline ostentativ mit ihren Puppen spielte.

Sie tun das nur, um mich als Therapeutin herauszufordern. Die eine will, dass ich sie wegen dem Kiffen rauswerfe, und die andere macht mich unentwegt darauf aufmerksam, dass ich ihr zu wenig Liebe gegeben habe.

Alice leerte den Weißwein so schnell wie Mineralwasser und schob sich eine der vier kleinen Frühlingsrollen in den Mund. Irma gewöhnte sich schnell wieder an diese Art Gespräch. Bei Alice waren eben alle immer nur liebesbedürftig. Irma war froh, dass Matti Nina hatte. Sie erzählte Alice von der neuen Freundin, um klarzumachen, dass Matti nun auf einem guten Weg war.

Was ist eigentlich mit Marc?, fragte Alice lauernd. Sie sah in ihrem zugeknöpften dunkelroten Kleid aus wie eine kommunistische Funktionärin.

Er ist dabei, sich selber zu finden, sagte Irma.

Mit anderen Worten, du weißt nicht, wo er ist! Nach über zwanzig Ehejahren verabschiedet sich dein Mann und verschwindet wochenlang von der Bildfläche.

Wie gesagt, er ist dabei, sich selber zu verwirklichen.

Mit einer anderen?

Was weiß ich, seufzte Irma. Und was kümmert's mich!

Die Frühlingsrollen haben einen seifigen Geschmack, findest du nicht auch?

Warum lügst du?

Was heißt denn lügen, protestierte Irma.

Du bist nicht fähig zu trauern, das heißt es.

Irma hustete, weil sie sich an der Bambussuppe ihren Gaumen verbrannte.

Nach zwanzig Jahren hat jeder von uns das Recht, sich einmal um sich selber zu kümmern.

Alice seufzte und der Seufzer hallte durch das ganze Lokal mit seinen pseudochinesischen Golddrachen und dem Aquarium mit den kleinen, halbtoten Fischen.

Soll ich ihn anrufen?, fragte Alice. Bis jetzt hab ich mich ja rausgehalten, ich halte mich bei befreundeten Paaren immer raus, verstehst du. Aber ich schulde dir auch was, Irma. Ich habe mich in der Sache mit Evelyne blöd verhalten.

Heute bin ich dir dankbar, sagte Irma. Sie fühlte sich, als würde sie sich an einen bröckelnden Mauervorsprung klammern, und Alice träte ihr auf die Finger.

Also, Irma, ich sag dir jetzt mal was. Alice richtete sich auf und streckte ihren Oberkörper wie ein Offizier.

Für Marc war der Umzug aus dem Tessin eigentlich so etwas wie eine Entwurzelung. Damals, als ich euch kennengelernt habe, hat er ja noch auf Italienisch geantwortet, wenn man ihn etwas gefragt hat. Marc hätte es ohne dich nicht geschafft, hier heimisch zu werden.

Irma staunte.

Er hat dich immer bewundert, selbst als er sein eigenes Architekturbüro aufgemacht hat. Wenn du wüsstest, wie er von dir geredet hat. Ich dachte, da stimmt was nicht, da ist was krumm, und nun habe ich recht behalten. Das Schweigen tönt bis zu uns. Die Freunde, um das klar zu sagen, sind alarmiert. Nur getraut sich keiner was zu sagen.

Der nächste Gang wurde gebracht und Alice bestellte Weißwein nach. Sie würde mit den Scheinwerfern ihres psychoanalytischen Verstandes jede Ecke in ihr drin ausleuchten.

Marc und ich sind mit Problemen immer fertiggeworden. Wir sind aneinander gewachsen.

Alice starrte sie wütend an, als würde sie das Essen heimlich unter den Tisch fallenlassen. Sie ließ nicht locker: Vor einem halben Jahr hatte ich ein längeres Telefongespräch mit Marc. Er sagte, es laufe gar nicht alles rund bei euch.

Irma spürte einen Schmerz hinter der Stirn, als drücke ein Tumor gegen den Knochen. Der Tisch, das Glas, der mit Reis gefüllte Teller verloren ihre Ränder. Ein bleierner Geschmack auf ihrer Zunge ließ sie die Stäbchen wieder in den Teller legen.

Hörst du mir zu?, fragte Alice.

Irma kämpfte mit Brechreiz. Es war, als hätte Alice ihr die Hände gebunden und kitzelte sie jetzt mit einer Feder im Gaumen.

Welche langfristigen Folgen hat Mattis Verhältnis mit Evelyne für eure Ehe gehabt?

Keine weiteren, log Irma und schloss den Mund. Gab es ein Regelwerk der Ehe, wie bei einer Uhr, die stehen blieb, wenn eine Feder sprang? Glaubte Alice im Ernst, in eine Ehe wie in ein Uhrwerk hineinschauen zu können? Und was war mit Irma passiert? Sie war sich in ihrer Einsilbigkeit fremd und brach in Tränen aus.

Alice legte ihr nicht einmal den Arm um die Schulter. Sie behandelte sie wie eine Klientin.

Irma, du machst dir was vor. Du hast deinen beiden Männern nie eine Chance auf ein Eigenleben gegeben. Vielleicht nicht einmal dir selber.

Ich muss gehen, sagte Irma, stand auf und schwankte. Aus den Holzwänden des kleinen Restaurants quoll Blut. Die Beine wurden unter ihr weich, und sie taumelte zu Boden, sah sich in Zeitlupe in die Knie gehen, sah Matti im Schnee im Internat, sah Marc in seinem Auto durch den Wald von Sanssouci rasen, sah sich mit dem Gesicht auf das Manuskript von Dupral stürzen, glaubte, auf dem Rummelplatz zu sein, wo sie das erste Mal mit Marc gewesen war, hörte die spitzen Schreie vom Riesenrad, ertrank in roter Farbe, Blut, Blut, sah ihren Vater im Restaurant, wie er die zerbrochene Pfeife wie ein Baby in eine Serviette bettete, sah ihre Mutter auf dem Totenbett, die Augen verdreht und den Mund verzerrt, unordentlich, wie sie nie gewesen war, sah Alice, die an ihrem Bett stand und sie streichelte, Ona, die sich über sie beugte und sie küsste.

Dann erwachte sie, lag zuhause auf ihrer Couch und sah Alice neben sich stehen. Sie tätschelte ihr die Wange.

Ich habe gerade Marc angerufen, sagte sie.

67

Marc schlug mit der flachen Hand gegen das Steuerrad, Urs fluchte. Seit einer Viertelstunde standen sie im Stau vor dem Gotthard. Marc wollte seine Mutter besuchen, und Urs wollte in Locarno ein paar Tage bei einer Freundin auf einer Tessiner Alp verbringen. Das Handy riss ihn aus seinen Gedanken: Alice. Sie sagte, Irma gehe es nicht gut, aber bevor er nachfragen konnte, riss die Verbindung ab.

Er war alarmiert. Wenn ihn Alice anrief, hatte es etwas zu bedeuten. Sollte er sofort umkehren?

Das erste Mal habe ich sie im Supermarkt gesehen, sagte der ahnungslose Urs, eine Dreißigjährige an der Fleischtheke. Bestellte Nierstücke vom Rind, und mir wurde ganz warm in den Lenden.

Marc konnte wieder zehn Meter vorwärts fahren, zähe zehn Meter, die ihn seiner Entscheidung nicht näherbrachten.

Ich fahre mit meinem Einkaufswagen zu den Spirituosen, dann wie zufällig an ihr vorbei und lege die Sektflasche in ihren Wagen. Meine Visitenkarte dazu. Sage, falls Sie Lust haben, mit mir anzustoßen, rufen Sie mich einfach an.

Urs legte seine nackten Füße aufs Armaturenbrett.

Sollte er Irma wirklich anrufen? Und was sollte er sagen?

Drei Tage später hab ich sie am Telefon, wider Erwarten, sagte Urs. Sie habe den Sekt kaltgestellt und warte auf mich. Mein Gott, was für ein scharfes Weib!

Urs rieb amüsiert seine Knie.

Und wen triffst du jetzt?

Iris. Sie lebt in einem Rustico nahe der italienischen Grenze. Alte Freundin, mehr ein Kumpel, alleinstehend,

Aussteigerin, ehemals Werbebranche, jetzt macht sie auf Quilts oder sowas. Unkompliziert, hat drei Ziegen und einen Bienenstock, redet wochenlang mit niemandem. Fragt nicht, woher ich komme und was ich mache.

Und Mathilda?

Urs starrte aus dem Fenster auf die Leitplanken.

Mathilda ist zu ihrer Mutter gefahren. Sie wollte wieder Geld von mir. Fünftausend. Ich hab das Geld aufgenommen. Weiß nicht, ob ich es je wiedersehen werde.

Urs verrenkte sich in dem Sitz, dann verfiel er ins Grübeln.

Langsam kamen sie wieder in Fahrt, und Marc spürte mit jedem Meter, dass er sich von Irma entfernte. Einmal im Tunnel, war eine Umkehr unmöglich. Das Schicksal schien entschlossen, ihn von Irma zu entfernen.

Könntest du bei der nächsten Raststätte rausfahren, wenn wir aus dem Tunnel sind?

Kaum dort, rannte Urs auf die Toilette. Marc lehnte sich ans Auto und schaute die Berge hinauf. Er sog die Luft ein. Das Licht über den Tessiner Alpen war heller, offener und verheißungsvoller. Es war das Licht, in dem er aufgewachsen war, das Licht vor den Fenstern, das Licht, in dem er mit seiner Mutter unterwegs war. Das Licht, in dem er seinen Vater vermisst hatte.

Er ging an die Bar und wechselte ein paar Worte mit dem Kellner, einem jungen Mann aus Kalabrien. Wo Urs nur blieb? Seine Gedanken stürmten auf ihn ein.

Dann sah er ihn kommen und leerte den bittersüßen Espresso.

Ich habe ein Problem, sagte er zu Urs, ich muss zurück. Kann ich dich am nächsten Bahnhof ausladen?

68

Er saß schon im Garten, als sie kam. Sie hatte erwartet, in seinem Gesicht eine Veränderung zu sehen, aber sein Gesicht war das, das sie kannte; etwas abgemagert, kantiger, seine dunklen Augen eingefallen. Am ungebügelten Hemd fehlte ein Knopf. Er wippte nicht mit dem Fuß, wie er es sonst machte, sondern schaute sie ernst an, beinahe etwas ängstlich. Was erwartete er? Dass sie ihm um den Hals fallen würde? Sie war erleichtert, als sie eine Andeutung von Spott in seinem Gesicht entdeckte. Eine feierlich ernste Aussprache hätten beide nicht gewollt. Sie wollte nicht ersticken, nicht an diesem schönen Tag, an dem sie morgens noch im Garten gearbeitet hatte, sodass es aussah, als wäre er gar nie fortgegangen. Nein, er war weg gewesen und zwar lange genug! Es gehörte durchaus mit in die Verhandlungsmasse, dass er sich die ganze Zeit nicht gemeldet hatte, eine undenkbar lange Zeit.

Seltsam, wie seine Anwesenheit sie beruhigte, bevor sie überhaupt etwas gesprochen hatten. Die alte Vertrautheit kehrte zurück. Eine Rechnung war angemahnt worden, im Keller tropfte ein Rohr, im Fernseher musste ein neuer Sender eingestellt werden – für viele Dinge war er und nur er zuständig, das fiel ihr erst jetzt auf.

Wie geht es dir?, fragte er. Sie musste nicht lügen, sich nicht verstellen, Alice hatte ihn ins Bild gesetzt. Alice hatte ihm ihre Verfassung geschildert. Aber jetzt auf ihre Depressionen hinzuweisen, war nicht ihre Sache. Sie würde nicht sagen: Weißt du überhaupt, was du getan hast? Oder, noch weniger: Weißt du, wie viel ich gelitten habe? Ihr Vater hatte ihr Contenance beigebracht, die Gabe, nicht gleich loszuschreien, wenn etwas weh tat, sondern die Zähne zusammenzubeißen. Ihre Gelassenheit war Teil ihres Stolzes.

Sie trug das schlichte anthrazitfarbene Wollkleid, eines ihrer Lieblingskleider, das er nicht sehr mochte.

Es geht mir besser, sagte sie. Es ist komisch, wenn man nach einer Ohnmacht erwacht, wie lange es dauert, bis die Dinge im Kopf zurückkehren. Und am Schluss merkt man, dass sich alles etwas anders zusammensetzt. Ich musste an Ona denken, die nach ihrem Selbstmordversuch etwas Ähnliches erlebt hat.

Der Hinweis auf Ona war ihm peinlich. Als hätte sie je mit Suizid gedroht! Sie beeilte sich ihrerseits zu fragen, wie es ihm gehe.

Er suchte nach Worten, wollte offenbar nicht einfach sagen, dass es ihm gut gehe. Er schlage sich durch, sagte er, und das klang abenteuerlich und weckte ihr Misstrauen.

Warum bist du zurückgekommen?

Sie sah, wie die Gedanken in ihm kreisten. Er wollte auf keinen Fall etwas Falsches sagen und er widersprach auch nicht dem Wort »zurückkommen«. Die Möglichkeit einer Rückkehr war der Grund seines Anrufs, darin täuschte sie sich nicht.

Hast du herausgefunden, was du mir sagen möchtest?

Danke, dass du mir die Zeit gegeben hast, um nachdenken zu können.

Er sagte also nicht, wo er gewesen war. Er verschwieg, was er alles erlebt hatte. Seine Verschwiegenheit war die alte geblieben.

Und du bist mir nicht mehr böse wegen des Kredits?

Er schluckte, schaute in die Ferne, so direkt hätte sie nicht fragen sollen. Aber falls er nur gekommen war, um nochmals um Geld zu bitten, musste sie das so schnell wie möglich klarstellen.

Matti braucht das Geld. Gerade jetzt, wo er daran ist, eine eigene Firma zu gründen. Das Internat hat ihm nicht geschadet. Er hat zumindest die Sache mit Evelyne überstanden.

Da hast du recht, sagte er gepresst.

Sie bereute, dass sie Evelynes Namen ausgesprochen hatte, sie hatte nicht vorgehabt, noch einmal auf diese Sache einzugehen. Der Name kochte ihr nur die Wut wieder auf. Er hätte doch jetzt sagen können, dass sie mit dem Internat richtig entschieden hatte. Er hätte bei der Gelegenheit auch einmal erklären können, warum er Evelyne nie zur Rede gestellt, warum er sich ihr gegenüber so nachgiebig gezeigt hatte.

Wir sollten unter all das einen Strich machen, Irma. Matti ist auf einem gutem Weg mit Nina, er braucht uns nicht mehr.

Sie nickte. Er wollte ein neues Kapitel aufschlagen. Der Junge war flügge, und es galt, ihre Beziehung zu reparieren.

Wir sind erwachsene Menschen, sagte sie.

Er hob seinen Kopf nur um wenige Millimeter und schaute sie neugierig an. Lange genug, dass sie das Gefühl hatte, sein Blick sei voller Misstrauen. Was ging ihm nur durch den Kopf? Fixierte er sie, um sicherzugehen, dass auch sie einen Schlussstrich ziehen wollte? Oder glaubte er nicht daran? Hielt er sie für rachsüchtig, für eine ewig Gekränkte?

Warum hast du den Glauben an mich verloren? An mich als Architekten, meine ich. Als du meine Bitte um Unterstützung abgeschlagen hast, wusste ich, dass du nicht mehr auf mich setzt.

Zu einfach, sagte sie und stand auf, um die Gartenschere zu versorgen. Dabei wiederholte sie, kopfschüttelnd, zu einfach, zu einfach. Mit leiser Stimme setzte sie ihm auseinander, dass sie sehr wohl die Konjunkturlage berücksichtigt habe. Die Weigerung, Geld einzuschießen, beruhe auf einer vernünftigen Abwägung und habe nichts damit zu tun, dass sie den Glauben an ihn verloren hätte. Sie glaube an ihn, weiterhin, sagte sie.

Das war viel, und es war folgerichtig, dass er nicht sitzen blieb, sondern auch aufstand, die Hände in den Hosentaschen, aufgeregt auf- und abging.

Er sei bereit, ihre Strenge in einem anderen Licht zu sehen. Vielleicht brauche sie diese klaren, harten Entscheidungen. Wichtig sei ihm, dass sie an ihn glaube. Er könne nicht mit jemandem zusammenleben, dem seine Arbeit nichts gelte. Er brauche ihre Unterstützung und sei bereit, ihr die seine zu geben. Er schwieg und schaute sie an.

Das heißt?

Sie fragte. Es musste jetzt ein versöhnliches Wort geben, und sie hoffte inständig darauf, dass er sie seiner Liebe versicherte.

Wir brauchen einfach Zeit, sagte er. Wir müssen an unserer Beziehung arbeiten.

Sie standen einander unschlüssig gegenüber. Sie spürte, dass er sie umarmen wollte, aber hatte Angst davor. Vielleicht, weil eine Berührung die Entbehrungen der letzten Monate wachgerufen hätte. Sie hatte sich den Mann ausgetrieben, jetzt wollte sie ihn nicht einfach wieder an sich heranlassen. Weil sie sofort in Tränen ausgebrochen wäre.

Wir brauchen Zeit, einverstanden. Ich weiß nicht mehr,

wer du bist, was du in all den Wochen gemacht hast. Wir müssen uns auch zu unseren Freunden neu verhalten.

Unsere Freunde geht das nichts an. Aber mit Matti müssen wir reden, sagte er. Soll ich dir einen Drink machen, wollen wir anstoßen?

Schon war er auf dem Weg Richtung Hausbar. Sie sah ihn in dieser über zwanzig Jahre alten Gewohnheit und wünschte sich, nichts läge zwischen dem Jetzt und dem Einst.

Vom alten Porto?

Gerne, sagte sie und setzte sich wieder.

Ich bin froh, dass du mir gesagt hast, warum du mir nicht hast helfen können, sagte er beim Anstoßen.

Und ich bin froh, dass du mir meinen Entschluss, was Matti betrifft, nicht mehr vorwirfst. Ich weiß, Alice hat es mir deutlich gesagt, ich bin zuweilen stur.

Er lächelte, und sie redeten weiter, probierten Sätze aus, wie man Billardkugeln anstößt, damit sie einander touchierten, um danach in die gewünschte Richtung zu rollen. Und irgendwann sagte sie, dass sie ihn sehr vermisst habe, dass sie nie aufgehört habe, ihn zu lieben, ohne diesen Satz würde es auch keine körperliche Annäherung geben. Sie mussten es langsam und behutsam angehen. Bis sie wieder zärtlich miteinander sein konnten, würde es vielleicht Monate dauern.

Er erzählte, dass er Fred getroffen habe, der in einer veritablen Krise stecke. Sie erzählte vom Memosol-Projekt von Matti und Nina, und beide mussten lachen. Sie sagte, sie sei wirklich froh, dass die Geschichte mit Evelyne ausgestanden sei, sie habe keinen Kontakt mehr zu ihr. Warum er sie seinerzeit denn nicht zur Rede gestellt habe? Sein Ausweichen damals habe sie sehr verletzt.

Er verstummte, dann schenkte er sich nochmals das Glas voll. Schließlich sagte er, und dabei klang seine Stimme brüchig, dass er damals in einer schwierigen Lage gewesen sei. Er habe es ihr nie gesagt, aber er habe Evelyne tatsächlich zur Rede gestellt, er sei bei ihr gewesen. Es sei ihr sehr schlecht gegangen, sie habe mit Suizid gedroht.

Warum er das nie gesagt habe, fragte sie. Das täte ihr sehr leid. In diesem Licht hätte man ihr auch leichter verzeihen können.

Das habe er, sagte er nun gehetzt, auch tun wollen, aber dabei sei es zu einem Zwischenfall gekommen.

Zwischenfall?, fragte sie. Etwas an seinem Gesichtsausdruck missfiel ihr. Was immer es auch gewesen sein mochte, sicher gewichtete er es falsch, nahm es zu ernst.

Zwischenfall?, fragte sie neuerlich, als er noch immer schwieg.

Nun, sagte er, und sein Blick verlor sich in den Ästen des Baumes, ich habe mit Evelyne geschlafen.

Was hast du?

In der Erinnerung wusste sie kaum noch, was dann geschah. Sie hatte sofort Tränen in den Augen, er muss auf sie losgestürzt sein, um sie zu umarmen, sie erschrak, rannte davon, außer sich, warf die Tür zu, sodass das Glas splitterte.

In dem Augenblick klingelte das Telefon. Sie ergriff den Hörer wie einen Rettungsring. Alice sagte, es gehe Mila sehr schlecht, sie fahre jetzt sofort los, ob sie mitkommen könne. Die anderen seien schon dort.

Sie sagte schluchzend zu und teilte es ihm mit. Er stand in der Tür. Er schüttelte den Kopf und sagte, es tue ihm leid, aber unter diesen Umständen könne er jetzt nicht mitkommen.

69

Er blieb so lange, bis Irma und Alice gegangen waren. Danach stand er im Haus, das eigentlich ihr gehörte, zumindest zum Großteil, juristisch hätte das genau berechnet werden müssen, da er es schließlich umgebaut und danach den Haushalt mitbestritten hatte.

Jeder Gegenstand erinnerte daran, dass er im Fall einer endgültigen Trennung zu ihm oder zu Irma gehören würde. Man musste sortieren, ausscheiden und trennen. Wer nimmt die Kunst- und Architekturbücher, wer die Romane, wer die Philosophie? Wer nimmt die Bilder, den anrüchigen Akt von Annette, den sie zuhinterst in den Korridor gehängt hatten, wer nimmt die Möbel? Wer die Teller aus Südfrankreich und die Tassen aus Delft?

Er floh vor dem Geschirr und den Teppichen, den Stühlen und Weinflaschen, schwer vor Trauer. Er würde nicht endlos durch die Straßen gehen können, auch wenn er das gerne getan hätte. Zurück ins Hotel wollte er nicht, also bog er instinktiv zu einem Lokal ab, in dem er noch nie gewesen war: *Zum schiefen Eck*. Er setzte sich an einen leeren, abseits liegenden Tisch, über dem verstaubte Pokale standen, und die glasigen Augen der Alkoholiker richteten sich kurz und undeutlich auf ihn. Unwirsch nahm die Kellnerin seine Bestellung entgegen, Rotwein und ein Schinkensandwich. Er konnte sich nicht erinnern, wann er das letzte Mal etwas gegessen hatte. Er versuchte zu rekonstruieren, wie es so weit hatte kommen können, aber kaum dachte er an Irma, nahm der Schmerz wieder zu. Warum hatte sie so heftig reagiert? Sie waren doch auf dem besten Weg gewesen, einander wieder näher zu kommen. Zwar hatte er nicht erwartet, dass sie einfach darüber hinwegsehen würde, dennoch hatte er es gehofft. Warum nahm sie etwas so wichtig, das ihm selber nicht wichtig gewesen war? Er hatte Evelyne ja nur helfen wollen!

Mit der Teilung des Hausrats wäre es nicht getan. Die ganze Beziehung musste auseinandergerissen werden. Rückbau, so der Fachbegriff. Und dann Matti, mein Gott, was würde der Junge sagen? Wie würde er es aufnehmen, wenn er erführe, dass auch er mit Evelyne geschlafen hatte? Eigentlich müsste Matti ja erleichtert sein, denn so war er, psychologisch gesehen, aus dem Schneider, und die symbolische Ordnung war wiederhergestellt. Oder hing Matti noch immer an Evelyne?

Er leerte das zweite und dritte Glas.

Und die Freunde? Jetzt saßen sie bestimmt alle zusammen und versuchten Mila zu retten. Was würde Irma den Freunden sagen? Er traute ihr zu, dass sie ihnen die Wahrheit erzählte. Die Wahrheit, wie sie sie sah. Sie hatte nie begriffen, dass die Wahrheit immer nur eine Version unter anderen war. Mein Gott, wie oft hatten sie darüber gestritten! Irma sagte, wenn es keine Wahrheit gebe, gebe es auch kein Zusammenleben. Irma verdiente den Nobelpreis für Naivität!

Er bestellte und leerte das nächste Glas, biss eine Ecke vom Sandwich ab, biss in eine nasse, ranzig schmeckende Gurkenscheibe. Nun würden sich alle empören, um sich dann wieder der armen Mila zuzuwenden. Mila wollte ja nicht gerettet werden, das wusste er schon lange. Man hätte sie mit Zwang medikamentieren müssen. Sie und Moritz waren so verbohrt, dass sie blind ins Verderben rannten, wie sie sich auch ohne Zögern ins Abseits gestellt hatten. Von

Alice hatte er keine Fürsprache zu erhoffen. Vielleicht von Fred, aber der hatte den Mut nicht, entschieden gegen die Gruppe aufzutreten. Axel hatte seinen Kredit verspielt und musste den Mund halten. Ona war ziemlich sicher nicht dabei, und Bea hatte ihm nie über den Weg getraut. Er fand sie hübsch, aber eigentlich auch etwas langweilig, das hatte sie sicher gespürt. Finn würde sich für ihn einsetzen. Ja, Finn würde sagen, einmal ist keinmal, in welchem Jahrhundert leben wir denn! Wenn Finn auf seine leicht verkniffene Art seine Stimme für ihn erheben würde, dann würde er gerettet sein. Allein dadurch, dass es eine zweite Sicht gab. Vielleicht würde Finn auch Bea überzeugen, und Alice müsste zuerst einmal überlegen, bevor sie ihre Weisheiten kundtat. Fred würde sich still und entschieden auf seine Seite schlagen, Axel würde, das war vorauszusehen, auch noch für ihn Partei ergreifen. Und dann würde er eine Nachricht von Irma erhalten, dass er schleunigst kommen solle. Vergeben und vergessen, deine Irma!

Aber so war es nur in seinem Kopf. Niemand meldete sich bei ihm. Denn letztlich zählte für Irma wohl nicht, was er und Evelyne getan hatten, sondern dass er das Vertrauen zwischen ihnen zerstört hatte.

So bestellte er ein weiteres Glas. Und hoffte, dass es nicht zu einer Verurteilung in Abwesenheit des Angeklagten kommen würde.

Und Anatol?

Anatols Freundschaft bedeutete ihm viel. Anatol war abgründig, visionär, hatte Verständnis für seine Arbeit und war immer bereit, etwas dafür auszugeben. Über Annette und ihre Lustknaben musste er lachen. Auf eine indirekte Art betrogen einander die beiden, ohne dass sie es merkten.

Wo sollte er unterkommen? Vielleicht sollte er den Wagen vollpacken und ins Tessin fahren. Seine Mutter besuchen, danach ein Häuschen im abgelegenen Maggiatal mieten. Ziegen hüten. Zusammen mit den Freaks, den Kiffern, den Nudisten alt werden. Mit viel Selbstüberredung würde er sich da einigermaßen wohlfühlen. Am Abend eines der kleinen Rock- oder Blueskonzerte besuchen und sich mit den Dörflern betrinken. Aber seine Mutter wüsste, dass er auf der Flucht wäre, und würde das nicht zulassen.

Die Bedienung kam an seinen Tisch, um abzurechnen. Sie misstraute ihm, da er zu schnell und zu viel trank. Er legte einen Hunderterschein auf den Tisch und bestellte ein weiteres Glas.

Plötzlich spürte er eine Hand auf seiner Schulter.

Urs! Du?

Nachdem du mich am Bahnhof rausgeschmissen hast, kam eine SMS von Mathilda. Sie wollte nochmals einen Tausender. Also bin ich in Airolo auf den Zug und wieder nach Hause gefahren, um ihr das Geld zu überweisen und auf sie zu warten.

Und jetzt?

Warte ich immer noch. Morgen, vielleicht übermorgen wird sie da sein.

Du spinnst!

Urs bestellte Wein und trank bedächtig mit, als dürfe er, falls Mathilda jetzt eintreten würde, nicht betrunken sein. Ob es nicht an der Zeit war, Urs endlich reinen Wein einzuschenken? Wie tief würde er fallen, wenn Mathilda nie mehr käme.

Sie hat mir ihre Fluchtnotizen geschickt. Drei Seiten voller Horror.

Urs kramte die Papiere aus seiner Jackentasche und legte sie auf den Tisch.

Marc starrte auf die zerknitterten Seiten. Was sollte er damit? Musste er das lesen?

Wenn sie das wirklich erlebt hat, dann habe ich die verdammte Pflicht, sie zu unterstützen, verstehst du? Und hier zu warten, bis ich schwarz bin! Er lachte.

Marc schüttelte den Kopf. Urs lebte in der Illusion, dass die Liebe, die er verloren hatte, zurückkehren würde. Er nahm die Blätter und las.

... morgens um sechs der Himmel über der Sahara. Die Sterne werden durchsichtig, das Rot verschwindet und es wird blau. Ich sitze auf einem Pick-up mit zwanzig Mädchen. Einige haben etwas Wasser bei sich, Kekse und Gari, ...

Meine Beine sind taub. Wenn wir uns bewegen wollen, müssen wir die Nachbarn fragen, die Beine sind eingeklemmt. Gestank, zu viele hocken hier auf der Ladefläche. Manchmal muss nachts einer runter. Wir merken am Tag, dass er nicht mehr da ist. Es gibt Sandstürme.

... Motorschaden. Wir reden nicht, es hat wenig Wasser, Benzin aus Kanistern, einige sterben. Dann kommen unbekannte Männer, sie wollen die Frauen retten, nur die Frauen.

Marc wollte nicht mehr weiterlesen und gab Urs die Blätter zurück.

Hoffe, sie kommt zurück, sagte er und Marc nickte. Er studierte die mit Kratzern und Kerben versehrte Holzplatte des Tischs. Was für eine beschissene Welt, sagte er.

Urs schaute ihn an und nickte.

70

Erneuter Kälteeinbruch, Irma fror bis auf die Knochen. Und Mila hatte sich eine Nierenbeckenentzündung zugezogen. Es hatte so kommen müssen, nachdem sie, wie Alice erzählt hatte, chronisch an Blasenentzündung litt. Das einzige Mittel, das jetzt noch helfe, seien Antibiotika, sagte Alice. Und die weigere sie sich einzunehmen.

Alice redete ununterbrochen. Mila sei verrückt, sich so in Gefahr zu begeben, sie frage sich, ob sie noch zurechnungsfähig sei. Mila sei untenrum zu eng gebaut, und wahrscheinlich sei sie wegen Moritz auch nicht enthaltsam genug.

Irma wurde abwechselnd von einer Welle heißer Wut überschwemmt, dann wieder fror sie.

Du hörst mir gar nicht zu, beschwerte sich Alice und schwieg.

Moritz erwartete sie mit bekümmerter Miene. Annette und Anatol saßen auf Stühlen im Wohnzimmer wie Musterschüler, auch Bea war da.

Eine bleierne Stille hing im Raum, offenbar hatte gerade eine Auseinandersetzung stattgefunden. Ich bin gar nicht vorbereitet auf das, was hier los ist, dachte Irma. Mila lag mit geschlossenen Augen in ihrem Bett unter dem Fenster, sie schlief.

Annette informierte sie im Flüsterton: Mila habe hohes Fieber, Schüttelfrost und klage über starken Druck- und Klopfschmerz in der Nierengegend. Typische Symptome einer Nierenbeckenentzündung, habe Axel gesagt, der vor einer Stunde abgereist sei. Axel, sagte Annette, wollte sie sofort mitnehmen, um in der Klinik die nötigen Untersuchungen machen zu lassen. Aber Mila und Moritz hätten eingewendet, dass Antibiotika die Darmflora auf das Schlimmste schädigen würde, und das sei noch schlimmer als das Fieber. Sie wolle hier behandelt werden, hier bleiben, um sich auszukurieren. Axel habe schließlich aufgegeben und sei gegangen.

Er sei durch und durch Schulmediziner, sagte Annette, die Irma zur Seite genommen hatte. Immerhin sei Moritz auf dem neuesten Stand der Forschung. Aber nichts davon sei bewiesen, habe Axel entgegnet. Annette fragte Irma, warum die beiden über alle diese Studien Bescheid wüssten, wenn sie doch kein Internet hätten.

Mila erwachte und redete über das Wetter. Gut, dass sie überhaupt etwas sagt, dachte Irma.

Annette flüsterte, sie beneide Mila auch ein wenig.

Wieso?, fragte Irma zurück.

Noch nie seien so viele Freunde um *ihr* Bett herumgestanden.

Anatol entkorkte eine Flasche Wein. Er füllte sein Glas und schaute fragend in die Runde. Alle lehnten stumm ab, nur Annette hielt ihm ihr Glas hin.

Mila sagte, es sei schön, dass alle gekommen seien, sie habe aber nur nach Alice gefragt. Sie sei nicht am Sterben, auch wenn die Schmerzen mitunter so stark seien, dass sie fast den Verstand verliere.

Annette schüttelte den Kopf und nahm Irma mit vors Haus, wohin Bea gegangen war, um zu rauchen. Alice stand paffend daneben. Was sich denn tun ließe, fragte Annette. Man müsse Milas Weigerung akzeptieren, sagte Alice. Bea würgte ihre Wut hinunter.

Mila und Moritz können tun und lassen, was sie wollen, sagte Alice, die sehr schnell die Deutungshoheit für sich beanspruchte. Annette nickte wie ein Schulmädchen, obwohl sie vorhin noch gegen Milas Sturheit aufgetreten war. Irma bat um eine Zigarette. Sie fragte, ob man Mila denn nicht zwangseinweisen könnte.

Zwangseinweisung geht heute gar nicht mehr, sagte Alice.

Annette sagte, es sei für Mila wichtig, dass man sie jetzt nicht allein lasse, sondern ruhig, aber bestimmt mit ihr rede, um sie von ihrem Irrtum abzubringen. Mila sei rationalen Argumenten gegenüber total immun, fauchte Bea, sie könne nicht Tage oder Wochen neben einer Besessenen verbringen.

Auch nicht, wenn es deine Freundin ist?, fragte Irma. Sie hatte plötzlich ihre Stimme wiedergefunden. Sie musste sich einmischen, so ging das hier nicht weiter.

Und wenn sich die Krankheit weiter verschlimmert, was tust du dann?, sagte Bea. Aus der Pyelonephritis kann eine chronische Entzündung werden, bei der die Nieren geschädigt werden.

Die Nieren sind doch schon lange geschädigt, sagte Irma.

Alice nickte: Es ist möglich, dass sie schon Abszesse in der Niere hat. Oder eine Blutvergiftung.

Glaube ich nicht, sagte Annette.

Irma spürte, wie wichtig es gewesen wäre, wenn sie mit einer Stimme gesprochen hätten. Sie versuchte sich zu fassen. Nun gut, Mila ging es schlecht, aber sie trug weiterhin allein die Verantwortung für sich.

Das dünne Licht der Dämmerung legte sich über die Gesichter der vier Frauen. Irma kam es vor, als hätte Milas Krankheit etwas mit dem Freundeskreis zu tun, als würde sie austragen, was als Keim des Unheils in der Gruppe nistete. Wäre sie gläubig gewesen, hätte sie gesagt: Gott straft jede von uns auf seine Weise. Mila war immer am Rand der Gruppe gewesen. Anfänglich war es gar nicht sicher, ob sie auch wirklich mit allen befreundet sein wollte. Irma hatte sich nie wirklich um sie bemüht, aber eines Tages hatte sich herausgestellt, dass Mila zu Annette einen Draht gefunden hatte. Sie verbrachten sogar einen Urlaub zusammen, in Nizza.

Mila ist ein Pferd, sagte Annette, die kommt drüber hinweg.

Bea zündete sich eine weitere Zigarette an und schlang den Rauch hinunter.

Vielleicht hast du Recht, und die Entzündung bildet sich zurück, sagte Alice nachdenklich. Dann hat Mila einen Sieg errungen.

Die Stimme von Alice hatte Gewicht, der Umgang mit Kranken war schließlich ihr täglich Brot.

Wichtig ist ihre Einstellung, sagte Alice. Unbewusste Kräfte bewirken oft Wunder.

Wer glaubt noch an Wunder, dachte Irma, auch wenn ihr dieser Glaube jetzt geholfen hätte. Ihr war immerhin gerade eine Welt zu Bruch gegangen.

Annette sagte: Du bist wunderbar, Alice.

Nachdenklich schauten alle zu Boden.

Ich finde diesen Naturkult albern, sagte Irma. Schließlich hat man zighundert Jahre Zivilisation hinter sich. Ich finde auch nicht alles gut, was uns die Mediziner verschreiben. Aber in so einem Fall ist es doch verrückt, sein Leben aufs Spiel zu setzen. Ich rufe jetzt einen Krankenwagen!

Plötzlich polterte Alice los, sie solle endlich ruhig sein.

Was ihr einfalle, Mila jetzt vor eine Zerreißprobe zu stellen. Jedes Paar entscheide selber über sich.

Alice hatte noch nie so mit ihr geredet.

Dieser Anfall von Obskurantismus!, rief Irma empört.

Musst du jetzt wieder zeigen, dass du studiert bist?, sagte Annette.

Die beiden meinen, ihre Verweigerungshaltung sei ultrafortschrittlich, versuchte Bea zu vermitteln.

Ich verstehe dich nicht, Irma, sagte Alice. Mila und Moritz glauben einfach nicht mehr an die Schulmedizin. Sie haben eine ganzheitlichere Medizin im Sinn. Frag mal die Leute auf der Straße, jeder zweite wird dir das sagen. Vielleicht muss die Menschheit wieder einen Schritt zurückmachen, um für das offen zu werden, was wir vernachlässigt haben.

Mila hat jetzt auch noch zu fasten begonnen, sagte Annette. Das wird empfohlen, man kann damit sogar Krebs aushungern.

Sie wird sich nur weiter schwächen, sagte Irma bitter.

Nein, sagte Alice. Sie sieht zwar abgemagert und bleich aus, aber sie strahlt Zuversicht aus. Sie wird es schaffen, davon bin ich überzeugt. Lass uns hineingehen und ihr beistehen.

Jemand sollte Anatol die Flasche wegnehmen, sagte Annette.

Drinnen wartete Mila auf die Freundinnen.

Es geht mir schon besser, sagte sie. Eure Anwesenheit tut mir gut, ich brauche eure Liebe.

Wir sind alle der Meinung, dass du dich in Behandlung begeben solltest, sagte Alice mit viel Autorität in der Stimme.

Irma schwieg beleidigt und brachte kein Wort mehr heraus. Sie ertrug Milas singende Leidensstimme plötzlich nicht mehr, empfand ihre Freundinnen als Heuchlerinnen und sich selbst als Versager.

Ich hatte ein Nahtoderlebnis, sagte Mila, ich bin in einem Meer unendlichen Lichts versunken. Da habe ich begriffen, was mir bis jetzt nie aufgegangen war. Es war wirklich verblüffend, als würde ich aus einem Albtraum erwachen und feststellen, das alles war doch nur ein Traum gewesen.

Alice schaute zu Bea, deren Blick nervös zur Uhr ging.

Als ich in der anderen Welt aufwachte, habe ich verstanden, dass ich mehr bin als mein kranker Körper.

Aber du lebst doch, sagte Bea, eine Spur zu laut.

Moritz hat mich zurückgeholt. Seine Liebe war wie Sonnenlicht. Die Sonne scheint immer, sie scheint mit unverminderter Kraft überallhin. So ist die Liebe von Moritz. Sie ist nicht einfach ein Gefühl, sondern ein Zustand. Sie wird mich ins Leben zurückführen und mich heilen.

Alice ergriff Milas Hand und begann zu beten. Mila bewegte die Lippen, auch Moritz, plötzlich beteten alle leise mit. Meine Güte, dachte Irma, was geht hier vor sich?

Sondern erlöse uns von dem Bösen, denn dein ist das Reich und die Kraft und die Herrlichkeit in Ewigkeit, Amen, schloss Alice mit fester Stimme.

71

Mila ist gestorben, sagte Alice zwei Wochen später am Telefon. Irma musste sich setzen. Obschon sie damit gerechnet hatte, war diese Nachricht wie einen Schlag. Sie dachte daran, Marc anzurufen, dann ließ sie es bleiben.

Was ist passiert? Ist sie in ihrem Haus gestorben?

Ja, ein Nierenversagen, sagte Alice. Ich kenne die genauen medizinischen Umstände nicht, aber ich kenne die Ursache: Sturheit! Moritz will, dass wir heute Nachmittag alle nach Sanssouci kommen.

Wann ist sie gestorben?

Vor ein paar Tagen, erfahren haben wir es aber erst jetzt. Moritz will, dass wir in Weiß kommen.

Irma wählte ein einfaches Kleid. Sie dachte an die Kirschbäume, die bald blühen würden. Immer auf dem Weg nach Sanssouci war sie mit Marc an diesen Kirschbäumen vorbeigekommen, und es war gewesen, als würden sie durch ein Spalier von Hochzeitsgästen fahren.

Als sie ankam, saßen die anderen mit versteinerten Gesichtern im Wohnraum. Nur noch Moritz fehlte.

Wir haben es nicht geschafft, sie zu retten, sagte Alice. Sie sank regelrecht in Irmas Arme, als müsste sie von ihr getröstet werden.

Wir haben versagt, ergänzte Anatol. Er sah aus, als wäre er seit Milas Tod um Jahre gealtert.

Ich fühle mich beschissen, sagte Bea.

Und ich fühle mich schuldig, sagte Irma und dachte an ihren wütenden Abgang beim letzten Besuch. Danach hatte sie keinen Kontakt zu Mila mehr gehabt.

Ich dachte nicht, dass Moritz sie ins Verderben laufen lassen würde, sagte Annette. Er wusste doch, wie gefährlich diese chronische Schwäche war. Ich bekam es schon mit der Angst, als sich die beiden in die Wildnis zurückgezogen haben. Zuletzt habe ich nur noch gebetet, dass Mila zur Vernunft kommt.

Anatol legte seine kleine, unmännliche Hand auf ihren Arm.

Wenn es eine Schuld gibt, sagte Anatol, dann liegt sie bei mir. Ich hatte die Idee mit Sanssouci. Ich habe sie angetrieben und unterstützt, als sie in die Wildnis zogen.

Nach deiner Millenniumsrede war Moritz wie verwandelt, sagte Finn.

Wir sollten jetzt nicht über Anatol herfallen, sagte Irma. Jeder hat aus Sanssouci gemacht, was er wollte. Über all die Jahre sind Anatol und Annette großzügig gewesen. Und falsch sind sie nicht gelegen, wir haben doch alle das Gefühl, es sei fünf vor zwölf. Ich fand es richtig, dass die beiden etwas Neues versucht haben.

Immer nur reden und reden und nichts tun geht ja auch nicht, sagte Bea.

Sorry, Anatol, ich habe nie an Sanssouci geglaubt, sagte Fred leise. Bis jetzt hatte Irma gar nicht bemerkt, dass er auch hier war.

Aber mir war klar, sagte er weiter, dass du keine buchstabengetreue Umsetzung wolltest. Es war mit Sicherheit ein Ort zum Nachdenken, eine Art Retraite. Das ist doch schon sehr viel.

Fred stand auf, um ein Holzscheit in den Ofen zu legen. Dann ging er auf und ab, wie ihn Irma die letzten Jahre immer wieder hatte auf- und abgehen sehen. Nachdenklich und in sich gekehrt. Ein Mensch, dem keine Demütigung wirklich etwas anhaben konnte.

Ich habe vielleicht am wenigsten gemacht, meldete sich Finn. Immer nur an meinem Buch geschrieben. Bea hat mich unterstützt, ihr alle habt mich unterstützt. Immerhin kann ich sagen, dass ich mit dem Buch fast fertig bin.

Alle nickten, keiner glaubte ihm, und keiner gratulierte ihm.

Warum geht's hier eigentlich?, fragte Bea. Milas Tod hat doch nichts mit Sanssouci zu tun.

Ich bin die, die sich am meisten Vorwürfe machen muss, sagte Alice. Ich hätte das pathologische Potential in Milas Verhalten früher erkennen müssen. Als wir sie das letzte Mal besucht haben, Irma, Bea, erinnert ihr euch an unser Gespräch? Ich habe gespürt, dass die beiden auf Fundamentalopposition machen, und wollte sie nicht noch mehr in die Enge treiben. Deshalb habe ich so getan, als würde ich Mila unterstützen. Dabei habe ich das suizidale Potential unterschätzt.

Ona zuckte zusammen. Seit ihrem Selbstmordversuch war sie eine andere geworden, sie schien nicht einmal mehr Axel richtig wahrzunehmen. In ihrem warmen, weißen Anzug wirkte sie fast ein wenig engelhaft. Sie ließ Axel nicht mehr in ihre Nähe. Axel reagierte verletzt, dann aber auch mit übertriebener Höflichkeit und Beflissenheit. Er schien sie noch immer zu lieben, aber vielleicht war er auch nur die ganze Zeit betrunken. Irma fand, dass die beiden es, trotz allem, gut machten. Ona zeigte ihre Gekränktheit nicht offen, Axel bemühte sich um Stil und Rücksicht. Aber klar war, dass ihre Beziehung am Ende war. Wie wohl auch ihre.

Wann kommt denn Moritz?, fragte Alice.

Wieso ist er noch nicht hier?, sagte Bea.

Wollte er nicht Milas Urne mitbringen?, fragte Fred. Vielleicht gab's da Probleme.

Ist er nicht erreichbar? Finn starrte auf das Display seines Telefons.

Ich weiß nichts von einer Urne, sagte Anatol. Er wollte ihre Asche im Garten verstreuen, unter ihrem Lieblingsbaum beim Fels.

Bea fand das schauerlich.

Keine Panik, er wird kommen, sagte Annette. Sollen wir etwas zu essen machen? Sie schaute zu Anatol.

Ich dachte, er würde etwas mitbringen. Brot, irgendwas, sagte Bea.

Mein Gott, was sind wir für Idioten, stöhnte Axel. Natürlich gibt's hier genug zu essen. Anatol, hast du nicht auch Whisky und Rum da?

Irma sagte, sie würde gerne etwas trinken. Am liebsten hätte sie sich betrunken, bis zum Umkippen.

Wo bleibt denn Moritz?, fragte Alice erneut. Jetzt warten wir schon über eine Stunde auf ihn. Er hat doch versprochen, uns alles zu erklären. Hat irgendjemand von euch die Tote gesehen?

Annette sagte, sie habe mit Moritz gesprochen. Mila sei bald nach ihrem Tod kremiert worden, so habe es ihre Familie gewünscht.

Axel fragte, was für eine Familie?

Ihr Bruder, sagte Annette, da sei noch ein Bruder aufgetaucht. Er sei von Hannover heruntergefahren, zur Kremation. Deswegen bin ich davon ausgegangen, dass Moritz ihre Asche mitbringen würde. Ich habe auch nicht so genau nachgefragt, wir wollten uns doch auch nicht einmischen.

Wieso hat er uns nicht zur Kremation eingeladen?, fragte Finn. Wieso ist er nicht hier und erzählt uns das selber?

Wer von euch hat Mila denn näher gekannt?, fragte Irma.

Ich meine, hat irgendjemand über unsere Treffen hinaus Kontakt mit ihr gehabt? Hat einer von euch sie allein getroffen?

Alle schwiegen, bis sich Ona äußerte:

Ich habe sie vier Tage vor ihrem Tod besucht. Ich wollte sie umstimmen. Wir haben geredet und geredet. Sie hat begriffen, dass wir Mediziner nicht gegen die Natur arbeiten. Ich habe ihr von meinen Erfahrungen erzählt und ihr gesagt, wie froh ich sei, noch am Leben zu sein. Sie hat mir zugehört, ich war sicher, dass sie mich verstand. Aber dann hat sie darauf beharrt, dass sie keine Antibiotika nehmen wolle. Danach muss es sehr schnell gegangen sein, Organversagen. Sie wollte nicht sterben, nein, sie wollte leben und glücklich sein, wie wir alle.

Ona hatte den Mut gehabt, sich bei Mila zu melden. Irma bewunderte sie. Sie, der es doch auch schlecht ging, hatte die Kraft dafür gefunden.

Annette räusperte sich und sagte: Ich weiß, dass Mila ein paar schwierige Liebschaften gehabt hat. Noch während sie mit Moritz zusammen war. Der letzte Freund soll ein Drogensüchtiger gewesen sein, der sich umgebracht hat. Sie hat ihn sehr geliebt, ist von ihm schwanger geworden, dann hat sie abgetrieben. Danach konnte sie keine Kinder mehr haben. Moritz hat trotzdem zu ihr gehalten. Das war vor ungefähr zwei Jahren. Es war ihr Ehrgeiz, die Vergangenheit mit Moritz zusammen zu überwinden.

Wahnsinn, sagte Bea, und Irma sah an ihrer Mimik, wie sie ihre Geschichte mit Finn auf den Prüfstand stellte. Ein, zwei Sekunden lang, dann fand sie zu der freundlichen Gelassenheit zurück, die von Gleichgültigkeit nie weit entfernt war.

Aber keiner von uns wusste, wer sie war, sagte Ona. Oder weiß jemand von euch, wie ihr Mädchenname lautet? Sie hieß eigentlich nicht Holzach, die beiden waren gar nicht verheiratet.

Ona schaute lächelnd in die Runde, und Irma kam es vor, als redete sie über sich.

Müller hieß sie, Mila Müller. Ihre Familie kam aus dem Thurgau, wusste das jemand?, sagte Ona. Wer nicht weiß, wo er herkommt, wird nicht wissen, wohin er gehen soll. Der Sinn aller Utopien ist doch, dass wir uns selber befragen, wohin wir wollen.

Kant, sagte Anatol in schnarrendem Ton. Du redest unserem Aufklärungsphilosophen das Wort, das lass ich mir gefallen.

Ich habe Mila immer als Opfer von Moritz gesehen, sagte Bea genervt über den überflüssigen Wortwechsel. Sie macht, was er will, so kam es mir immer vor.

Dabei war es doch umgekehrt, sagte Anatol versöhnlich.

Für mich war sie die freieste Person im Freundeskreis, sagte Finn.

Quatsch, sie hat unter ihren Süchten gelitten, entgegnete Axel. Die Sache mit den Männern, von der Annette erzählt hat, zeigt, wie abhängig sie war.

Sie hat doch versucht, sich aus diesen Abhängigkeiten zu befreien, unterbrach ihn Bea.

Mila war von Moritz ganz einfach abhängig, fuhr Axel fort, und solche Menschen, das wissen wir aus klinischen Studien, verrennen sich gerne in Ideologien.

Irma wurde plötzlich klar, dass jeder Mila so sah wie sich selber. Und wer war Mila für sie? Die Frau, die ihren Weg gegangen war? Die Frau, die in unbedingter Treue zu ihrem

Mann gehalten hatte? Die Frau, die sich für die Gruppe geopfert hatte?

Alice und Annette machten sich an die Plünderung der Vorratsschränke. Sie kochten etwas auf die Schnelle, aber keiner mochte richtig zugreifen.

Finn ging auf sein Zimmer und kehrte mit der Gitarre zurück. Er setzte sich auf einen Stuhl, fütterte noch schnell den Bullerofen und spielte dann »Blowing in the Wind«. Alle fanden das peinlich. Aber Finn sang so herzzerreißend, dass jeder von ihnen Tränen in den Augen hatte.

Moritz war noch immer nicht aufgetaucht. Mittlerweile wussten alle, dass er nie kommen würde. Die Gesichter kehrten sich nach innen. Irma ging in ihr Zimmer und legte sich hin, aber die Geister der Abwesenden tauchten aus den dunklen Wassern auf und spukten in ihrem Kopf. Sie konnte nicht schlafen.

72

Der dicke Mann auf dem Platz neben Irma stöhnte immer wieder auf. Jeff war Amerikaner auf Europareise, sein Körper quoll über die Mittellehne des Sitzes. Irma starrte in ihr Manuskript, um sich von seinem Ungemach abzulenken. Seit zwei Stunden war sie unterwegs zu einer Arbeitstagung von Übersetzern in Brüssel, sie klammerte sich an das Manuskript. Sie hatte nichts mehr außer ihren Beruf. Marcs Verrat, Milas Tod, die Entfremdung von Matti, nichts half mehr gegen die bittere Einsicht, dass ihr Leben gescheitert war. Alices Vorwurf, sie habe zwei Männer missbraucht, war übertrieben und wahr. Aber nach zwanzig Jahren war der Mut zum Alleinsein dünn geworden. Ihre Haut sehnte sich nach anderer Haut.

Der Amerikaner wollte reden, offen, wie Amerikaner sind und Irma hörte sich erzählen. Ihre Geschichte sprudelte aus ihr heraus, sie konnte nicht mehr aufhören, es war eine Beichte. In wenigen Stunden würde der Amerikaner aus ihrem Leben verschwunden sein.

That's life, with its ups and downs, sagte Jeff zum Trost. Es gehört doch zum Leben, dass der Sohn eine Dummheit begeht, für die keine Ohrfeige ausreicht, und dass einem der Mann einmal im Leben wegläuft. War ihm auch schon mal passiert, mit seiner Frau.

Aus Dankbarkeit teilte sie ihr Sandwich mit Jeff, einen Augenblick lang fühlte sie sich aufgehoben. Sie schaute aus dem Fenster in die ihr vertraute Landschaft, und dachte zurück an die Reisen nach Berlin und nach Paris während der Studienzeit. Es begann zu regnen, und es hörte auf, ohne dass sie es bemerkte. Jeff reichte ihr ein Papiertaschentuch.

Auf dem Weg zum Tagungssaal, der in einem staubigen Palais untergebracht war, begegnete sie Eric Liechti.

Er hob eine schwere Einkaufstasche.

Ich kann an diesen Schokoladengeschäften einfach nicht vorbeigehen.

Sie nickte, sie hatte sich ebenfalls Schokolade gekauft.

Du scheinst dein Problem gelöst zu haben, schmunzelte er. »Über das Gefälle zwischen hoher und trivialer Literatur am Beispiel von Philip Dupral«, das klingt verheißungsvoll.

Eigentlich hieß mein Thema »Zwischen Philosophie und Pornografie«, antwortete Irma kleinlaut. Die Veranstalter haben meinen Untertitel als Titel genommen.

Auf die anderen Referate war sie nicht wirklich neugierig, ihr lag in erster Linie am Erfahrungsaustausch mit den Kolleginnen und Kollegen. Vorträge zum Thema »Maschine Mensch«, »Über die Risiken und Nebenwirkungen elektronischer Übersetzungen« gingen an ihr vorüber. In einigen Diskussionsrunden redete man über den Evergreen: »Das Unübersetzbare übersetzen«. Eine Frau in der Cafeteria trug ein schwarzes T-Shirt mit dem Aufdruck »I speak Hungarian. What is your superpower?« Irma lächelte ihr zu, setzte sich im Vortragssaal neben Liechti und blickte interessiert nach vorne.

Das Referat eines jungen Wallonen drehte sich um die Frage, ob man Slam-Poesie übersetzen könne. Irma machte sich Notizen, die sie später irgendwo liegen ließ, man nickte ihr zu, obwohl sie niemanden außer Liechti kannte. Am Abend veranstaltete das Goethe-Institut einen »Translation Slam«, bei dem je zwei Übersetzer einen identischen Text bearbeiteten, Deutsch und Französisch, was Irma sehr anregend fand.

Ihr Auftritt stand am nächsten Tag als einer der ersten auf dem Programm. Sie hatte in der Nacht nach einer plötzlichen Eingebung die ausgewählte Stelle verworfen und eine andere gewählt. Eine obszöne Episode, die Duprals Oszillieren zwischen hoher und niederer Literatur besonders gut zeigte. Sie ging früh schlafen, um ausgeruht zu sein.

Am Morgen war sie als erste dran, las zuerst das Original

und dann ihre Übersetzung: *François, der Philosoph, mit dem sich Chantal seit einigen Wochen regelmäßig traf, führte sie durch das Schloss, durch die kalten Korridore eines kellerähnlichen Verlieses. Im hintersten, lichtarmen Raum, der kaum größer als eine Rumpelkammer war, konnte sie in die Wand eingelassene Geräte ausmachen, daneben eine rotlederne Pritsche. In dem Augenblick, in dem sie vor dieser Pritsche stand, packte er sie bei den Armen. Der Druck seiner Hände war brutal, aber sie ließ es geschehen. François legte ihre Füße in Handschellen und riss an der Kette. Ein Schmerz durchfuhr sie, sie schrie und wartete, dass er damit aufhörte. In François' Gesicht aber zeichnete sich nichts als ein spöttisches Lächeln ab. Er drehte ihr Gesicht gegen die Wand. Was hatte er vor?*

Nach einer Ewigkeit traf sie plötzlich der erste Hieb einer Peitsche auf dem Rücken. Sie schrie, und gleichzeitig fühlte sie Lust. François schlug sie, und jeder Schlag rief einen Schmerz hervor, der in Wellen durch ihre Nervenbahnen flutete und ihr Hirn wie ein Tsunami überschwemmte, süße, bittere Lust. Wie weit würde er gehen? Wie konnte sie ihn stoppen? Was passierte in der Chemie eines Hirnes, wenn Schmerz zu Lust wurde? Stürzte damit nicht die Hierarchie der Empfindungen zusammen, wurde das Grausamste zum Schönsten? Wurde damit nicht jede Moralität zunichte? Der nächste Peitschenhieb unterbrach alle weiteren Gedanken.

Irma trug weiter vor, so emotionslos wie möglich, ohne sich anmerken zu lassen, dass die Blicke der Zuhörenden auf ihrem Gesicht brannten. Sie schaute nicht auf und begann den Text zu hassen. Es war, als stünde sie nackt vor dem Auditorium.

Dabei ging es um viel; um ihr Renommee. Gott sei Dank

war Dupral kein Unbekannter. Als sie ihren Platz vorne eingenommen hatte, war der Saal schon bis zum letzten Winkel gefüllt gewesen. Natürlich waren alle auf sein neues Buch gespannt. Sie als Einzige kannte das Manuskript, zumindest in Teilen. Darauf hatte sie in ihren Eingangsworten kurz hingewiesen, in aller Selbstverständlichkeit und mit einem Understatement, das sie professionell erscheinen ließ.

Aber der Text, diese schmachtend-kitschige Sadomasostelle – warum hatte sie diese Stelle ausgesucht? Hätte sie nicht etwas Unverfänglicheres gehabt? War sie beim Vorlesen zu nahe am Text? War man so klug, sie nicht mit dem Text in Verbindung zu bringen?

Nach dem Vortrag war sie in Schweiß gebadet. Sie schaute ängstlich ins Publikum. Dann endlich kam der Applaus, wurde lauter, flaute wieder ab und gewann erneut an Stärke. Wasser, sie hatte das Wasserglas vergessen, sie war völlig ausgetrocknet. Wie lange hatte sie vorgetragen? Zu lang, eine halbe Stunde?

Liechtis verunsicherter Blick traf sie im Innersten. Unbeholfen, als wären ihr beide Knie gebrochen, verließ sie das Rednerpult und strebte auf die Toilette. Neugierige Blicke folgten ihr nach, man verstellte ihr den Weg. Eine junge Frau trat auf sie zu. Irma wollte jetzt keine Auskunft geben, fürs erste hatte sie genug gesagt. Madame, c'était génial! Ach, sie musste sich verhört haben. Ein Mann zupfte sie unbeholfen am Ärmel ihrer Jacke und sagte, ich bewundere Sie.

Wofür denn?

Bevor sie die Toilette erreicht hatte, stieß sie in einer Nische nochmals mit Liechti zusammen.

Eine verteufelt schwierige Stelle hast du dir da ausgesucht. Ich hätte nie den Mut besessen, vor so einem Text müsste ich die Waffen strecken.

Er schaute sie mit einer Mischung aus Bewunderung und Mitleid an. Beim Abendessen mit den Kolleginnen und Kollegen und beim Umtrunk danach flirtete ein österreichischer Kollege mit ihr. Er hatte sich in der Bar langsam zu ihr vorgekämpft und redete nun in langatmigen Sätzen auf sie ein. Im selben Augenblick, als er zu reden begann, hatte sie ihn auch schon wieder vergessen. Was für ein Missverständnis!

73

Der Bagger zog mit seinen Schaufeln die Hausmauer zu sich, als wollte er sich mit ihr zudecken. Sie schwankte, widerstand kurz und kokett, als würde sie sich gegen die Baggerschaufeln stemmen. Dann auf einmal ließ ihre Kraft nach, das Gebiss des mechanischen Ungeheuers klappte zu und riss ein Stück ab, die Mauer zerbröckelte, stürzte ein und entblößte ihre Füllung, Isoliermaterial, trockenes Holz, Mörtel und Staub, der von einem Wasserstrahl niedergehalten wurde. Viel Schutt, empörend nichtig gegenüber der Intimität einer Mauer, hinter der gelebt, gelitten, diskutiert, gehadert, gestritten und geliebt worden war.

Marc blieb stehen, bis vom Einfamilienhaus nur noch

Schutt übrig war, der weggeräumt werden musste, um mit dem Leben weitermachen zu können.

Er setzte sich auf die nächste Bank am Lago Maggiore und schaute auf den ruhigen See, in dem, Erinnerung um Erinnerung, seine letzten zwanzig Jahre langsam versanken. Sein Handy surrte, es würde nicht Irma sein, diese Hoffnung hatte er längst aufgegeben. Es war Matti, der sich mit dem Satz meldete, der sonst ihm zustand: Wo steckst du?

Ich bin in Locarno, bei der Nonna.

Was machst du da?

Ich besuche meine Mutter, was denn sonst, sagte er verärgert über seinen Sohn, der wochenlang nichts von ihm wissen wollte, um dann auf einmal solche Fragen zu stellen. Warum er ihn denn anrufe?

Ich fahre mit Nina nach Stanford und werde erst in ein paar Wochen zurück sein. Jemand sollte zwischenzeitlich nach dem Haus schauen. Mama ist weg.

Wie lange bleibt sie denn weg?

Sieht nicht so aus, als würde sie bald zurückkommen, sagte Matti. Sie sagte, ich soll jemanden organisieren, der sich ums Haus kümmert.

Nun denn, sagte er. Ein halber Satz. Er fragte nicht, wohin sie gefahren war. Und ob sie allein unterwegs war. Er konnte Matti nicht damit behelligen.

Er versprach, nach seiner Rückkehr im Haus vorbeizuschauen. Nachbar Arnold solle den Briefkasten leeren und dessen Frau nach dem Garten sehen.

Marc fuhr zurück in die Rheinstadt, holte, leise wie ein Dieb, einige Dinge aus dem Haus, schaute nach dem Rechten und floh danach nach Sanssouci. Stellte den Wagen an den Waldrand vor dem Hotel, sodass er nicht gleich von allen gesehen werden konnte. Aber es war gar niemand da. Seine Freunde waren schon in den Sommerferien, an den Stränden oder in den Bergen. Er ging die Aufträge durch, Mails aus dem Büro, und telefonierte mit Tim. Er würde ab und zu vorbeikommen, aber so viel wie möglich von Sanssouci aus erledigen.

Langsam richtete er sich wieder in seinen Zimmern ein, begann zu lesen und zu zeichnen. Er fühlte sich wohl, hier standen seine Bücher, sein Zeichentisch, er tauchte in seine Welt ein. Eine Welt auf dem Papier, aus Plänen, Linien und Zeichnungen, Entwürfen, die in seinem Kopf entstanden. Architekten und Pornografen, dachte er amüsiert, entwerfen beide ihre Welt im Kopf. Aber Architekten können nicht von Papier und Fantasien leben, sie müssen bauen, sonst verhungern sie.

Anatols Vorhaben, einen Garten der Zukunft zu entwerfen, fiel ihm wieder ein. Eigentlich faszinierend, er musste raus aus der Vergangenheitsfalle, musste sich freischwimmen, ins Offene, Utopische. Das Projekt nahm Gestalt an, je länger er damit schwanger ging. An den nächsten Tagen machte er ausgedehnte Spaziergänge und sammelte Ideen. Wie groß sollte dieser Zukunftsgarten werden? Welche Ansprüche sollte er erfüllen? Würde man ihn als anmaßend empfinden? Wie lange würde er daran arbeiten? Wie lange hatte er überhaupt Zeit? Wen konnte er um Mithilfe bitten?

Der Garten der Zukunft müsste auch Tiere haben. Tiere in konventionellen Käfigen einzusperren konnte nicht mehr im Interesse einer Zukunftsgesellschaft liegen. Gefangene Tiere erinnerten an gefangene Menschen. Wie aber lebten Wildtiere in einem Garten in Freiheit? Gab es natürliche

Außengrenzen, die das Gesamtbild nicht beeinträchtigen würden. Ähnlich wie ein Ha-Ha, der unsichtbare Graben des englischen Gartens.

Er entwarf und verwarf, wurde euphorisch und verfiel wieder in düstere Stimmung. Er war kreativ, und das hieß: Er war unausgeglichen.

Es kamen Tage wie schwarze Löcher.

Am Wochenende machte Anatol in Sanssouci Station. Marc wollte unbedingt mit ihm reden, aber Anatol telefonierte pausenlos, sodass sie erst am Abend Zeit füreinander fanden.

Weißt du überhaupt, dass Mila gestorben ist?

Marc war wie vom Schlag getroffen. Woher sollte er das wissen! Er hatte geahnt, dass Milas Experiment nicht gut ausgehen würde, aber wie immer, wenn man ihm vom Tod erzählte, sah er das Wort wie gedruckt vor sich und erschrak. Seit der Trennung von Irma hatte er sich nicht mehr um die Freunde gekümmert. Anatol schilderte ihm den bizarren Nachmittag, an dem sie alle auf Moritz gewartet hatten.

Der Gedanke, Mila nie mehr zu sehen, schmerzte ihn. Nicht nur mit Trauer, sondern auch mit Sehnsucht dachte er an sie zurück. Ihr feines Gesicht, ihr fragiler, in plumper Gärtnerkleidung versteckter Körper, ihre langen, schönen Hände. Nie mehr würde er ihre Stimme von draußen im Garten hören.

Mila war wie er am Rand der Gruppe gestanden. Er hatte die Würde dieser groß gewachsenen und entschlossenen Frau bewundert, die sich für das, was sie für richtig hielt, in Eifer verzehrte. Auch er brauchte etwas von dieser Entschlossenheit für seinen Garten der Zukunft. Vielleicht könnte er auch ein Mahnmal für Mila werden. Er erzählte Anatol, was er bisher entworfen hatte, und setzte ihm seine weiteren Überlegungen auseinander. Anatol hörte zu, steuerte eigene Ideen bei und motivierte ihn, genauer zu denken. Er bot ihm drei Monatsgehälter an, um sich von den Büroarbeiten freizumachen. Was immer Marc vorschlug, Anatol war Feuer und Flamme. Sosehr, dass sich Marc zu fragen begann, ob es auch etwas in Anatols Vergangenheit gab, wovor er flüchtete. Um Mitternacht öffnete Anatol eine Flasche Rum aus Jamaica und zündete sich eine Zigarre an. Der Garten als Erinnerungsraum und als Stätte, an der Zukunftsmodelle durchgespielt werden. Eins gab das andere. Die Rumflasche leerte sich, und Marc kroch spät ins Bett, mit einem brennenden Verlangen nach Irma.

Am nächsten Morgen war Anatol bereits abgefahren. Marc hörte sich die *Kindertotenlieder* von Mahler an, dachte an Mila, telefonierte mit seinem Hausarzt, bat um Psychopharmaka zur Aufhellung seines Gemüts. Der Hausarzt lehnte ab. Am nächsten Abend hörte er Schritte im Haus. Anatol hatte davon erzählt, dass Evelyne wieder nach Sanssouci kommen wolle; sie hatte sich offenbar in ihrem Zimmer im Westflügel neu einzurichten begonnen.

Am übernächsten Morgen stieß er in der Küche mit ihr zusammen. Ungekämmt und verschlafen, trug sie eine stoische, distanzierte Haltung zur Schau, als wollte sie allen Fragen aus dem Weg gehen. So überging auch er alles, was zwischen ihnen stand, und trank mit ihr einen Kaffee.

Wie geht's dem Tessiner?, fragte sie nach einer Weile.

Sie hatte ihn immer Tessiner genannt. Eine zärtliche Anrede, die ihm sonst auf die Nerven ging.

Er sagte ihr, dass Mila gestorben sei, und sie begann zu

weinen. Er widerstand der Versuchung, sie zu trösten, sie in seine Arme zu nehmen, so hatte es schon einmal begonnen. Als sie sich gefasst hatte, fragte sie, ob er wissen wolle, was zwischen Matti und ihr vorgefallen war. Sie gingen mit dem Kaffee aus dem Haus und setzten sich auf die Bank in der Sonne. Die Vögel zwitscherten, und der blühende Garten war voller trunkener Schmetterlinge, alles war wie eine Erinnerung an Mila. Er sah sie hinter dem Himbeerstrauch arbeiten und die Schubkarre vorbeischieben.

Dann sagte Evelyne: Damals, als du mich wegen Matti aufgesucht hast, konnten wir nicht darüber reden. Ich war so fertig, dass ich dir den ganzen Abend in die Tasche geheult habe.

Er erinnerte sich sehr genau an diesen Abend. Aber es kam ihm vor, als wäre es ein anderer gewesen, der damals bei Evelyne gewesen war, der sie mit Missbrauchsvorwürfen konfrontiert hatte, der ihr die Unschuld seines Sohnes vorgehalten und sie zum Heulen gebracht hatte. Auf einmal war alles wieder da: ihre süße, warme Hilflosigkeit, ihre weiche Haut, ihr anschmiegsamer Körper, ihr Geruch, ihr Leichtsinn. Sie hatte plötzlich von Selbstmord geredet, er musste sie trösten, dann hatte er sie liebkost. Halb tat sie ihm leid, halb rührte sie ihn, sie schmeichelte ihm mit ihrem Angebot, sich von ihm trösten zu lassen. Und dann hatte er Sex mit ihr gehabt. Nicht weil er von Irma vernachlässigt worden war, sondern weil Sex mit Evelyne zu einem seiner ungelebten Leben gehörte. Und weil diese ungelebten Leben nie ganz verstummten.

Ich möchte es dir erklären, sagte sie und zeichnete mit der Fußspitze einen Kreis in den Kies.

Wenn du meinst, sagte er.

Ich habe Matti näher kennengelernt, als ich ihm bei den

Hausaufgaben geholfen habe. Irma war damals oft unterwegs, du warst mit deinem Neubau beschäftigt. Matti war allein, ich habe ihn immer lieber gewonnen, er war auch ein bisschen mein Kind.

Marc senkte den Kopf und biss die Zähne zusammen. Evelyne hatte die verschiedenen Arten der Liebe nie richtig auseinanderhalten können. Wenn sie liebte, liebte sie immer auch mit ihrem Körper. Und das war oft zu viel.

Matti war damals fast achtzehn, und irgendetwas in ihm klemmte, verstehst du?

Marc sah an ihren Handbewegungen, dass sie sich gern eine Zigarette angezündet hätte. Auch er hatte einen trockenen Mund. Stattdessen verschränkte sie ihre Finger wie beim Beten. Sie schlug einen Spaziergang durch den Wald vor.

Matti wusste nicht, wie man mit einer Frau schläft. Theoretisch wusste er natürlich Bescheid. Aber er war zu nervös. Als ich ihm einmal nach den Hausaufgaben eine Shiatsumassage gab, ist er weggedöst. Nach dem Erwachen war er so glücklich und entspannt, dass er das nächste Mal wieder darum bat. So ist es dann dazu gekommen, dass ich eine Grenze überschritten habe.

Und Melanie?

Da lief rein gar nichts. Ich glaube, die haben körperlich nicht zusammengepasst. Er sagte mir, dass er eigentlich keine Lust habe, mit ihr zu schlafen.

Sie ging einige Schritte vor ihm, las einen Tannenzapfen auf und warf ihn schwungvoll durch das lichte Blätterdach der Baumkronen. Sie ging mit federnden Schritten voraus, und es zog ihn zu ihr. Er wollte sie berühren und sie umfassen. Wie sollte er seinen Sohn nicht verstehen!

Ich habe nur einmal mit ihm geschlafen, sagte sie. Es hat uns beiden geholfen. Er kam noch einige Male, auch über Nacht, aber da passierte nichts mehr. Dann hat Alice es an eurem Hochzeitstag vor allen herausposaunt. Gott sei Dank wusste sie nichts von dir und mir. Ich habe mich in Grund und Boden geschämt, sodass ich mich nicht mehr bei euch blicken lassen konnte. Ich habe den Kontakt zu Matti abgebrochen, aber euch hatte ich damit auch verloren. Hast du Irma etwas von uns erzählt?

Er hatte die Frage befürchtet. Wer, wenn nicht Evelyne, hatte das Recht, ihn danach zu fragen?

Erst kürzlich.

Und wie hat sie es aufgenommen?

Es war das Ende, sagte er und spürte, wie der Kloß in seinem Hals dicker wurde.

74

Sie nahm ein kleines, verschlafenes Hotel in der Rue Monsieur le Prince nahe der Sorbonne; sie suchte vertrautes Gelände, um sich sicher zu fühlen. Als Erstes schritt sie die Straße zum Pantheon hinauf, studierte die Auslagen, betrat später die Kirche Saint-Étienne-du-Mont und ging schließlich, schon etwas müde, hügelabwärts durch die Rue Mouffetard. Je länger sie unterwegs war, desto mehr Erinnerungen an ihre Studentenzeit erwachten, sie gaben ihr das Gefühl, zu Hause zu sein.

Sie fuhr zu Duprals Wohnhaus nahe der Métro-Station Kléber. Ungeduldig schritt sie die Nummern ab. Dann stand sie vor einem kahlen Hauseingang und schaute hinauf in die hohen, matt beleuchteten Fenster, hinter denen sich die Schatten bewegten. In ein paar Tagen würde sie einer davon sein, angekündigt hatte sie sich bereits, Duprals Verlag war über ihr Kommen informiert. Man hatte sie um einen Anruf gebeten, sobald sie in Paris angekommen wäre. Bis zum Termin musste das Gespräch mit Dupral vorbereitet werden. Immerhin war es ein gutes Zeichen, dass man auf ihren Anruf wartete. Verlagsleute, besonders in Paris, waren eitle Menschen; die Zeit, die sie einem schenkten, bemaß sich an der Bedeutung, die sie einem gaben.

Irma war aufgeregt. Sie musste ihre Haltung Dupral gegenüber korrigieren. Nach der Tagung hatte sie geschworen, keine einzige Zeile dieses ambitionierten Softpornoschreibers mehr zu lesen. Aber sie musste da einfach durch! Vielleicht würde sie die Verlagsleute treffen und sich weitere Aufträge sichern können. Vielleicht kam es, was sie sich sehnlichst wünschte, zu einer festen Verlagsbindung. Und schon rannten ihr die Gedanken davon …

Im Grunde genommen schlug ihr Herz für die eigenwilligen, sperrigen Autoren. Aber einem Autor mit einer Übersetzung zu einer Neugeburt in einem fremden Land zu verhelfen, gab ihr ein gutes Gefühl, als wäre sie selbst Teil eines wachsenden Werks. Dupral war nicht einfach einzuordnen. Er galt als Stilist, der auf satte Plots und Spannung nicht verzichten zu können glaubte. Irma meinte, vor allem in den letzten beiden Romanen, vor allem aber in *Die Vergebung der Wünsche*, den Versuch zu erkennen, ein breiteres Publikum anzusprechen. Die erotischen Passagen erschienen in diesem Licht nicht als Fehltritt, sondern als Köder für ein gleichermaßen wählerisches wie übersättigtes Publikum. Auch in Frankreich war der Druck der hohen Auflage spürbar geworden.

Auf dem Heimweg machte sie eine Stichprobe bei einem kleinen Buchhändler, dessen schäbiger, verstaubter Laden ihrem Hotel gegenüberlag. Sie gab vor, sich für die Bücher von Philip Dupral zu interessieren. Der alte, weißhaarige Mann stützte sich mit beiden Fäusten auf einen Stapel Bücher und schaute sie mit strengem Blick an. Er trug ein graues, am Kragen zerknittertes Hemd mit einem schwarzen Gilet, seine Haut war fahl, aber seine Mimik voller Leben. Er erinnerte sie an den südafrikanischen Autor J. M. Coetzee, dessen Werk sie faszinierte.

Sie interessieren sich für Dupral, sagte er, und ein Lächeln bewegte seine Falten. Es kommt nicht oft vor, dass jemand in meinem Laden nach Dupral fragt, Madame.

Er holte die zwei letzten Romane von Dupral hervor, legte sie auf den Stapel und begann, sie für Irma zusammenzufassen. Er scheine Dupral gut zu kennen, unterbrach ihn Irma. Was er denn an diesem Autor so schätze?

Der Buchhändler zeigte auf das letzte Werk, einen Beziehungsroman mit dem Titel *Nur die Trennung führt zur Liebe*, den sie natürlich kannte.

Die Art, wie er die Kraft der Liebe deutlich macht, indem er den Zerfall einer Ehe erzählt, ist meisterhaft. Die ganze Zeit über weiß man nicht, liest man eine Trennungs- oder eine Liebesgeschichte.

Geht es nicht darum, sagte Irma, dass die beiden in diesem Roman zu viel wollen, dass beide Glücksjäger sind und den Bogen überspannen?

Ja, sagte der Buchhändler, das ist wohl so. Denn Liebe bedeutet ja auch Verzicht. Typisch Dupral, das Paradox hat mich aber trotzdem irritiert. Große Liebe, das steht bei ihm immer zwischen den Zeilen, ist verzehrende Leidenschaft. Und Leidenschaft bedeutet immer auch Leiden, das ist ja bekannt.

Dann stören Sie auch die Sexpassagen nicht?, fragte Irma.

Im Gegenteil, rief der Buchhändler, wenn es um das Martyrium des Fleisches geht, geht es immer um Sex. Wissen Sie, was Nabokov zum Verhältnis von Kunst und Sex geschrieben hat. Lassen Sie mich zitieren …

Er legte seinen Finger an die Stirn, und Irma war sicher, dass ihm das Zitat nicht einfallen würde, denn Nabokovs Sätze waren an grausamer, verschnörkelter Komplexität kaum zu überbieten.

Warten Sie, ich hab's: »Es ist nicht wahr, dass künstlerische Fähigkeiten sekundäre Geschlechtsmerkmale sind, wie Scharlatane und Schamanen behauptet haben; das Gegenteil ist der Fall: Sex ist nur die Magd der Kunst.« Wie nach einem Sprint brach er ab, er atmete laut.

Irma überlegte, wie das Zitat auf Dupral anzuwenden sei. Aber schon kam ihr der Buchhändler zuvor: Beide Eheleute sind Christen, Katholiken, wenn ich das richtig in Erinnerung habe. Sie müssen fremdgehen. Denn das Christentum ist, nach Dupral, eine zutiefst sexuelle Religion; es lehrt uns die Hingabe.

Sie schaute ihn misstrauisch an.

Dupral sagt, wo wir uns einem Menschen hingeben, gelangen wir ins Zentrum unserer Kultur. Alle Werke von Dupral handeln davon.

Vermutlich haben sie recht, sagte Irma und schaute auf die Uhr.

Haben Sie beruflich mit Literatur zu tun?, fragte der Buchhändler.

Irma lächelte: Ich bin die deutsche Übersetzerin von Duprals neuestem Buch.

Der Buchhändler war ebenso überrascht wie erfreut: Sie kennen ihn also persönlich?

Noch nicht, sagte Irma, aber bald werde ich ihn kennenlernen.

Man erzählt sich unangenehme Dinge über ihn, bemerkte er. Er soll die Leute stundenlang warten lassen, er soll sie beleidigen und dann wieder wegschicken. Was ist ihr Urteil über den neuen Roman?

Ich kann noch nichts sagen, er ist noch nicht fertig. Das Buch wird gleichzeitig auf Deutsch und Französisch erscheinen. Das ist außergewöhnlich, aber man verspricht sich davon einen Erfolg.

Da haben Sie sich ja was eingebrockt, Madame, bon courage!

Wir werden sehen, sagte Irma.

75

Freitagnacht kam Axel, jagte wie ein Hirsch durch die Gänge und machte so viel Rumor, dass jedem klar war, dass er sich in prekärer Lage befand. Wahrscheinlich, dachte Marc, war er stockhagelvoll. Gleichzeitig lag in diesem Getöse – dem ächzenden Verschieben von Möbeln, dem wütenden Klirren von Geschirr und dem dumpfen Aufschlagen von Taschen – die Botschaft: Bitte vergesst mich nicht! Aber Marc wollte sich nicht in Axels Geschichten einmischen, so wenig wie er seine Kommentare brauchte. Also ging er ihm aus dem Weg, bis er wieder abfuhr. Am nächsten Nachmittag erschien Ona. Sie erzählte, dass sie keinen Kontakt mehr hätten. Axel habe in der Klinik einen Pfleger geohrfeigt, weil er mit ihr geflirtet habe. Es sei ein Missverständnis gewesen, aber der Pfleger habe Anzeige gegen ihn erstattet. Worauf Axel beim Klinikchef einen Tobsuchtsanfall gehabt habe, sodass man ihn freistellen musste. Nun sei er am Trinken.

Marc ging der Abstieg von Axel sehr zu Herzen, aber er wollte es Ona nicht zeigen. Er wollte nicht, dass sie auch ihn für einen Versager hielt. Aber Ona kannte ihn viel zu gut und sie sagte plötzlich, sie wisse, dass Irma nach Paris gefahren sei. Sie habe ein Treffen mit ihrem Autor, der, wie Irma ihr gesagt habe, sehr wichtig sei. Wichtig für sie als Ehefrau oder wichtig als Übersetzerin, hätte er gerne gefragt, aber Ona schien keine weiteren Auskünfte geben zu wollen.

Kurz vor Mitternacht klopfte es an seine Tür: Evelyne. Sie steckte in einem taubengrauen Overall, wie ihn Maler, Klempner und Garagisten tragen; der Reißverschluss stand halb offen, darunter trug sie wenig. Sie roch nach Zigarettenrauch und Tränen. Sie müsse mit jemandem reden.

Die beiden gingen in die Küche.

Ich habe bis zur Besinnungslosigkeit gemalt. Mach ich immer, wenn ich am Boden bin, hat mir Annette beigebracht. Hat sich Irma eigentlich völlig bei dir abgemeldet?

Die Frage überraschte ihn.

Ich hab sie nicht angerufen, sagte er.

Evelyne zog die Brauen hoch, als hätte diese Auskunft etwas zu bedeuten.

Ich habe Schuldgefühle. Hoffentlich kommt sie aus Paris wieder zurück. Sie soll da ihren neuen Autor treffen. Was denkst du darüber?

Ich habe dazu keine Meinung. Er lächelte hilflos. Wie meinte sie das? Was wollte sie herausfinden?

Schade, ich hoffte, es hätte sich etwas verändert bei dir. Wann hörst du endlich auf, dich zu verstecken?

Marc war konsterniert.

Wenn zwei auseinandergehen, weiß man nie, wohin es sie verschlägt.

Immerhin hast du einen Entschluss gefasst. Hörst du auch auf mit der Architektur?

Warum sollte ich? Wieder hatte er keine Ahnung, was die Frage sollte. Wusste Evelyne überhaupt, was sie sagte?

Ich finde, du hast dich zu stark an das helvetische Mittelmaß angepasst; du bist zu wenig aus dir herausgegangen. Dein Mensabau, wieso lässt du dich auf so was ein? Ich habe mir das einmal angeschaut und fand es offen gesagt furchtbar.

Ihre Beschimpfungen hörten nicht auf. Evelyne war aus irgendeinem Grund aggressiv. Wann und wie hatte er sie verletzt? Im Übrigen war die Schulmensa auch nicht sein Lieblingsprojekt.

Du hast Recht, ich habe mit der Mensa nicht gerade ein Meisterwerk geliefert. Er grinste.

Macht es dir nichts aus, beruflich als Versager und privat als Feigling dazustehen? Sie bohrte unerbittlich weiter. Vielleicht ist Irma gar nicht mehr glücklich mit dir. Vielleicht bleibt sie bei ihrem Schriftsteller in Paris.

Meinst du?

Sie zuckte mit den Schultern. Es war seltsam, dass sie für ihn noch attraktiver wurde, wenn sie ihm als Rätsel erschien. Sie verwirrte ihn, und er ließ sie gewähren.

Willst du einen Whiskey?, fragte er.

Er öffnete einen Schrank, in dessen düsterem Innern sich eine Flasche Single Malt verbarg. Er schenkte ihr ein, ihre grauen Augen leuchteten wie die einer Katze.

Es ging gegen ein Uhr, und sie hatte ihn unentwegt beleidigt. Warum saß er hier mit dieser Frau, die mit seinem Sohn und dann mit ihm geschlafen hatte? Er saß hier, weil sie behauptet hatte, eine Panikattacke zu haben.

Hast du das Whiskytrinken von Anatol gelernt?, fragte er, nachdem sie das Glas geleert hatte.

Ja, ich mag Anatol, er hat ein gutes Karma. Ich mag nur nicht die Art, wie er mit Annette umgeht.

Und warum geht's dir nicht gut?, fragte er.

Sie schaute ihn an, drehte dann das Kinn weg und kippte plötzlich mit dem Kopf auf die Tischplatte. Ihr Körper wurde geschüttelt, als hinge sie an Fäden.

Schon gut, sagte er, es wird alles wieder gut! Er legte ihr die Hand auf die zuckende Schulter, Körperwärme durchflutete ihn. Sie entschuldigte sich, und er füllte ihr das Whiskyglas.

Du willst wissen, woher meine Angst kommt? Kann man sagen, woher Angst kommt? Meine Angst kommt, wenn ich an Michael denke.

Wer ist Michael?, fragte er. Der Name hatte einen sanften Klang. Seid ihr zusammen?

Wir sind seit einem halben Jahr getrennt. Wir haben uns immer wieder gesehen und dann wieder getrennt, das ging die letzten fünf Jahre so. Und die ganze Zeit über hat dieses Verlangen nach ihm nicht nachgelassen. Es kommt und geht, zur Zeit wird es schlimmer, weil Sommer ist. Ich unterschreibe manchmal Formulare mit Michael Wegmann. Weißt du, wie es ist, wenn jemand anderer aus deinem Hirn heraus denkt? Wenn du diesen anderen nicht mehr los wirst, weil du ihn mehr liebst als dich selber?

War sie dabei, verrückt zu werden?

Den ganzen Tag hast du niemanden, mit dem du reden kannst, und in der Nacht brauchst du eine Hand, damit du nicht davonfliegst. Ich war süchtig nach ihm, habe um fünf Ecken hinter ihm her telefoniert. Ich stand heimlich vor seiner Tür. Ging er mit einem Freund aus, traf ich diesen Freund zufällig am nächsten Tag. Mittlerweile kann ich nicht mehr schlafen. Das geht seit Monaten so, auch wenn ich Schlafmittel nehme.

Evelynes Blick wanderte über sein Gesicht, als wollte sie darin eine Antwort lesen.

Wenn er mich ausfuhr, wenn er mir beim Einkauf die Tasche abnahm, wenn er mich nur lange genug anschaute, dann stürzte ich regelrecht aus den Kleidern und warf mich ihm an den Hals. Oft fuhren wir ins Ferienhaus meiner Eltern, wo wir nicht mehr aus dem Bett kamen. Schließlich hatte er immer weniger Zeit für mich und rief mich nur noch selten an.

Jeder hat so eine Geschichte, dachte Marc. Die Schlaflosigkeit, die Verzweiflung, die Haltlosigkeit und das einsame Trinken. Wie die Liebe verlief auch die Trennung in Stufen, Naht um Naht, Schnitt um Schnitt.

Am Anfang unserer Beziehung musste ich ihm schreiben, mehrmals täglich. Das hatte er von Kafka, der muss es mit seinen Geliebten auch so gemacht haben. Michael ist Doktorand in Germanistik, er handelt gern nach Vorlage. Einmal hat er mich beim Sex mit Handschellen ans Bett gefesselt, ich fand das süß. Das hatte er auch irgendwo gelesen. Er fand immer Gründe, mich mit neuen Marotten zu traktieren, die er aus seinen Lektüren hatte. Der Abschied kam per Mail, wahrscheinlich war auch das nach Vorlage.

Du hast dich in einen beziehungsunfähigen Narzissten verliebt!

Wie will man dem eigenen Körper die falschen Wünsche austreiben?

Er schwieg.

Liebe geht über Leichen. Sie lachte und ihre Haare fielen ins Gesicht. Ich brauche jemanden, der mir beim Vergessen hilft.

Unsinn, sagte er.

Sie schwieg beleidigt.

Es ist Zeit, schlafen zu gehen, Evelyne.

Ich kann nicht aufstehen, sagte sie. Meine Beine sind wie taub. Bleib bei mir.

Sie musste sich von ihm aufs Sofa helfen lassen. Verzweifelt blickte sie auf ihre Beine. Er setzte sich ihr gegenüber in den alten Ohrensessel. Bald einmal war er eingeschlafen. Am Morgen war sie verschwunden.

76

Erneut war sie vom Verlag vertröstet worden. Dupral habe, schrieb man, am Freitag einen dringenden Termin und werde erst Anfang nächster Woche wieder zurück sein. Man verschwieg ihr natürlich, ob es eine berufliche Verpflichtung war. Vielleicht sprang er für einen krank gewordenen Kollegen bei einer Tagung ein, vielleicht war er auf Recherchereise. Wie wenig sie über sein Privatleben wusste! Immerhin klang die Mail nicht abweisend. Er sei, ließ man sie wissen, interessiert an ihren Fragen zur Übersetzung.

Nun lag ein langes, leeres Wochenende vor ihr.

Sie ging am Seine-Ufer spazieren. Ein starker Wind brachte Wellen auf. Das grelle Licht ließ die stattlich-königlichen Gebäude entlang des Flusses wuchtig hervortreten, beinahe so, als schwebten sie über dem Wasser. Sie hatte das Gefühl, nicht zu existieren. Alles war in Übermacht da und drängte auf sie ein. Menschenscharen gingen an ihr vorbei, ohne sie zu sehen. Touristen lehnten sich mit wehenden Haaren über die Ufermauer. Sie schaute in das tosende Wasser und musste sich an der Brüstung festhalten.

Sie rief eine Bekannte an, um sich mit ihr zum Abendessen zu verabreden, aber es meldete sich nur die Automatenstimme. Die Bekannte rief auch später nicht zurück, und so setzte sie sich in ein Bistro an der Bastille und bestellte, viel zu früh, das Abendessen. Während sie die Vorspeise aß, füllte sich das Lokal, bei der Hauptspeise war sie schon umgeben von Liebespaaren. Die Kellnerin brachte ihr den Teller wie auf eine einsame Insel. Sie erschrak: Es gab hier nur Menschen, die mit anderen verbunden waren.

Alleine zu essen war eine Qual, erst recht der anschließende Besuch eines Cafés, in das sie immer mit Marc gegangen war. Sie saß keine fünf Minuten, als sich schon der erste Mann zu ihr gesellte.

Am nächsten Tag frühstückte sie im Hotel, arbeitete, ging in ein Museum. Am Nachmittag stieß sie mit dem Buchhändler zusammen, der ihr wie eine windschiefe Comicfigur über das Trottoir entgegenwehte.

Wie war's bei Dupral?, fragte er munter.

Sie antwortete, dass sie den Besuch habe verschieben müssen.

Aha, sagte der Buchhändler und lud sie zu einem Kaffee ein. Auch heute trug er dasselbe zerknitterte Hemd und darüber die schwarze Weste. Gab es keine Frau in seinem Leben?

Samuel, sagte er, Samuel Timsit. Er habe Dupral in der Zeitung gesehen, er sei mit dem Präsidenten unterwegs. Sarkozy habe es zwar nicht gerade mit den Intellektuellen, aber Dupral gehöre wohl zu den Auserwählten.

Der Buchhändler schaute auf ihre Hände, auf den Finger, an dem noch immer ihr Ehering steckte. Sie senkte den Kopf und sagte, sie sei dabei, die Fragen an Dupral zu vertiefen.

Er glaube, dass die Meinung eines Schriftstellers zu seinen Büchern ganz und gar unwichtig sei. Der Autor wisse über seine Bücher oft nicht Bescheid, darin sehe er geradezu ein Gütesiegel.

Ob er denn selber auch schreibe, fragte Irma.

Er habe Gedichte in der Schublade, aber sehe im Moment keine Chance, sie zu veröffentlichen.

Irma bestellte einen weiteren Kaffee und drängte Samuel, ihr ein Gedicht vorzutragen. Aus dem Stegreif versuchte sie sich an einer Übersetzung ins Deutsche, die Samuel begeisterte, obwohl er kein Deutsch verstand.

Wir Dichter nähren uns von den Worten, die täglich vom Tisch der Großen und Beredten fallen, sagte Samuel und ergänzte: Es fehlte nicht viel, und meine Mutter hätte einen Monsieur Brussat aus Clermont-Ferrand geheiratet. Hätte sie einen Sohn gehabt, dann wäre das nicht ich gewesen. Vielleicht einen mit mehr Mut zum Leben. Kennen Sie das?

Irma schüttelte den Kopf. Der Ton erinnert mich an Szymborska?, sagte sie.

Bravo, Madame!

Irma, sagte sie.

Es ist tatsächlich ein Gedicht der göttlichen Szymborska. Von mir leicht verändert.

Sie lachten. Kaum nippte Irma wieder am Kaffee, kam schon die nächste Zeile: Im Blütenregen: ein Kuss, ein langes Erinnern, gehen.

Sie schaute ihn an, wollte keine Spielverderberin sein und tat so, als würde sie überlegen. Sein Kinn zog sich in die Länge, er lächelte.

Ein Haiku von mir, sagte er.

Wunderbar sagte sie und schickte sich an zu zahlen. In Wahrheit hatte sie es kitschig gefunden.

Aber Samuel hatte schon das nächste Gedicht auf den Lippen. Es handelte von der Kindheit, vom Wald, dunklem Holz und dem Schatten des Holunders.

Ein schönes Gedicht, sagte Irma nachdenklich, und der Alte kam ihr wie ein vorzeitig ergrauter Jüngling vor.

Er schloss die Augen, dann öffnete er sie, lächelte und sagte: Wenn Sie morgen Zeit haben, Irma, dann kommen Sie doch in meinen Buchladen. Er liegt nicht weit von hier, in der Rue Monsieur le Prince. Kommen Sie nach Geschäftsschluss, am besten gegen sieben Uhr.

Ich glaube nicht, dass sich das einrichten lässt, sagte Irma und gab Samuel die Hand. Er griff in seine Mappe und entnahm ihr ein Bündel Blätter, die er ihr überreichte. Kopien, bitte lesen Sie sie. Werfen Sie sie weg, wenn sie nichts taugen.

Sie ging mit Samuels Gedichten davon. Kaum um die Ecke, zog sie das Bündel aus der Handtasche und begann im Stehen zu lesen. Es waren pathetische, herzzerreißende Gedichte eines einsamen alten Mannes, der es nicht ertrug, von der Liebe Abschied zu nehmen. Altern, hieß es an einer Stelle, ist deshalb so schwierig, weil einem die Blicke der Frauen nicht mehr folgen. Die Gedichte waren kein Trost.

77

Auch wenn sie sich zwischendurch unwohl fühlte, von Schwindelgefühlen und Kopfschmerzen heimgesucht wurde, wenn das Gefühl, nicht zu existieren, sie bedrängte, konnte sie übersetzen. Man musste ja beim Übersetzen nicht immer frisch und auf der Höhe sein, man durfte auch mal müde, ungeschminkt mit den Sätzen hantieren und faul in den elektronischen Wörterbüchern nach den passenden Synonymen suchen. Die einzige Person, mit der sie in diesen einsamen Tagen verbunden war, an der sie sich rieb und mit der sie sprach und sich stritt, war Dupral.

Sie übersetzte, den Fortgang des Romans gleichsam verdrängend, aus einem Kapitel, das kurz vor der Szene lag, die sie vorgelesen hatte. Chantal hatte sich an der Sorbonne eingelebt. Sie besuchte die Vorlesungen und nahm am geselligen Leben der Studenten teil. Sie bewegte sich routiniert wie jemand aus den höheren Semestern, blieb innerlich aber unsicher und verwandte viel Mühe darauf, äußerlich attraktiv zu erscheinen, indem sie sich betont kokett kleidete. Ihre Zwischenprüfungen bestand sie mit Bravour, und wäre nicht ab und zu der Drang über sie gekommen, in den Geschäften Kleinigkeiten zu klauen, hätte sie kaum etwas von den anderen Studenten unterschieden. Eines Tages stahl sie bei »Printemps« einen teuren chinesischen Seidenschal. Die Festnahme, die Beschuldigung und die Tatsache, dass Gérard alles wieder ins Lot bringen musste, bildeten eine einzige Kette der Demütigung. Es war gerade diese Demütigung, die ihr Lust bereitete. Trotzdem wurde ihr bewusst, wie abhängig sie von diesem älteren Mann war, wie wenig sie seiner Schlauheit entgegenzusetzen hatte. Sie fragte sich, was er tagsüber tat. Er hatte ihr davon immer nur wenig erzählt. War er ihr denn überhaupt treu? Tag für Tag traf er Klientinnen und er hätte sich wohl wenig Mühe geben müssen, die eine oder andere zu einer Affäre zu verführen. Er zahlte für ihr Studium, für den Lebensunterhalt und gab ihr Ratschläge. Zuweilen auch Befehle.

Irma ahnte, dass es nicht mehr lange dauern würde, bis Chantal erneut der Versuchung erliegen würde: *Eines Tages begegnete Chantal in der Kantine Stéphan, einem Philosophiestudenten mit kastanienbraunem Haar. Stéphan begann ein Gespräch über Derrida und Foucault. Seine schlaksige Verwahrlosung, seine bleiche, durchsichtige Haut und sein unterwürfiger Blick brachten in Chantal etwas zum Schwingen. Die kleine Zweizimmerwohnung im 20. Arrondissement war mit viel Sorgfalt nachlässig eingerichtet; Bücher und Skizzen lagen herum, im Badezimmer standen abgebrannte Kerzen, aber die Küche war, wie sie feststellte, peinlich sauber. Stéphan redete über Virilio, während sie ihren Jupe auszog. Da sie nicht damit gerechnet hatte, trug sie keine besonders aufreizende Unterwäsche; aber genau daran fand Stéphan Gefallen. Er sagte, er liebe altmodische Schlüpfer, und bat sie, das nächste Mal ein Korsett anzuziehen. Sein Bart kitzelte sie, als er sich zwischen ihre Beine zwängte. Sie musste lachen, und Stéphan redete schon wieder von Foucault, bis er sie erneut aufs Bett zog.*

Zwei Wochen später, Gérard hatte wegen einer Versammlung der Rechtskammer nach Orléans reisen müssen, spürte sie wieder das Kribbeln unter der Haut. Sie widerstand einem erneuten Diebstahl, hielt ein Taxi an und setzte sich auf den Rücksitz. Im Taxi steigerte sich das Kribbeln fast bis zur Ohnmacht. Tausend Dinge schossen ihr durch den Kopf. Sie spürte den Drang, sich wegzuwerfen. Sie ließ sich in den Bois de Boulogne fahren, wo sie für den Taxichauffeur die Beine breitmachte. Der Fahrer, ein junger Araber, stürzte sich auf sie wie ein hungriger Hund.

Hungriger Hund? War das nicht rassistisch? Meine Güte, wohin würde sich dieser Roman noch entwickeln?

Eine Wendung blieb ihr im Kopf: *Sie spürte den Drang, sich wegzuwerfen.* Könnte sie sich wegwerfen? Oder war sie zu streng, wenn sie sich jede Lust auf Männer verbot?

Erschöpft ließ sie von der Übersetzung ab. Auf der Dachtraufe gegenüber gurrten die Tauben. Einen Stock tiefer schaltete eine Frau mittleren Alters eine Stehlampe an und setzte sich in einen Sessel. Sie wartete auf einen Mann, aber herein kamen zwei junge Frauen. Dann ging das Licht in der Küche an.

78

Wie lebten die Tiere in einem Garten der Zukunft? Es musste die Möglichkeit zu einem harmonischen Nebeneinander von Mensch und Tier geschaffen werden. Tiere sollten keine Objekte mehr sein. Aber wie sollte das gehen? Die Zukunft, die ihm vorschwebte, war adamitisch und lag so weit zurück, dass man mit dem Paradies beginnen musste. Das war lange, vielleicht zu lange her, er musste innerhalb der historischen Realität bleiben und durfte sich nicht verlieren.

Eine leise Stimme riss ihn aus seinen Gedanken.

Hallo, ich grüße dich von der dunklen Seite des Mondes.

Evelyne stand in der Tür, die Hüfte nach vorne geschoben, leicht eingeknickt. Heute trug sie grüne Shorts, darüber ein verwaschenes stumpfblaues T-Shirt mit der Aufschrift *It just keeps getting better.* Sie hatte die Stirnfransen geschnitten und sah jünger und verlorener aus.

Die Depressionen haben sich wie Hyänen in mir festgebissen. Ich brauche dringend jemanden, der mir die Biester verjagt.

Der scherzhafte Ton misslang.

Was macht dich so sicher, dass ich nicht auf derselben Seite des Mondes bin wie du?

Er erhob sich von seinem Stuhl und zupfte sein Hemd von der Haut. Nach einigen Tagen Regen und schwülwarmen Nächten hatte sich eine ziegelsteinharte Hitze festgesetzt. Zwischen sieben und elf Uhr konnte er arbeiten, dann senkte sich heißes Blei über die Stadt, über Felder, Wälder und Beete. Das alte Hotel hatte keine Klimaanlage, und man konnte nichts tun, als Fenster und Türen zu schließen und in der Dunkelheit auf die Gnade der Kühlung warten.

Es ist unerträglich, gerade am Nachmittag, sagte er.

Bei mir unter dem Dach ist es noch heißer, sagte sie. Wenn es einem schlecht geht, erträgt man keine Hitze.

Sie gingen in die Küche, den dunkelsten, selbst im Sommer den Moder von Jahrhunderten ausdünstenden Winkel des Hauses, setzten sich an den Gemeinschaftstisch und stellten die Füße auf die kühlen Kacheln.

Backofen, sagte sie in einem Ton, als wäre hier schon alles leichter.

Ich mache uns Eiskaffee, sagte er und hantierte im Gefrierfach des Kühlschranks, nachdem er die Espressokanne aufgesetzt hatte.

Kommst du voran?

Ich weiß nicht, ob das je gebaut wird, ob man so etwas überhaupt bauen kann. Aber es macht Spaß.

Du kommst mir immer mehr wie einer dieser Spinner vor, die in den Bäumen hausen und ihre Visionen auf Einkaufszetteln an die Äste hängen. Und die eines Tages nicht mehr wissen, ob sie Menschen oder Geister sind. Dann muss man sie in eine Anstalt sperren.

Er schaute sie streng und belustigt an. Sein Blick glitt beiläufig über ihre Beine und Brüste, er musste nochmals hinschauen.

Sorry, sagte sie, jetzt werde ich schon wieder ausfällig. Da hockt jemand in mir drin, der immer nur das sagt, was ich unbedingt verschweigen will. Als Entschuldigung kann ich dir ein Glas Weißwein anbieten.

Ein Glas nehme ich, sagte er versöhnlich.

Ich habe heute Nacht über deine Tiere nachgedacht. Weißt du, dass es in den Städten mehr Tiere gibt, als man denkt. In London gibt's Hirsche und Füchse, Dachse, Mäuse und Ratten. Manchmal siehst du auch ein Kamel über eine Kreuzung laufen oder einen Pelikan über die Champs-Élysées spazieren.

Er schaute sie an und wusste, dass er sie mochte. Sie hätte nichts mehr sagen müssen, sie tat ihm einfach gut. Ihre eigenartige Schönheit, ja, er dachte dieses Wort, sie hatte die Schönheit einer Verlorenen.

Mir geht's schlecht, Marco. Ich traue meinen Gefühlen nicht mehr. Ich misstraue sogar meinem Misstrauen. Dabei schleppe ich mich von einer Ecke in die andere und merke, es ist niemand da, der mir etwas Aufmunterndes ins Ohr flüstert. Oder eine kleine Frivolität, die einen Nerv erzittern ließe. Michael hatte für alle meine Gefühle Namen. Er sagte, Evelyne ist regentraurig, oder Evelyne ist vogelfroh.

Sie zog den Korken raus, und der Flaschenhals kommentierte das Gesagte mit einem trockenen, fröhlichen Plopp.

Als er mich verlassen hat, hat er die Wörter mitgenommen, jetzt bin ich nur noch enttäuschungszahm.

Die Hitze ließ nicht nach. Das Haus war leer, es war mitten in der Woche, und er spürte eine Verzweiflung in sich aufsteigen, die sich allmählich mit Betrunkenheit mischte. Evelyne stand auf, umfasste mit beiden Händen seinen Kopf und küsste ihn auf die Lippen. Er war wie betäubt. Kann man sich so still betrinken, kann einen ein Glas Wein so fügsam machen? Oder war es die Hitze? Oder waren sie beide am Ende einer langen Verzweiflung angelangt? Er musste sie berühren, mit der Hand über ihre Haut streichen. Sie zog ihn mit sich durch die leeren Gänge, die Holzwände entlang, die steile Treppe hinauf. Die Jalousien in ihrem Zimmer warfen ein pflanzenartiges Muster auf den Dielenboden. Im Hintergrund spielte leise Akkordeonmusik. Es roch nach Blütenstaub, nach ungemachtem Bett, nach vertrockneten Blumen. Sie begann sich zu bewegen, tanzte, ach, das konnte sie so gut, sie hatte sich in Sekunden in ein liquides Wesen verwandelt. Schließlich zog sie ihn an sich, zog ihn in den Tanz hinein. Ihr T-Shirt war vom Schweiß nass, sie lächelte, zog das T-Shirt und die Shorts aus. Er hielt ihre Hüfte umfasst, presste sie an sich, legte seinen Kopf an ihren Hals und tanzte mit ihr in die weiße Nacht.

79

Am nächsten Morgen kam eine Mail von Urs:

Lieber Marc,

das Warten auf Mathilda hat sich gelohnt. Das Glück hat mich tüchtig am Wickel! Mathilda ist gestern mit ihrer Mutter hier angekommen. Sie ist schwarz, spindeldürr, asthmatisch, aber quicklebendig. Jetzt ist alles gut. Sie braucht eine Aufenthaltsgenehmigung. Nicht einfach, wenn es auf den Ämtern von Arschlöchern wimmelt. Mathilda ist schwanger, wir werden in einem Monat heiraten. Mir geht's gut. Ich hoffe, du kannst zu unserer Hochzeit kommen. Dein Urs

P.S. Habe übrigens das Foto mit dem Parkplatz endlich gemacht, bevor sich hier alles verändert.

Marc fuhr nach Hause, um nach dem Rechten zu sehen. Er nahm einige Baupläne mit und stopfte die Tasche mit frischer Kleidung voll. Er mochte nicht bleiben, das Haus, das Sofa, der Kühlschrank, alles flüsterte ihm zu. Auf einmal ging im Parterre die Tür auf. Er hielt den Atem an. Irma? Oder war es ein Einbrecher? Jedenfalls gab der Einbrecher sich kaum Mühe, leise zu sein. Er verschwand in der Toilette, betätigte die Spülung, wusch sich, männlich pfeifend, die Hände und ging schlendernd in die Küche.

Matti?!

Pa!

Sein Sohn mit Bart. Sie umarmten einander auf der Treppe.

Woher kommst du?

Aus London.

Geschäftig packte Matti seine Tasche aus und verstreute seine Sachen auf dem Boden, ganz so, wie er es früher nach seinen Reisen zu machen pflegte, damit Irma alles in die Wäsche tat.

Wie geht es Nina?, fragte Marc vorsichtig, denn er sah, dass Matti seine Kleider eine Spur zu energisch auf den Boden warf.

Krise, antwortete Matti und warf ein Bündel Unterhosen auf den Haufen. Mit grimmiger Miene sagte er: Ich werde Vater.

Nina?

Krise, wiederholte Matti, zog wie ein Büßer sein Hemd aus und schmiss es zu den anderen Kleidern.

Nina ist nicht die Mutter.

Wer ist dann die Mutter?, fragte er erschrocken, denn die Auskunft weckte Ahnungen, die er schon lange begraben glaubte.

Die Mütter! Ich habe auf eine Anzeige geantwortet, weil ich gerade knapp bei Kasse war.

Sein Sohn riss sich die Hose von den Beinen und stand halbnackt vor ihm. Marc wartete entgeistert auf ein Wort.

Mütter?

Ich habe auf eine Anzeige von zwei Frauen aus Portugal geantwortet. Da Lesben nicht von Samenbanken beliefert werden, suchten sie im Netz nach Samenspendern.

Was hast du gemacht? Marc war sprachlos. Sein Sohn war ein Idiot!

Ich habe für Gerechtigkeit gesorgt. Isa und Luisa erwarten nun das Kind, das sie sich so sehr gewünscht haben.

Aber Matti, wie willst du das denn bezahlen?

Das Unverständnis stand seinem Sohn buchstäblich ins Gesicht geschrieben.

Wenn du Samen spendest, musst du das Kind auch anerkennen. Und das gibt den Frauen das Recht, Unterhaltszahlungen einzufordern. Was hast du denn gedacht?

Matti schien erschüttert. Nervös zuckte sein Kinn, und seine Zähne, die man über Jahre mit einer teuren Spange gerichtet hatte, nagten an der Unterlippe. Das also war der Beitrag seines Sohnes zur Globalisierung. Marc sah, wie seine Annahme, es ließe sich so einfach Geld verdienen, zusammenbrach. Er machte ein Gesicht, als hätte man ihm nach Einnahme eines Medikaments den Beipackzettel mit den Nebenwirkungen gereicht.

Sie sortierten stumm die Wäsche.

Ich habe ihnen geschrieben, dass ich das Kind einmal im Jahr besuchen will. Sie haben nichts von Geld gesagt.

Matti schien einen Augenblick erleichtert. Er hatte schon immer die Gabe der Autosuggestion besessen.

Ich glaube, da kriegst du deinen Hals nicht mehr so schnell aus der Schlinge. Rechne auf jeden Fall nicht mit meiner Hilfe. Mein Gott, so ein Unsinn!

Marc trug ein Bündel Kleider die Kellertreppe hinab. Sie trafen sich vor der laufenden Waschmaschine wieder.

Und Nina?

Matti schlug mit der Faust gegen den Heizungskessel, dass es wummerte.

Die findet das auch einen Scheiß. Und hat mich rausgeworfen. Sie ist jetzt in San Francisco bei Freunden.

Matti, ein Kind zu zeugen heißt, Verantwortung zu übernehmen. Man setzt ein Wesen in die Welt, an das man lebenslänglich gebunden ist.

Wieso sagst du »lebenslänglich«?

Ich wollte sagen: ein Leben lang. Ich wüsste nur allzu gern, was deine Mutter dazu sagen würde.

Ich habe das Kind ja nicht gezeugt, sondern nur ein Röhrchen mit Samen nach Lissabon geschickt.

Und wenn du nächstes Jahr einen Säugling in die Arme gedrückt bekommst, was machst du dann?

Ich freue mich, sagte Matti und kratzte sich den Hals. Dann ist einfach jemand mehr auf der Welt. Du fühlst dich immer voll schuldig, Pa. Du wagst zu wenig, wenn du mich fragst. Du bist nicht zum Unternehmer geboren. Als Businessman bist du zu wenig cool, weil du dich immer verantwortlich fühlst und überall Schwierigkeiten siehst. Was habe ich denn getan? Nichts, ich mache zwei Frauen glücklich. Ich werde auch anderen Frauen meinen Samen spenden, wenn sie dafür bezahlen. Nina muss sich halt dran gewöhnen.

Fast hätte Marc ihn gefragt, ob es für ihn die Möglichkeit sei, sich sexuell zu betätigen. Aber schon fuhr Matti fort.

Er wisse nicht, was mit Ma und ihm los sei. Er finde ja, dass sie selbst im Streit gut zusammenpassten. Ohne es zu merken. Beide gleich altmodisch. Er, Matti, könne sich auch ganz andere Beziehungsformen vorstellen, nicht so eng wie die Zweierkiste. Er werde eben auch eine Art von Familie in Lissabon haben, das sei mit Isa und Luisa so abgemacht.

Stumm starrte Matti auf das nasse Auge der Waschmaschine. Marc befürchtete, sein Sohn könnte im nächsten Augenblick in Tränen ausbrechen. Aber Matti hatte beschlossen, stoisch zu bleiben und nichts mehr zu sagen.

Später aßen sie noch eine Kleinigkeit, die Matti aus Konserven zusammengekocht hatte, und Marc erzählte von Sanssouci und seinen Plänen, einen Garten zu bauen, der gleichzeitig ein Zoo wäre. Matti hörte zu, in sich gekehrt, aber beim Abschied sagte er, dass ihm die Idee mit den Tieren gut gefalle.

Viel Glück mit Nina, sagte Marc und umarmte ihn. Dann fuhr er zurück nach Sanssouci.

80

Nach einer Woche schrieb Irma dem Verlag und erkundigte sich, wann und wo das Gespräch mit Dupral stattfinden konnte. Es folgte eine kurze Antwort, in der der Verlag, umgänglich in der Formulierung und elegant im Ton, um eine neuerliche Verschiebung bat. Man werde sich bei ihr melden. Irmas Geduld wurde einmal mehr auf die Probe gestellt.

Das hochsommerliche Wetter verwandelte die Stadt in eine Freiluftbühne. In den Restaurants waren Tische und Stühle nach draußen gestellt und die Leute warfen einander Blicke zu und lachten. Liebespaare schlenderten vorbei, umarmten und küssten einander. Am Abend füllten sich die Lokale mit Lebenshungrigen. Irma schrieb viel in ihr Notizheft, übersetzte im Freien auf einer Parkbank und richtete sich in ihrer Einsamkeit ein. Schlenderte sie durch die Straßen, fühlte sie das Prickeln einer Vielzahl von Möglichkeiten. Wieso sollte sie hier nicht ein neues Leben beginnen? Als Deutschlehrerin. Sie würde sich einleben und einen neuen Freundeskreis aufbauen.

An einem dieser Tage wachte sie auf und draußen fiel ein warmer Sprühregen, wie es ihn nur in Paris gab. Die grauen Schieferdächer glänzten, die Stadt wurde lauter, sie spazierte durch blankgeputzte Straßen und setzte sich, nach einer langen Busfahrt, in ein Café. Rue Daguerre, ein Handwerkerviertel mit einer traditionellen Fromagerie, einer Epicerie und einer Boulangerie. Sie war erstaunt, wie einfach das Leben sich hier mit seinen kleinen, festen Gewohnheiten zur Geltung brachte. Einkaufen, ein Schwatz mit dem Gemüsehändler, ein Wortwechsel mit dem Metzger, in der Eckkneipe zu Mittag essen, am Nachmittag Erledigungen, danach ein schwarzer Kaffee im Bistro und abends vor dem Fernseher. Je einfacher die Ansprüche, desto unkomplizierter müsste doch auch das Zusammenleben sein. Wie nur hatten es ihre Eltern geschafft, als Akademiker eine leidenschaftliche und intakte Ehe zu führen?

Als der Regen nachließ, machte sie sich auf zum Friedhof Père Lachaise. Die Sonne brach durch die Wolken, und in Minuten war es wieder heiß und schwül. Auf dem Friedhof war sie umgeben von leidenden Frauen, die den Grabsteinen entwuchsen. Wachsame Engel mit blindem Blick. Eine lag mit ihrem Oberkörper weinend über die Grabplatte gebreitet, eine andere saß, das Kinn in die rechte Hand gestützt, da und zitierte den Denker von Rodin.

Männer? Ja, Männer gab es auch, die meisten mit ganzem Körper posierend, sodass jeder in Stein geschlagene Muskel ein Lied auf Ruhm und Unsterblichkeit sang. Starrende, bedrohliche, schnauzbärtige Büsten. Da, am Ende des Kieswegs Jim Morrison: poröses Gesicht, zerfressener Stein, der Blick umflort von Blumen. Weiter vorne Chopin im Profil, den Blick in die Unendlichkeit gerichtet, und Honoré de Balzac, dessen Haupt über allen thronte. Kein einziger Mann, der hier als gescheitert gezeigt wurde. Auch wenn diesen Toten Schlimmeres geschehen sein mochte, empfand sie es als Schmach, durch ihre Reihen spazieren zu müssen.

In Gedanken versunken blieb sie vor einem Grab stehen: Marie Trintignant, 1962 – 2003. Irma erinnerte sich – sie hatte die Zeitungsberichte gelesen –, dass Marie während der Dreharbeiten zu einem Film über Colette erschlagen worden war. Ihr Freund Bertrand Cantat hatte ihr im Zuge eines Eifersuchtsstreits eine schwere Kopfverletzung zugefügt. Danach saß er stundenlang neben der Schwerverletzten, ein tumber Stein, und rief nicht einmal die Ambulanz. War Marie nicht eine große Liebende gewesen? Ein Opfer der Eifersucht? Und hatte nicht auch sie ihre Ehe der Eifersucht geopfert?

Ein Räuspern unterbrach sie in ihren Gedanken. Neben ihr stand ein junger Mann, der ungefähr Mattis Statur hatte. Er hüstelte, zog ein zerdrücktes Paket Zigaretten aus der Hose und fragte nach Feuer.

Irma fand ein Briefchen Zündhölzer in ihrer Handtasche.

Sind Sie mit Marie Trintignant verwandt?, hörte sie sich fragen.

Ich bin wegen Cantat hier, sagte der Junge. Wegen seiner Musik, seiner Band, *Noir Désir.*

Verlegen steckte er den Daumen in den Gürtel. Irma kannte die Band nicht.

Kommen Sie hierher, um den Mörder zu ehren?

Nur wegen der Band. Die Band ist die Hölle, lachte er, über ihre Frage offensichtlich amüsiert. Ein hübsches, schüchternes Gesicht.

Ich habe von Marie und Cantat gelesen, sagte sie und machte einen Schritt im Kies. Wieso hat er Marie ermordet?

Psychische Probleme, denke ich. Seine erste Band hieß *Pychoz*, purer Punk. Die hat das Unheil angezogen. Jetzt hat sich auch noch seine erste Frau aus dem Leben befördert.

Aber es war trotzdem eine große Liebe, nicht wahr?, fragte Irma. Wenn zwei Menschen sich so lieben, dann kann eben alles passieren.

Weiß ich nicht, er hat gute Musik gemacht, sagte der Junge, Musik, die einem unter die Haut geht.

Sie merkte, dass er seiner großen Liebe noch nicht begegnet war. Aber vielleicht stand er hier, weil er dazu bereit war.

Sie hielt inne, hatte wie zu sich selber gesprochen. Nur ein Verlassener besuchte einen Friedhof.

Sind Sie Journalistin?, fragte er misstrauisch.

Sie schüttelte den Kopf und fragte zurück, ob er Musiker sei, worauf er nickte.

Wie heißt denn ihre Band?

Er scheute sich, einen Namen zu nennen, sagte, seine Band sei noch nicht sehr bekannt. Man sei zu lange auf *Noir Désir* fixiert gewesen, erst jetzt sei man dabei, sich musikalisch weiterzuentwickeln. Die Texte, ja, die seien unübertroffen. *Ich hab keine Angst vor dem Weg. Weil ich ihn sehen will. Auskosten will. Jede Biegung, jede Windung. Bis es gut sein wird.* Seine Finger tupften die Asche von der Zigarette. Er hatte schöne Hände.

Welches Instrument spielen Sie?

Gitarre, sagte er, und seine Augen glitten zum wiederholten Mal über ihr Gesicht. Was sah er in ihr? Sie war fünfundvierzig, und doch glaubte sie ein Begehren in seinem Blick zu spüren. Sie hatte ein merkwürdiges Summen im Körper, als hätte sie ein zu starkes Medikament genommen.

Sie musterte ihn, als würde sich in seinem Gesicht etwas ereignen, das sie nicht verpassen durfte.

Ich würde mich freuen, wenn Sie zu meinem Konzert kommen. Nächsten Dienstag spielen wir in einem Keller nahe der Bastille. Wenn Sie mir Ihre Handynummer geben, kann ich Ihnen eine Einladung schicken.

Ich bin dann leider nicht mehr hier, sagte sie. Ich bin schon viel zu lange in Paris.

Trotzdem gab sie ihm die Handynummer und schaute ihm in die Augen, bevor sie sich verabschiedeten.

81

Am Wochenende kamen Urs und Mathilda nach Sanssouci. Marc hatte sie eingeladen, um endlich einmal die Gastfreundschaft von Urs zu erwidern. Er und Mathilda sangen und spielten auf ihren Instrumenten im Garten. Mathildas Sopranstimme tänzelte über die verwaisten Gartenbeete von Mila, Urs schlug auf zwei Bongos den trockenen Takt. Marc staunte über seine Musikalität und das perfekte Zusammenspiel. Offenbar übten sie schon seit geraumer Zeit – oder sie passten tatsächlich gut zusammen. Die kleine Trommel, erklärte Urs, heiße *macho*, das Männchen, und die größere *hembra*, das Weibchen.

Die beiden spielten sich durch den Nachmittag, mal weit

draußen und nahe am Waldrand, dann wieder näher am Haus unter den Fenstern. Zwischendurch lagen sie in den Liegestühlen und plauderten mit ihm, der englische Gartenbaubücher durchackerte. Mathildas hohe Stimme klingelte und zirpte wie Libellengesang in Marcs Ohren.

Am späten Nachmittag zogen dunkle Gewitterwolken auf, und die Farben des Gartens leuchteten. Stille kehrte ein, Marc saß allein im Garten, die beiden hatten sich in ihre Gästezimmer zurückgezogen. In der Ferne rief ein Kauz, seine Rufe drangen ihm durch Mark und Bein. Das volle Leben hatte sich für ein paar Stunden vor ihm entfaltet und ihn mitgerissen und hinterließ eine zehrende Sehnsucht. Er sehnte sich zurück nach dem täglichen Einerlei, nach jener Art Zusammensein, der man keine besondere Aufmerksamkeit schenkt. Er sehnte sich nach dem gemeinsamen Kartoffelschälen, den Autofahrten, dem Über-den-freundeskreis-lästern, dem gemeinsamen Wäscheaufhängen.

Dann riss der erste Blitz den Himmel auf. Er stand im Regen und litt und fror ohne Irma. Er setzte sich ans offene Fenster, schaute in den Regen und versank in Trauer.

Am Abend besetzten Urs und Mathilda die Küche. Sie trugen Lebensmittel aus dem Auto herein und kochten. Evelyne hatte sich entschuldigen lassen. Marc gab, von Mathilda gefragt, eine geschönte Zusammenfassung seiner letzten Wochen. Ihr Blick streifte ihn mitleidig.

Früh zog er sich in sein Zimmer zurück und setzte sich an den Schreibtisch. Erst als Evelyne an seine Tür klopfte, erwachte er aus der Lethargie.

Kann ich zu dir kommen?

Er hatte nicht vor, sich ihr noch einmal zu nähern, und

verneinte. Aber da stand sie auch schon im Zimmer und schaute interessiert auf seinen Bildschirm.

Was machst du?

Ich versuche mich zu konzentrieren.

Ich kann nicht allein sein. Erzähl mir von deinem Projekt. Kommst du voran?

Ich sollte dringend einen Auftrag für das Büro erledigen. Sanitäranlagen für ein Gymnasium, dasselbe, für das ich schon die Mensa gebaut habe. Genau genommen geht es um den Handtuchhalter, den Abfallbehälter und den Klopapierrollenhalter.

Klorollen, was für eine Utopie!, sagte sie.

Mir gefällt das Praktische, wich er aus. Etwas Handfestes, das tut gut neben meinen Gartenentwürfen.

Auf dem Computerbildschirm bewegte sich ein Hologramm. Evelyn hatte sich in einen Bürostuhl gesetzt und rollte vor und zurück. Unter ihrem T-Shirt waren die Umrisse ihrer Brüste kaum verborgen. Erneut stieg das Verlangen in ihm hoch.

Der Rollenhalter muss robust sein, er wird täglich benutzt. Der Abfallbehälter einfach zu handhaben. Probleme macht bis jetzt der Handtuchhalter.

Ja, lächelte sie dünn.

Die Formsprache muss erkennbar sein. Wenn der Kasten leer ist, muss man ihn problemlos nachfüllen können.

Sie schlug ihre langen Beine übereinander. Selbst in ihrem Zustand war sie anziehend. Ihre Zehennägel hatten die schwarze Farbe eines Nachtfalters.

Wo warst du denn gestern Abend?

Ich bin stundenlang durch den Wald gelaufen, am liebsten hätte ich im Wald übernachtet. Gleichzeitig bin ich vor

Angst fast gestorben. Man wird seine Kinderängste ja nie ganz los. Mit dreiundvierzig muss ich wohl oder übel ein neues Leben beginnen. Die Zeit der Lebenslügen ist vorbei.

Er beneidete sie um diesen klaren Satz. Er wartete und wartete. Wie einer, der seinen Koffer in einer neuen Wohnung untergestellt hat, aber noch nicht bereit ist, ihn zu öffnen.

Was ich anfasse, geht schief, sagte sie. Ich habe bisher fast nur Mist gebaut und bin so oft in der Bredouille gewesen, dass es für drei Leben reicht.

Sie blies Luft in die Haarfransen, etwas, das er sehr an ihr mochte. Würde sie diese Nacht wieder durch den Wald streifen? Was, wenn sie sich in einem Fuchsbau den Knöchel verstauchte? Hatte sie ein Telefon dabei? Würde sie im Notfall überhaupt jemanden anrufen?

Erzähl mir von dir!

Mein Leben? Meine Männer, ach nein, das willst du nicht hören.

Deine Eltern, wie waren sie?

Mein Vater war Treuhänder und viel unterwegs; er hat meine Mutter nach Strich und Faden betrogen. Irgendwann lag sie in der Badewanne, sie hatte versucht, sich die Pulsadern aufzuschlitzen. Ich kam gerade von der Schule nach Hause, war ungefähr zwölf. Nachdem ich sie gesehen hatte, rannte ich zu ihm, er saß im Wohnzimmer, wie immer eine Flasche Schnaps vor sich. Er hat ungeheuer viel getrunken, wenn er nach Hause kam. Immer Klaren. Er saß vor dem Fernseher, er schaute die ganze Zeit fern, wenn immer er zuhause war. Er hat meiner Mutter nie Gewalt angetan, aber als ich sagte, Mama liegt in der Badewanne und hat sich die Pulsadern aufgeschnitten, sagte er zu mir: Sie versucht sich wieder mal umzubringen. Ich war verzweifelt, aber er rührte sich nicht. Ich rief die Ambulanz, im Krankenhaus hat man sie wiederhergestellt. Sie hat meinen Vater nie verlassen, erst nachdem er an einem Herzinfarkt gestorben war. Sie legte sich noch einmal in die Badewanne, nun für immer. Und sie hat mir etwas Geld vermacht, wofür ich ihr dankbar war. Sonst könnte ich gar nicht überleben.

Evelyne musterte ihn. Als wäre sie eine Last losgeworden, sagte sie munter: Ich habe noch eine Flasche Weißwein im Kühlschrank.

Nein, nein, Evelyne, wehrte er ab, und die Traurigkeit verschloss ihm den Mund.

82

Sie war zweimal um den Block gegangen, um nicht zu früh da zu sein. Nun stand sie neben Dupral auf dem Trottoir. Sein Gesicht war faltenreicher als auf den Fotos. Er sah weniger imposant aus, sein Kopf kahlrasiert. Der Bart war angegraut und er war kleiner als erwartet und älter als sie.

Sie betraten das Restaurant, ein Kellner machte die Andeutung eines Bücklings vor Madame und Monsieur, offensichtlich kannte er Dupral. Ihr Tisch befand sich in einer düsteren Ecke des Lokals, ideal für ein intimes Gespräch. Der Kellner zündete die Kerzen an, Dupral lächelte einem

Bekannten zu. Sie schlug die Beine übereinander; sie hatte einen zu kurzen Rock gewählt, allerdings nicht so kurz, wie der Chantals gewesen wäre. Doch Dupral, der mit einem Seufzer die Speisekarte weglegte, interessierte sich nicht für ihre Beine, sondern für den deutschen Buchmarkt.

Schweizer, korrigierte sie, und Dupral beeilte sich zu sagen, dass er die Schweiz kenne. Er sei einige Male in Genf gewesen; einmal habe er den alten Eric Rohmer, dessen Tod ihn letztes Jahr sehr überrascht habe, begleitet. Als Vorspeise wählte er einen Saibling an Passionsfruchtgelee, sie nahm ein Limetten-Dashi mit einer Sesam-Panna-Cotta. Er verzog das Gesicht, als hätte er das Fruchtgelee schon ein Dutzend Mal gegessen. Aber vielleicht missverstand sie seinen Gesichtsausdruck, weil sie alles an ihm zu verstehen versuchte. Als sie sagte, dass man seine Bücher vor allem in Insiderkreisen kenne, schüttelte er den Kopf. Sie nannte wichtige Zeitungen und Magazine, in denen in den letzten Jahren Portraits von ihm erschienen waren, und ihr war, als würde sie einem General erzählen, wie es seinen Truppen in einer Schlacht im fernen Ausland ging. *Die Vergebung der Wünsche*, sagte sie mit Nachdruck, werde sein Durchbruch auf dem deutschsprachigen Markt sein.

Sie wusste nicht, warum sie das gesagt hatte, denn sie war nicht davon überzeugt. Sagte sie solche Dinge, weil sie bis ins Innerste verunsichert war? Längst hatte sie nicht mehr an das Zustandekommen dieses Treffens geglaubt. Warum sollte sich ein Autor wie Dupral mit einer Übersetzerin zum Nachtessen treffen? Und hatte sie das überhaupt gewollt? Es war noch nicht lange her, dass sie diesen Mann für seine Sexualfantasien, sein unentschiedenes Erzählen und seine Ausflüge ins Triviale verflucht hatte.

Wie finden Sie das Buch?, fragte er, und sein Blick schweifte hungrig durchs Lokal, lüstern, als müsste er sich gegen ihre Kritik wappnen.

Irma wusste, dass man das Buch eines Schriftstellers in dessen Gegenwart nur loben durfte. Andrerseits wollte sie ihr Licht auch nicht unter den Scheffel stellen, sonst verlöre Dupral das Vertrauen in ihre Kompetenz.

Ich habe die Geschichte des Paares mit Neugierde verfolgt, sagte sie. Vom Altersunterschied her eine Mésalliance, aber gerade dadurch interessant. Die Figuren sind so weit sympathisch, dass einen die Handlung nicht loslässt. Man folgt ihnen, ohne sich mit ihnen identifizieren zu müssen. Einiges aber schien mir überstrapaziert.

Dupral lächelte abwesend.

Der Roman als Ganzes sei ein Wunderwerk an Mehrschichtigkeit, fuhr sie verunsichert fort. Sie wäre froh, wenn sie wüsste, wann und wie die Geschichte zu Ende gehe. Wann er den letzten Teil zu schreiben gedenke.

Dupral überhörte ihre Frage.

Ich mag Sie, Irma, sagte er und kam ihr mit dem Gesicht nahe.

Die Übersetzung gewisser Passagen stellt mich vor Probleme, sagte sie. Namentlich die Übersetzung dieser feinen Ironie, die gewisse Vorfälle, um es einmal so zu sagen, in der Schwebe lassen.

Dupral entblößte seine Zähne, deren gelblichbraune Verfärbungen darauf schließen ließen, dass er ein starker Raucher war. Er hatte den Mund eines verzweifelten, zerwühlten Menschen, was ihn noch interessanter machte.

Die Sprache der Erotik erreicht nur dann literarische Qualität, wenn sie zweideutig ist. Die Deutschen, Madame, haben ein reichlich verkrampftes Verhältnis zur Sprache der Liebe. Warum nur?

Sie zuckte mit den Achseln und bemerkte kühl, dass sie keine Deutsche, sondern Schweizerin sei.

Er lehnte sich vor und platzte im nächsten Moment mit einer gewagten Behauptung heraus: Weil sie gar keine Erotik kennen! Sie kennen nur das zotige Plauderstündchen auf dem Plüschsofa. Erotik hat mit Kälte zu tun, mit Verstand. Wissen Sie, de Sade ist einer unserer größten Philosophen.

Dupral hatte seine Stimme erhoben, sodass man von den umliegenden Tischen neugierig zu ihnen herüberschaute. Sie verspürte einen Anflug von Stolz: Dupral steckte seine Gabel in ein Stück blutiges Fleisch, das nicht ganz der Raffinesse der Vorspeisen entsprach. Irma dachte sofort an einen Text von Roland Barthes über die Blutmythologie der Franzosen, die sich in der Vorliebe für Beefsteaks zeige. Dupral schielte auf ihre Beine.

Sie haben schöne Beine.

Irma schluckte die in Tapioka eingelegte Jakobsmuschel hinunter.

Ich muss mit ihnen über Chantal reden, sagte sie, und ihr Atem wurde flach. Aber er würgte sie ab, bevor sie den nächsten Satz, einen in der Einsamkeit des Hotelzimmers ausgedachten Sätze, vorbringen konnte.

Ach, Chantal, mein Sorgenkind. Vögeln, Penis, blasen und ficken, das sind die Wörter, die an ihrer unschuldigen Seele kleben bleiben.

Ich mochte diese Figur nicht immer, sagte Irma leise.

Sein Oberkörper straffte sich: Chantal ist das heiligste Wesen, das ich je erschaffen habe. Sie ist eine Heilige des Alltags, das Endprodukt der Aufklärung. Frei von allen Bindungen unterwirft sie sich dem Gesetz der Religion, dieses obszönen Katholizismus. Im Gegensatz zu Houellebecq liebe ich die Aufklärung ebenso wie die Erotik. Er hasst beides.

Dupral ließ vom Steak ab, tupfte sich die Mundwinkel mit der Serviette trocken und musterte Irma.

Sie könnten meiner Chantal Modell gestanden sein, sagte er.

Sie trank zu viel, sie atmete zu schnell, sie dachte zu wenig gründlich nach!

Ich mag Chantal nicht. Sie ist mir in einigen Passagen zu klischeehaft dargestellt, ihr Charakter zu simpel. Ich finde, sie gerät Ihnen zuweilen zu schematisch. Allerdings weiß ich ja nicht, wie sie sich noch entwickelt.

Er nahm das Messer wieder zwischen die Finger und säbelte weiter an seinem Fleisch. Galt seine Wut der zähen Rindslende oder ihrer Kritik? Man merkte, dass es in seinem Kopf arbeitete, dass er aus der Gegenwart in einen Raum glitt, in dem es keine Zeit mehr gab. Wie fragil musste die Realität für einen Schriftsteller sein! Sie atmete laut ein. Würde er jetzt von seinen Zweifeln und seinen Krisen erzählen? Würde er sie in seine Abgründe blicken lassen?

Lange wusste ich nicht mehr weiter mit Chantal. Natürlich mögen wir diese erotomane Zwanghaftigkeit beide nicht! Sie ekeln sich vielleicht aus Geschmacksgründen, weil Sie eine gesunde, gut aussehende Frau sind, die sich jeden Tag gegen männliche Zudringlichkeiten wehren muss und die ohne diese Fantasien gut auskommt. Ich ekle mich, weil das, was ich da geschrieben habe, im eigentlichen Sinne unästhetisch ist. Aber unser Menschenbild muss sich am Wahren orientieren. Und das Wahre liegt im Leiden der Körper. Schauen Sie sich die Bilder an, mit denen wir täglich konfrontiert werden: Menschen, Frauen und Kinder, geschunden und gequält, Leidende in den Ruinen andauernder Kriege. Pornografie heißt, diese Leiden symbolisch nachstellen, das Maschinelle, das die Körper zurichtet, in die Körper selber zu legen. Die Körper als Wegwerfprodukte einer globalen Kriegsindustrie zu begreifen.

Dupral schaute verloren aus dem Fenster in die Pariser Nacht. In seinem Gesicht lag Entsetzen.

Chantal kam ihr in den Sinn. Die letzte Szene kam ihr in den Sinn, die, die sie auf der Tagung in Brüssel gelesen hatte. War es das, was er unter den Qualen der Körper verstand?

Aber warum muss Chantal dann dauernd auf erotische Abenteuer aus sein?

Pornografisch!, rief er aus. Alle diese Stellen sind pornografisch und nicht erotisch. Und ich hoffe, dass Sie sie auch in diesem Sinne übersetzt haben. Wenn Sie durch die Fernsehkanäle schalten, treffen Sie zwar kaum auf Pornografie, und dennoch ist das Obszöne auf allen Kanälen präsent. Es ist in den Politikshows, in den Quizsendungen, in den Nachrichten. Was Menschen einander antun, ist vulgär, niederträchtig und primitiv. Ich beschreibe also nur die Wirklichkeit. Was sich heute noch im Internet abspielt, werden wir morgen auf unseren Straßen haben. Prügeleien, Raubmorde, primitivste Vergewaltigungen. Denn der Mensch ist dem Menschen ein Wolf.

Er lehnte sich vor, aber nicht, um ihren Lippen näher zu sein, sondern um nach dem Glas zu greifen. Sie verweilte nachdenklich im Echoraum seiner Gedanken.

Es ist der Körper in seinem Schmutz und in seiner Verletzlichkeit, den mich mein Realismus zu zeigen zwingt. Der Körper ist das einzige verbliebene Thema in der Kunst. Weil sich an ihm demonstrieren lässt, was der Mensch in seiner Substanz ist: ein hinfälliges Zellkonglomerat.

Aber wie kann man das Symbolische am Körper zeigen?, fragte sie spitz. Der Körper ist doch immer konkret, und die Literatur hat für die Körper ja nur eine Sprache des Uneigentlichen.

Sie lehnte sich leicht zurück, denn sie hatte sich diesen Satz im Hotel notiert.

Im Obszönen, entgegnete er, als hätte er schon auf dieses Stichwort gewartet. Das Reale ist obszön, es ist das krasse Hervortreten der Dinge in ihrem Sosein, bar jeder Metaphysik. Das Obszöne ist der Modus der Dinge, ihre höchste Anschaulichkeit und ihre Wertlosigkeit. Davon gehe ich aus.

Sie verstand nicht, was er meinte. Aber er schmetterte es ihr mit einer Wucht entgegen, dass sie wusste, dass seine Gedanken gründlich überlegt waren.

Die Sprache des Obszönen ist die Pornografie. Jedes Ding ist pornografisch, denn es ist gegenständlich. Nichts kann sein ohne seinen Körper, sein Fleisch. Pornografie zeigt die Körper ohne Zutat und Beiwerk, sie ist ehrlich. Pornografie macht, wie der Kapitalismus, den Menschen zum Ding, verschwistert die Lust mit dem Hass. Das wusste der Meister der Pornografie, Marquis de Sade, bereits Ende des 18. Jahrhunderts.

Sie wollte etwas einwenden, einen Gedanken, den Verdacht einer Ungenauigkeit in seiner Argumentation, aber, nachdem er kurz Atem geholt hatte, fuhr Dupral unbeirrt fort:

Mit der massenhaften Verbreitung der Pornografie, mit der totalen Pornografisierung der Menschen- und Warenwelt kommt auch unsere Kultur im 22. Jahrhundert an ihr

Ende. Die abendländische Kultur, die mit Jesus Christus den Körper zum Heiligsten erhoben hat, stürzt ihn mit der Pornografie in die Hölle. Die Qual ist die Lust des 22. Jahrhunderts, der Hass die Liebe der Gegenwart. Die Rückkehr ins Paradies vernagelt: zerbombte, von der Folter zerrissene und zerfetzte Körper. Das Inferno Dantes und Hieronymus Boschs. Um die Entheiligung des Körpers in seinem Endstadium lesen zu können, bedürfen wir der Bilder, die keine sind, der äußersten Vorstellung eines Totseins im Leben. Danach –

Er verstummte.

Danach?, fragte sie.

Er schwieg.

Gibt es denn keine Möglichkeit für Adam und Eva, im Paradies zu bleiben?

Nach den Kämpfen, den Endkämpfen unserer Kultur gegen die Körper, zu der ich übrigens auch den Islam rechne, weil auch er den Körper verachtet, werden wir das Paradies vergessen haben. Ohne die Erinnerung an das Paradies wird unsere Kultur eine andere sein.

Wieder verstummte er. Aber Irma war nicht hier, um sich von seiner dystopischen Gemütserkältung anstecken zu lassen. Sie wollte konkrete Antworten.

Glauben Sie wirklich, dass der Mensch dem Menschen ein Wolf ist?, fragte sie. Gilt dieser Satz auch für Beziehungen? Kann denn die Liebe nichts gegen dieses Wölfische?

Sie sprechen von der Ehe, Irma, von Chantal und Gérard?

Was bedeutet Ihnen das Zusammenleben von Mann und Frau in der Ehe?

Er lehnte sich zurück, und das Lokal, in dem bereits einige Tische leer waren, weitete sich zu einem Schlachtfeld, auf dem Männer und Frauen über Jahrhunderte in Streit und Hader lagen, einander betrogen und verrieten, einander küssten und schlugen, einander anbettelten, verziehen und vergötterten.

Ich habe in meinem Roman die profane Spielart des Zusammenlebens zwischen Mann und Frau beschrieben. Ich bezweifle, dass es mir gelungen ist, die Bedeutung der Ehe darzulegen. Die Ehe ist das bürgerliche Format des Zusammenseins, das von Anfang an mit einem Konstruktionsfehler behaftet war. Dennoch: Wir kommen zusammen, weil wir uns lieben. Die Paare, die sich in gegenseitiger Treue üben, sind die einzigen Aufständischen unserer Zeit. Sie sind große Liebende, denn sie widersetzen sich der Entwertung und der Pornografisierung ihrer Beziehung. Liebe ist kein Angestelltenverhältnis, sondern Schicksal. Die Ehe gibt uns die Möglichkeit, gegen die Einsamkeit zu rebellieren: Nur der andere kann uns sagen, dass wir sterben, nur durch den anderen sind wir unsterblich.

Konnte sie sich nach diesen Worten noch Widerspruch erlauben? Dupral hatte ihr einen tiefen Einblick in die Schmiede seiner Weltanschauung gegeben.

Ich erzähle also nur scheinbar eine pornografische Geschichte; ich benutze diese Sprache, damit mich die Zeitgenossen verstehen. Aber ich schreibe von etwas ganz anderem.

Wovon denn?, wollte Irma wissen.

Dupral schob den Teller von sich weg. Die Pause verunsicherte sie so, dass auch sie nichts mehr sagte.

Irma, hob er an, Sie werden im nächsten Kapitel erfahren, was aus Gérard und Chantal wird. Er legte seine Hand auf ihre Hand, ergriff sie sogar. Im ganzen Lokal war es plötzlich still geworden. Sie spürte die Wärme von Duprals Hand und dachte daran, was sie schon alles berührt hatte. Sie wollte sie wegziehen, aber Dupral hielt sie eisern umklammert.

Ich habe das Buch übers Wochenende in meinem Landhaus fertig geschrieben. In der Einsamkeit. Im Elend meiner Jahre und des Elends der Welt. Ich war nahe daran, mich zu erschießen, dann wieder dachte ich daran, mich in die schrecklichsten sexuellen Abenteuer zu stürzen. Im Morgengrauen griff ich zur Bibel, Johannes 3, das Gleichnis mit dem Pharisäer: »Wie kann ein Mensch geboren werden, wenn er alt ist?«

Sie waren also gar nicht mit dem Präsidenten unterwegs?

Dupral lachte: Der *Figaro* hat mich mit einem Kollegen verwechselt, das passiert mir leider immer wieder, François Martin und ich sind uns sehr ähnlich. Aber Martin, den ich schätze, hat ein faszinierendes Buch über den Einfluss der Gewerkschaften auf das Postwesen in der Nachkriegszeit geschrieben.

Sie genoss das Plätschern, erleichtert, dass er das Gespräch wieder in die Niederungen des Alltags zurückführte. Er war entspannt und bestellte einen doppelten Espresso, offenbar wollte er die Nacht durchreden. Rechnete er damit, dass sie mit ihm in sein Haus kommen würde? Locker und gut gelaunt würde er sie bitten, ihn zu begleiten. Dann würde er ihr das Ende seines Romans vorlesen. Er würde sie in einen Ohrensessel schubsen, sie würde vom Text ergriffen sein und vielleicht sogar in Tränen ausbrechen. Er würde das Manuskript zur Seite schieben, seinen Arm um sie legen – und dann?

Bleiben Chantal und Gérard zusammen?, fragte sie.

Ich bin mir nicht sicher, ich muss das Ende noch einmal genau prüfen. Ein Buch zu beenden ist für mich immer das Schwierigste. Beinahe ist es so, als würde ich mich weigern, dem Tod ein Stück näher zu rücken. Ich bin dann allein, es herrscht Trauerstimmung, es gibt weit und breit keine Frau, die mein Landhaus betreten dürfte.

Irma musterte ihn erschrocken. Kokettierte er?

Müsste ich als Übersetzerin nicht wissen, wie es weitergeht?

Sie werden es erfahren, wenn es Zeit ist, Madame Stock. Der Verlag wird Ihnen das Ende zusenden.

Er erhob sich, überreichte dem Kellner seine Bankkarte, aber Irma wollte ihn noch nicht gehen lassen.

Verzeihen Sie, aber Ihre Worte über die Ehe haben mich beunruhigt.

Sie verließen das Lokal und traten nach draußen auf den leeren Boulevard. Er betrachtete sie mit lauerndem Interesse, eine Spur Begehrlichkeit im Blick.

Sie haben wunderbare Beine, Irma. Wenn ich dem Tod nicht so nahe wäre, würde ich mich zwischen Ihre Beine werfen.

Sie lächelte. Mein Gott, wie unendlich peinlich und doch wohltuend ihr dieses Kompliment war.

Er zündete sich eine Zigarette an und sog den Rauch wie ein Süchtiger ein.

Ich war, wie Sie wissen, viermal verheiratet. Zweimal ging meine Ehe in die Brüche, einmal wurde ich in gegenseitigem Einverständnis geschieden, eine meiner Frauen wurde durch ein Unglück in den Tod gerissen. Glauben Sie mir, ich habe immer wieder versucht, die Freiheit zu genießen, aber es ist mir nicht gelungen. Ich bin nicht konservativ, prüde schon gar nicht. Aber das Glück, ich habe es am intensivsten zu zweit erlebt. Die flüchtigen Amouren, das waren Räusche. Die Rettung vor dem Tod, dem Tod im Leben, gibt es für mich nur zu zweit.

Die Sirene einer vorbeifahrenden Ambulanz verschluckte seine nächsten Worte.

Ich sehe Ihnen an, dass Sie Lust haben, Ihren Mann zu betrügen, Madame Irma. Dann tun Sie es! Aber nicht mit mir. Kein Mann wird an Ihnen vorübergehen. Ich aber bin nur für das Imaginäre zuständig. Sie müssen wissen, sagte er, und massierte mit der flachen Hand sein Kinn, das Exogame wuchert in den Büchern. Wir sollten nicht den Fehler machen, es außerhalb unserer Imagination ausleben zu wollen. Vögeln tut man am besten im Kopf!

Er hielt ein Taxi an und winkte ihr kurz zum Abschied.

Irma war perplex, sie fühlte sich eine Sekunde lang düpiert. Jetzt war der Abschied so schnell und unkompliziert gewesen. Langsam aber erfasste sie das Gefühl einer großen Freiheit und Unbeschwertheit. Sie war Dupral unendlich dankbar.

83

Das Zentrum des Gartens nahm nur langsam Gestalt an. In den letzten Wochen hatte er das Modell mit Entschlossenheit vorangetrieben, als gäbe es sonst nichts anderes mehr auf dieser Welt, als wäre es seine letzte Erfindung. Ein Entwurf, der in großen Teilen noch immer im Modellhaften steckte und trotz aller Gedankenanstrengung noch nicht zum Leben erwacht war. Das Modell zeigte ein maßstabgetreues Weltmeer, rund vier Kilometer Durchmesser, in dem die Kontinente nachgebildet waren. Als er Evelyne das Projekt vorführte, deckte sie ihn mit fragenden Blicken ein. Natürlich, das Modell war noch nicht perfekt, er hatte lange gebraucht, um Zufälligkeiten und Unsicherheiten zu eliminieren, aber nun war der Entwurf endlich weit genug gediehen, um ihn zu präsentieren. Konnte sie überhaupt etwas damit anfangen?

Das Wichtigste ist, sagte er, um ihr nachdenkliches Schweigen zu beenden, dass das Modell die Zukunft öffnet. Der dünne Hauch des Utopischen muss spürbar werden.

Ein Weltgarten?, fragte sie mit leisem Kopfschütteln. Ist das nicht zu groß?

Wenn man von der Globalisierung ausgeht, stellen sich diese Dimensionen wie von selbst ein. Um den zentral gelegenen Park habe ich thematische Wohneinheiten vorgesehen; zwölf Häuser für die Weltkultur, vierundzwanzig Areale eines Historyparks, Hotel, Gaststätten, Unterkunft für circa fünfhundert Besucher.

Sie streckte sich über seine Pläne, sodass ihr Gesicht unter den Haaren verschwand.

Ich habe mir den japanischen Bonsaigarten zum Vorbild genommen. Jeder kann die Größe selber imaginieren. Zur

Umsetzung müsste ich einen Verein gründen und Sponsoren suchen. Die Anschubfinanzierung könnte durch Anatol gewährleistet werden.

Er sah sich im Geiste schon mit den Freunden durch diese schöne neue Welt spazieren.

Aber im Moment ist es ja erst ein Projekt.

Und wo soll dieser gigantische Park liegen?

Er merkte, wie sie ihn weiter mit schiefem Blick betrachtete, als wäre er nicht ganz bei Sinnen.

Größe kann abschrecken, ich weiß, ich weiß. Ich habe meine Fühler in die Politik ausgestreckt, aber da zeigt man sich noch zurückhaltend. Natürlich gibt es hier Platz zur Genüge, aber keine ausgereiften Zukunftspläne!

Marc, hast du dich da nicht verrannt? Evelyne vertraute seinen Fähigkeiten weit weniger als Irma dies getan hatte. Sie war belustigt, er spürte förmlich, wie er neben ihr zu schrumpfen begann. Dabei ging es ja nicht nur um eine abstrakte Zukunft.

Es gibt Themenhäuser, unter anderem zur Weltpolitik, eines für Neuansätze in der Entwicklungspolitik, natürlich eines für soziale Projekte. Daneben ein Haus, in dem an neuen Formen der Weltwirtschaft und der globalen Finanz gearbeitet wird. Weitere Häuser für die Entwicklung der Medizin. Ein Haus der Psychologie, eines für visuelle Kunst, Malerei, Design und Elektronik.

Willst du Anatols Sanssouci neues Leben einhauchen? Wen interessiert das? Nicht mal unseren Freundeskreis. Es kommt ja kaum mehr jemand hierher.

Das hier *ist* Sanssouci!, sagte er leise und bestimmt. Er lauschte seinen Worten nach, als stünde er vor einem großen Publikum.

Sie kaute auf den Lippen.

Du solltest dich entspannen. Lass uns schwimmen gehen.

Zum ersten Mal ging ihm Evelyne auf die Nerven. Sie hatte keine Ahnung von dem, was er hier tat.

Ich kann dich massieren?

Er hob seinen Kopf von den Plänen und schaute sie irritiert an.

Du Spinner, sagte sie. Warum schreibst du nicht einen Roman?

Ich kann nicht schreiben, sagte er, und der Satz hatte ein unangenehmes Echo. Er konnte wirklich nicht schreiben, aber noch immer spürte er diesen Sog, der von der Zukunft ausging. Wie gerne hätte er in die Zukunft geplant, Dinge entworfen, die heute noch unvorstellbar erschienen, frei über die Möglichkeiten des Wohnens, Denkens und Zusammenseins nachgedacht. Wie gerne hätte er seinen Zeitgenossen zugerufen: Wenn wir nicht wieder gestalten lernen, eingreifen, korrigieren, weiterentwickeln, dann werden wir zu Sklaven der technischen Entwicklung und des Kapitals. Warum hatte niemand mehr den Mut, von einer besseren Welt zu träumen?

Wir dürfen die Gestaltung der Zukunft nicht einfach den technischen Wissenschaften überlassen.

Da hast du Recht. Aber wie willst du ein Bild der Zukunft entwerfen, wenn du nicht weißt, wie es weitergeht? Wir sehen ja nur die Gefahren, die daraus entstehen, sagte Evelyne.

Aber ohne zu wissen, wer wir einmal sein wollen, können wir diese Gefahren nicht bannen. Wir liefern uns ihnen aus, entgegnete er erregt.

Aber wie sieht deine Zukunft aus?

Langsam wurde ihm klar, was sie meinte. Statt über seine Zukunft hatte er über die Zukunft der Menschheit nachgedacht. Vielleicht war es das, was sie ihm sagen wollte. Vielleicht wurde der Entwurf auch deshalb nicht lebendig, weder in seinem noch in ihrem Kopf. Er konnte sich seine Zukunft noch immer nicht vorstellen.

Ich habe noch etwas vom Erbe, sagte sie, Aktien von meiner Mutter. Die Art Zukunft, an die unsere Eltern geglaubt haben. Ich kann dir das Geld vorstecken, wenn du willst?

Sie öffnete das Fenster und dehnte ihren gesunden, sehnigen Körper in der warmen Sommerluft.

Du könntest mir ein Haus bauen.

Sie schaute ihn an, als würde sie ihn küssen. Lange und heftig.

Aber ich möchte nicht allein in einem Haus leben. Hast du keine Lust, das Haus für mich zu bauen?

Was sollte er dazu sagen?

84

Irma stand unter einem wolkenverhangenen Himmel auf der Terrasse des Tour Montparnasse. Ringsum schützte ein hohes, mit scharfen Spitzen versehenes Gitter vor dem Sprung in die Tiefe. In der Ferne leuchtete das Sacré-Coeur wie ein Heiligenschrein im Spätnachmittagslicht, zur Rechten lag der Jardin du Luxembourg, in dem sie viel Zeit mit Lesen verbracht hatte, zur Linken die Wolkenkratzer von La Défense. Durch die Straßen wanderten kleine Punkte, hinter jedem Fenster an den langgezogenen Häusern des Boulevard Arago lebte jemand sein Leben. Sie wusste, dass ihr Leid zu klein war, um sich hinunterzustürzen. Sie schaute sich um und war allein, auf der runden Terrasse war niemand mehr, und sie beeilte sich, hinunter zu kommen.

Aber auf einmal blieb der Lift zwischen der 20. und der 21. Etage stecken. Sie starrte auf die Knöpfe und wartete. Nachdem mehrere Minuten vergangen waren, tat sich noch immer nichts. Es war kurz nach acht. War der Turm schon geschlossen, und man hatte sie vergessen?

Energisch drückte sie den roten Alarmknopf und klammerte sich an die auf Hüfthöhe angebrachte Haltestange, sollte der Lift plötzlich in die Tiefe sausen. Aber es tat sich nichts. Über ihr leuchtete ein schwaches, blaues Notlämpchen. Nach langen Minuten hatte sie das Gefühl zu ersticken. Erneut drückte sie den Alarmknopf. Wieder rührte sich nichts. Draußen musste es langsam dämmern, durch die Straßen des Quartier Latins zogen schnatternde Touristengruppen, und an der Bastille kamen die jungen Leute für den Abend zusammen. Wie gerne wäre sie eine dieser Frauen gewesen, die mit der Zigarette zwischen den Fingern in einer Gruppe von Freundinnen stand. Wie gerne hätte sie das Leben noch einmal begonnen.

Auch das Handy hatte keinen Empfang.

Sie hatte sich immer vorgestellt, dass in solchen Augenblicken die Gedanken aussetzen würden. In Wirklichkeit ging ihr alles Mögliche durch den Kopf, und jeder einzelne

Gedanke kehrte am Ende zurück zu Matti und Marc, zurück zu jenem Tag in der Vergangenheit, der ihr noch immer sehr genau in Erinnerung war. Marc war von der Arbeit nach Hause gekommen, es war Sommer, sie stand im Garten, hatte einen leichten Salat zubereitet, sie wollten auf der Garten-Terrasse essen. Matti rannte als Indianer verkleidet durchs Gebüsch und sagte, Nick würde bald kommen, sie wollten später picknicken, und wenn es dämmerte, würden sie das Zelt aufbauen, um zu zweit darin zu übernachten. Sie wusch ihm die Farben aus dem Gesicht und gab ihm einen Kuss. Marc kam hinzu und faltete einen Karton, den er unter das Bein des wackligen Gartentischs schob. In der Küche lag ein Porzellanbecher zerschlagen am Boden. Matti konnte an nichts vorbeigehen, ohne es kaputtzumachen. Sie streichelte seine Stirn, und ihr wurde bewusst, wie zerbrechlich ihr Leben war.

Als Marc die Teller abräumte, blieb sie noch einen Augenblick zurück, rauchte eine Zigarette und betrachtete das Sommerlicht, das schräg über die Wiese wanderte und sich auf den Liguster setzte. Bei der Hecke lag die vermisste Gartenschere. Sie erinnerte sich, dass Marc sie am Nachmittag angerufen hatte, um ihr ein Kompliment für die gelbe Bluse zu machen, die sie am Vortag gekauft hatte.

Jetzt erinnerte sie sich an diesen Sommertag: Mann, Frau und Kind, so einfach war das Glück gewesen! Aber in dieser einen Sekunde wusste sie auch, dass er nie wiederkehren würde: Diesen Tanz der Gartenschere mit einer gelben Bluse würde es nie mehr geben!

Danach waren sie ins Theater gefahren, wo sie Alice und Fred trafen; sie schauten sich eine bearbeitete Fassung der *Wildente* von Ibsen an. Alice war aufgekratzt und wollte, dass sie alle noch auf eine Party gingen, um Axel zu treffen. Es konnte spät werden, sie hatte dem Babysitter das Essen für Matti und seinen Freund bereitgestellt. Als sie aus dem Auto stiegen, an jenem hellen, weit zurückliegenden, flirrenden Sommerabend, hatte Marc sie kurz zurückgehalten und sie innig, überraschend innig geküsst. Dieser Kuss flog jetzt durch Raum und Zeit und setzte einen flüchtigen Druck auf ihre Lippen.

Dann meldete sich die Notsprechanlage.

III

2016

1

Am Morgen des 16. Juni 2016, dem Tag der Taufe von Marcs und Irmas Enkeltochter, blieb es draußen so dunkel, als hätte sich die Sonne für immer verkrochen. Seit Wochen regnete es, überall traten die Bäche über die Ufer, und der Rhein führte Hochwasser. Irma machte das Deckenlicht an, legte ein weißes Tischtuch auf den Tisch im Wohnzimmer und rückte die Gläser, Messer und Gabeln an die richtige Stelle. Matti kam und half ihr die Servietten falten. Es war kurz vor Mittag, und das Flugzeug mit Nina und der neun Monate alten Jennifer würde bald landen.

Zur Taufe hatte Matti die Freunde eingeladen, mit denen er aufgewachsen war, am Abend würden seine eigenen Freunde dazukommen. Irma sah darin eine versöhnliche Geste. Sie dachte an jene, die fehlen würden: Annette war 2011, kurz nachdem sie sich mit Dupral getroffen hatte, in betrunkenem Zustand von einem Kleinlaster angefahren und so schwer verletzt worden, dass sie einige Stunden darauf verstarb. Als sie aus Paris zurückgekehrt war, hatte sie miterleben müssen, wie Anatol sich jeden Abend betrank. Nach Annettes Beisetzung verkaufte er Sanssouci, vermietete seine Villa und flog nach Tunis. Dort ließ er sich am Rand der Wüste nieder und baute einen Garten zu Ehren der Verstorbenen. Gegen Jahresende berichtete Axel, dass Anatol ebenfalls Opfer eines Verkehrsunfalls geworden sei.

Ein halbes Jahr später hatte sich Philip Dupral in seinem Landhaus erhängt. Presseberichten hatte Irma entnommen, dass seine Leiche vom Gutsbesitzer in seinem Arbeitszimmer gefunden worden war. *Le Monde* schrieb, alles deute auf einen Selbstmord hin, François Hollande sprach von einem »Verlust für die Nation«. Auf Duprals Schreibtisch fand man Flauberts *La tentation de saint Antoine.* Sein Roman *Die Vergebung der Wünsche* war posthum erschienen und ein großer Erfolg geworden, allerdings hätte Irma nicht sagen können, ob sich dieser dem Buch samt seiner skandalösen Passagen verdankte oder der Aufmerksamkeit nach dem Selbstmord seines Autors. Tapfer hatte sie sich mit ihrer Übersetzung durch das Ende des Romans gequält. Nach einem Streit mit Gérard irrte Chantal durch das nächtliche Paris, wurde von einem Mann angesprochen, stieg mit ihm ins Auto und landete in einer Tiefgarage, wo sie auf das Übelste missbraucht wurde. Halbtot wurde sie am nächsten Tag gefunden, aber überlebte.

Es klingelte, Matti und sie eilten gleichzeitig an die Haustür. Nina stand mit der winzigen, dunkelhaarigen Jennifer auf der Schwelle und wurde von Matti und der Grandma in die Arme geschlossen. Kurz danach traf Ona mit ihren beiden Söhnen ein. Während James sich ein Bier nahm und in die Schale mit den Chips griff, zog sich der jüngere Bernie mit einem Buch in einen stillen Winkel des Hauses zurück. Alice und Fred kamen ohne ihre Töchter, die sich um die Flüchtlingsfamilie aus Syrien kümmern wollten, die sie in ihrem Haus beherbergten. Fred war gut gelaunt und freute sich auf seinen vorzeitigen Ruhestand, während Alice ihre psychologische Praxis immer weiter ausbaute. Moritz traf mit einem großen weißen Hund ein, der im Garten herumtollte und durch Irmas Streicheln handzahm wurde. Arm in Arm mit seinem Freund Adrian tänzelte Finn durch die Tür; er hatte seine Dylan-Biografie inzwischen abgeschlossen. Bea erschien in einem Kleid mit Schachbrettmuster in Begleitung ihres Chefs Walter. Die Runde stand mit dem Sektglas im Wohnzimmer, als Evelyne durch die Tür schlüpfte und Irma umarmte; ihren Freund Peter hatte sie nicht mitgenommen, obwohl Irma sie dazu ermuntert hatte.

Aus dem Radio hatten sie gehört, dass in der englischen Grafschaft West Yorkshire die Abgeordnete Jo Fox auf offener Straße ermordet worden war. Man sprach über die bevorstehende Abstimmung in England, und Matti, der einen Brexit befürchtete, sagte für den Fall ein langsames Auseinanderfallen der Europäischen Union voraus. Nina stimmte ihm zu und sagte, sie sei froh, dass man sich wenigstens in Amerika keine Sorgen machen müsse. Dieser Trump habe keine Chance gewählt zu werden, denn mit ihm würden die Chinesen leichtes Spiel haben. Axel, der mit Doris, einer Marketingangestellten aus dem Ruhrgebiet, gekommen war, beschwichtigte, dass Merkel mit Sicherheit im nächsten Jahr wiedergewählt würde.

Urs kam verspätet mit Mathilda und dem fünfjährigen Adi. Nervös schenkte Irma den Gästen die Gläser nach. Die Stimmung war gedämpft, trotz des freudigen Ereignisses, die Verstorbenen fehlten, und man spürte, dass etwas bevorstand; keiner wusste, was. Neue Kriege, Terror, allmählich schien die alte Welt an weltpolitischer Bedeutung zu verlieren. So sah es Nina. Fred meinte, Europa müsse seinem humanistischen Erbe folgen und so viele Kriegsflüchtlinge wie möglich aufnehmen. Axel widersprach, und Doris sagte, in Deutschland würde jetzt über kein anderes Thema mehr geredet, sie könne es schon nicht mehr hören.

Endlich traf auch Marc ein, wie immer verspätet. Er küsste Irma, begrüßte Nina und seinen Sohn, warf einen Blick auf den Winzling und fragte aufgeräumt in die Runde, ob sie sich noch an das Silvester vor sechzehn Jahren erinnerten. Und was seitdem alles passiert sei, ohne dass die Welt untergegangen sei.

Dann laß uns endlich gehen, sagte Irma. Die Kirche wartet nicht ewig.

Der Autor dankt folgenden Personen und Institutionen für die Unterstützung:

Silvia Henke
Silvio Blatter
Markus Hürsch
Dr. Stefan Schmid
Stephanie von Harrach
Regina Bandi

Fachausschuss Literatur

Kanton Basel-Stadt
Kultur

KULTURELLES.BL
BILDUNGS-, KULTUR- UND SPORTDIREKTION

AARGAUER KURATORIUM

lesen
lassen

Warum wir zusammen sind

Bibliografische Information der Deutschen Nationalbibliothek

Die Deutsche Nationalbibliothek verzeichnet diese Publikation in der Deutschen Nationalbibliografie; detaillierte bibliografische Daten sind im Internet über http://dnb.dnb.de abrufbar.

2. Auflage

Umschlaggestaltung: BoutiqueBrutal.com
Druck und Bindung: CPI books GmbH, Leck
ISBN 978-3-99027-228-2